O ENIGMA DA PERCEPÇÃO

ELISEU SANTOS

O ENIGMA DA PERCEPÇÃO

TALENTOS DA LITERATURA BRASILEIRA

novo século®

São Paulo 2014

Copyright © 2014 by Eliseu Santos

COORDENAÇÃO EDITORIAL Silvia Segóvia
PREPARAÇÃO Andrea Bassoto Gatto
DIAGRAMAÇÃO Abreu's System
CAPA Monalisa Morato
REVISÃO Alline Salle

TEXTO DE ACORDO COM AS NORMAS DO NOVO ACORDO ORTOGRÁFICO DA LÍNGUA
PORTUGUESA (DECRETO LEGISLATIVO N° 54, DE 1995)

DADOS INTERNACIONAIS DE CATALOGAÇÃO NA PUBLICAÇÃO (CIP)
(Câmara Brasileira do Livro, SP, Brasil)

Santos, Eliseu
  O enigma da percepção / Eliseu Santos. – Barueri, SP: Novo
Século Editora, 2014. – (Coleção talentos da literatura brasileira)

  1. Ficção brasileira I. Título. II. Série.

14-07393   CDD-869.93

Índices para catálogo sistemático:
1. Ficção : Literatura brasileira 869.93

2014
IMPRESSO NO BRASIL
PRINTED IN BRAZIL
DIREITOS CEDIDOS PARA ESTA EDIÇÃO À
NOVO SÉCULO EDITORA LTDA.
CEA – Centro Empresarial Araguaia II
Alameda Araguaia, 2190 – 11º andar
Bloco A – Conjunto 1111
CEP 06455-000 – Alphaville Industrial – SP
Tel. (11) 3699-7107 – Fax (11) 3699-7323
www.novoseculo.com.br
atendimento@novoseculo.com.br

Dedico esta obra à memória dos meus queridos pais, Clemente Silveira Santos e Valdete de Oliveira Santos; aos meus dois filhos que tanto amo, Fabricio Oliveira Santos e Ana Júlia Oliveira Santos; à minha esposa inspiradora, Silvana M. de Oliveira Santos; e à minha família, parentes e amigos.

Sozinho Prossigo

Certo dia estava sozinho. Aproximei-me de uma cidade milenar
E vi um grande galpão abandonado. Resolvi entrar nele.
Lá dentro em um grande salão, havia muitos quadros
Espalhados no chão. Cada um resumia uma geração.
Mas o quadro da minha geração estava partido em mil pedaços
E ainda não estava pintado. Logo pensei em vingança,
Mas disse a mim mesmo: "Não! Pois sozinho prossigo
E sozinho não posso pintá-lo". Apenas fiquei triste
E resolvi ir embora. Ao sair do galpão, nas suas escadarias
Deparei-me com o Diabo, e ele sorridente me disse:
— Vocês humanos são todos estúpidos!
Vocês pensam que eu fujo da cruz!
Vocês pensam que eu tenho medo dela e a veneram
Pois saibam vocês que eu também venero a cruz
Pois ela matou Jesus Cristo, o filho escolhido de Deus.
Foi então que eu virei para ele e gritei:
— Cristo é nosso símbolo eterno! Ele é nosso irmão!
Embora sozinho prossigo, eu acredito na sua mensagem
E serei sempre fiel a ela!
O Diabo enfurecido gritou:
— Eu derrotarei todos vocês!
Então eu sorri para ele e baixei a cabeça, e ele foi embora.
Ao descer o último degrau das escadarias
Cristo veio sobre mim e disse:
— Parabéns por sua coragem, irmão. Bem-aventurados
Aqueles que são fiéis à sua causa.
Felizes os homens e mulheres que se tornam eternos
Por sua razão de ser. Você não está sozinho!
Eu e meu exército estaremos sempre com você.
Fiquei ali parado e não disse nada. Ele também foi embora.
Então ajoelhei-me no chão, mas nem chorei, nem fiz o sinal da cruz,
Pois ela agora é venerada pelo bem e pelo mal.

Prólogo

USP. Universidade de São Paulo. Museu de Arte Contemporânea. Sábado, cinco horas da tarde. O vice-curador está em sua sala examinando alguns documentos. De repente, ele ouve barulho e pisadas nos corredores, como se muitas pessoas estivessem andando a passos acelerados. Levanta-se e caminha até a porta. É surpreendido por quatro pessoas encapuzadas usando mantos negros que o dominam à força.
— Quem são vocês?!
Uma das pessoas pega um pedaço de pano umedecido com clorofórmio e coloca em suas narinas, levando-o ao desmaio.

Uma hora mais tarde ele desperta e vê que está amarrado a uma cruz de madeira cercada por velas acesas. Um grupo de pessoas ainda encapuzadas está ao seu redor, fazendo orações acompanhadas de músicas gregorianas.
Ele tenta se soltar:
— O que é isto?! Quem são vocês?!
Após o término das orações ficam apenas seis pessoas em volta dele. Uma delas diz:
— A sua impureza será selada pelo sinal do arrependimento. Nossas almas não podem aceitar a podridão do seu corpo. Nasceu homem, não pode viver ao lado de outro! Temos que viver ao lado de uma mulher. Para isso fomos criados.
A seguir os seis tiram os capuzes e mostram seus rostos.
— Vocês?!
— Arrependa-se de todos os seus pecados agora! — diz outro.
Quatro numerários se aproximam e viram o vice-curador de bruços. Outros quatro trazem uma cruz de ferro de quarenta centímetros escrito "Redenção e Purificação" e a cravam em suas costas deixando uma grande marca.
— Peça demissão do seu cargo ainda esta semana e desapareça! — ordena um líder ameaçando-o. — E, se revelar nossas identidades, será morto.

Outro líder joga um envelope sobre o vice-curador. Quatro numerários o desamarram e se retiram. O vice-curador se vira sentindo muita dor e pega o envelope. Ao abri-lo, há cinquenta mil dólares.

No mesmo dia, na rodovia Presidente Dutra, a setenta e cinco quilômetros de São Paulo, numa pequena cidade, nove e vinte da noite, na sede da sociedade secreta Templários do Novo Tempo, acontece um encontro entre seu Patriarca, líderes, sacerdotes, sacerdotisas e numerários para mais um ritual.

Uma estudante universitária de Direito da USP que se prostituía com os alunos e um homossexual, também estudante da USP, estão prontos para serem postos a uma redenção forçada. Ambos estão desacordados. Ao acordarem, tentam se mexer. Estão amarrados a uma cruz de madeira, nus, dentro de uma sala escura. Começam a gritar por socorro. É quando começam a ouvir músicas gregorianas e muitas vozes se misturando umas às outras, como se pessoas estivessem orando ao mesmo tempo, soando a uma média distância.

A seguir, a porta se abre e a luz é acesa. Os dois estudantes olham e veem oito pessoas encapuzadas e vestidas com mantos negros avermelhados. Dois deles se aproximam dos estudantes com um ferro quente em forma de cruz e marcam seus antebraços, deixando a marca da cruz. Elas se dividem em dois grupos de cinco e pegam as duas cruzes nas quais os estudantes estão amarrados e começam a caminhar em passos de marcha. Os dois estudantes entram em desespero e gritam perguntando o que está acontecendo e para onde os estão levando. Ninguém responde nada. Apenas continuam caminhando. Eles entram numa grande sala e os estudantes veem faixas por todo lado, nas quais está escrito em letras garrafais:

Templários do Novo Tempo.
É Chegado o Tempo da Redenção, Irmãos.
Buscai a Purificação.

O som das músicas gregorianas e das orações vai ficando mais intenso e se aproxima à medida que caminham. Entram noutro salão, que está cheio de faixas. Numa delas se lê:

Templários, Templários.
Redenção e Purificação.
Buscai Decifrar o Enigma da Percepção.

Passam para a sala seguinte, na qual se lê:

Patriarca dos Templários.
Líder Supremo da Purificação.
Verbo Ser — Número um.
Garras de Leão.
Provérbio — "É Chegado o tempo da redenção. É Chegado o tempo de purificar nossas almas e lavar os nossos pecados com o sangue dos Impuros e dos Infiéis".

Entram na maior das salas, a mais luxuosa, em que há uma grande faixa com letras ainda maiores:

Templo da Purificação.
Sinais, Estigma e Sangue.
Redenção e Arrependimento.

Na parede há seis grandes quadros pintados à mão, como os afrescos dos grandes pintores modernistas. Os desenhos são:

Águia — Tigre — Cobra — Touro — Duas Garras de Leão — Uma Estátua Sem Rosto.

As duas cruzes com os estudantes são colocadas no altar. Neste momento, os sacerdotes, as sacerdotisas e os numerários encapuzados fazem orações ao som de músicas gregorianas. Os dois estudantes ficam apavorados. A seguir, os cinco líderes da sociedade sobem ao altar e pedem silêncio. O volume do som é diminuído e um deles diz, com o forte eco que a acústica da sala produz:
— Irmãos! Aqui estamos para mais um ritual de purificação. Nós somos os anjos que lavarão os pecados dessa sociedade podre com o estigma dos impuros pelo sinal da Santa Cruz.
— Templários! Purificação! — entoam numerários e sacerdotes.

— A purificação é o caráter maior dos Templários — discursa outro líder, que aponta para os dois estudantes. — Ele deve ser preservado a todo custo! Estes dois corrompem a ordem da moral e do espírito, por isso merecem a redenção.

É a vez do terceiro líder se manifestar:

— Se quisermos descobrir a verdade, devemos nos despedir deste mundo corrompido! Devemos fazer o nosso testamento e marcar o sinal nos infiéis diante da Santa Trindade! A sua pureza purificará nossas almas e nos redimirá dos nossos pecados.

É a vez do quarto líder:

— Devemos crer e procurar saber! Assim a nossa fé permanecerá sempre forte e se tornará inabalável. Só depende de nós. — E aponta para os dois estudantes. — Eles corrompem seus corpos, suas mentes e seus espíritos, além de enfraquecer a fé dos fracos!

E o quinto líder:

— Devemos ser fiéis à nossa razão, da qual alcançaremos o perdão divino. Obedecer, calar-se, sacrificar-se e fazer. A vontade não deve estar acima da razão. A ordem da Ordem é o mais importante. E nossa ordem é purificação e redenção.

A seguir, o líder oculto, que usa capuz branco e manto igualmente branco, manifesta-se:

— A ordem da Ordem, ao contrário do que dizem, não é injúria, irmãos, é redenção, é purificação! Nossos pecados são como velas ao vento. Nós devemos estar à procura da redenção e do perdão do Pai!

— Templários! Templários! — bradam numerários e sacerdotes.

O Patriarca dos Templários sobe ao altar, também usando manto negro avermelhado e capuz. Os numerários, sacerdotes e sacerdotisas o aclamam como líder máximo dos Templários. Ele fala algumas palavras:

— As almas impuras contaminam aquelas que estão buscando o perdão divino! Eles corrompem seus corpos, suas almas e seus espíritos em vão! É nosso dever impor essas almas à redenção e à purificação.

— Templários! Redenção! Purificação! — gritam numa única voz.

— A justiça divina nos chama, irmãos! — continua o Patriarca.

— Reneguemos as nossas vontades para executarmos aquilo que foi designado a nós!

Em seguida, quatro numerários sobem ao altar segurando as duas cruzes quentes escritas: "Redenção e Purificação". Os líderes e o Patriarca tiram suas máscaras e mostram os rostos para eles.

— Vocês?! — exclamam os dois estudantes.

O Patriarca ordena e os numerários fazem o sinal na cruz nas costas dos dois estudantes, deixando uma grande marca. Os dois são desamarrados. Um dos líderes lhes ordena desaparecerem se não quiserem morrer, e que eles jamais deverão revelar as identidades dos líderes da sociedade.

— Do pecado à purificação! — falou o Patriarca após o ritual. — Nossos pecados foram marcados pelo sinal. O perdão do Senhor, que derramou seu sangue por nós, não pode ter sido em vão. Os pecadores e os impuros devem lavar os pecados dos obedientes e dos fiéis, devem continuar a buscar a redenção e o perdão!

A seguir, o Patriarca dos Templários dá o ritual por encerrado.

O telefone do quarto de Pedro toca insistentemente. É domingo, dez horas da manhã, e ele está em sono profundo. A noite de sábado consumira toda sua energia e força.

— Pedro, atenda ao telefone, droga! — esbraveja João Antônio, um de seus irmãos, do quarto ao lado.

Mas Pedro dorme como uma criança e não ouve o telefone tocar nem seu irmão esbravejar.

Às onze horas, Pedro finalmente acorda, com os olhos entreabertos e a cabeça pesando uma tonelada. Ele olha o relógio na mesinha de cabeceira. "Droga! Já é essa hora?", reclama em pensamento. "Eu sou um maldito preguiçoso mesmo." Levanta meio zonzo, com uma tremenda dor de cabeça. Desce as escadas e vai até a cozinha. Abre a geladeira e toma dois copos d'água bem gelada para curar a ressaca. Depois, senta-se no sofá, pega o controle do som e coloca o CD do The Doors, sua banda preferida. Na metade de "Riders on the Storm", J. A. chega.

— Como foi ontem? — pergunta J. A. bocejando como um gato.

— Você deveria ter ido. Foram muitos alunos da USP. Foi legal. Muita troca de ideias e muitas gatas, lógico. Sem brincadeira, foi do caralho!

— Os alunos ricos, você quer dizer. A Stefane e o Jônatas foram?

— Não. Isso não é fabuloso? Aqueles cretinos filhos da puta longe de mim! — berrou Pedro, sacudindo a cabeça e rindo.

— E o reitor?

— Não.

— Também pudera... O reitor da USP e seus dois filhos idiotas estão em todas as festas que os alunos oferecem — brinca J. A. adiantando uma música do CD.

— Das festas dos alunos ricos, você quer dizer — corrige Pedro. — Aquele hipócrita desgraçado!

— É verdade! — ri J. A. — Esqueci-me desse detalhe.

Quando a música "People are Strange" começa, d. Maria, a empregada da família, chega. Ela olha para os dois, que a cumprimentam.

— Estão de ressaca, meninos?

— Sim — respondem juntos e dando risada.

— Vou preparar uma boa gemada para curar essa ressaca.

— Não, d. Maria — responde Pedro, tentando fugir da gemada.

— Só vai demorar um segundo — insiste a boa velhinha, que vai para a cozinha.

J. A. e Pedro se olham e começam a rir, ao som de "L. A. Woman" e do liquidificador que bate sem parar.

D. Maria volta trazendo dois copos grandes de gemada e dá um para cada. Pedro tinha sintonizado o som na rádio Kiss FM e rolava Legião Urbana, "Faroeste Caboclo".

— Tomem tudo sem fazer cara feia — ordena ela, rindo.

J. A. toma o seu copo de uma só vez. Pedro bebe um pouquinho e faz cara feia.

— Tratem de beber tudo que eu vou fazer o almoço.

— Pode deixar, d. Maria, que eu cuidarei disso — reforça J. A.

— E o pai e a mãe? Quando voltam de viagem?

— Esta semana. Eu acho.

J. A. levanta-se e diz que vai tomar banho. Renata e Thiago, mais dois irmãos deles chegam. Junto com eles, Fernando, o melhor amigo de Pedro.

Renata dá um beijo em Pedro, que pega nas mãos de Thiago e Fernando, beijando suas faces.

— Pedro, meu bom velho de guerra! O *bon vivant* de sempre! — Fernando senta-se ao seu lado. — Grande festa a de ontem, não?

— Fernando, meu velho bom de guerra! — exclamou Pedro, devolvendo as palavras. — É verdade. Estranho mesmo foi o reitor e seus filhos cretinos sem pudor não terem ido. Eles e a velha conversa fiada de sempre, redigida a demagogia e cinismo.

— Pedro e sua linguagem à la Holden Caulfield — Fernando brinca.

— Quer saber... — declara Thiago. — Foi ótimo eles não terem ido. Assim Pedro não discutiu com a Stefane. Não podem se encontrar que se atracam.

— Coitados dos filhos da mãe — Pedro ironiza.

J. A. desce as escadas ainda de roupão de banho:
— E aí, pessoal! Quais as novas, seus fanfarrões desgraçados?
— A nova é que você perdeu uma bela festa ontem — Fernando solta uma boa risada. — Qual é? Tá de gata nova?
Renata ergue as sobrancelhas:
— Ouvindo isso já estou arrependida de não ter ido.
— E a Ana Paula? — Fernando sentiu a falta da outra irmã dos amigos. — Viajou com seus pais?
— Não! — respondem.

Já passa da uma hora da tarde, quando d. Maria vai à sala comunicar que o almoço está na mesa. A seguir, chegam Bianca e Ana Paula, mais duas irmãs de Pedro. Sentam-se à mesa para acompanhar os demais no almoço.
— Você estava linda com aqueles trajes góticos na festa de ontem, Bianca — elogia Fernando. — Suas amigas também estavam lindas vestidas de góticas.
Ela olha para Fernando e sorri.
— Eu não sabia que você tinha virado gótica, Bianca — fica surpreso J. A., ao saber.
— Neste mundo nós temos que provar de tudo um pouco — ri Bianca. — Mas ainda não virei gótica. Pelo menos por enquanto!
— Todos aqueles mantos negros avermelhados são bastante sedutores — declara Thiago. — Devo admitir.
— Os mantos ou a minha amiga Ângela? — corrige Bianca. — Você não tirava esses olhos de tandera dela.
— Ambos — disse Fernando rindo muito.
Todos riem bastante.

Após o almoço, sentam-se na sala. Ligam a TV, e está passando um documentário sobre a história do rock.

Já são quase três horas da tarde. Chegam mais quatro amigos: Caio, Felipe, Carol e Fredy. Todos se acomodam. Pedro desliga a televisão perguntando o que irão fazer naquele belo final de tarde. Renata sugere locarem uns filmes e todos concordam. J. A. e Caio ficam encarregados dos filmes. Eles vão até a locadora mais próxima e voltam com quatro DVDs.

Na metade do primeiro filme chega Ângela, amiga de faculdade de Bianca, acompanhada de mais duas pessoas. Ambas estão vestidas como góticas e com maquiagem bem escura. Elas sobem até o quarto da Bianca e ficam lá por uma hora.

Após o término do primeiro filme descem com Bianca, que está vestida igual às amigas, dizendo que vai sair e que não sabe que horas vai voltar. Antes de colocar o segundo filme, J. A. e Carol vão à cozinha fazer pipoca, enquanto Fernando e Pedro vão à padaria da esquina comprar Coca-Cola e Skol.

São quase dez horas da noite quando assistem ao último filme. Os amigos se despedem e vão embora. Caio, Fernando e Carol combinam com Pedro, Thiago e Renata de irem juntos para a USP no dia seguinte.

Na segunda-feira pela manhã, Pedro pede uma carona a J. A. e vai até a casa de Fernando. Ele para em frente ao portão da mansão da casa do amigo e toca a campainha. Um empregado o atende e o manda entrar. O dr. Paulo, o rico pai do amigo, que está se preparando para mais um dia de trabalho, recepciona-o na sala.

— Como vai, Pedro? E a faculdade?

— Vai indo, dr. Paulo. Só espero arranjar emprego após me formar. No Brasil eu não sei se é mais difícil fazer faculdade ou arranjar emprego após terminá-la. Isso me chateia pra diabo. Os estudantes devem se impor e exigir isso desses governantes cretinos.

— Vá devagar nas opiniões, meu caro... Espero que você seja um grande jornalista. Afinal, você é o melhor amigo do meu filho, e ambos gastam uma grana preta todos os dias com a faculdade.

— Não se preocupe, dr. Paulo, assim que me formar devolvo toda a grana que devo ao Fernando.

Fernando entra na sala e vai logo dizendo:

— Não se preocupe com isso, não, Pedro. Meu pai é muito rico e esse dinheiro não é nada. É apenas parte da minha herança.

— É isso aí. Apenas tire boas notas e pare de discutir com a filha do reitor da USP, por exemplo — aconselha o dr. Paulo num tom de crítica.

Seu motorista vem informar que o carro está pronto. Ele se despede dos dois e sai.

— Como ele sabe que eu venho tendo debates mais ásperos com a maluca da Stefane? — comentou Pedro. — Você falou alguma coisa?

— Meu pai é amigo do reitor da USP, esqueceu? Vai ver comentaram alguma coisa sobre suas frequentes discussões com a Stefane. Temos que fazer o trabalho de Sociologia. Ele deve ser entregue hoje.

— Foi pra isso que viemos aqui. Este é nosso último ano, por isso não podemos vacilar nem um minuto. Não vejo a hora de acabar com a porcaria de faculdade.

— É verdade... Alguns professores não hesitarão em nos reprovar. Mas eles terão uma bela surpresa.

Uma empregada vem avisar que há quatro colegas de faculdade procurando por eles para fazerem um trabalho. Fernando diz que é para deixá-los entrar.

Após entrarem, eles se cumprimentam e Pedro pergunta sobre o que escreverão no trabalho de Sociologia, que é de tema livre. Fernando sugere falarem sobre o sistema político do Brasil e seu interminável fracasso e decadência. Seus colegas não se interessam muito pelo assunto.

— Esse é um tema que deve ser abordado pelos políticos fracassados e incompetentes que há no Brasil — comenta Janaína. — Não por nós.

— Vamos falar sobre as instituições no Brasil — sugeriu Pedro.

— E mostrar o fracasso que elas representam para cada brasileiro. Só de lembrar desse troço eu fico louco.

Fernando e os outros colegas não se animam muito. Pedro consegue convencê-los. Liga o som e rola Patti Smith, "People have the Power".

— Essa música deve nos inspirar, pessoal! — ele solta um berro da sala, que percorre todos os cômodos de baixo. — Poder para o povo já!

Todos riem muito e concordam. Vão à biblioteca do pai de Fernando e pesquisam alguns livros por quase duas horas.

— Eu falarei sobre o Poder Legislativo — decide-se Pedro. — O símbolo maior da incompetência e fracasso das instituições do Brasil. O troço me dá até enjoo.

— Esse é um tema grande. — Janaína olhou para ele. — Eu o ajudarei.

— Combinado! Vamos nessa.

Júlio, outro colega, fecha um livro que está em suas mãos.
— Eu falarei sobre a economia. O Ministério da Economia.
A outra colega Rebeca acha o assunto interessante e diz que fará com ele essa parte do trabalho.
Fernando olha para Roberto, o último colega e diz:
— Então, só nos resta falar sobre o Poder Executivo.
— Será um tema bem grande — disse Roberto. — Vamos abordar apenas os ministérios mais importantes, senão precisaremos de um mês para ler tudo.
— Fechado! — anima-se Fernando.
Eles começam a escrever sobre os temas escolhidos.

Quase quatro horas depois só falta Fernando e Roberto concluírem sua parte. Os outros já haviam terminado e vão ouvir música em outra sala. Pedem vinho a uma empregada.
Em seguida, os dois que faltavam terminar avisam que acabaram e os acompanham na bebida.
— Vamos devagar, pessoal... — avisa Fernando num tom de brincadeira. — Se acabarmos com o vinho da adega do meu pai, ele me mata.
— Já que o trabalho já foi passado a limpo, vamos ler uns para os outros e ver se falta alguma coisa — sugeriu Pedro.
Todos vão para a sala principal, pegam as folhas com as anotações. Júlio e Rebeca são os primeiros a lerem em voz alta sua parte sobre o Ministério da Economia. Todos gostam e aprovam o que ouvem, e batem palmas para eles. A seguir, é a vez de Pedro e Janaína. Os quatro colegas dizem que ficou muito bom. Por último, Fernando e Roberto.
Pedro sugere que ele e Janaína irão ler primeiro, depois Fernando e Roberto, e por último Júlio e Rebeca. Todos estão de acordo.
— Stefane e sua turma ficarão loucas da vida com o nosso trabalho — disse Pedro enquanto juntava as folhas. — Podem crer nisso.
— Não é só ela, não! — solta uma boa risada Fernando.
Rebeca olha para o relógio e diz que já são cinco e meia. Fernando diz a eles que podem tomar banho na sua casa e depois seguirão juntos para a USP.

Já na USP, Pedro, Fernando e seus colegas repassam a ordem da apresentação do trabalho antes de entrarem na sala de aula.

Na classe, a professora de Sociologia Geral está pronta para iniciar sua aula. Pedro olha para todos os lados e não vê Stefane, a filha do reitor e sua grande rival. Antes de iniciar a aula, Stefane chega e se senta.

— Bom... Na semana passada eu pedi um trabalho em equipe de tema livre. Espero que todos tenham feito. Isso ajudará muito o desempenho de cada um.

Toda a classe diz que fez o trabalho. A professora diz que todos os membros das equipes terão que fazer a apresentação para ser debatida em classe. A primeira equipe faz sua apresentação. O tema abordado é a desigualdade social do Brasil e a injusta distribuição das riquezas da nação. A segunda equipe aborda o ecossistema global e a necessidade de preservar a natureza antes que seja tarde.

A equipe da Stefane aborda assuntos religiosos, a fé cristã, a influência da religião no Estado. Por fim, chega a vez da equipe de Pedro e Fernando, já invadindo o horário do segundo professor, mas ele não se incomoda e assiste ao término da apresentação das equipes.

— Nós abordaremos o tema "As Instituições no Brasil" — levanta-se Pedro, que passa a palavra para Janaína.

Ela se levanta, pega suas páginas e inicia a leitura do trabalho:

— Poder Legislativo no Brasil é sinônimo de incompetência e práticas de corrupção. Isso vem desde sua elaboração, que foi desastrosamente copiado dos Estados Unidos, ao invés de termos copiado o modelo europeu. Essa instituição deve ser transformada num modelo verdadeiramente eficiente, que rume o país ao progresso. A América Latina foi civilizada pela Igreja Católica, e enquanto ela carregar essa terrível ideia de civilização, não sairá da miséria e o atraso em que vive, e isto inclui o Brasil. O progresso para os países deste continente se tornou impossível. Devemos repensar o nosso passado, ter atitude no presente e revolucionar o futuro, para que, de fato, ele chegue ao alcance de todos. Isso começa com a capacitação das instituições, a começar pelo Poder Legislativo. Precisamos mudar este modelo brasileiro, que provou muitas vezes ser incompetente e fracassado, com uma revolução profunda em seus moldes. A ditadura econômica disfarçada de capitalismo perverso só deu certo nos Estados Unidos. É hora de mudar. Seja ela pelo socialismo, pela revolução do povo, pela revolução econômica ou pelo parlamentarismo. Temos que partir para a igualdade social, pela pátria, pelo povo ou pela morte.

Janaína passa a palavra para Pedro, que se levanta.

— O princípio e a natureza dos governos são exercidos pela busca do bem coletivo e igualdade social. Os países da América Latina, na sua grande maioria, copiaram o modelo americano, o Presidencialismo, ao invés de adotar o europeu, o Parlamentarismo. Precisamos passar por uma profunda reforma estrutural na economia, nas instituições, na política e de comportamento. Sobretudo, mudar o Poder Legislativo do Brasil, desburocratizá-lo e torná-lo eficiente. Se for por meio de plebiscito, que seja. Se for pela revolta, que seja. Se for pela morte, que ela venha. Fato é: não podemos mais perder tempo ou ficaremos congelados a ele. Só depende de nós, de cada brasileiro, não de alguns políticos que não enxergam um palmo à frente do nariz, muito menos têm a visão de progresso e modernidade. Estas não são ideias comunistas ou ditatoriais. Temos de dar um basta ao fracasso político deste país e na falência das suas instituições. Isso só depende de nós, principalmente dos jovens. Está em nossas mãos.

Stefane levanta-se e pede a palavra:

— Pelo que eu entendi, a equipe sugere a dissolução da Câmara dos Deputados? E quem irá elaborar as leis do país? Quem fiscalizará o Executivo? Talvez a sua função mais importante.

— Não nos interrompa porque ainda não acabamos de apresentar o trabalho da equipe — interfere Fernando. — Por favor.

Pedro, então, passa a palavra para Roberto, que se levanta e pega suas folhas.

— É do dever do Poder Executivo tomar a iniciativa de fazer das instituições da Nação fortes e sólidas, competentes e satisfatórias, para todos os cidadãos e satisfazer todas as suas necessidades. No entanto, não é isso que vemos. Temos uma infinidade de ministérios, e nenhum deles supre as necessidades do povo. Vamos começar pela educação. Um país que não dá a devida importância à educação nunca será um país desenvolvido. O povo deve pressionar e ditar as regras da educação, já que nem o Executivo e nem o Legislativo fazem isso. Tem de haver um investimento na educação duas vezes a mais do que os outros ministérios, capacitar os professores, além de o Estado ser obrigado a oferecer uma faculdade àqueles que terminam o

Ensino Médio. Devem-se reduzir os impostos das faculdades a custo zero, se for o caso, em troca de vagas para todos que não podem pagar. Só se alcança a modernidade e o desenvolvimento com sacrifícios e investimento maciço na educação.

— Aí é que entra o papel do Legislativo, fazendo as leis necessárias para isso — pede a palavra Pedro. — Com a participação da sociedade civil, o Executivo não teria como ir contra, senão estaria indo contra a vontade da maioria. Só com uma revolução na educação nos tornaremos um país igual, moderno e desenvolvido.

— Vamos para a saúde — retoma Roberto. — A saúde no Brasil é um caos absoluto. As pessoas pagam impostos a vida toda, na hora que precisam do básico, a saúde, esta lhe vira as costas. Temos de promover a independência do Ministério da Saúde. Todos os impostos cobrados nessa área devem ir para ele, que seria fiscalizado pelo Executivo, pelo Legislativo e pela sociedade civil. Seria a saúde cuidando da saúde. Nada mais justo. Chega de copiar americanos e europeus. Temos que fazer a nossa própria revolução para chegarmos ao lugar que já deveríamos ter chegado há muito tempo. No primeiro mundo, ao lado dos países modernos e desenvolvidos! É lá onde temos de estar! Mas antes temos de nos tornar uma Nação justa e igual aqui dentro, com os nossos compatriotas.

— Vamos para a Justiça — é a vez de Fernando. — A Justiça, no Brasil, é a pior do mundo. Aqui se sequestra, rouba, mata, pratica-se todo tipo de ações ilícitas e a impunidade impera. O Judiciário precisa passar por uma profunda reformulação. Precisamos de leis mais duras e rígidas. Precisamos urgentemente de prisão perpétua. Os presos devem trabalhar para se sustentarem, enquanto cumprem pena, não viver às custas dos impostos do cidadão, que nada tem a ver com sua delinquência. A Polícia Federal deve ter o comando do Poder Judiciário. O ministro da Justiça deveria ser indicado pelo Senado, que por sua vez teria de ter seu nome aprovado pelo Executivo, e ele responderia apenas ao Poder Judiciário. Quem tem que cuidar da justiça é a Justiça. Ela passaria por um intenso treinamento de capacitação. Os crimes hediondos deveriam ser federalizados. As polícias trabalhariam em conjunto até a situação se normalizar. Temos que mexer na Constituição Federal. Ela é incompetente, fraca e ultrapassada. Cada Estado da federação deve ter sua própria Constituição, principalmente no que diz respeito à Justiça e leis, respeitando a federal, que não deixaria de ser a maior. E mesmo nenhuma Constituição estar acima do bem-estar coletivo de um país. Nenhuma lei está acima da vida. A vida, sim, nosso bem maior, está acima da lei. Estou errado?

Toda a classe fica em silêncio diante do que ouviram. Júlio e Rebeca ficam de pé para lerem sua parte do trabalho. Falarão da economia.

— Bem... Vamos falar agora da economia — anuncia Júlio. — Enquanto o Brasil não implantar um sistema rígido na sua economia, renegando ao modelo americano, seremos um eterno país emergente e subdesenvolvido. O imposto de renda deve ser justo e implacável. Por exemplo, os brasileiros, em hipótese alguma, deveriam mandar dinheiro para o exterior, seja pessoa física ou jurídica. Teria que ser considerado sonegação e crime grave. Dinheiro de brasileiro deve ficar no Brasil. Se a grande porcentagem da economia do país saísse da informalidade e pagasse imposto, teríamos mais empregos, com isso mais contribuintes, a Previdência não estaria quebrada. Ela deve ser privatizada. Temos que privatizar também os lucros e nacionalizar as perdas. Uma fórmula clássica de atuar. Quanto às empresas, quanto mais emprego elas oferecessem, menos impostos pagariam. Hoje acontece exatamente o contrário. Temos que criar uma identidade econômica própria firme e consolidada, dando um basta ao grande desperdício dos recursos públicos em projetos que não servem para nada, que acontece de um governo a outro há muito tempo. Isso se dá a esses incompetentes que vêm governando a nação desde sua independência. O Ministério da Economia deve ser independente, assim como o Banco Central.

— Não devemos aceitar a corrupção — continua Rebeca. — Temos que eliminá-la do Estado com leis duras e impiedosas. Mandar para a cadeia todos que praticam corrupção. Devem ficar presos até que devolvam os recursos que roubaram. Cada centavo. Depois julgados, aplicando-lhes uma pena exemplar. E isto deve se aplicar a políticos ou não. Tolerância zero! Temos que buscar alternativas no comércio exterior, criar blocos econômicos e de comércio com países emergentes como nós. Com isto, deixar de ser tão dependentes de americanos e europeus. Não precisamos de milagres econômicos. Eles só aumentam a desigualdade social e o número de excluídos. O que precisamos é desenvolver uma política de impostos justa para todos. Quem tem mais paga mais, quem tem menos paga menos. Esta é a lei natural da matemática. Temos, ainda, que renegar o quanto antes à ideia do capitalismo decadente americano. Ele, que se expandiu a partir da Segunda Guerra Mundial, já que seu território estava livre dos conflitos, hoje vive de guerrinhas, aqui, acolá, como o Império Romano, que precisava de guerras para manter-se firme. Mas sua decadência vertiginosa se dará não em séculos, como o próprio Império Romano, mas em décadas. O declínio do Império Capitalista Americano será mais rápido do que sua ascensão. E será violento e dramático, quando isso acontecer àqueles países que seguem seu modelo econômico e vivem comprando bônus do seu tesouro sem controle. Entrarão em colapso econômico e irão junto com ele. Temos que criar uma identidade econômica única e independente, fortalecer sem precisarmos das instituições financeiras internacionais.

Pedro fica de pé. Todos os membros de sua equipe também. Ele, então, diz:

— Nós somos o Brasil. Nascemos para vencer. Nascemos para ser grandes! E isso só depende de nós. Cada um deve fazer sua parte. Não adianta ficar com a bunda pregada numa cadeira esperando. Seria um bocado bacana cada um fazendo sua parte.

Toda a classe bate palmas para a apresentação da equipe, com exceção de Stefane e sua turma.

— As coisas não são tão simples assim — manifesta-se a professora. — Para se implantar tais mudanças, todos os poderes teriam de estar em pleno acordo com elas. E esta é a parte mais difícil.

Pedro levanta a mão, interrompendo-a:

— Discordo completamente. Uma revolução não se faz com os poderes, mas com o povo e sua vontade de mudar, se ele assim quiser. E pode crer que ele quer!

Mais uma vez, para o desespero de Stefane, seu rival arranca mais aplausos de quase toda a classe.

— A legislação brasileira é incompetente e ultrapassada — diz ainda Pedro. — Uma só legislação se aplica a tudo e a todos os Estados, quando, na verdade, cada Estado da Federação deveria ser independente e ter suas próprias leis, de acordo com seu tamanho e necessidade. Mas os Estados e suas populações devem começar a exigir isso, caso o Legislativo e o Executivo não os atendam. Eles devem se unir juntamente com a população para essas mudanças.

— E a Constituição Federal? — indaga Stefane. — E a democracia?

— Ambas são conceitos a serem discutidos e mudados quando necessário — respondeu Pedro. — O bem coletivo está acima delas, assim como a vida e a justiça, minha cara. Nos Estados Unidos, cada Estado tem suas próprias leis e legislação. Isso nós não copiamos deles. Já está na hora de fazermos o mesmo aqui.

O tempo da aula acaba e os alunos vão para o intervalo.

Na praça de alimentação estão Pedro, Fernando e seus colegas.

— Você acabou com a Stefane hoje, hein, Pedro! — comenta Janaína.

— Ah, é? — Caio fica furioso. — O que aconteceu?

— Pedro deu um show na Stefane num trabalho que apresentamos hoje — explica Roberto.

— É! Tivemos uma discussão e tanto!

— Então, ela tentará dar o troco, Pedro — Caio alerta. — Stefane nunca quer ficar por baixo. Ainda mais quando se trata de você.

— Eu estarei pronto! — responde ele, tomando um gole na garrafa d'água. — Eu estou sempre pronto para aquela cretina mentirosa!

Em seguida, Júlio se aproxima com alguém. Ele cumprimenta todos e apresenta sua amiga Aléxia, dizendo que ela trabalha na rádio da USP. Todos a parabenizam. Fernando brinca dizendo que se ela precisar de um bom locutor estará à disposição. Pedro também brinca dizendo:

— Só se for para acabar com a audiência da rádio. Eu sou um danado dum falastrão. Você vai se cansar de mim.

A moça sorri sem graça. Fernando diz a ela para ligar, que Pedro era um tremendo dum sacana gente boa. Júlio vai direto ao assunto. Ele diz que contou à sua amiga sobre o trabalho que haviam apresentado naquela noite, ela gostaria de marcar uma entrevista com Pedro para discutir o assunto, muito interessante e polêmico.

Pedro hesita, dizendo que se trata apenas de um trabalho de faculdade, que ele não o fizera sozinho, mas toda a equipe. Seus colegas o incentivam, diz que ele deve dar a entrevista e espalhar as ideias da equipe, que eram muito boas.

Júlio diz para irem com calma, que é só uma entrevista na rádio da universidade. Após alguns minutos, Pedro aceita dar a entrevista. Aléxia pega o número do celular dele e diz que em alguns dias entraria em contato, já com a entrevista marcada. Pede, também, uma cópia do trabalho sobre o Poder Legislativo para examinar.

Dias depois, no começo da noite, começa mais um dia de aula. Antes de entrar na sala, Janaína se aproxima de Pedro e sua turma:

— Ficaram sabendo da última sobre o vice-curador do Museu de Arte Contemporânea e de dois alunos aqui da USP?

— Não! — respondem.

— Sumiram sem deixar pistas. Dizem as más línguas que ambos eram gays. Um aluno viu o vice-curador com um sinal nas costas e no braço — informou Janaína. — Corre o boato também que a garota se prostituía para pagar as mensalidades da faculdade.

— Desistiram dos estudos assim, de uma hora para outra? — achou estranho, Flávia, outra estudante. — Muito suspeito isso.

— Vai ver eles estavam de saco cheio do troço todo, mas sumir assim é pra lá de esquisito! — brincou Pedro rindo um pouco. — Às vezes eu também tenho vontade de desaparecer dessa vida cretina sem deixar pistas.

— Que horror, Pedro! — Janaína acerta-lhe um tapa no braço. — Não diga isso.

— E que sinais eram os que viram no corpo do vice-curador? — perguntou Fernando.

— Dizem que era uma espécie de estigma, coisa que o valha ou sei lá — disse Janaína.

— Eu acho mesmo é que ele pirou! — exclamou Caio rindo muito.

Em seguida, voltam para suas salas de aula.

Na sexta-feira, às nove e meia da manhã, Aléxia liga no celular de Pedro dizendo-lhe que a entrevista seria naquele mesmo dia, das quatro às cinco horas da tarde. Ele promete estar lá vinte minutos antes.

Às duas horas da tarde, Pedro liga para Fernando e conta a ele sobre a entrevista e que já está saindo. Fernando diz que vai com ele, que em meia hora o encontrará.

* * *

Fernando chega à casa de Pedro no seu carro. Ele buzina duas vezes, Pedro aparece, entra no carro e seguem para a USP. Ao chegarem, vão direto para a rádio, onde Aléxia os aguarda. Ela diz que a entrevista começará em trinta minutos, manda Pedro se preparar psicologicamente.

Faltando cinco minutos para as quatro, Aléxia chama Pedro. Eles entram no estúdio. Ela manda Pedro sentar perto de um microfone e diz que após o término da música que está tocando começará a entrevista.

Dois minutos e meio depois começa a entrevista:

— A todos vocês, ouvintes da Rádio USP, hoje em nosso programa "Papo Cabeça", entrevistaremos mais um aluno da nossa universidade. O nome dele é Pedro de Oliveira. Está no quarto ano de Jornalismo. Diga um olá aos ouvintes da Rádio USP, Pedro.

— A todos os ouvintes da rádio USP, muito boa tarde. É um prazer estar aqui hoje para dar esta entrevista. Será legal à beça.

— Bom, Pedro... — continua a locutora. — Nesta semana, você e sua equipe fizeram um trabalho muito polêmico sobre as instituições no Brasil. Fale um pouco das ideias da equipe. Dizem que são bem revolucionárias.

— O sistema político do Brasil é incompetente, corrupto e ultrapassado. Todos que ingressam nele só pensam em tirar proveito pessoal — responde Pedro à primeira pergunta. — Esses políticos medíocres que temos aí não fazem nada para mudar esse quadro. Então, o povo deve ditar as mudanças. Tudo bem que um homem só não pode fazer essas mudanças, mas alguém precisa iniciá-las.

— O Congresso Nacional não é a casa do povo? Pelo menos é o que os políticos dizem — a locutora diz.

— É, eles dizem isso. — Pedro sacudiu os ombros. — Vão ser cretinos assim no inferno!

— Mas isto não seria perigoso para a democracia, o povo determinar mudanças? — a locutora está um pouco chocada.

— E quem mais pode? Mas a ideia da democracia é exatamente esta — continua Pedro. — Todos participam das decisões que dizem respeito à Nação. E isto nos diz respeito, e muito. O que acontece aqui é justamente isso. Na política muita gente se esconde atrás da democracia para praticar todo tipo de ações ilícitas. Isso precisa mudar. A pessoa que poderia iniciar essas mudanças seria o presidente, ou nós votarmos por meio de plebiscito. Esta é a verdadeira ideia da democracia.

Enquanto isso, uma aluna liga para Stefane e pede que sintonize na rádio USP. Ela sintoniza o som na rádio e começa a ouvir a entrevista de Pedro, que reafirma as opiniões dele e de toda sua equipe quanto aos assuntos políticos, econômicos e sociais do Brasil. A entrevista dura quase três horas.

Chega o final de semana. No sábado à noite, a família Oliveira está reunida. D. Lúcia, a mãe, está preparando o jantar juntamente com seu Antônio, o pai. Antes de servirem-no, Fernando chega e começa a conversar com os irmãos. Em seguida, vai até a cozinha, diz que a comida está cheirando muito e pergunta se tem vaga para mais um na mesa. O casal sorri e diz que sim, e que só demorará alguns minutos.

Em seguida, todos se sentam à mesa e começam a se servir. J. A. olha para Bianca, que está usando uma camiseta de manga longa, e vê a ponta de um pedaço de plástico. Ele toca no braço da irmã e pergunta o que é.

Ela diz que fez uma tatuagem. Todos ficam espantados.

— Tatuagem depois dos vinte e cinco, minha filha? — indaga d. Lúcia.

— Nunca morra antes dos vinte e cinco. Se o fizer, não sei o que será da sua alma — brinca Bianca.

— Você tatuou o quê, Bianca? — quer saber Ana Paula.

— Um brasão de quatro pontas.

— Um brasão? — J. A. e Renata dizem em uníssono, com os olhos arregalados de espanto.

— É que eu gosto sempre de inovar.

— Não tinha outra tatuagem, não, Bianca? — pergunta Fernando.

— Legal! — elogia Pedro. — Deixa a gente ver.

Ela levanta a manga da camisa.

— Um brasão de quatro pontas. É diferente — comenta Thiago. — Qual é o significado dessa tatu?

Pedro olha para ela com o mesmo espanto dos irmãos. Bianca olha para todos. Fernando, então, informa que viu uma tatuagem igual àquela no braço da Ângela.

— Vocês agora fazem parte de alguma sociedade secreta? — brinca Renata.

Bianca diz:

— Antigamente havia muitas sociedades secretas. Consistiam na busca pela verdade, pela paz espiritual e visavam descobrir os códigos da Bíblia Sagrada, que o homem e a religião tentam decifrar erroneamente ou apenas aos seus interesses próprios, para manipular a fé dos outros.

— Mas acontece que a igreja as via como conspiração e heresia — Pedro entra no assunto como um bom entendedor. — Eu acho que seus cavaleiros e templários formavam uma instituição fraterna composta por homens e mulheres que congregavam ideais totalmente construtivas.

Bianca e os demais olham chocados com o que ouviram.

— Eu não sabia que você era um conhecedor desses assuntos tão filosóficos — exclamou J. A., de queixo caído.

Bianca olha para ele, vê que o irmão entende do assunto e dá continuidade:

— A Arte Gótica, por exemplo. Pra mim é uma sociedade secreta, embora as minhas amigas da faculdade discordem. É só olhar para a arquitetura e seu portal régio. Não há mensagem mais linda e pura do que ela.

Pedro mais uma vez surpreende. Ele bebe um gole do vinho:

— A Arte Gótica se resume basicamente na sua arquitetura. Nisto eu concordo. Mas não podemos nos esquecer dos seus tapetes, dos seus vitrais nas suas catedrais que regem toda sua fé, e de todo o seu romantismo clássico.

Terminam o jantar. Voltam para a sala, estavam achando o papo interessante.

— Viu, pai — brinca Thiago. — Nós temos dois professores de simbologia na família.

Bianca ri e recomeça:

— Muitas delas tentam mostrar o Evangelho de Maria Madalena, que acreditam alguns ter sido a esposa de Cristo e sua mais fiel discípula. É um assunto bastante complexo.

— E sem contar que o discípulo Pedro competia diretamente com Maria Madalena. Ele a considerava a sua principal adversária, e não aceitava a ideia de uma mulher ter atenção especial de Jesus — lembra bem Pedro.

— Por isso, logo após o sacrifício de Cristo, ela foi excluída e expulsa dentre os discípulos — acrescenta Bianca.

Seu Antônio, cristão fervoroso, não resiste e entra na conversa:

— Não se esqueçam de que sociedades secretas se associam muito à maçonaria e cultos a Lúcifer. E a base dos seus ensinamentos muitas vezes vai contra a fé cristã, e isto não deixa de ser uma afronta.

— Pode até ser... — opina também d. Lúcia. — Mas não podemos nos esquecer de que, para a igreja, não seria nada interessante que uma mulher tenha sido o principal discípulo de Cristo. Politicamente falando, isto seria péssimo para ela e seus interesses.

O telefone toca. Ana Paula atende e passa para Bianca dizendo que é uma amiga da faculdade. Ela diz que vai atender no quarto e sobe correndo.

— Bianca e seus mistérios — Renata implicou.

— Deixa de ser implicante — J. A. dá uma bronca.

Vinte minutos depois, Bianca desce vestindo roupas pretas e um sobretudo também preto. Todos olham para ela.

— Vou sair. Se eu não chegar até a meia-noite não voltarei pra casa, mãe.

D. Lúcia não gosta muito, assim como seu Antônio, mas não dizem nada. Pedro vai para a varanda com Fernando e Thiago e ficam de papo. J. A. sobe para seu quarto e diz que vai ler um livro que havia comprado. As outras duas moças vão para o quarto delas assistir filmes.

Mas Pedro fica desconfiado da irmã. "Duas amigas que se vestem iguais, e agora fazem a mesma tatuagem. Muito estranho a atitude delas." Tem um leve pensamento.

Às quatro horas da manhã do domingo, Bianca chega. Ela entra em casa na ponta dos pés para não chamar a atenção de ninguém. Pedro está deitado no sofá. Levanta a cabeça e vê sua irmã chegar toda espantada e com um comportamento suspeito.

— Aconteceu alguma coisa, Bianca? — Pedro indaga à irmã, preocupado. Ao examiná-la, nota sangue em algumas partes de sua roupa, que está rasgada. Nota também que ela está com um comportamento estranho e sua maquiagem muito forte cobrindo todo o rosto, como quem tivesse espalhado com a mão. Ela tenta esconder, ele já tinha visto.

— Pedro! — diz Bianca, surpresa ao vê-lo. — Você está aí?
— Sim, estou. Aconteceu alguma coisa?
— Não. Eu estava numa festa gótica.
— Você brigou com alguém? Há sangue na sua roupa, e ela está rasgada.
— Não foi nada, Pedro. Eu estou bem. Agora eu vou para o meu quarto tomar um banho e dormir. — Bianca sobe rapidamente com receio de que mais alguém a veja daquele jeito.
"Desde quando ela virou gótica?", indaga-se Pedro. Em seguida, deita-se novamente.

Na metade da manhã, Pedro acorda e vai logo perguntando à sua mãe pela Bianca. Ela diz que saiu bem cedo. Pedro sobe até o quarto dela e a porta está trancada. Ele dá um jeito e entra. Passa a examinar as coisas da irmã, começando pelas roupas, que estão manchadas de sangue. Olha nos bolsos do sobretudo e acha um pedaço de papel amassado com um endereço. No outro bolso tem uma pequena cruz de prata com a sigla **TT**. Ele olha para a mesinha de cabeceira, que está com a gaveta meio aberta, abre e vai logo vendo um objeto de mais ou menos quarenta centímetros dentro de uma capa preta. Ele a abre e lá está um ferro fundido como os que marcam boi, com uma cruz desenhada na ponta. "Mas que droga é essa?!"
Ele não entende o que significa todas aquelas coisas. Coloca tudo de volta aonde achou e sai do quarto cheio de desconfianças da irmã.

Na segunda-feira, no início da noite, começa mais um dia de aula. A primeira aula é a do professor de história, Joaquim.
Ele entra na sala, onde os alunos aguardam. Dá boa-noite, coloca seu material sobre a mesa, olha para Pedro e inicia a aula:
— Entrevista polêmica você concedeu na rádio USP, não, Pedro? Eu ouvi parte dela.
Ele olha para Stefane:
— Só falei aquilo que eu acho.
Alguns alunos demonstram apoio a ele. O professor Joaquim senta-se na ponta da mesa:
— Então, vamos falar um pouco mais sobre esse tema na aula de hoje. Desde que a humanidade descobriu a civilização, ela vem tentando desbravar o modo corrupto de governar, mas em todos os paí-

ses do mundo ela está presente. Não é só um privilégio nosso. A política está envolvida na autoridade e no poder, a fim de manter a ordem do Estado e a própria civilização. Desde a queda do Império Romano, o mundo passou por lentas mudanças políticas. Não se pode negar que elas estão diretamente ligadas à vida de todos os cidadãos, portanto, nós. A expansão territorial e o crescimento do comércio aceleraram essas mudanças. Depois tivemos longos períodos dos Estados Absolutistas, nos quais o poder estava nas mãos de uma só pessoa. Era a idade moderna que estava começando. Uma visão política totalmente autoritária. Talvez o período mais negro da história política do homem, diferentemente de hoje, a democracia está presente em boa parte do mundo.

Stefane levanta a mão:

— É tudo muito simples... Sem política não se faz parlamentos, sem este não se faz leis, que por sua vez devem existir para não vivermos como animais, assim como os primitivos. E ainda que haja o caos político na sociedade, é necessário para se manter a ordem e o respeito de um Estado e daqueles que vivem nele.

Pedro levanta a mão logo em seguida:

— A política não deve ser vista como um mal necessário, e sim, como uma solução sólida e honesta a todos os cidadãos que elegem seus representantes na busca da melhoria coletiva. A necessidade de se ter um Estado forte não justifica qualquer atitude. Uns não podem legislar sem a permissão de outros. Toda e qualquer soberania do Estado deve ser partilhada entre seus compatriotas, assim como suas riquezas e seus recursos. Só quando tivermos essas leis respeitadas poderemos dizer que vivemos numa democracia plena.

Mas Stefane, sua fiel contestadora, rebate:

— Cite um só país que tornou essa ideia real e aí nós ficaremos contentes, meu caro sonhador.

— As coisas não vêm com o vento. São criadas, minha cara — afirma Pedro numa derradeira lição sobre o assunto. — Escolha entre a política sem moral, ou a moral com a política? Não há meio termo. Ou um ou outro!

Toda a classe vira-se para Stefane esperando uma resposta.

— A moral é uma virtude que não deve ser pregada, mas sim, executada. E só quem for puro de espírito poderá tê-la. Todos nós erramos e cada um deve carregar sua cruz ao peso de seu erro.

O professor Joaquim põe fim à discussão e termina a aula. Os alunos vão para o intervalo. Caio se aproxima de Pedro, Fernando e sua turma e informa que corre o boato que mais dois alunos supostamente homossexuais tiveram sinais de uma cruz cravados nas costas como uma espécie de estigma e sumiram sem deixar pistas. Ele diz que conhecia um deles.

— Como isso aconteceu? — Pedro acha esquisito. — O que está se passando na cabeça desses loucos sem pudor?

— Parece que eles foram marcados na capela da USP — informou Caio. — Pelo menos é o que ouvi.

— Não tem lógica marcarem pessoas com sinais da cruz. — Fernando balança a cabeça sem entender muito. — Será que tem fanáticos religiosos aqui na USP?

— Ou isto ou são um grupo racista... — Janaína emite sua opinião. — Ao que parece, os alunos e o vice-curador que sumiram e tiveram seus corpos marcados eram gays. Alguém tem que dar um fim a isso.

"Eu vou investigar mais a Bianca. Aposto que ela tem alguma coisa a ver com isso tudo!", desconfia Pedro, num rápido pensamento.

— Isso não pode acontecer numa universidade! — Thiago levanta as sobrancelhas de indignação. — Alguém tem que chamar a polícia e dar um basta.

Dois dias depois, alguém liga para um distrito da Polícia Judiciária próximo da USP. Um policial atende e a pessoa diz que quer falar com o investigador Renato.
— Investigador Renato, pois não?
— Na USP. Investigue-os — diz a voz amedrontada do outro lado da linha. — Há coisas horríveis acontecendo por lá.
— Quem está falando? Investigar quem na USP? — interrompe o investigador.
— Eles são poderosos. Têm muito dinheiro e matam todos que cruzam seu caminho. Eles nos impõem à purificação e à redenção — continua a voz.
— Eles quem? — insiste o investigador.
— Não posso falar mais nada — disse a voz. — Vá até a capela da USP. O padre sabe. Na primeira fileira embaixo de uma cadeira. Tome cuidado! Templários! Templários! Redenção e perdão. — E desliga o telefone.
O investigador Renato chama seu parceiro e pede para ele rastrear a ligação que acabara de receber o mais rápido possível.

No dia seguinte, no início da manhã, o parceiro do investigador Renato lhe entrega o telefone que ele pedira para rastrear. Pede que descubra em nome de quem está o telefone e quer sua ficha completa em cima da mesa até o final da tarde.

No final da tarde, quando retorna à delegacia, o investigador vê a ficha completa, com a foto da pessoa que lhe telefonara no dia anterior. Seu parceiro ainda lhe informa da desistência do vice-curador do Museu de Arte da USP e de alguns alunos. Todos eram supostamente gays. A ligação era de um ex-estudante de Arquitetura de trinta e oito anos chamado Luderson Rodrigues. Ele já tinha sido preso por uso de drogas e porte ilegal de armas, foi expulso da USP pelos mesmos motivos.

"É, sua ficha não é nada limpa, rapaz", disse o investigador em pensamento.

Ao sair da delegacia antes das oito horas da noite, ele chama seu parceiro e diz que passará na capela da USP para tirar uma coisa a limpo. Já na USP, o investigador Renato e seu parceiro vão direto à capela da igreja e entram.

O padre os vê e se aproxima.

— Posso ajudá-los, cavalheiros?

— Olá, padre. Como vai? — responde o investigador Renato.

— São da polícia?

— Sim, somos.

— O que desejam?

O investigador se senta.

— O senhor ficou sabendo da desistência de emprego do vice-curador do museu, padre?

O padre se aproxima dele.

— Não. Não sabia.

— Estranho, não acha, padre? — Levanta-se o investigador. — Abandonar um emprego de quinze anos assim, de uma hora para outra.

O padre caminha ao altar.

— Cada pessoa faz o que quer da sua vida...

— Ele era homossexual... — interrompe o investigador Renato.

— Como disse? — espanta-se o padre tirando os óculos.

— Isso mesmo, padre. — o investigador sobe ao altar. — O vice-curador e os alunos que desistiram e sumiram misteriosamente da USP eram gays.

— Como tem tanta certeza disso?

— Nós somos policiais, padre. Esqueceu? — Desce do altar o investigador e se senta numa cadeira da primeira fileira. — O senhor conheceu um estudante de Arquitetura chamado Luderson Rodrigues?

O padre desvia o olhar ao ouvir a pergunta e silencia, parecendo entrar em transe.

— Padre... Padre... — chama o parceiro do investigador após alguns segundos. — O senhor conhecia ou não o estudante Luderson?

— Sim... Não... Quer dizer, eu não o conhecia.

O investigador olha para seu parceiro, que olha para ele.

O padre diz que não tem nada mais a dizer e se retira.

— Aí tem coisa — comenta o investigador Renato com seu parceiro e passa as mãos por baixo das cadeiras.

— O padre estava muito tenso — concorda o parceiro do investigador, que se aproxima dele e pergunta o que ele está procurando.

O investigador começa a passar as mãos por baixo das cadeiras, começando da direita. Quando chega à metade sente alguma coisa. Ele força um pouco e retira um pequeno envelope coberto com um plástico preto.

— Isto!

Abre-o e vê uma pequena cruz de prata, escrito "Templários do Novo Tempo", um objeto de bronze com a sigla **TT** de um lado; do outro lado está escrito "Redenção e Perdão. Buscai sempre a Purificação". Há também uma foto do estudante Luderson e um bilhete, ao que parece escrito por ele, que diz: "Se alguém ler esta carta, eu já estarei morto. Busque justiça por mim. Os membros dos Templários são poderosos, mas não são invencíveis. Decifre o enigma da percepção e condene-os".

— Ouça o que lhe digo... — Passa o bilhete para o parceiro. — Este estudante sabia que ia morrer. Alguma coisa grande está acontecendo. Eu vou descobrir o que é. Pode apostar! — E vão embora.

No dia seguinte cedo, o investigador Renato passa na casa do estudante que lhe telefonara, toca a campainha e ninguém atende. Ele vai aos fundos da casa. Nota que a porta está apenas encostada e hesita. Põe a arma em punho e vai entrando. Passa pela cozinha e não vê ninguém. Chega até a sala e também não vê ninguém. Acha estranho e vê a porta do quarto entreaberta. Termina de abri-la e vê o corpo de alguém deitado no chão. Guarda a arma, abaixa-se e logo vê que se trata do estudante que havia lhe telefonado. Ao tocar no pescoço e no pulso, certifica-se de que já está morto.

O investigador vai até a sala, pega o telefone e pede reforço.

Duas horas depois, a casa do estudante está cheia de policiais. O parceiro do investigador diz que tudo indica que o estudante fora morto com um tiro no coração.

"O que está acontecendo na USP?", Renato se pergunta coçando a cabeça. "Há algo grande por lá e eu vou descobrir o que é."

Três dias depois, o investigador tem a confirmação do motivo da morte do estudante. Ele vai até a USP com seu parceiro. Lá, ouvem alguns professores sobre o ex-estudante que havia morrido. O investigador diz que ouvirá o reitor. Seu parceiro o aconselha a não ir tão longe de cara. Ele insiste e diz que vai ouvi-lo.

Vão até a sala do reitor, onde sua secretária os atende e pede para aguardarem.

Já na sala do reitor, o investigador o cumprimenta e diz que não é oficial, apenas rotina, portanto, ele responderá as perguntas se quiser. O reitor diz que se puder ajudar em alguma coisa responderá sem problema. O investigador, então, pergunta se ele conhecia o estudante de Arquitetura assassinado. Diz que não o conhecia, mas está sentido ao saber.

— Quanto ao vice-curador do museu da USP e os estudantes que desistiram de tudo de uma hora pra outra sem um motivo aparente? — o investigador muda de assunto tirando uma caderneta do bolso. — O senhor sabe de alguma coisa?

— Não. Eu não sei de nada — responde o reitor desviando o olhar e tremendo os olhos de surpresa pela pergunta capciosa.

— O mais estranho em tudo isso é que todos eles eram homossexuais. — O investigador cruza as pernas.

— Talvez seja só coincidência. Mas quem tem que descobrir é a polícia — responde o reitor enquanto balança uma caneta.

O investigador agradece por tê-los recebido e vão embora.

— Esse reitor sabe de alguma coisa — comenta o investigador Renato com seu parceiro já dentro do carro. — Está escondendo algo e eu vou descobrir o que é.

Dias depois, à noite, na sede da sociedade secreta Templários do Novo Tempo, estão os cinco líderes, o Patriarca, seis numerários e seis sacerdotisas, todos encapuzados. A seguir, o padre da capela da USP chega. Ele vai logo esbravejando, num tom de ameaça:

— Algum membro arrependido dos Templários fez alguma revelação para a polícia, e ela andou me fazendo perguntas, me deixando numa situação difícil!

— Calma, padre. Tudo se resolve — pondera um dos líderes. — Esse membro ao qual se refere já não falará mais nada a ninguém. Já demos um jeito nele.

— Nada nos atingirá — promete outro líder. — Ninguém chegará até nós. Não se esqueça de que homens poderosos fazem parte dos Templários e contribuem pela nossa causa.

Outro líder pede a palavra:

— Só não nos traia. Isso seria imperdoável. E você sabe que ninguém poderá provar nada contra os líderes nem contra o Patriarca dos Templários.

O Patriarca se aproxima do padre e se manifesta num aviso firme:

— O Arcebispo de São Paulo é seu chefe e um dos grandes representantes da nossa sociedade na Igreja Católica, além de ser defensor da nossa causa. Por isso, não tente nos afrontar ou demonstrar medo.

— A polícia esteve na capela me fazendo perguntas — sentiu-se intimidado. — E com certeza voltarão.

— Você foi indicado pelo Arcebispo para futuro líder dos Templários. Será o futuro representante da Igreja na sociedade — afirma outro líder. — Por isso, não seja fraco, e livre-se da desconfiança da polícia. Se insistirem, nós entraremos em ação. Só não diga nada. Não dê com a língua nos dentes.

O padre assente e diz que precisa voltar para a capela.

— Não é confiável — um dos líderes diz.

— Ele pode pôr tudo a perder — afirma outro. — Não aguenta pressão. Isso pode colocar a nossa sociedade em risco.

O Patriarca passa a vista aos líderes:

— Esse padre é um tolo fraco. Tem total desconhecimento do nosso código. A Igreja Católica nos enviou um representante que não está à altura dos Templários.

No dia seguinte, o Jornal da USP dá destaque à entrevista de Pedro para a rádio e as ideias que ele e sua equipe defenderam num trabalho. O responsável pelo jornal manda um convite a ele para uma nota de tema livre para o jornal, uma experiência. E, se desse certo, poderia se tornar colunista do jornal. Pedro aceita o desafio.

Ao chegar em casa, Pedro se tranca em seu quarto e começa a elaborar a nota para o jornal. Já passam das três horas da madrugada quando ele termina. Pela manhã, ele liga para o Jornal da USP e avisa ao responsável que já havia escrito a nota, cujo tema era: "Um Gigante Adormecido". Ele pede que Pedro envie por e-mail, que a nota seria examinada por sua equipe e sairia já na próxima edição do jornal.

No mesmo dia, à noite, Pedro recebe um e-mail do diretor do Jornal da USP, dizendo que a nota aprovada sairia na edição da quinta-feira.

Na quinta-feira, Pedro liga para Fernando no meio da tarde e o chama para ir à USP. Uma hora depois, Fernando passa na casa do amigo. Seguem para a universidade e pegam um jornal. Abrem. Na terceira página está a nota de Pedro:

"Um Gigante Adormecido em um Mundo Obscuro"

"Gigante pela própria natureza". Assim diz o nosso hino. Mas os políticos do Brasil insistem em nos apequenar. Insistem em nos fazer acreditar que somos um país subdesenvolvido, submoderno e do terceiro mundo. Rótulo que europeus e americanos insistem em manter, mas não durará muito. Não mais. Eis os motivos: a Europa atingiu seu limite máximo na economia, arte, ciência, tecnologia e guerras. Além da rivalidade milenar que a cerca e está enraizada em seus costumes, política e culturas. O velho mundo, de fato, está muito velho, e não lhe resta outra coisa a não ser criar uma união de mentira para safar-se de seu declínio certo e inevitável. Talvez leve ainda alguns séculos, mas ninguém foge ao seu destino, numa realidade dramática e vertiginosa que não aceita desvios, talvez um adiamento curto.

Vamos aos americanos: a ascensão do Império Capitalista Americano sucedeu-se numa rapidez inacreditável. Boa parte desta ascensão se deu na desgraça alheia, já que nos grandes conflitos mundiais seu território sempre foi poupado e nunca sofria danos. Ou até mesmo nas suas guerrinhas que insistem em fazer mundo afora, contra inimigos invisíveis e causas que hipocritamente dizem ser globais, quando todos sabem que a única causa verdadeira é seu próprio interesse. Se o mundo ficasse duas décadas sem uma guerra insignificante, a economia americana entraria em colapso. Isto só não seria possível devido à escravidão econômica que eles impõem ao mundo através de FMIS e Bancos Mundiais. Em meio a tudo isto, alguns países sabidamente direcionam suas economias noutra direção.

A decadência e o declínio do Império Capitalista Americano é certo e inevitável. Todo o poderio econômico e a hegemonia mundial que se fez em um século, levando o mundo para baixo de seus pés, despedaçar-se-á na mesma rapidez da sua ascensão, acontecerá de forma dramática e impiedosa. Não em séculos, mas em décadas.

Por isso o Brasil deve criar uma identidade econômica própria e sólida. Devemos buscar blocos econômicos alternativos com países menores e menos desenvolvidos pensando no futuro, de ser dependentes de europeus e americanos. Se continuarmos nesta linha seremos o país do futuro por longos e longos anos. Ou até a derrocada total do capitalismo perverso, mas com o risco de irmos com ele.

É chegada a hora de despertar. O Brasil é um Gigante Adormecido que precisa ser despertado. Mas está incumbido a todos os brasileiros participar deste despertar, nos tornar uma Nação justa, igual e desenvolvida. Num futuro não muito distante seremos a maior economia do mundo, ou uma das maiores. E não teremos a necessidade de dominar os mais fracos, e sim ajudá-los, ao contrário das potências de hoje, que tornam o mundo obscuro.

O mundo é azul, o mundo é negro. Eu quero ser um mundano sem amor, piedade e sem religião. O mundo é obscuro. Aqui é a América, seus homens criarão um novo mundo, sem verdade, moral ou perdão, com mentiras e guerras. E ainda dizem: "Assim é que deve ser". Então, não quero essa droga de mundo. Lá fora é a Europa. Seus homens renascerão das cinzas para criar um mundo de blasfêmias e uma união de mentira, tentando escapar do abismo que os aguarda. Também não quero esse mundo. Quero um mundo de liberdade, justiça e verdade.

Esse país, mais do que nunca, precisa de pessoas que saibam olhar para o próximo sem considerar posição social, sermos simplesmente humanos, pessoas. "Isso é possível, ainda que vivamos numa sociedade corrompida, sem coração e mentirosa. Dar mais valor à honra e menos ao proveito."

— Grande nota, hein Pedro! — elogia Fernando. — Você é um filho da mãe intelectual!

No decorrer dos dias a nota ganha destaque na USP, todos começam a comentá-la. A maioria manifesta apoio a Pedro, cumprimentando-o nos corredores da universidade.

Dias depois, o Jornal da USP convida Pedro para uma entrevista. Ele aceita e um repórter vai até sua casa, onde ele reforça todas as suas opiniões, desde o trabalho de Sociologia com sua equipe até a nota para o próprio jornal que o entrevistava.

Passam-se alguns dias. Num sábado à tarde, na casa de Pedro, chegam duas amigas da Bianca. Ambas usam roupas pretas, botas grandes e maquiagem forte. Pedro, que está com Fernando, chega na sala e as observa. Minutos depois, Bianca desce do quarto igual às amigas.

Pedro se aproxima:

— Posso saber aonde vai ser a festa?

As duas visitas olham para ele e não respondem nada.

— Não vamos a nenhuma festa — Bianca responde enquanto amarra os cadarços da bota.

Pedro levanta os ombros, surpreso:

— Aonde vão, então, vestidas assim? A alguma religião oculta ou coisa que o valha?

Bianca se levanta quase gritando:

— Cuide da sua vida! Por favor!

Fernando se aproxima.

— Podemos ir também? Eu gosto de coisas misteriosas.

— Não! Não podem! — continua gritando Bianca.

— Tá bom! Mas não precisa ficar nervosa. — Ele ri mostrando as duas mãos.

Bianca pega sua bolsa, chama suas amigas e se retiram. Pedro vai até o portão sem ser visto por elas e as vê entrar num carro de luxo preto com vidros escuros, dando tempo de ver que tinha mais gente.

"Aí tem coisa. Bianca está metida em algo perigoso", pensa ele enquanto volta para dentro de casa. "Essa cretina está metida em encrenca."

Numa luxuosa casa da zona sul de São Paulo estão reunidos os líderes, os sacerdotes e numerários dos Templários do Novo Tempo, numa capela. Todos encapuzados. No altar, duas cruzes grandes de madeira e uma grande faixa com dizeres:

Templários do Novo Tempo
É Chegado o Tempo da Redenção, Irmãos.
Buscai a Purificação
Batismo, Lealdade e Silêncio.

Um líder pede silêncio.

— Irmãos. Aqui estamos hoje para batizar mais quatro sacerdotisas dos Templários do Novo Tempo. Elas passaram por um teste implacável e duro, mas provaram que são dignas de fazer parte desta sociedade, que luta pela redenção daqueles que corrompem seus corpos e suas almas.

Outra líder pede a palavra apontando para as sacerdotisas que serão batizadas:

— Elas provaram que podem guardar nosso segredo e executar nossas tarefas tão bem quanto qualquer homem. Hoje nosso Patriarca não pôde comparecer, mas lhes desejam um bom batismo e que vocês possam nos mostrar novos caminhos, já que serão os membros mais novos dos Templários. Redenção e perdão!

— Templários! Templários! Redenção e perdão! — entoam as novas sacerdotisas.

— Não se esqueçam dos nossos mandamentos. — Levanta os braços outro líder. — E de guardá-los, principalmente este: "Jamais devemos revelar a identidade de um membro dos Templários".

O ritual de batismo tem início. As quatro sacerdotisas sobem ao altar e seus braços são marcados por sinais com uma pequena cruz de prata quente com a sigla *TT* escrita: "Redenção e perdão".

Em seguida, fazem juras de cumprir os mandamentos e as ordens dos líderes dos Templários sem jamais questioná-los. Depois, vão comemorar na casa do Patriarca, com um coquetel que ele oferece às novas sacerdotisas.

Na segunda-feira acontece mais uma noite de aula na USP. Na classe de Pedro a primeira aula é a do polêmico professor de história Joaquim.

— Boa noite, classe. Hoje, um dos temas da aula será o Evangelho segundo Maria Madalena.

Ele dá uma pequena pausa, examina um livro e prossegue:

— Bem... Maria Madalena, como todos sabem, era prostituta. Ela fez uma intensa amizade com Jesus Cristo e chegou-se a cogitar, na

Idade Média, em algumas sociedades secretas, que ela vinha a ser a esposa de Jesus e que até haviam tido filhos. Eis uma passagem do Evangelho da mulher que amou Jesus. Como mulher mesmo. "O Salvador disse: Todas as espécies, as formações, todas as criaturas estão unidas. Dependem umas das outras e se separarão novamente em sua própria origem. Pois a essência da matéria somente se separará de novo em sua própria essência. Quem tem ouvidos para ouvir que ouça."

Pedro levanta o braço. O professor permite-lhe falar.

— Mas palavras, segundo a Igreja Católica, são apenas um evangelho apócrifo, e elas não estão nem no Novo, nem no Velho Testamento, se eu não estou enganado.

— Não. Você não está enganado — continua o professor. — Após a morte de Jesus, o apóstolo Pedro, que era o grande rival de Maria Madalena, não aceitava a ideia de o Messias ter uma mulher como sua preferida dentre os doze apóstolos. Então, ela foi... digamos... rejeitada, por imposição do seu grande opositor.

Outra aluna entra no debate.

— Pedro não foi o primeiro papa, segundo a Igreja Católica?

— Isso mesmo — confirma o professor. — E por isso a Igreja não tinha nenhum interesse que uma mulher tivesse sido apóstola de Cristo.

— Peraí... Mas a Igreja não tinha e não tem tal poder — revolta-se outro aluno. — Só Jesus o tinha, e só ele poderia decidir quem seria ou não seus apóstolos.

Outra aluna levanta a mão e pede a palavra:

— Mas acontece que desde aquela época as mulheres já eram vistas pelos religiosos como submissas. De maneira nenhuma um dos apóstolos de Cristo iria aceitar uma como a preferida dele.

— Surpreende-me muito ouvir isso de uma mulher — espanta-se Pedro. — Mas ainda que seja verdade, perante o Espírito Santo, Deus e o próprio Cristo, somos todos iguais. Eles não nos veem como macho e fêmea, mas como filhos e irmãos. Se eu estiver enganado, corrijam-me.

O professor retoma surpreendido com o conhecimento do aluno.

— Recitarei agora outra passagem do Evangelho de Maria Madalena a respeito do pecado. Jesus disse: "Não há pecado; sois vós que o criais, quando fazeis coisas da mesma espécie que adultério, que é chamado pecado. Por isso Deus Pai veio para o meio de vós, para a essência de cada espécie, para conduzi-la à sua origem".

A sala fica em silêncio por alguns instantes. Depois, um aluno se manifesta:

— Então, partindo do seu único e verdadeiro princípio, a Bíblia está nos negando a mensagem de um apóstolo de Cristo, só pelo fato de este ser mulher.

— Jamais os doze apóstolos de Cristo permitiriam que sua mensagem fosse levada adiante por uma mulher. — Levanta a mão outro aluno. — Eu acho que esse é o principal fato de Maria Madalena ter sido renegada pela Igreja e nenhum de seus evangelhos aparecer na Bíblia da Igreja Católica.

— Isso só nos prova uma coisa... — Levanta-se uma aluna da turma da Stefane. — Os apóstolos de Jesus eram machistas. Nós, mulheres, deveríamos fundar uma sociedade feminina, assim o Evangelho de Maria Madalena chegaria ao conhecimento de todos.

Ela arranca aplausos de todas as mulheres da classe e sorriso dos homens. O professor também ri:

— Na verdade, após a morte de Cristo, e o fato de ele ter aparecido primeiramente para Maria Madalena, isto acabou sendo como um golpe final para Pedro, que não aceitava e vivia jogando os demais apóstolos contra ela.

— Nenhuma passagem da Bíblia, não que eu me lembre, cita tal coisa ou que a ex-prostituta tenha sido apóstola — questiona uma aluna.

Fernando fica de pé:

— Então, se olharmos desde o princípio, Jesus tirou Maria Madalena do pecado. Pelo pouco que conheço da Bíblia, ele lhe fazia visitas constantes, e a levou para a última ceia. E isto a Igreja Católica não tem como negar: foi a primeira pessoa a quem Cristo apareceu após sua ressurreição. Ela foi sua esposa e ele a amava... Ele não deixará de ser o que foi por causa disso, amou uma mulher e esta foi sua esposa. Isso é uma coisa normal desde os primeiros tempos, ou estou errado?

— Deus se dirige a Cristo como o Filho do Homem — Pedro completa, levantando. — Por isso ele nasceu como todos nós: de uma relação sexual, não dessa fantasia do catolicismo que ele foi introduzido numa mulher pelo Espírito Santo. Maria, sua mãe, era casada, e um casal não fica sem fazer sexo. É impossível... Seja hoje, ontem ou dois mil anos atrás.

Stefane, que até então estava calada, entra no debate:

— Não concordo com tais colocações. Jesus jamais se casaria com uma prostituta. Isso vem a ser blasfêmia. Jesus nunca teve envolvimento amoroso com mulher nenhuma. Ele era puro e nunca cometeu pecado algum. Eu acredito na Igreja Católica e no que está escrito na Bíblia.

— Espere um pouco! — enfatiza Pedro sarcástico. — Desde quando um homem que ama uma mulher comete pecado? Jesus é o primogênito de Deus, que foi enviado para lavar os pecados da humanidade com seu sangue. Ele o fez. Mas enquanto esteve aqui na Terra, era homem e tinha sentimentos como eu, você ou qualquer outra pessoa. Tanto é que morreu, e se morreu era homem, ainda que tenha ressuscitado. Jesus Cristo foi um homem santo. Ninguém pode discordar. Acontece que, enquanto ele viveu aqui na Terra era homem como eu e todos os outros, provavelmente tivesse as mesmas necessidades. Quem garante que ele não se casou? Se fez isso não deixou e não deixará de ser santo.

Fazem silêncio e se concentram para tentar entender aquela pronúncia enfática, inclusive o professor.

— Isto é apenas um ponto de vista ateu — rebateu Stefane. — Só isso. Se o Senhor Jesus teve uma esposa, isto teria que estar na Bíblia.

— A Igreja Católica é a maior fraude da história! — Pedro emite uma opinião forte.

Paira um súbito silêncio na sala de aula.

— E como todas as farsas, um dia ela será descoberta — completa.

Stefane se revolta chamando-o de ateu e dizendo que um dia ele pagará pelo que falou. Pedro esboça outro ponto de vista polêmico. O professor, ao perceber que os ânimos estão se esquentando, retoma a aula:

— O apóstolo Pedro, de fato, foi o primeiro papa. O Vaticano não omitiria ou inventaria algo que desviasse a palavra de Jesus.

Fernando olha para Stefane:

— Em que passagem da Bíblia está escrito isso? Que Pedro foi o primeiro papa.

Stefane vira-se para Fernando e franze o cenho, matando-o com o olhar.

— Não devemos fazer disto uma discussão religiosa. — O professor anda pela sala. — Este é o grande lance da coisa. Não existe verdade suprema. Cada um deve criar e acreditar na sua própria verdade. A verdade de um homem é aquela que ele acredita.

— Uma coisa é certa. Os Evangelhos não são apenas doze — afirma Pedro. — É um número muito maior que esse.

— Se isso é verdade, onde estão os outros? — rebate Stefane com mau humor.

— Em algum cofre do Vaticano! — disse Pedro erguendo as sobrancelhas e sem hesitar. — Lá eles até determinam quem vai ser santo.

— Chega, pessoal! — ordena o professor Joaquim com o semblante sério. — Não devemos levar o debate para o lado pessoal. Como já disse e repito, cada um tem a sua verdade. Deus é o dono de todas elas. Não devemos levar esta discussão para além desta sala.

Ele encosta-se à quina da mesa e prossegue:

— A Igreja Católica exerceu forte poder e influência na Idade Média. Era uma espécie de segundo poder. Os reis tinham os bispos como seus principais conselheiros e acatavam a eles, na maioria das vezes. Era a principal influência do Estado. Enriqueceu muito nessa época.

Pedro levanta a mão. O professor lhe passa a palavra.

— Na Europa da Idade Média, a Igreja julgava todos que se declaravam não católicos hereges e os condenava a morrer na fogueira da inquisição. Isto é fé, religião ou tirania? Além do mais, o catolicismo e o islamismo não passam de plágios, para não dizer blasfêmias, já que foram do judaísmo, a verdadeira religião da humanidade. E, segundo a ciência, o homem está na Terra pelo menos há cem mil anos. Os católicos dizem que Cristo veio nos salvar há dois mil anos... E o que aconteceu nesses noventa e oito mil anos para trás?

Toda a classe se olha sem dizer uma palavra. Stefane usa sua velha soberba:

— Naquela época isto era necessário para manter a ordem do Estado e a fé da Igreja, que estava enfraquecida e precisava se expandir. Na vida, há aqueles que sacrificam e aqueles que devem ser sacrificados. É uma questão de política, apenas isto.

O professor ficou perplexo com tal colocação, assim como todos da classe. Como ele sabia que não podia entrar em discussão com alunos por ser contra o estatuto da universidade, astutamente olha para Pedro, pedindo ajuda.

Pedro entende o pedido:

— Aquilo tudo eram apenas sentenças iníquas. A fé jurada e sincera que Deus busca no homem requer sacrifícios de coração de livre-

-arbítrio, não em imposições maquiavélicas e tentativas distorcidas de impor a fé jurada a todo custo.

A resposta de Pedro ecoou por toda a sala num silêncio assustador. Revoltante em uns e aplausos internos noutros, acompanhados de um "Salve, salve".

Stefane ri disfarçadamente, também encantada com a resposta, e balança a cabeça. O professor gosta do que vê e recomeça:

— As religiões foram e serão sempre necessárias. O mundo sempre viveu dentro de uma turbulência arrebatadora. Elas servem para aliviar o sofrimento de muita gente. E com o catolicismo não é diferente.

Pedro não perde a oportunidade.

— Talvez isso explique o fato de o Papa Pio XII ter tido inúmeras reuniões secretas com os nazistas para fazer acordos secretos, já que os nazistas estavam às portas do Vaticano.

Stefane, católica fervorosa, não se contém.

— Nada ficou provado. Eram apenas suposições. Além do mais, o fato de uma pessoa encontrar-se com outra, não significa que ela apoie ou apoiará suas atitudes e ideologias.

Outra aluna defende Stefane:

— O papa, ao qual você se refere, nada tem a ver em ter sido ou ter apoiado os nazistas. Ele, na verdade, tentou poupar a vida de muitos judeus, que Hitler julgava ser o grande algoz da raça humana.

O debate fica interessante e toda a classe se mostra interessada.

— Que o Papa Pio XII se encontrava secretamente com os nazistas para fazer acordo, isto é inegável — afirmou outro aluno. — Agora, saber sobre o que eles conversavam ninguém jamais saberá.

— Até porque suas reuniões eram secretas — completa outra aluna. — Coisa boa não foi. Disto eu tenho certeza.

— Não podemos afirmar tais coisas ou tentar julgar aquilo que não sabemos — vai contra outra aluna. — Deixemos que Deus faça o julgamento. A vingança somente a Ele pertence. Nós não podemos julgar o catolicismo pelas atitudes de um papa.

O professor olha para a aluna:

— Não se trata de um julgamento. Quem somos nós para tentar julgar a nós mesmos? Isso seria profano e hipócrita. Mas a história está aí. Não pode ser desmentida. Contestada, talvez, mas desmentida, não.

— Acontece que muitas vezes a história é forjada — contesta outra defensora das ideias da Stefane. — Não podemos mudá-la, mas podemos ignorá-la e repudiá-la.

— Uma coisa também é certa: a Igreja Católica carregará a inquisição e este fato com os nazistas para sempre nas suas costas — opina Pedro num tom determinante.

— O catolicismo talvez esteja entrando em declínio — aumenta a polêmica Fernando. — Na Europa, por exemplo, onde ele dominava mais especificamente na Itália e França, suas respectivas populações estão desertando dele e se convertendo a outras religiões ou simplesmente não seguem mais nenhuma. Então, a única alternativa é se concentrar no terceiro mundo, onde o número de miseráveis, mal-esclarecidos e famintos é infinitamente maior. Conhecimento é poder e este não chega aos miseráveis.

— Muitos estão se convertendo ao luteranismo e sua reforma protestante — Pedro mostra-se um conhecedor do assunto. — Martinho Lutero, aliás, afirma que só Deus perdoa e que o papa ou poder temporal algum podia atuar nesse sentido.

— Muito bem lembrado, Pedro — o professor gosta. — O protestantismo, hoje, exerce grande influência na vida religiosa de muitos países. Esse é um dos motivos pelo qual o catolicismo vem perdendo adeptos. — E ele olha para o relógio. — Hoje não dá mais tempo. Na sexta-feira eu quero um trabalho individual sobre todas essas questões discutidas hoje. Por escrito e oral.

Em seguida, vão embora. O professor chama Pedro e conversa com ele:

— Você é um rapaz muito esclarecido. Só evite rivalizar com a Stefane. Não devemos levar pontos de vista diferentes de uma sala de faculdade para o lado pessoal. Apenas um conselho.

— Mas em nenhum momento eu pensei nisso. Talvez ela deva ter levado.

— É filha do reitor...

— Ah... Sei... Então, eu devo ter medo daqueles filhos da mãe poderosos? — ironiza Pedro. — Devem ser católicos fervorosos, pelo jeito.

— São, sim. Por isso a disputa, às vezes, não leva a nada. Você é jovem, inteligente e cheio de energia, e deve ter cuidado ao expressar suas convicções em público para não atrair inimigos... Você entende.

— Não — Pedro mostra personalidade. — Eu não vou me intimidar com uma aluna só porque ela é filha do reitor da faculdade em que estudamos e temos opiniões diferentes. Ela é uma cretina sem moral e eu sou autêntico.

— Você não deve se intimidar — explica o professor. — Eu não quis dizer isso. Apenas deve ser perspicaz na hora de afirmar as suas convicções.

Vão embora.

Na mesma noite, na sede dos Templários, o Patriarca faz uma reunião com os líderes. Como de costume, estão todos encapuzados.

— Amanhã um investigador de polícia vai até a capela da USP convocar o padre para um depoimento — informa um líder.

— E por que a polícia tomará o depoimento daquele padreco? — irrita-se outro líder.

— Uma fonte segura da polícia me informou que o ex-membro dos Templários Luderson entregou uma prova contra nós. — O Patriarca fica de costas. — Tem um investigador que anda fazendo perguntas e está desconfiado do padre.

— Ele não aguentará a pressão — desconfia outro líder.

— Estive conversando com o Arcebispo de São Paulo — informa o Patriarca. — Outro padre assumirá a capela da USP.

— E quanto ao padre? Ele sabe de muita coisa.

— Faça o que deve ser feito — ordena o Patriarca. — Hoje aquele padre deve ser silenciado.

Um dos líderes chama cinco numerários. O Patriarca passa a ordem para matarem o padre com apenas um tiro no coração, como de costume, ainda naquela noite. Ordena ainda que um líder os acompanhe pessoalmente.

À meia-noite o líder e os cinco numerários chegam à capela da USP. Entram com cuidado. Ao olharem para o altar, veem o padre de joelhos, rezando. Aproximam-se.

— Estava esperando por vocês. — Vira-se o padre, permanecendo de joelhos.

— Você se mostrou um fraco, padre — diz o líder balançando a cabeça. — Por isso não é digno de se tornar um líder dos Templários.

— Vocês são apenas assassinos! — o padre altera a voz. — Pregam e defendem a redenção, mas são um bando de assassinos!

O líder aponta uma arma para ele:

— Perdoe-me, padre... Mas devo sacrificá-lo.

O padre abre os braços e recebe um tiro no coração, caindo morto no altar.

No dia seguinte pela manhã, o investigador Renato e seu parceiro seguem para a capela da USP. Ao chegarem na capela, entram e não veem ninguém. Vão direto para o escritório e lá também não tem ninguém.

— Será que o padre resolveu fugir? — o investigador questiona.
— Não. Olhe! — Aponta seu parceiro.

Aproximam-se e veem o padre deitado no altar. O investigador abaixa-se e mede a pressão arterial.

— Chegamos tarde. Está morto.

Fazem todo o procedimento. Chamam reforço.

À tarde, no dia seguinte, Fernando vai até a casa de Pedro para fazerem o trabalho de história. Vão até uma biblioteca municipal para pesquisarem o assunto.

No finalzinho da tarde voltam às casas e vão se aprontar para mais um dia de faculdade. Já na USP, a primeira aula de Pedro e Fernando é de literatura. O professor Gustavo inicia.

— Boa noite, classe. Hoje falaremos da literatura modernista e de sua influência no desenvolvimento literal na língua portuguesa — o professor expõe o tema da aula dando voltas na sala toda. — Nas minhas aulas eu sou bem democrático, como todos sabem. Estou sempre pronto para ouvir a opinião de todos.

O professor escreve algo no quadro negro e continua:

— Podemos dizer que a literatura modernista da língua portuguesa se divide em algumas fases. Fases que enriqueceu e muito a nossa literatura. Tivemos grandes poetas e escritores: Manuel Bandeira, Monteiro Lobato, Euclides da Cunha, Drummond, dentre outros. A nossa literatura é muita rica e inovadora. Se alguém tiver uma opinião ou alguma coisa a dizer...

Pedro, para não perder o costume:

— Embora a nossa literatura seja rica e inovadora, nós, brasileiros, ainda não adquirimos o hábito de ler como franceses e americanos, por exemplo. Ainda que tenhamos grandes escritores, temos dificuldades para editar e promover grandes obras de autores desconhecidos. Infelizmente.

Stefane também não perde a oportunidade de rebater o seu grande rival de debates:

— Ninguém que atinge ou que tenha atingido o auge achou nada de mãos beijadas. Cada um deve fazer a sua própria oportunidade e não ficar à espera dela. Quanto a nossa literatura, ela se inova, sim, a cada tempo. É um processo absolutamente natural.

O professor gosta do que ouve. Ele prossegue.

— Os nossos grandes escritores, ou pelo menos a sua maioria, não tiveram vida fácil no início de suas empreitadas. É uma questão de persistência. Aqueles que persistem vencem. Talvez seja uma espécie de provação, já que a história não conhece aqueles que desistiram ou que ficaram no meio do caminho, os que chegaram ao final com êxito e perseverança.

— Isso não se aplica apenas na literatura — opina Fernando, levantando a mão. — É uma lição para qualquer área da vida.

— Muito bem lembrado, Fernando. — O professor chega próximo dele. — Nada é fácil neste mundo. Se não tivermos determinação naquilo que desejamos não chegaremos a lugar algum. Agora vamos ver quantos livros lemos por ano...

— Eu leio uns vinte livros por ano — responde primeiramente Pedro. — Sem brincadeira. Verdade o que estou dizendo. Me amarro na poesia de Arthur Rimbaud.

— Eu leio uns cinco — responde uma aluna.

— Eu raramente leio alguma coisa — respondeu um terceiro. — Mas não é por falta de hábito. É falta de tempo mesmo. Eu trabalho dez horas por dia e ainda tenho que vir para a faculdade.

— Eu leio em torno de quinze livros por ano — é a próxima Stefane. — Atualmente estou lendo Gabriel Garcia Marques. Um ótimo escritor.

Os alunos falam das suas preferências na arte de escrever.

— A leitura é a mais completa das artes — o professor pronuncia fortemente as palavras. — Além de enriquecer-nos com conhecimento e ideologia, das mais diversas, a leitura tem o dom de transformar qualquer pessoa. A leitura é tão importante que Deus escreveu Seus mandamentos numa pedra antes de entregá-los a Moisés. Então, notem pela sua essência e filosofia que Deus foi o primeiro escritor que existiu.

— Não podemos nos esquecer de que Ele escreve certo por linhas tortas — Fernando demonstra bom humor.

Todos riem. O professor também acha graça.

Pedro levanta a mão e pede a palavra. O professor lhe concede.

— A leitura enriquece a nossa alma e o nosso conhecimento. Quem lê enxerga o mundo de outra maneira, melhor e mais justo.

Todos, inclusive o professor, ficam encantados com as belas palavras de Pedro. Stefane o encara por alguns segundos. "Ele fala bonito, mas gosta muito de aparecer", observa ela em rápido pensamento.

— Vejo que temos um hábil orador na classe — elogia o professor de pé diante de Pedro. — Mas nunca se esqueça de uma coisa: nenhum homem jamais conseguiu introduzir justiça verdadeira numa sociedade em que todos pensam. Nem todos estariam contentes, e aí...

— Nem por isso devemos parar de buscar justiça, direitos e ensinamentos — afirma veementemente Pedro. — Conhecimento e atitude são as armas mais fortes e poderosas que uma sociedade pode ter. O que acontece é que muitas não se permitem a isto.

Fernando o complementa:

— Nem Jesus Cristo, que foi o maior revolucionário de todos, que pregava direitos iguais, sem dúvida foi um grande escritor, conseguiu ser poupado pelo egoísmo humano. Então, não há nenhuma chance para que um dia algum ser humano seja visto diferente.

Stefane não resiste às palavras do Fernando, mas com objetivo claro de atingir Pedro. Ela se levanta e pede a palavra.

— Revolução, literatura e Cristo são coisas totalmente distintas. Há tempos em que se deve baixar a cabeça, certamente haverá um tempo que se deve exaltar-se. Cristo baixou a cabeça diante de tanto egoísmo e hipocrisia, mas hoje, veja, Ele está elevado à sua majestade e poder. A literatura, por sua vez, em muitos países passou muito tempo calada e seus direitos ceifados, mas hoje ela é plena. Há um tempo para chorar, gritar e sofrer, mas em nome da perseverança haverá tempos de paz, alegria e largos sorrisos.

Ela se senta e dá uma olhada para Pedro. "Falou bem, Stefane", pensa também ele, que fala mais uma vez:

— Os artistas que escrevem usam a mentira para nos mostrar a verdade. Diferente dos políticos, que usam a mentira para usurpar a verdade e roubar a esperança da massa. Esses cretinos filhos da puta!

O professor dá uma volta na sala olhando sério para ele.

— Temos bons formadores de opiniões aqui. Isto é bom. Há um confronto de faculdade, isto é saudável, desde que se tenha lealdade e respeito mútuo. Mas a literatura não se fez apenas de persistência no passado, ou de maravilhas no presente. Ela é um texto sem fim. A literatura, que outrora foi decadente, hoje é soberana. Ela já foi posta aos pés de reis, ditadores e governantes, hoje nos tem abaixo dos seus. A literatura é dor, amor, ódio e vingança. "Ah, literatura... Por que me fizeste chorar, sofrer, pensar, sorrir? Eu quero jogar-me aos teus braços. Liberte-me da ingratidão humana. Livre-me da cerca do desespero e da servidão desleal dos incompreensíveis. Mostre-me a verdade ao teu modo, e tão logo ela será a minha. Sobre um rio de lágrimas não derramarei uma gota sequer. Sobre o vale da sombra da morte tu pelejarás comigo e juntos passaremos por ele sem medo. Ah, literatura... Vens tu a mim".

O professor se cala após a declaração de amor e poesia à literatura e sua profissão com um belo e encantador poema. Ele olha à sua volta e todos os alunos estão boquiabertos, olhando para ele. De repente, Pedro começa a bater palmas, em poucos minutos todos os outros alunos o acompanham. O professor agradece e dá continuidade à aula, que termina minutos depois.

Sexta-feira chega. A primeira aula da classe de Pedro e Stefane é a do professor Joaquim. Estão ansiosos pelo trabalho que ele pediu, promete ser um acirrado e concorrido debate entre Pedro e sua rival.

O professor Joaquim não está menos ansioso do que os alunos. Após se sentarem, ele fica de pé e, enquanto dá voltas na sala, inicia a aula.

— Na aula passada nós discutimos o catolicismo e seus preceitos. Todos fizeram o trabalho que foi solicitado?

Os alunos fazem um sinal positivo. Todos ouvem alguém bater à porta. O professor vai abri-la. É o reitor da USP, não se sabe por que, mas está lá para assistir a aula dos alunos. O professor Joaquim, ao vê-lo, fica surpreso.

— Hoje eu assistirei à sua aula, professor. Creio que não será problema — diz quase como uma ordem.

— De maneira nenhuma. Será uma honra. Por favor, entre — o professor mostra-se político.

O reitor entra e se senta na cadeira do professor, que explica para ele sobre o tema da aula de alguns dias atrás, na qual pedira um trabalho individual sobre o assunto. A seguir, o professor Joaquim pede que comecem com a parte oral.

Um aluno resolve começar. Ele fala em versos sua opinião. Em seguida, outro aluno faz o mesmo. De um a um vão expressando suas opiniões.

Na metade das explanações, Stefane pede permissão para dar sua opinião.

— A vida, desde seu princípio, vem elaborando sua fé jurada como uma herança incorruptível e verdadeira dos céus para vós e para aqueles que insistem em não acreditar. Para o Pai, o Filho e o Espírito Santo que, pelo poder da sua misericórdia, estão sempre prontos a perdoar. O Filho do Homem ressuscitou dentre os mortos para semear glória e espalhar amor fraterno. Seu sangue, como de um cordeiro sem mancha, por nós foi derramado. A prova da nossa fé deve ser mais preciosa do que o ouro e não deve perecer jamais, embora possa vir a ser pelo fogo. A nossa submissão para com Deus deve ser inefável aos que vivem blasfemando contra seu nome, ao invés de lhes oferecer louvores e gratidão divina por seu amor. Todo aquele que perseverar até o fim fará parte do rebanho de Deus. A Santa Igreja Católica será a redentora dos ímpios e dos pecadores. "Louvado seja o nome do Senhor. Amém." Assim dizem os mansos e humildes que não hesitam em humilhar-se diante do Criador. Mas o inimigo vem rugindo como leão e está sempre procurando a quem devorar. Este é o Diabo. Mas devemos resistir a ele, pois Cristo nos aguarda para a eterna glória. Em nome do Pai, do Filho e do Espírito Santo.

    O professor Joaquim recuou com certo assombro ao que acabara de ouvir e aos intensos aplausos de toda a classe e do pai da oradora perfeita. Pedro a olha e devolve um olhar irônico e soberbo.

    Alguns alunos expressam suas opiniões, mas todos eles, assim como o professor, querem mesmo é ouvir Pedro.

    Pedro, finalmente, manifesta-se. Fica de pé e pede a palavra.

    — Bem... Eu sou um tanto incrédulo quanto a coisas religiosas. Não sou ateu. Acredito em Deus e toda a mensagem deixada por Jesus sobre igualdade, bondade e perdão. Mas a Igreja Católica teve seus próprios interesses e eu acho muito difícil ela não ter mudado nada dos acontecimentos acerca de Cristo. Tudo é muito misterioso e complexo. Vou falar dos apóstolos. Temos a genealogia de Abraão a Jesus Cristo, o Messias, Filho do Rei Davi. Dele não se pode contestar. O que dizer de Judas, o traidor, beijando a face de seu mestre enquanto o traía por trinta moedas? Aliás, o homem destrói aquilo que ama com beijos e espadas. Não estava Judas cumprindo uma missão divina? Pois se não houvesse traição não haveria sacrifício, e não havendo sacrifício, Jesus não teria morrido por nós. Em minha opinião, não foi Satanás quem se apossou de Judas para trair o primogênito do Pai, foi Deus quem o usou. Judas apenas fez a parte mais difícil. Por isso, para mim, Judas foi o mais importante dos apóstolos. Sua atitude não foi menos miserável do que a de Pedro, que negou Cristo três vezes por medo de morrer, para não dizer covardia. Cada um deve tirar suas conclusões e acreditar naquilo que quiser. A verdade do homem é aquela na qual ele acredita. — E se senta.

Todos começam a murmurar. Stefane se levanta e contesta ferozmente:
— Isto não é uma opinião sobre o assunto. É uma declaração de ódio e rancor ao catolicismo e aos católicos.

Pedro fica em pé novamente e rebate:
— A Igreja Católica prega o perdão e a misericórdia. No entanto, Judas foi crucificado há dois mil anos. Aonde está o amor e o perdão da Igreja que não para de condenar um homem morto há tantos anos? Ele já não merecia o perdão? Aonde está a misericórdia que os católicos tanto pregam?

Um rápido silêncio toma conta da sala. Stefane ameaça uma resposta mais dura.

O professor Joaquim intervém:
— Todos têm o direito à livre expressão, Stefane. A opinião de Pedro realmente é forte, mas deve ser respeitada, assim como a de todos que se manifestaram.

O reitor se retira.

— Cara... — comenta Fernando com Pedro saindo da sala. — Parecia uma cena de um tribunal de inquisição. A Stefane perecia estar no comando e você, o réu, prestes a ser queimado vivo.

— Só faltaram os bispos e a fogueira — Pedro devolve o comentário. — E eu sendo queimado vivo por esses filhos da puta mentirosos!

O professor Joaquim dá passos rápidos para acompanhar Pedro e Fernando.

— Podemos conversar um pouco, Pedro?
— Claro.

O restante da turma de Pedro se aproxima. O professor diz para ele que lhe dará uma carona. Pedro, então, diz aos seus irmãos e amigos que podem ir sem ele.

Já dentro do carro do professor, ele diz, enquanto dá a partida:
— O que acha de tomarmos alguma coisa?
— O senhor é quem sabe.
— Vamos deixar a formalidade de lado. Aqui pode me chamar de você.
— O senh... Você é quem manda.
— Então, vamos. Eu conheço um lugar ótimo.

O professor segue para um bar social e formal. Ao entrarem são levados a uma mesa. O professor pede um coquetel de vodca. Pedro fica na Skol e na Ice.

— Então, Pedro, como eu já disse, você é um rapaz esclarecido, formador de opiniões. Isto pode causar alguma revolta em lugares onde se concentram muitas pessoas. Numa faculdade, por exemplo.

— Não é minha intenção causar alguma desordem ou sentimento de revolta. Eu não tenho nenhuma vocação para anarquismo, ou coisa que o valha. Alguns pensam isso de mim e isso me deixa chateado pra diabo!

— Acontece que muitas vezes nós somos empurrados pelas circunstâncias e não temos escolha — observa com sabedoria o professor. — Não podemos fugir do nosso destino, principalmente quando se é um líder nato e um orador perfeito como você.

— Hitler foi um líder nato — lembra Pedro. — Um dos melhores oradores que já existiram. Veja o que ele fez... É tudo muito relativo. Eu detesto essa porra toda!

— O reitor é muito conservador, um católico devoto e fervoroso — informa o professor. — Os filhos dele, pelo jeito, seguem este mesmo caminho.

— Filhos? — Pedro mostra-se surpreso. — Então, não é só a cretina da Stefane?

— Não. São mais dois — ri o professor.

— Dizem que os filhos só puxam o pai quando é cego. Mas acho que este ditado não é verdade.

— Pelo que sei não são todos que seguem os passos dele — suspeita o professor. — Mas a Stefane, pelo que parece, é a sua fiel discípula.

— Ela é uma moça tão bonita, inteligente. Não devia gastar seu tempo com essas coisas — faz um breve comentário Pedro. — Tudo bem que todos nós devemos acreditar em alguma coisa, principalmente em Deus. Daí se escravizar a esses assuntos já é exagero. Eu acho que nem Deus aprova fanatismo. Ela é louca de pedra, eu acho.

O professor apoia o queixo com as duas mãos:

— Quando eu comecei a dar aulas na USP, o reitor não aprovava os meus métodos. Várias vezes fui chamado à sua sala. Até ameaçado fui.

— Ele pode fazer isso? Você não é concursado público?

— Sim, isso não quer dizer nada. É a lei do mais forte. Já ouviu falar dela?

— Já. E é muito poderosa, essa filha da mãe.

— O mundo não tem piedade dos fracos nem daqueles cuja força não pode determinar o destino dos outros — ensina o professor. — Por isso, não podemos diferir uma revolução ou uma revolta, a menos que estejamos prontos.

— Sabe de uma coisa? — confidenciou Pedro. — Coisas como essas nunca passaram na droga da minha cabeça.

— Para se fazer essas coisas elas não precisam passar pela nossa cabeça. Pelo menos no tempo certo. Quando a gente nota, aconteceram.

— Isto tem um fundo de verdade — concorda Pedro. — Às vezes as circunstâncias nos empurram, mas essa porcaria toda me chateia.

O professor chama o garçom, pede mais uma rodada.

— Os jovens são revolucionários por natureza — ele declara. — Ainda que eles resistam, está no seu instinto. Com o tempo esse sentimento vai passando.

— Esta aí é outra verdade! — concordou Pedro. — Vou pensar com mais atenção nessa tralha toda. Juro que vou.

— Este é o meu medo — brinca o professor. — Oração é uma arma muito perigosa.

— Que nada... — mostra-se franco e meio ressabiado Pedro. — Eu não tenho nenhuma pretensão de causar uma revolução ou uma revolta. Deixemos para os franceses. Eles são bons de verdade com essa porcaria toda.

— Cada homem tem uma revolução dentro de si — filosofa o professor. — O que acontece é que poucos têm coragem para soltá-la.

Pedro fica em silêncio refletindo sobre as palavras ouvidas. O professor prossegue:

— Cuidado. A Stefane não sossegará enquanto não aprontar alguma com você.

Pedro se espanta, não de medo, mas de surpresa.

— Todo aquele que se propõe a seguir fielmente as coisas divinas, deste você pode desconfiar — ainda aconselha o professor.

— A hipocrisia das pessoas é algo surpreendente — comenta Pedro meio desiludido. — Ainda assim seguimos num caminho de fogo. O troço todo é um absurdo.

— Faculdades precisam de pessoas como você, Pedro — é realista o professor. — Por isso tome cuidado com aquilo que vai falar de agora em diante na sala de aula.

Pedro fica um instante pensativo. Em seguida, o professor paga a conta e eles se dirigem ao estacionamento. O professor deixa Pedro na casa dele e segue para a sua.

Alguns dias depois, Pedro está de volta à aula do professor Joaquim. Ao entrar na sala dá uma olhada feroz em Stefane. Ele muda de lugar e senta-se ao lado da sua grande rival. A primeira aula é a de Filosofia. Tudo corre bem. No intervalo, Pedro reúne-se com Fernando e mais alguns alunos. O mesmo faz Stefane e sua turma. Pedro se aproxima do grupo rival de mulheres e vai dizendo:

— Mulheres... Por que será que elas estão sempre se protegendo e tramando algo? Isso é pra lá de esquisito.

— Talvez porque sejamos sinceras e não sobrepujamos a inteligência dos outros — cutuca Stefane.

Fernando e Thiago também se aproximam.

— Podemos participar do debate? — querem saber.

— Desde que seja algo proveitoso para nós — vai rebatendo uma delas.

— Eu acho que estamos sempre aprendendo alguma coisa com os outros — parece entrar no jogo Thiago.

Eles ficam de conversa até o fim do intervalo.

Ao final da aula, quando estão saindo da universidade, Pedro e sua turma são informados da morte do padre dentro da capela. A notícia se espalha rapidamente entre os alunos.

Na semana seguinte, numa quarta-feira, o professor Joaquim é convidado por um amigo rico e egocêntrico, cujo nome é dr. Jaime, homem já de idade, para jantar.

— Como vão as coisas no trabalho, Joaquim? — pergunta o dr. Jaime.

— Um tanto agitadas agora com a morte do padre dentro da capela.

— Com certeza a polícia descobrirá o assassino. Mas parece que as coisas lá na USP estão mesmo quentes. Eu ouvi algo a respeito do estudante de Jornalismo e seu fiel amigo. Fale-me deles.

— Pedro tem muito carisma. É um líder nato, além de ser um perfeito orador. Eu estou dando uns conselhos a ele, para ir devagar quanto àquilo que pensa. Tem umas ideias revolucionárias. Fernando não é muito diferente dele. Talvez isso explique por que são tão amigos.

O dr. Jaime dá um gole no uísque.

— Todo jovem é revolucionário. Está no seu sangue. Nós já fomos assim também. É só uma fase.

— A filha do reitor é sua fiel contestadora — comenta o professor, dando um bom gole num licor fino. — Eles vivem tendo ásperos debates.

— Parece-me que esse rapaz até já pregou a dissolução da Câmara dos Deputados. Dizem que ele tem ideias bem revolucionárias.

— Ele é revolucionário e tem carisma — esclarece o professor. — Pedro já tinha rivalidade com a filha do reitor, mas, após um trabalho que fizeram, a coisa esquentou. Têm visões diferentes.

— Eu estou curioso para conhecer o rapaz. — Sorri o velho. — Fale-me uma coisa... O amigo dele, Fernando, é filho do Paulo?

— Sim.

— Ele foi meu aluno.

— No sábado haverá uma grande festa aqui em casa. É o aniversário do meu filho. Eu quero que você convide Pedro para que eu o conheça.

— Tudo bem.

Em seguida vão jantar. Logo depois, o professor vai embora.

Na sexta-feira, na USP, após o fim da aula, o professor Joaquim pede para Pedro aguardá-lo que ele quer lhe falar um minuto.

— Um amigo meu muito rico quer conhecê-lo, Pedro.

— Vejo que estou ficando bastante popular. Ele não é nenhum político, é?

— Haverá uma grande festa na casa dele no sábado. É aniversário do filho dele. Ele mandou convidá-lo.

— Estarei lá — promete. — Se tiver muita cerveja e uísque, eu prometo que vou.

No sábado pela manhã, Fernando liga para Pedro:

— Tem uma festa para a gente ir hoje, Pedro. É na casa de um amigo do meu pai.

— O Joaquim também me convidou para uma festa hoje. De um amigo dele.

— Então, eu acho que é a mesma festa. O professor Joaquim fez faculdade com meu pai e essa festa é o aniversário do filho de um ex--professor.

— Vamos juntos, então.

— Vamos, sim.

— Deve ser mais uma festa daquelas, em que os convidados passeiam pra lá e pra cá com um copo de uísque na mão usando terno — ironiza Fernando.

— Então, eles verão uma pessoa vestida totalmente diferente — promete Pedro.

— O que você vai aprontar desta vez? — dá uma boa risada Fernando. — Lembra da festa que fomos na casa do secretário do Governador, em que você foi de calça jeans, bota e camiseta preta? Ah! Eu chamei o Caio para ir com a gente.

— Vocês passam aqui em casa?

— Tudo bem. À noite, a gente passa aí.

Às oito horas da noite Fernando chega à casa de Pedro acompanhado de Caio. Eles descem do carro e entram. Seu Antônio avisa-os que Pedro está no quarto. Sobem e, quando Pedro os vê, faz breve comentário ao vê-los vestindo calça social e blazer:

— Olha só... Vocês vão à festa ou num casamento? Estão todos engomadinhos.

— Eu estou bonito, Pedro? — brinca Caio passando a mão na roupa que veste. — Foi o Fernando quem me emprestou esta roupa.

Pedro, que está usando calça jeans e uma bota preta, abre seu guarda-roupa e saca uma camiseta branca. Na frente os desenhos de James Dean no lado esquerdo, e Jim Morrison no direito. Atrás, uma frase, intitulada "Mundo Obscuro": "O mundo é azul, o mundo é negro. Eu quero ser um mundano, com amor, piedade e sem religião. O mundo é podre, o mundo é obscuro. Aqui é a América. Seus homens criarão um novo mundo, sem catolicismo, mentiras e justo. Assim deve ser, mas não o quero. Assim como eles, será podre. O mundo é obscuro. Lá fora é a Europa. Seus homens renascerão das suas cinzas, tentando criar uma união de mentira e um lugar de blasfêmias. Também não quero essa merda de mundo, pois não quero subir as escadas do inferno. Esse é o mundo obscuro, esses são seus homens. Eu vou guerrear com todos eles, vou matar todos eles. Depois me matarei, como um tributo à sua queda e à liberdade daqueles que viverão, para levar coragem e atitude a esse mundo obscuro, porque só depois da morte pode-se ter seguidores fiéis".

— Belo pensamento, Pedro — elogia Caio. — É sempre bom ver James Dean e Jim Morrison lado a lado.

— Pode crer! — concorda Fernando, complementa que é melhor eles irem andando.

Pedro diz estar pronto. Pega a sua jaqueta de couro. Os três descem, despedem-se dos pais de Pedro e vão para a festa.

Às onze e meia chegam à festa. Ficam encantados com a mansão do velho desconhecido. Dirigem-se ao portão de entrada, onde os seguranças os recepcionam. Um deles se aproxima com uma lista nas mãos, confirma e libera a entrada.

Já dentro da casa vão para a beira da piscina, onde está todo mundo. Fernando avista seu pai, que está com alguns amigos, e vai até ele.

— Oi, filho! Como vai, Pedro? — recepciona o dr. Paulo.

— Este é Caio, outro amigo — apresenta Fernando.

— Como vai, Caio?

Todos se cumprimentam. Pedro chama os dois amigos para beberem alguma coisa. Um garçom passa e o chamam, pedindo uma bebida, mas só tem uísque, champanhe, licor e vinho na bandeja. Pedro pega uma taça de champanhe e bebe de uma vez. Depois, pede ao garçom para ele lhe trazer cerveja e o garçom diz que não tem.

— Como é que é, meu velho?! Uma festa sem cerveja?!

— Ha! Ha! Ha! Ha! — Pedro é interrompido por uma grave e serena risada. Quando se vira, é o dono da casa, o dr. Jaime. Se aproxima apoiando-se em uma bengala dourada, usando um belo terno escuro italiano.

— Perdoem-me pela falta da cerveja. Darei um jeito nisso — chama um empregado e o manda comprar.

— Você deve ser Pedro. — Estende a mão. — É um grande prazer conhecê-lo.

Pedro pega na mão dele e diz que o prazer é todo dele, agradecendo pelo convite. Em seguida, apresenta Caio e Fernando.

— Eu sou filho do Paulo, dr. Jaime.
— Tudo, menos doutor — brinca o velho.
— Seu Jaime, então — sugere Fernando.
— Assim está melhor.
É a vez do professor Joaquim se aproximar. Ele cumprimenta a todos e elogia a festa. Seu Jaime agradece, diz que vai cumprimentar os outros convidados, depois volta para baterem um papo.
Pedro tira a jaqueta. Todos os convidados, que usam ternos, começam a olhar para ele. Ao ler a frase na parte de trás da camiseta, cochicham. Seu Jaime o observa à distância, numa mistura de desconfiança e admiração por sua personalidade em se vestir diferente dos outros e sentir-se tão à vontade. Logo a seguir, um garçom se aproxima de Pedro e seus dois amigos com copos de cerveja.
O aniversariante chega. Seu Jaime o chama e o apresenta a Pedro e seus amigos. Já passa da meia-noite quando Pedro vê alguém entrar na casa. Ele desconfia que seja sua irmã Bianca que chega à festa com a amiga Ângela e quinze pessoas, todas vestidas com roupas iguais. As mulheres usam saia até o joelho azul-marinho, camisa social da mesma cor e gravata vermelha, um grande broche de prata com a sigla *TT*, e está escrito "Redenção". Os homens usam a mesma coisa, na versão masculina. Ele se aproxima dela:
— Bianca? O que faz aqui?
Ela vira-se e fica tão surpresa quanto ele.
— Pedro?! Que surpresa boa! Estou com a minha amiga.
Ângela o cumprimenta com um beijo no rosto.
— Quem é essa gente que chegou com você? — achou estranho Pedro. — Parece que todos resolveram se vestir igual.
— É que resolvemos quebrar a rotina. De vez em quando é bom.
As explicações não convencem muito Pedro. Ele volta para junto de Caio e Fernando e continua de olho na irmã.
Numa mesa, à beira da piscina, estão sentados Seu Jaime, o reitor, o dr. Paulo, o professor Joaquim e mais duas pessoas.
Minutos mais tarde Fernando se aproxima da roda e fica de papo com seu pai. Ele chama Pedro, que pega uma cadeira e se senta ao seu lado.
Seu Jaime pede a atenção de Pedro:
— Fale um pouco das suas ideias de mudanças, Pedro. Eu li sua matéria e sua entrevista no Jornal da USP. Muito interessante.

O filho do seu Jaime, Azevedo, olha para ele.

— Então, você é o estudante da USP que prega a destituição do Parlamento Brasileiro, a Casa do Povo?

— Já imaginaram o nosso país sem o Parlamento? — mostra-se irônico e sarcástico um dos convidados.

— Já imaginaram os interesses do povo sendo debatidos e votados por ele mesmo? — devolve Pedro. — Seria a verdadeira democracia, na essência e na alma.

— O povo não tem astúcia para elaborar aquilo que é o melhor para si mesmo, meu caro — rebate outra pessoa, cruzando as pernas. — Por isso, num sistema republicano devem-se eleger seus representantes para defender e lutar por ele.

— O povo é tão ou mais sábio quanto qualquer eleição de símbolos que ele mesmo elege — disse Pedro bebendo um gole da cerveja. — Além do mais, o povo não deve temer seu governo. Um governo, sim, deve temer seu povo. Seja ele no campo do Executivo, Judiciário ou Legislativo. As ideias não estão inatas em nossas mentes. A essência e a forma não advêm da nossa ignorância, mas da nossa aptidão na busca do bem-estar coletivo. Eu presto atenção no que eles dizem, mas eles não dizem nada.

— Não existe governo perfeito, meu caro — rebate Stefane. — Ninguém governa sozinho. Não existe uma forma de poder coletivo. Isto seria estupidez.

Pedro chama o garçom e pede mais cerveja. Seu Jaime ri e fala:

— Não se pode dividir o poder. Não há como colocá-lo em duas ou mais mãos. Não há como abstraí-lo. Seria impraticável.

— Não precisa! — contradiz Fernando olhando para ele. — Os símbolos do poder que representam o Estado devem partilhá-lo entre os membros da sociedade por meio de plebiscito, não apenas votar a cada quatro anos. Os interesses de todos nós devem ser votados por todos nós.

— Os símbolos aos quais se refere existem para manter a ordem e tornar as leis respeitáveis — rebateu com mau humor Azevedo, que conclui com uma ideia de Tomás de Aquino: "Conceder, julgar, raciocinar e elaborar...".

— Não há razão discursiva nisso tudo — declara o professor Joaquim, que cita Santo Agostinho: "Tudo é atribuído à primazia, à vontade".

— O desespero nos leva a uma causa, esta a uma elaboração, até chegarmos à sua execução — declara Pedro. — Temos que parar de imitar e depender dos americanos, assim como a América Latina. Só assim o Continente alcançará a modernidade e o progresso, que tanto almejamos.

Seu Jaime percebe o clima tenso na troca de ideias:

— Às vezes o conhecimento vem a ser oculto, rapaz. Nem sempre a causa está coberta de razão ou vence. Tudo é momento.

Azevedo se indigna, meio ressabiado:

— O Parlamento é a alma da democracia e o espírito do povo. Sem ele não se fazem leis, tampouco os direitos dos cidadãos respeitados. Nunca julgue um exército pelas atitudes de um soldado. É em vão e insano.

— Pregar o fim do Parlamento é retroceder no tempo — declara outro convidado olhando para Pedro. — Liberdade sem lei não é nada. Direitos sem deveres são apenas ideias vagas.

— Não há quem deseje a destituição do Parlamento — responde Pedro, com um olhar aguçado. — Apenas precisamos mudá-lo para torná-lo eficiente e transparente aos olhos dos cidadãos.

— Os poderes são independentes — lembra Azevedo. — Os congressistas têm liberdade para isso. A Constituição os permite.

Pedro olha nos olhos dele:

— É preciso abrir as portas da percepção para todos os políticos brasileiros. Quanto às leis às quais se refere, não há o que dizer sobre elas, apenas lamentar, meu velho.

A seguir chegam mais convidados. Azevedo vai recebê-los. Seu Jaime olha para Pedro:

— Você tem um bom poder de comunicação, rapaz. Use isso com menos austeridade e seja mais diplomático. Assim será um grande jornalista.

— A diplomacia é sempre uma saída inteligente — cutuca Stefane. — Mas é difícil extraí-lo das ideias radicais.

Pedro vira-se para ela:

— Na escola da vida eu sou um anjo rebelde e uma chama latente da revolução.

De pronto, Stefane rebate:

— Não se transforme numa overdose de distorções. Tudo pode vir a ser irreal. Ame a vida, a divindade e nunca duvide do poder supremo. Ele existe! E castiga também!

Paira um rápido silêncio, é quebrado por palmas. Quando olham lá está Azevedo, que coloca a mão no ombro da Stefane e fala olhando para Pedro:

— Belas palavras, minha cara irmã! Nunca morra antes dos vinte e sete anos, nunca se transforme numa garota do submundo, mesmo que queira despojar toda a sua raiva com uma arma em punho.

Pedro dá um bom gole na cerveja e toma o copo de uísque das mãos do pai de Fernando bebendo tudo, enquanto muitos convidados fazem uma roda sobre a mesa.

— A mentira existe para que possamos descobrir a verdade. Eu me sinto como um albino abençoado pela fé dos incrédulos e dos mentirosos. Sinto que o meu espírito fede com tanta estupidez entre nós, mas eu quero ser um garoto do submundo, e isso me fará relaxar.

Todos olham para ele. Uns revoltados, outros felizes e rindo, outros entusiasmados com o debate.

— O mundo pode ser obscuro, mas temos de aceitá-lo a seu modo e do jeito que ele é — entra na discussão outro convidado, que acabara de chegar. — Pois não há paraíso no cemitério. Não há como criar um mundo sem mentiras, sem catolicismo e sem perdão. Quanto a nós, estamos sempre renascendo das nossas cinzas.

Caio se aproxima com um copo de uísque na mão, bebe um gole e levanta-o:

— Esse é o mundo obscuro, esses são seus homens. Eu vou guerrear com todos eles, eu vou matar todos eles e depois me matarei como um tributo à sua queda e à liberdade encontrada, finalmente. O suicídio é a solução.

— Parece que na sua festa só tem oposição a você, Azevedo — brinca um amigo.

Seu Jaime olha para Pedro, para Stefane e corta o clima com uma ideia:

— Vejo que temos dois estudantes opositores aqui. Que tal promovermos uma disputa entre ambos? Não aqui, mas lá na USP?

O reitor dá uma recuada, como quem não tivesse gostado da ideia.

— Pra mim tudo bem — gosta da ideia Stefane.

Pedro hesita. Fernando e Caio tratam logo de quebrar a resistência do amigo.

— Eu não tenho nenhuma vocação para transformar a minha ideia numa disputa política. Muito menos ser herói da resistência dessa porra toda — declara Pedro. — Mas aceito o desafio.

Seu Jaime chama os garçons e manda-os trazer champanhe. Eles trazem, enchem as taças e passam-nas para cada convidado.

Seu Jaime levanta a sua taça e propõe um brinde:

— Brindemos ao nosso êxtase! Brindemos a nós! À revolução e a tudo aquilo que é inovador e corajoso!

— Que papo cretino é esse de política, parlamento e aqueles parasitas lá de Brasília, Pedro? — exclama Caio quase bêbado, com um copo de uísque na mão, arrastando o amigo para a beira da piscina. — Tô até com vontade de vomitar.

— Essa gente não passa de um bando de babacas — Pedro diz. — Vão ser cretinos assim no inferno! Eu acho que eles querem me chutar daqui.

Levantam suas taças e começam a brindar. Pedro vê Azevedo entrar na casa junto com Ângela, assim como o reitor, Stefane, Jônatas e o dr. Paulo. Olha ao redor e não vê nem sua irmã nem os amigos dela. Ele pergunta a Caio se ele a viu. Ele se afasta um pouco e vai à entrada da cozinha e pergunta a um garçom se ele havia visto um grupo de pessoas vestidas iguais. O garçom responde que vira muitas pessoas entrando na casa. Pedro pergunta aonde fica o banheiro e entra. Então, olha para trás e quando não vê mais o garçom, começa a procurar pela amiga da sua irmã nos intermináveis cômodos da mansão, mas não vê ninguém. "Aonde será que foram?", pergunta-se em pensamento. Sobe uma escada e começa a ouvir vozes, como se estivessem orando. À medida que se aproxima as vozes vão ficando mais intensas e próximas. Ele fica diante da porta de onde sai o som, tenta abri-la, mas está trancada. "O que está acontecendo aí dentro?", não entende Pedro. Em seguida, faz-se silêncio total.

Pedro ouve pisadas subindo as escadas. Corre até achar uma porta aberta e entra. É Seu Jaime, que entra no salão de onde saem as vozes. Pedro resolve voltar para a festa. Fernando e Caio perguntam-lhe aonde ele estava e ele diz que havia ido ao banheiro e resolvera dar uma olhada na bela casa.

* * *

Seu Jaime e Azevedo voltam juntos. Pedro os vigia atentamente. De um a um todos voltam. Caio se afasta e Pedro, então, comenta com Fernando:

— Algo muito estranho está acontecendo aqui. Todos sumiram ao mesmo tempo.

— Eu notei — comenta Fernando.

— Eu os segui. Parece que estavam orando ou rezando num salão da casa.

— Orando? — espanta-se Fernando. — Que coisa maluca!

— Foi o que eu ouvi. Tem algo muito estranho. Preste atenção no seu Jaime — avisa Pedro. — Ele está sempre nos vigiando, o tempo todo nos pondo à prova.

— Outra coisa que eu achei estranho... — declara Fernando. — A sua irmã e suas amigas têm a mesma tatuagem. Como se fossem de alguma seita.

A informação deixa Pedro ainda mais desconfiado. Seu Jaime se aproxima deles:

— Estão gostando da festa, rapazes?

— Sim — respondem.

— Olhando para vocês eu me lembro de quando era jovem. Bons tempos aqueles.

— Nos diga uma coisa, Seu Jaime... — diz Pedro. — Tem alguém na sua festa que seja membro do Opus Dei ou de alguma seita religiosa?

Seu Jaime olha para ele sem entender muito a pergunta e, pensativo, responde:

— Não sei te informar. Talvez, sim. Mas se pertencem é oculto e não me contaram nada. Não é assim que deve ser?

— Embora eu respeite sua opinião, permita-me discordar dela — faz breve comentário Pedro. — Tudo aquilo que é oculto não é verdadeiro. É mentiroso.

— O conhecimento da fé não pode ser oculto. Ela é pura e verdadeira — completou Fernando.

Stefane se aproxima. Seu Jaime declara:

— O ritual da magia, da ordem atrás da ordem não é ocultismo. É redenção, sacrifício e perdão.

Como um jogo, Stefane completa:

— Os contrários terão de ser sacrificados até a pureza da alma e do corpo ser atingida através do sangue dos impuros e dos santos edificados...

— A fé em santos de barro é blasfêmia e será rompida. Recitemos o salmo cento e quinze... — interrompe Pedro.

— "Creiam e procurem saber. E serás salvo!" — pronuncia alguém.

Pedro e Fernando olham. É Jônatas.

Os dois amigos não entendem nada do que ouvem.

— Obedecer, calar, sacrificar e fazer. A teoria da vontade. É chegado o tempo da redenção — ainda diz seu Jaime.

Em seguida, deixam Pedro e Fernando sozinhos novamente.

— O que significou tudo isso? — não entendeu Fernando.

— Um convite, talvez? — suspeita Pedro. — Esses babacas beberrões só falam besteira!

Às três horas da manhã a festa acaba. Pedro e seus amigos agradecem a seu Jaime e vão embora.

No sábado seguinte, na parte da tarde, Bianca chega em casa. Pedro está sentado no sofá com J. A. e Ana Paula a observa atentamente. Ela passa como um raio para o seu quarto e mal fala com eles.

— A Bianca vem agindo de forma muito esquisita — comenta Ana Paula.

— Não implica com ela — defende J. A.

Já no começo da noite Bianca volta à sala e pergunta da mãe. Ana Paula diz que ela havia saído. Bianca avisa que não dormirá em casa. Fernando chega naquela hora. Pedro o chama às pressas para a garagem e manda-o tirar seu carro. Fernando o faz sem entender muito. Já na rua, Pedro avista Bianca dobrando a esquina.

— Segue a minha irmã, cara! Rápido! — pede com certo desespero.

Fernando engata a primeira e também dobra a esquina. Na próxima rua eles veem que Bianca havia entrado numa limusine preta com vidros escuros. Eles não conseguiram ver quem mais estava dentro do carro.

— Por que a sua irmã entrou naquele carro longe da casa de vocês?

— É isso que nós vamos descobrir — determina Pedro. — Siga aquele carro até no inferno!

O carro com a irmã de Pedro não chegava ao seu destino.

— Aonde será que estão indo? — perde a paciência Fernando.

— Não podemos perdê-los de vista, não se aproxime muito do carro — pede Pedro.

Pela Via Dutra, sentido Rio de Janeiro, o carro entra numa pequena cidade. Andam por mais vinte minutos e chegam a uma igreja antiga cercada por um muro alto e longo. Pedro e Fernando se espantam com o que estão vendo.

— O que será que vieram fazer aqui, neste fim de mundo, numa igreja antiga? — suspeitou Fernando.

— É exatamente por isso que os seguimos — explica Pedro.

— Agora entendi.

Descem do carro e escalam o muro. Não veem ninguém do lado de dentro até que Fernando aponta. As garotas descem do carro e entram pela parte de trás da igreja. Dois minutos depois Pedro e Fernando pulam para o lado de dentro do muro e vão com cuidado para trás da igreja. Lá não veem entrada alguma para dentro dela.

— Pra onde foram? — espanta-se mais uma vez Fernando.

— Só podem ter entrado na igreja. Não tem outra explicação.

Fernando suspeita de uma porta em forma de cruz de cabeça para baixo. Ele se aproxima e começa a examiná-la. Pedro ouve vozes soando longe, como se pessoas estivessem orando. Alguém se aproxima. Ele chama Fernando e os dois se escondem um pouco à esquerda. Eis que se aproximam Jônatas e Stefane e entram na igreja.

— Não posso crer no que vejo! — sussurra Pedro. — Só pode ser uma miragem.

— Não, é não. Também estou vendo — devolve o sussurro Fernando.

— O que será que fazem aqui? — indaga Pedro cercado pelo mistério que está escancarado à sua frente. — Que cretinos mentirosos!

— É muito estranho — concorda Fernando. — Bianca, Flávia, Jônatas e Stefane juntos num lugar como este.

— Só descobriremos se entrarmos — afirma Pedro olhando para Fernando. — Se você não quiser ir comigo pode esperar lá no carro.

— E perder a chance de ver o que fazem lá? — pergunta Fernando. — Nunca!

Os dois se aproximam com cautela da estranha porta em forma de cruz de cabeça para baixo. Pedro aperta uma maçaneta e a porta se abre. Os dois passam para dentro e não veem nada além do que há numa igreja normal.

— Não estou entendendo! — espanta-se Fernando. — Para onde foram todos?

— Deve haver outra passagem secreta — desconfia Pedro.

Os dois começam a procurar por uma passagem. Instantes depois Fernando acha outra maçaneta estranha. Ele a aperta e se abre do chão uma porta em forma de cruz também de cabeça para baixo, com um vasto corredor iluminado por velas apoiadas por castiçais de bronze. Aparentemente, o corredor segue para baixo da igreja. Eles não hesitam e começam a descer. Após uns dez metros deparam-se com outro salão. Chegam à nave central em forma de templo, oval, em alvenaria de mármore belíssimo e bem trabalhado, com decoração luxuosa. Vitrais em vidros finos, tapetes antigos e dizeres espalhados por toda a arquitetura, uma espécie de livro de pedra e castiçais de ouro. No chão se pisa em tapetes, peças de grande valor comercial. Os dois se espantam com o luxo, sem querer acreditar. Há faixas distribuídas por todos os lados. Em uma delas está escrito:

Templários do Novo Tempo.
É Chegado o Tempo da Redenção, Irmãos.
Buscai a Purificação.

Patriarca dos Templários.
Líder Supremo da Purificação.
Verbo Ser — Número um — Garras de Leão.

Provérbio — "É Chegado o tempo da redenção, irmãos. É Chegado o tempo de purificar nossas almas e lavar os nossos pecados com o sangue dos Impuros e dos Infiéis".

Templo da Purificação.
Sacrifício e Sangue.
Redenção e Perdão.

Águia — Tigre — Cobra — Touro — Duas Garras de Leão — E uma Estátua sem Rosto.

Pedro e Fernando ficam assombrados com o que estão vendo, não querendo acreditar. Por fora, a antiga igreja em ruínas; por dentro, um luxo exorbitante e uma decoração clássica de tempos góticos.

Pedro chega perto de Fernando e sussurra:

— Eles estão em algum lugar...

De repente, os dois ouvem vozes se aproximando. Eles se escondem atrás de um altar. Passam duas pessoas encapuzadas vestidas de preto. Cada uma delas está carregando uma taça de ouro. Abrem outra passagem secreta e passam. Logo depois, os dois amigos tentam abrir a passagem e não conseguem. Insistem até conseguir abri-la e começam a andar pelo corredor e ouvem orações em uníssono um pouco distante. As vozes vão ficando mais perto. Finalmente, chegam a uma grande nave, que parece ser a principal. Eles conseguem se aproximar e se esconder atrás de uma pilastra. Lá estão umas trinta pessoas encapuzadas ao centro, fazendo uma espécie de oração enquanto balançam pequenos jarros, dos quais exala fumaça com bom cheiro, incenso.

Pedro dá uma boa olhada ao redor e vê que o salão é ainda mais luxuoso do que aqueles que haviam visto. As pessoas encapuzadas permanecem orando sem parar. De repente, quatro pessoas aparecem vestidas de preto e vermelho, usando uma máscara com uma cruz de cabeça para baixo. Eles sobem ao altar e ficam um do lado do outro. Aqueles que estavam orando param e ficam em fileira, como se estivessem aguardando ordens dos que tinham subido ao altar.

Um deles começa a discursar:

— Irmãos! O novo tempo está próximo. Ele foi determinado para libertar a nova sociedade dos seus males e de sua podridão para torná-la pura aos olhos de Deus, que em breve estará entre nós!

— Templários do Novo Tempo! Purificação! — brada os oradores.

Pedro e Fernando olham um para o outro meio espantados e se concentram nos discursos dos líderes. Pelas vozes não conseguem identificar ninguém devido à acústica do salão.

— Precisamos purificar o futuro e dar aos nossos filhos decência e moral! — discursa outro líder. — Vamos semear a ideia da nossa sociedade e levá-la a todos. Precisamos aumentar mais a nossa legião. Na próxima reunião cada um deverá trazer uma pessoa. Não aqueles que veem o mundo com os seus olhos, mas que vejam com os olhos dos Templários do Novo Tempo.

— Purificação! Purificação! — respondem os numerários.

— Agora iremos purificar mais uma irmã — informa outro líder, ordenando que trouxesse uma pessoa.

Neste momento uma mulher com os olhos vendados, amarrada a uma grande cruz de madeira, escrito "Purificação e Redenção", é levada por quatro discípulos ao altar. Os quatro líderes começam a fazer orações e os discípulos ficam em silêncio.

Após terminarem as orações, um dos líderes ordena que levem a Cruz da Purificação. Outro discípulo leva uma grande cruz quente. A grande cruz com a pessoa amarrada é levantada. Ela fica de frente para a parede, com as costas nua voltada para os discípulos. Um dos líderes pega a cruz na mão e a pressiona contra as costas da pessoa, deixando uma grande marca. A vítima grita sem parar e, em meio aos gritos, os discípulos vão orando.

Pedro e Fernando identificam apenas que é voz de mulher. Algum tempo depois os quatro discípulos que estão ao lado do altar voltam a deitar a cruz com a mulher. Um líder tira a venda dos olhos dela e mostra o rosto. Tentam identificá-la, não conseguem. Música gregoriana antiga toca alto. Praticamente não se ouve o gemido da mulher.

— Eles são loucos fanáticos — sussurra Fernando. — Temos que chamar a polícia o mais rápido possível.

— Purificação! Purificação! — brada os discípulos.

— Você está purificada. — Um dos líderes aponta para a mulher que ainda está amarrada à cruz. — Você terá que sumir e nunca revelar nossas identidades ou a nossa sociedade. Se o fizer será morta com um tiro no coração.

Estão revoltados com tudo aquilo. Fernando quer ir embora e Pedro diz que ficará até o fim. O leal amigo decide ficar.

A seguir os membros da sociedade começam a se dispersar. Os quatro líderes já haviam ido embora. Quatro numerários pegam a mulher e a levam para fora da igreja. Colocam-na dentro de um carro e somem com ela.

— Temos que ir embora — sugere Fernando. — Se voltarem, não sairemos daqui.

Pedro concorda e eles se dirigem de volta à saída. Já na rua, entram no carro de Fernando e pegam o caminho de volta.

— Se eu não tivesse ido com você, eu não acreditaria naquilo tudo — comenta Fernando ao volante do carro. — Que coisa louca! Eu nunca imaginei que coisas como essas acontecessem hoje em dia!

— Eu só estou pensando o papel que a minha irmã tem nessa sociedade ou sei lá que droga é aquilo tudo — responde duvidoso Pedro.

— Temos que denunciá-los à polícia.

— Por enquanto, não. Vamos investigá-los mais um pouco — propõe Pedro. — Além do mais, não sei se acreditariam em nós. Que há uma sociedade secreta na USP... Vão achar que somos loucos.

— É verdade — aceita Fernando. — Para manter uma estrutura daquelas é preciso ter bom recurso financeiro. Com certeza são pessoas importantes e ricas.

— A Stefane e o irmão dela? — pergunta Pedro. — Qual será o papel deles? E a Flávia? Que bando de cretinos!

— Com certeza devem ser apenas discípulos — fala quase com certeza Fernando. — Assim como a sua irmã.

— Eu só te peço que não conte nada do que vimos — pede Pedro. — Pelo menos por enquanto.

— Tudo bem — concorda ele. — Mas acho que deveríamos avisar a polícia. Mesmo com a sua irmã envolvida em tudo.

— Primeiro descobriremos quem são os líderes para depois denunciá-los. A minha irmã terá que responder pelos seus atos.

Chegam à casa de Pedro. Estacionam o carro e entram.

D. Lúcia vem e pergunta por que não tinham ido para a faculdade. Eles dizem que não conseguiram ir e perguntam sobre o restante da turma. Ela informa que esperaram pelos dois, como não haviam aparecido, foram sem eles.

Pedro sobe para o quarto e vai tomar banho. D. Lúcia pergunta se querem jantar, dizem que não estão com fome. Ficam na sala ouvindo música e batendo papo.

Às onze e meia, J. A., Ana Paula, Thiago e Renata chegam.

— Por que não saíram com a gente? — perguntam.

— Fomos tratar de outro assunto — responde muito sério Pedro, franzindo a testa. — Aliás, um assunto bem louco, diga-se de passagem.

— Nossa! Quanto mistério — brinca Ana Paula.

Fernando está muito sério e pensativo. Todos estranham, já que ele é sempre extrovertido e brincalhão.

— E a Bianca? — quer saber seu Antônio. — Já faz uns três dias que não a vejo. Acho que ela está trabalhando demais.

Fernando olha para Pedro com o semblante fechado e sem graça. À meia-noite seu Antônio liga a TV e começa a assistir ao "Jornal da

Globo". Um dos destaques é o sumiço de estudantes da USP, do vice-curador do Museu de Arte Contemporânea e a morte do padre, que começa a repercutir em todos os meios de comunicação. Fernando cutuca Pedro para a informação.

Na metade do jornal começa a reportagem sobre o assunto. O repórter faz a matéria do sumiço do vice-curador do museu da USP e de alguns alunos sem deixar pistas. Minutos depois, seu Antônio sobe para seu quarto e vai dormir. O mesmo fazem Ana Paula e Renata, ficando apenas os rapazes na sala.

— A Stefane foi na faculdade hoje? — pergunta Pedro, olhando para J. A.

— Eu não a vi lá hoje. Por que o interesse por ela agora?

— É que eu pensei tê-la visto no centro hoje antes de vir para casa — disfarça Pedro.

À meia-noite e meia, J. A. e Thiago também vão dormir.

— Temos que fazer alguma coisa, cara — pressiona Fernando. — Não podemos ficar de braços cruzados enquanto aqueles fanáticos estão acabando com pessoas.

— Calma aí, Fernando — fala quase perdendo a paciência Pedro. — No momento certo denunciaremos todos eles. Primeiro temos que descobrir quem são os líderes.

— Você viu o luxo daquele lugar! — relembra Fernando colocando um travesseiro entre as pernas. — Parece a abóbada da catedral de Notre-Dame.

— Como já dissemos... — lembra Pedro, franzindo o cenho. — Aqueles líderes têm muito dinheiro, ou então tem alguém muito rico bancando aquela sociedade.

Às duas da manhã Bianca chega. Ela abre a porta e vai entrando nas pontas dos dedos. Pedro acende a luz e ela toma um susto ao vê-lo na sala com Fernando.

— Aonde você estava a esta hora, Bianca? — Pedro pergunta num tom forte. — Faz um tempão que você anda estranha.

Ela dá uma gaguejada e diz que estava dormindo na casa de uma amiga. Pedro olha para ela com certa fúria e faz um enorme esforço para se controlar diante da mentira. Ele diz para pelo menos avisar aos pais quando for dormir fora por tanto tempo. Ela, meio desconfiada, faz um sinal positivo com a cabeça e diz que vai dormir.

Antes de ela subir para seu quarto, Fernando comenta sobre os estudantes que estão sendo assassinados misteriosamente. Ela fica inquieta sobre o assunto e sobe rapidamente para o quarto. Pedro diz a Fernando que não era para ele ter tocado no assunto. Eles conversam e assistem a um filme sobre sociedades secretas. Em seguida, vão dormir.

No outro dia, ao final da tarde, Pedro, Fernando e sua turma se preparam para mais um dia de faculdade. Eles chegam à USP às sete em ponto. Pedro, com certa ansiedade, vai logo para a sala de aula. Ao entrar, nota que Stefane já está presente, sentada nas primeiras cadeiras, como de costume. Dá uma olhada penetrante nela, uma mistura de revolta, piedade e sensação de desprezo. Ela também o olha profundamente, como se estivesse pressentindo algo. Desta vez, Pedro senta-se ao lado direito dela. A primeira aula é a do professor Joaquim. Às sete e meia em ponto ele entra na sala para iniciá-la. Ele aguarda mais cinco minutos até todos os alunos chegarem.

— Bem, pessoal! Hoje falaremos da influência das revoluções na sociedade moderna. Desde as primeiras civilizações o desejo de mudança já perdurava entre os membros da sociedade, já que é muito difícil agradar a todos num mundo civilizado como o nosso ou como foi no passado.

Como sempre, Pedro é o primeiro a levantar o braço:

— Eu acho que a revolução é um dom divino com o qual os deuses nos presentearam. Ela é a arma mais importante de um povo.

— Talvez, Pedro... — tenta apaziguar a polêmica opinião do aluno rebelde o professor. — Acontece que toda vez que um povo se dispõe a passar por ela, muito sangue é derramado e tudo tem de começar do zero. Para uma nação se recompor depois de uma revolução, é um trabalho árduo e difícil.

— Em tudo na vida tem que haver sacrifício — entra no debate Stefane. — As revoluções só servirão para transformar o comportamento dos sonhadores em rios de sangue e arrependimento recluso. Nada mais.

Pedro põe-se de pé:

— De tempo em tempo temos uma revolução para mostrar às pessoas que elas estão cegas e anestesiadas.

— De tempo em tempo se tem revolução apenas para assolar épocas de paz — rebate num tom sarcástico Stefane.

Pedro fitou-a com firmeza:

— A revolução serve para nos mostrar a liberdade e nos tornar iguais. — Ele levanta os braços, passa a vista pela classe. — Já imaginaram o mundo sem a Revolução Francesa? Igualdade, fraternidade e todos os seus ideais maravilhosos...

A classe toda dá uma salva de palmas para as palavras. Inclusive o professor Joaquim. Stefane fica parada como está. Após as palmas, é a vez de ela ficar de pé:

— Já imaginaram o Brasil passando por uma revolução? Não precisamos dela porque ficaríamos parados no tempo.

Fernando também se levanta:

— Eu não concordo com você. Talvez o efeito fosse o contrário. Saltaríamos rumo ao progresso e à modernidade.

— Como viveríamos com tal revolução, afinal? — indaga uma amiga de Stefane.

O professor trata logo de acalmar os ânimos.

— A Revolução Francesa foi, sem dúvida, a mais importante de todas. Ela foi um modelo para todas as nações. Graças a ela temos todos os sistemas de governo existentes hoje em boa parte do mundo. A partir dela foram decretados os direitos do homem e o direito à cidadania que hoje pertencem a todos, sem distinção de cor, raça ou credo religioso. Antes dela, isso não ocorria.

— Não podemos esquecer-nos de mencionar também que a Revolução Francesa tirou muito o poder do Clero — acrescenta Pedro.

— Já imaginaram o poder que a Igreja Católica tinha antigamente em tempos de hoje? O Estado viveria corrompido e submisso diante dela.

As palavras deixam Stefane profundamente irritada:

— O papel da Igreja não é corromper Estados ou pessoas, mas, sim, apoiá-las espiritualmente, não as deixando à mercê da descrença e da falta de fé em Deus e no Senhor Jesus Cristo. Ela é um elo entre Deus e o homem. Isto ninguém pode contestar!

Ela recebe uma boa salva de palmas de toda a classe também. As exceções são Pedro, Fernando e o professor. Este último recebe um olhar penetrante da aluna, que promete vingar-se dele em pensamento devido ao apoio que ele vem dando ao seu grande rival.

— Se com a Igreja Católica Romana está ruim, sem ela pior seria — intervém outra aluna. — Isto também é certo.

— O verdadeiro povo de Deus são os judeus — declarou um aluno. — Não os católicos. Eles não estão em nenhuma passagem da Bíblia. O povo de Deus sempre foi perseguido, mas um dia será exaltado perante todos.

— Pessoal, o debate não é religião — intervém o professor. — E sim revolução. Vamos ficar nela. Como o meu tempo acabou, continuaremos na próxima aula.

O professor arruma as suas coisas e se retira da sala. Pedro e Fernando encontram o restante da turma e vão beber alguma coisa.

Todos retornam às salas de aula. Pedro, ao sentar-se, olha toda a sala e não vê Stefane. Ele pergunta a outra aluna aonde está e é informado que ela e mais quatro alunas saíram às pressas. Pedro chama Fernando e pede seu celular. Em seguida, liga para a reitoria perguntando do reitor e é informado que ele já havia saído fazia tempo. Ele e Fernando saem correndo para o estacionamento, entram no carro e saem cantando pneu. Já são nove e meia da noite.

Às dez e quinze já estão na marginal do rio Tietê. Algum tempo depois entram na Via Dutra. Quase uma hora depois chegam à pequena cidade onde fica a antiga igreja. Eles deixam o carro dois quarteirões antes e vão andando para os fundos, pulando o muro. Lá, veem que o movimento é grande. Pessoas entrando e saindo o tempo todo. Todas encapuzadas e usando mantos negros e vermelhos com uma cruz de cabeça para baixo costurada nas costas.

— Nunca conseguiremos passar por todos eles sem sermos reconhecidos — desanima Fernando.

— Alguma coisa grande acontecerá esta noite — suspeita Pedro. — Veja o movimento, veja a agitação daqueles desgraçados.

— Vamos para frente da igreja. — Levanta-se Fernando. — Lá talvez achemos uma maneira de entrar sem sermos descobertos.

— Vai você — sugere Pedro. — Ficarei aqui, se surgir uma chance o chamarei.

Fernando vai para a frente da igreja. Quinze minutos depois volta com dois mantos e duas máscaras. Pedro, ao vê-lo com as coisas na mão, solta uma risada e não acredita.

— Só você consegue me surpreender desse jeito, cara.

Eles vestem os mantos, colocam as máscaras e passam pelos outros membros da sociedade como se participassem dela. Descem até a sala principal, onde todos estão reunidos para mais uma cerimônia.

Os quatro líderes estão no altar principal. Pedro olha à sua volta e estima que lá deva ter umas oitenta pessoas. Dez oradores cercam os líderes com suportes contendo incenso e começam a recitar passagens bíblicas de Malaquias e do Apocalipse ao som de músicas gregorianas antigas. Logo depois a música para de tocar e um dos líderes começa a discursar:

— Templários do Novo Tempo! É chegada a hora prometida pelo Criador. Ela está muito próxima. Quem não se preparar será lançado ao fogo e enxofre ardente para sempre! Assim disse o Criador.

Os membros vão ao delírio com as palavras do líder, bradando palavras de apoio e ordem religiosa.

— As promessas de Deus não serão em vão! — discursa outro líder. — Elas têm fundamento e serão cumpridas. Antes de Ele vir purificaremos a sociedade para Lhe entregar um mundo limpo e sem impurezas.

Os membros voltam a manifestar apoio às palavras do líder. Este, então, informa:

— Como já foi prometido antes, hoje nomearemos os vinte primeiros sacerdotes.

Todos os membros ficam exaltados e apreensivos com a informação. Outro líder levanta a mão:

— A estes primeiros sacerdotes caberá limpar os pecadores das impurezas daqueles que não são dignos de viver junto a nós, que já estamos à espera do Grande Dia.

Em seguida, outra pessoa é trazida para ser marcada com o sinal da redenção. Está amarrada à cruz com os olhos vendados. Ela é preparada para receber o sinal. Os sacerdotes recebem ordem para retirar seus capuzes. Pedro e Fernando olham e ficam abismados com o que veem. Entre os sacerdotes estão Bianca, Flávia e Ângela. Os dois amigos se mantêm firmes. Um dos líderes pega um punhal e ordena que eles estiquem o braço direito. Ele arregaça a manga dos mantos. Outro líder se aproxima com uma tigela de tinta preta e uma cruz de prata de cabeça para baixo com a sigla "**TT**: Redenção e Perdão". Em seguida, crava a cruz nos antebraços dos sacerdotes, marcando-os.

O Patriarca pede a palavra:

— Irmãos! Não deixemos que a ignorância impiedosa nos siga e nos iluda com as coisas deste mundo. Somos apenas miseráveis mortais aos olhos de Deus! Nós devemos pedir perdão a Ele o tempo todo para sermos merecedores de comer o fruto da árvore da vida eterna.

Os membros exaltam as palavras do líder máximo.

— Nós iremos recuperar a ilusão de outrora — manifesta-se outro líder. — Cabe a nós purificarmos a nossa sociedade tirando a escória do âmago da nossa civilização para entregá-la ao Pai Celeste.

— Purificação! Purificação! — vão bradando os discípulos.

— Meus irmãos! É chegada a hora de acordarmos. Nós fazemos parte da hierarquia de Deus. As nossas vidas deixarão de ser uma cortina de fumaça acinzentada. O nosso sangue será purificado.

— Purificação às almas! — solta um grito de ordem um dos líderes.

Os discípulos, os sacerdotes e os outros líderes repetem por duas vezes.

Já é quase meia-noite quando o ritual de purificação começa. Fernando sussurra para Pedro que não aguentará assistir àquilo de novo.

— Agora não dá para desistir — devolve o sussurro Pedro. — Temos de ir até o fim.

Fernando fica aonde está fazendo um grande esforço. Logo a seguir, a grande cruz de prata é mais uma vez conduzida ao altar por um dos discípulos.

Um dos líderes a toma nas mãos.

— Templários do Novo Tempo! Hoje é um grande dia para a nossa sociedade. Hoje iniciamos a promover os sacerdotes! Muitos ainda serão conclamados perante vós. Um dia todos serão sacerdotes da nova sociedade que surgiu para ficar!

— O número se completará muito em breve — anuncia outro líder. — Muito antes do que pensam serão todos nomeados sacerdotes da nova sociedade que está surgindo.

Os líderes, como de costume, mostram os rostos para a pessoa que irá receber o sinal e ela tem a cruz quente cravada nas costas. Depois, um dos líderes lhe avisa que é para sumir e se revelar as identidades dos membros dos Templários será morta.

— Já vimos o bastante — declara Pedro. — Vamos embora daqui.

Os dois amigos vão embora passando pelos discípulos sem serem notados. O que eles não viram foi o ato a seguir, que os sacerdotes eleitos tiveram que fazer diante dos líderes. Adoraram a cruz de prata de ponta cabeça de joelhos, símbolo dos Templários.

— Não fique assim, Pedro — tenta consolar Fernando. — Eles pagarão por tudo isso. Aquilo não é uma sociedade secreta. Eles são um bando de fanáticos assassinos.

— E a minha irmã, cara. Só fico imaginando se a minha mãe e o meu pai soubessem de uma coisa dessas. Eu não sei o que seria deles.

— São todos doentes — revolta-se também Fernando. — Isso não é uma sociedade secreta. É uma maçonaria diabólica. Nós temos de ir à polícia o mais rápido possível.

— Ainda não — pede Pedro.

— O que estamos esperando? Não há mais o que fazer a não ser denunciá-los.

— Vamos desmascará-los — sugere Pedro. — Nós dois. Sem polícia ou imprensa.

— A gente pode estar entrando num jogo perigoso, Pedro — teme Fernando. — Aquelas pessoas são capazes de tudo. Nós já vimos isso.

— Primeiro precisamos descobrir quem são os líderes — disse Pedro. — Aí entraremos em ação e mandaremos aqueles cretinos filhos da puta para a cadeia.

— Já sei... — tem uma ideia Fernando. — Vamos procurar meu pai. Ele nos ajudará.

— Ele chamará é a polícia. Isso não é ajuda — opõe-se Pedro. — Nós resolveremos esse caso, sozinhos.

— Se você quer assim...

— Temos que voltar ao templo sem que ninguém esteja lá — sugere Pedro como um investigador. — Para tentar descobrir quem são os líderes.

— Você acha que eles deixarão pistas? — pergunta com lógica, Fernando. — Seja quem forem, eu acho que nem os discípulos sabem quem são os líderes. Os sacerdotes talvez.

— Isto é verdade — concorda Pedro.

— A sua irmã? — lembra Fernando. — Afinal, ela já é uma sacerdotisa dos Templários.

— Ela não pode nem imaginar que nós dois sabemos de tudo — Pedro não quer nem pensar na possibilidade. — Se isso acontecer, tanto ela quanto nós correremos perigo.

Fernando balança a cabeça num gesto positivo, concordando com Pedro. Eles passam num bar, sentam-se e pedem dois chopes e dois uísques.

— A cada dia que passa eu fico mais desiludido com as pessoas — declara Pedro num tom de tristeza. — Logo eu, sempre acreditei naqueles que convivem comigo.

— A vida é dura, Pedro — mostra-se realista Fernando. — Nós temos que estar preparados para as desilusões. Nem tudo são flores. Veja a Bianca! O que falta pra ela? Tem uma família maravilhosa, que a ama... No entanto, meteu-se naquela coisa suja.

— As pessoas são estranhas — continua Pedro num tom poético. — Tudo isso que você falou é verdade. O que a Bianca espera da vida, afinal? Mesmo que soframos sem saber o porquê dessa imposição, devemos sempre buscar o melhor, nunca deixando de respeitar, acreditar e entender o próximo. Este é o grande lance.

— Acontece que todos nem sempre pensam assim — mostra-se maduro Fernando. — O mundo aos nossos pés... Não é isso que todos desejam? Não adianta alguém bater no peito e dizer-se igual aos outros porque não é e nunca será.

Pagam a conta e vão embora. Fernando deixa Pedro em frente à sua casa, que o convida para dormir lá. Fernando diz que dormirá em casa, pois o pai dele está viajando.

Já dentro de casa, Pedro pergunta sobre Bianca. J. A. informa que ela ainda não havia chegado. D. Lúcia diz que ela tinha ligado dizendo que dormiria na casa da Flávia.

Na USP, dias depois, começa mais uma aula. O professor Joaquim está atrasado, coisa que nunca acontecera antes. Os alunos estranham. Pedro vai ao atendimento ao aluno para saber o que houve e é informado de que o professor Joaquim está na sala do reitor. "Já entendi tudo", pensou ele.

O reitor pede para o professor Joaquim se sentar. Ele diz que está bom de pé.

— Então, professor... — O reitor está sentado, segurando uma caneta. — Eu soube que o senhor anda incentivando o aluno Pedro a ter discussões mais ásperas com os outros alunos...

— Numa universidade como a USP os alunos têm liberdade para expressar aquilo que pensam, reitor — o professor o interrompe se sentando. — Eles só têm visões diferentes, nada mais.

— Tudo tem um limite, caro professor. A hierarquia deve ser respeitada em qualquer meio social e profissional. Aqui na minha universidade não é diferente.

O professor encara o reitor tremendo os olhos de raiva diante da ameaça.

— Os assuntos e as ideias que Pedro defende são muito perigosos, mesmo num país livre como o nosso. Se ele achar alguém para incentivá-lo se torna mais perigoso. Você não dará mais aquelas aulas com assuntos polêmicos. Espero estar sendo claro.

O professor permanece em silêncio. O reitor se levanta, dando uma volta na sua sala luxuosa.

— O dr. Jaime, antes de indicá-lo, havia me alertado sobre sua queda pela revolução, que você era membro de uma sociedade anarquista anos atrás — o reitor continua despejando sua ameaça. — Eu não permitirei que você resgate essa época aqui na USP. Não use aquele rapaz para terminar o que você começou. Não aqui.

— Não se trata de mim, mas do Pedro, não é reitor? Por que ele o incomoda tanto?

O reitor volta a se sentar.

— Ele prega ideias absurdas e isso pode se tornar perigoso. Eu não quero problemas com o governador, tampouco com Brasília.

— O mundo precisa disto, reitor... Precisamos de inovações na arte, na política, ensino, em ideias, enfim... Em tudo no convívio social.

— O mundo pode até precisar, mas eu e a USP não precisamos dessas ideias. Aqui na minha universidade eu não permitirei que isso aconteça. Eu quero polêmicas bem longe daqui — o reitor rebate.

— O senhor quer dizer a imprensa! — o professor Joaquim o olhou franzindo o cenho. — Quanto ao Jaime e seu fanatism...

— Cuidado com o que diz! — o reitor o interrompe cruzando as pernas. — O Jaime nada tem a ver com isto. Está dispensado, professor. Eu só avisarei esta vez.

Às oito horas o professor entra na sala. Está meio estranho. Pedro nota que há algo acontecendo. Ao final das duas aulas o professor pega as suas coisas e se retira. Pedro o acompanha e puxa assunto. O professor não quer muita conversa. Pedro insiste:

— Conte-me o que está havendo, professor. Confie em mim. Tem a ver com a Stefane, não é?

— As pessoas são sujas, Pedro! — desabafa o professor. — Infelizmente, é assim que acontece. A lei do mais forte... Abuso de poder e coisas assim.

— Mas ele não pode fazer nada contra você — tenta ter certeza no que diz Pedro. — Você não é concursado público? O que ele poderia fazer?

— Nem todas as pessoas têm um coração bom e justo como o seu. Nós, homens de visão, temos de aprender a conviver com isso. É a lei da vida.

— Embora eu respeite a sua opinião, permita-me discordar dela — Pedro vai contra com a serenidade que lhe é peculiar. — Nós não temos que aceitar passivamente a estupidez e o desmando dos idiotas só para bancar os bonzinhos. Temos, sim, que nos opor de forma veemente e dura contra eles e seus atos.

— Às vezes, as circunstâncias nos empurram para outro caminho — fala sábias palavras o professor. — E temos de recuar, não por medo, por estratégia. Um homem deve saber o momento certo de recuar para depois contra-atacar.

Pedro fica em silêncio, como se estivesse concordando com o professor, que diz para ele voltar para a sala de aula.

— Diga-me apenas o que está acontecendo...

— Talvez eu deixe de lecionar aqui. Não é tão grave assim. A vida continua.

— A questão não é apenas essa — insiste Pedro. — É uma questão mais de respeito e dignidade. Mas, infelizmente, nem todo mundo sabe o que significa isso.

— Depois da aula a gente termina a nossa conversa — promete o professor, que marca com Pedro no estacionamento.

Às onze e dez Pedro vai ao estacionamento. O professor já está a sua espera. Ele entra no carro, o professor dá partida e vão a um bar. O professor pede uma vodca com limão. Pedro fica no chope.

— Sabia que o reitor ficou sabendo da nossa pequena conversa no corredor da faculdade?

— Ninguém tem o direito de vigiar uma pessoa assim! — assusta-se Pedro.

— O reitor acha que você é uma péssima influência para os outros alunos — dá mais uma informação o professor. — Ele fará de tudo para expulsá-lo da USP. Por isso tome cuidado com o reitor e sua filha.

— Eles não me assustam — exclama Pedro cheio de destemor. — Eu sei de uma coisa terrível sobre a filha do reitor.

— Ah, é? E o que será essa coisa tão terrível?

— Deixa pra lá.

Após um tempo de conversa Pedro chama mais uma rodada. O professor vira-se para ele e diz que dirá algo terrível sobre seu passado. Pedro fica em silêncio total, como quem pedisse para ele continuar.

— Sabe, Pedro... — continua o professor. — Às vezes somos obrigados a fazer coisas que jamais nos deixarão em paz. Vivem nos rondando como fantasma.

— Todos cometem erros, professor. Mais importante do que errar é reconhecer que errou e assumi-los. Por isso não se culpe tanto, independente de tudo que já fez.

— Quando eu tinha dezenove anos e estava concluindo o último ano do segundo grau, eu tinha que trabalhar. A minha família era muito pobre e meu pai não tinha condições financeiras para manter a mim e aos meus irmãos. Naquela época as coisas eram difíceis. Conclusão, eu não terminei o segundo grau, desisti no último ano.

— Peraí... — não entende Pedro. — Se você não concluiu o segundo grau, como se tornou professor?

— Pois é, meu caro...

— Você está me dizendo que comprou um diploma?

— É isso aí.

Pedro fica em silêncio por alguns segundos:

— Mas o que há de terrível nisto? É só um pedaço de papel. O que importa é a sua aptidão na arte de ensinar. Ensinar é uma arte.

É a vez de o professor ficar em silêncio.

— A vida é cheia de altos e baixos. É como você falou, não tinha opção. Se você me perguntar se os meios justificam o fim, eu direi que não, mas o fim justifica os meios? Faça uma pesquisa entre aqueles que chegaram lá e diga-me que eles seguiram à risca e não fizeram nada de errado. Devem ser levados ao pedestal. São todos santos.

— É o que eu digo sempre. Estamos sempre aprendendo uns com os outros — declara o professor. — Essa lição eu jamais esquecerei, Pedro. Tenha certeza disto.

— Quanto a mim você pode ficar sossegado — promete Pedro. — Mas se o reitor ou a Stefane souberem disso a sua carreira estará acabada.

— Eu acho difícil descobrirem — afirma o professor. — Mas nunca se sabe do que essa gente é capaz.

— Você só não deve se esquecer de que o reitor da USP é um homem muito importante e influente. Ele pode descobrir tudo o que quiser.

— Eu não me esquecerei disso jamais — cai na real o professor. — Mas, ainda assim, eu não tenho medo deles.

— Coisas piores os políticos fazem — fala uma realidade Pedro. — Mas o grande problema de todos eles é o cinismo com que olham para todos nós e por baixo do pano querem apenas destruir uns aos outros só para se darem bem.

— A Stefane já está no meu pé — informa ainda o professor. — Ela fará de tudo para me derrubar.

— Mas, afinal, o que o reitor queria com você hoje?

— Ele praticamente me ordenou a mudar os meus métodos de ensino.

— Mas você não aceitou...

— A princípio não — respondeu com certo ressentimento o professor. — Mas estive pensando melhor.

— Você não deve fazer isso! Qualquer faculdade lhe daria emprego — tenta incentivar Pedro. — É um ótimo professor.

— Talento apenas não é o suficiente — declara o professor com a voz embargada a uma possível desilusão — quando se tenta mudar comportamentos, principalmente de pessoas conservadoras. É o caso do reitor e sua filha.

Pedro não diz nada. O professor continua:

— Foi exatamente isso que o reitor me falou, ou melhor, me ameaçou. Ele disse que se eu for expulso da USP não arranjarei emprego em nenhuma faculdade do Brasil.

— Isso é jogo sujo! — indigna-se Pedro. — Mas eu sempre tive uma curiosidade. O que aconteceu com a mãe da Stefane?

— Eu não sei. Mas ouvi falar que ela se suicidou. Mas o que isso tem a ver com tudo o que conversamos?

— É só curiosidade mesmo — desconversa Pedro.

— Então é isso aí, Pedro! — finaliza o assunto o professor. — Vence mais rápido quem tem o poder nas mãos.

— Discordo completamente — Pedro argumenta com sua personalidade firme. — Todos nós somos aptos a chegarmos à vitória. Basta lutarmos com persistência e perseverarmos até o fim. Este é o grande segredo dos vencedores.

O professor fica encantado com o que acaba de ouvir, e Pedro ainda lhe diz:

— Quer saber... Eu acho que você não deve mudar os seus métodos de ensino, e sim, aplicar e se dedicar mais. O que as pessoas pensarão ou farão por causa deles é o que menos importa.

O professor para e pensa um pouco.

— Cada um de nós é dono do próprio destino — filosofa Pedro. — Cabe a cada um decretar ou não a sua vitória ou o seu fracasso.

O professor não sabe o que dizer diante das verdadeiras palavras de seu aluno. Após breve silêncio, Pedro se levanta e diz que já é muito tarde e é melhor irem embora. Pede a conta e diz que o deixará em casa.

No dia seguinte pela manhã, seu Jaime chama o professor Joaquim à sua casa.

— Como vão às coisas na USP, professor?

— Como sempre, Jaime.

— Sinto muita saudade de quando eu era professor. Bons tempos, grandes festas. Eu sou um saudosista.

— Que bom seria se pudéssemos voltar no tempo, não? — comenta o professor. — Às vezes eu também tenho os meus instantes de saudades.

— A propósito, Joaquim... Na última festa aqui em casa tivemos um acordo da disputa entre Pedro e Stefane. Já está na hora de promovermos essa disputa.

— Você ainda se lembra disso? Duvido muito que o reitor aceite tal disputa. Eu nem sei se isto é permitido na USP.

— Eu gostaria muito que você promovesse essa disputa. Quanto ao reitor, não se preocupe. Eu garanto que ele não irá contra.

O professor aceita, mas faz uma pergunta:

— Só me responda por que esse interesse em promover uma disputa entre Pedro e a filha do reitor.

— Eles serão grandes jornalistas, meu caro. São inteligentes e defendem suas convicções a todo custo. Nada melhor do que uma disputa democrática entre dois oponentes que se respeitam. Este é meu único interesse.

O professor Joaquim não acredita que aquele seja o único interesse do velho, mas ao mesmo tempo se indaga qual outro interesse poderia um homem rico ter em dois estudantes de Jornalismo. Eles ficam conversando até o final da tarde, o professor se levanta e diz que tem que ir senão chegará atrasado.

Já na USP, todos estão na aula de História.

— Boa noite, pessoal. Hoje falaremos da Constituição. Como todos sabem, a Constituição brasileira foi promulgada no ano de 1988, após anos de ditadura militar. Como o sistema estava em decadência, cedeu lugar à democracia, que reina absoluta em nosso país. Aliás, quem sabe aonde e como surgiu a democracia. O que é a democracia?

Um aluno levanta a mão. O professor permite-lhe falar.

— Eu não sei aonde ela foi inventada. Só sei que no Brasil a democracia não é tão democrática do jeito que todos pensam.

Ele consegue arrancar boas risadas de toda a classe.

— Por que você acha isso? — quer saber o professor rindo discretamente, mas sabendo que há um fundo de verdade no que aquele aluno disse.

— Você ainda me pergunta? É só olhar a situação do país. Na injusta distribuição de renda, saúde vergonhosa... A segurança pública é um fracasso absoluto em todos os Estados, há corrupção no Executivo e no Legislativo. Esqueci de alguma coisa?

Desta vez o aluno arranca bons aplausos de toda a classe, inclusive do professor.

Stefane é a próxima a levantar a mão.

— Discordo de tudo que ouvi. Se um país como o Brasil ainda vivesse numa ditadura militar, com certeza estaríamos como o Haiti ou como o Iraque, entregues a estrangeiros e sem soberania alguma. Tudo isso que falou o meu colega faz parte de um processo democrático. Ainda somos jovens nisso. Só com o tempo aprenderemos a conviver com a democracia plena, se é que ela existe. Afinal, nada vem a ser unânime. Há os contras. Vejam vocês que nem Jesus conseguiu agradar a todos.

É a vez de Pedro dar a sua opinião, para variar, discordando de Stefane.

— Eu também discordo de tudo que acabei de ouvir. Quando a *demos-kratos* surgiu na Grécia antiga, o seu ideal maior era uma ideia cíclica de atuar e governar com a participação de todos os membros da sociedade não satisfazendo a todos, porque sabemos que isto é impossível. Mas justiça social ao alcance de todos, segurança pública decente, distribuição de renda igual, saúde digna para todos e honestidade dos governantes, isto é um dever da democracia, não essa porcaria que temos aí!

Ele arranca assobios e aplausos de quase toda a classe.

— Como Pedro já disse — continua o professor —, democracia vem da fusão das palavras gregas *demos* (povo) e *kratos* (autoridade). Uma forma de organização política que reconhece a cada um dos membros da comunidade o direito de participar da direção e gestão dos assuntos públicos. Desde então esse sistema vem se enfraquecendo mais nos países que se definem "democráticos". Cada vez mais eles vêm reduzindo a possibilidade de participação direta. Ainda assim, temos a Constituição, o bem maior desse sistema. Os Estados Unidos foram a primeira nação a implantar um sistema democrático moderno totalmente consolidado.

Outro aluno levanta a mão.

— Se a democracia diz que todos nós devemos participar das decisões que dizem respeito aos interesses de um país, eu quero saber do que participamos e decidimos juntos, afinal? Apenas votamos a cada quatro anos, isto porque somos obrigados. Sinto muito, mas isto não é democracia.

O professor fica sem resposta. Instantes depois ele continua:

— Outro fato importante da democracia é a sua organização jurídica. Separação e independência total dos poderes fundamentais de um Estado: Legislativo, Executivo e Judiciário. Todos agindo com justiça e igualdade perante o povo que eles representam. Também devem ser transparentes na virtude e na honra do seu dever.

— Permita-me dizer, professor, que o único poder sério no Brasil é o Judiciário — emite uma opinião polêmica Pedro. — Nele nós podemos confiar e acreditar de verdade. Quanto aos outros dois, precisam passar por profundas mudanças, principalmente o Legislativo.

— Se esta é a sua opinião nós temos que respeitar — tenta amenizar o professor. — Mas as coisas não são tão simples assim. Mudanças dessa magnitude levam anos ou décadas até acontecerem.

— Discordo... Basta querer e executar que as mudanças acontecerão — conclui Pedro. — Passaria, por exemplo, o Ministério da Justiça e a Polícia Federal para o comando do Poder Judiciário. O Ministro da Justiça responderia ao presidente do Supremo. Quem deve comandar a Justiça é o órgão competente. O Poder Judiciário o faria com competência. A Justiça no Brasil andaria mais rápida e seria realmente justa, tenham certeza disso. Qualquer mudança em algum código ele enviaria diretamente ao Senado, que aprovaria ou não com o apoio do povo, por meio de plebiscito.

— O presidente do Supremo? Quem o indicaria, afinal? — interessa-se uma aluna.

— O Senado também. Por que não?... — indaga Pedro — Ou por que não por votação pública para nós o escolhermos, como acontece com o Executivo e o Legislativo? Mas este é um assunto a ser discutido. Voltando ao assunto de antes. Vejamos o exemplo da Coreia do Sul. O país investiu pesado na educação nos últimos anos e muito em breve será uma potência econômica. Se fizéssemos isso no Brasil já seríamos considerados uma grande potência, sem sombra de dúvidas.

Outra aluna também se interessa:

— Os três poderes teriam de estar de acordo com todas essas mudanças. Isso seria quase impossível.

— O povo deve decidir os rumos e ditar as mudanças de seu país. Se o povo assim quiser, assim será. Nenhuma Câmara de Deputados ou poder impedirá — Pedro fica firme ao falar. — Ele é o verdadeiro poder latente da nação. Mas se ele não desejar e quiser tais mudanças, elas nunca acontecerão. Este é o grande lance da coisa toda.

Stefane se levanta e se mostra dura em relação a tudo que ouvira, batendo palmas com uma tremenda ironia.

— Bravo! Bravo! Você merece ser indicado ao prêmio Nobel da Paz com essa ideia fantástica. Diga-nos como iniciar essas mudanças?

Todos fazem silêncio e olham para Pedro, que se levanta e rebate:

— É como eu já disse... O povo deve querer que elas aconteçam. Eu esqueci de mencionar outra coisa importante: a mente dos medíocres jamais estará preparada para as mudanças.

Stefane fica irada com a indireta.

— Tais mudanças só serviriam para causar desordem e baderna em tempos de hoje. Seríamos apenas legiões rivais buscando o poder e o domínio a todo custo, além de perdermos a confiança do resto do mundo. Sabem quando iríamos nos recompor? Nunca. Ou talvez, quem sabe, em mil anos. Ou até quem sabe algum país estrangeiro tomar o poder enquanto seus compatriotas lutam entre si.

O desafio está lançado. O professor sabe que Stefane argumentou inteligentemente com a astúcia que lhe é peculiar.

— Nós poderíamos pôr isso em discussão por toda a USP e fazermos uma votação simbólica. O que acham? De um lado Pedro, com a ideia, e do outro lado Stefane, como oposição. É assim que acontece numa democracia. Além do mais, vocês concordaram com essa disputa na casa do Jaime, lembram?

Stefane parece seduzida com a ideia mais uma vez. "Enfim uma oportunidade de derrotar o meu grande adversário e levá-lo à humilhação", pensa ela. Pedro adora a ideia, dizendo que está pronto para a vitória. E fala olhando para sua rival.

— Antes eu precisarei ter a permissão do reitor e de todo o conselho da USP. Esta é a parte mais difícil. Eu nem sei se eles aprovarão uma disputa como essa.

— Tenha certeza de que aprovarão, sim — promete Stefane.

Ela olha para Pedro e dá uma provocada:

— Esteja pronto para ser derrotado sem piedade ou compaixão.
Aqueles que apoiam Stefane começam a bater palmas para ela e a bradar seu nome. Pedro solta uma risada e olha à sua volta, examinando a todos.

— Desejo-lhes boa sorte, mas essa vitória já é minha.

É a vez daqueles que apoiam Pedro bater palmas e bradar seu nome. O professor sorri com uma disputa que promete ser bastante interessante e acirrada. Em seguida, sua aula acaba. Ele imediatamente segue para a sala da reitoria e pede para falar com o reitor. Ao entrar, Stefane já estava lá conversando com seu pai.

— Entre, professor — o reitor vai recepcioná-lo na porta. — A minha filha estava me contando da disputa, que, aliás, o Jaime já havia sugerido na casa dele. Eu não sei se isso cairia bem para nós.

— Ora, reitor... — usa todo o seu poder de persuasão o professor Joaquim. — Essa disputa não passaria dos muros da USP. O senhor sabe disso.

— Todos nós sabemos que disputas políticas sempre ganham conotações universais. Ainda mais quando o assunto em questão põe em dúvida todo um sistema político de um país.

— Daríamos duas semanas aos concorrentes para expressarem suas ideias — propõe o professor. — Depois faríamos uma votação simbólica e assunto encerrado.

O telefone da sala do reitor toca. Sua secretária diz que é o dr. Jaime que deseja falar com ele urgentemente. O reitor conversa com ele por três minutos.

— Tudo bem. Antes eu preciso falar com os conselheiros — avisa o reitor.

"Jaime!", desconfia o professor Joaquim, que diz:

— Grandes carreiras políticas nascem de disputas como essas. Eu vejo grande futuro na Stefane. Esta é a oportunidade ideal para ela.

— Amanhã eu me reunirei com o conselho — informa o reitor.

O professor se retira da sala.

No outro dia, Pedro se encontra à tarde com Fernando na casa dele. Os dois ficam na sala de papo.
— Essa disputa será bastante acirrada, Pedro.
— É verdade — concorda. — Não podemos esquecer do que está acontecendo...
— A sociedade secreta.
— Exatamente.
— Voltando ao assunto — retorna Fernando à futura disputa. — Você acha que o reitor e o conselho aceitarão uma disputa como essa na USP? Acho muito difícil.
— Seria difícil se do outro lado não fosse a filha do reitor — afirma Pedro. — Fique tranquilo que o reitor dará um jeito para que o conselho aprove.
— Qual será sua estratégia para conquistar os votos dos alunos?
— Eu não sei ainda — responde Pedro dando uma boa risada. — Mas na hora a gente pensa em alguma coisa. Ou o que me dê na telha!

A empregada vem até a sala e pergunta se os dois amigos querem alguma coisa. Fernando diz que é para ela trazer dois pedaços de torta enormes com um suco triplo de morango com leite. Pedro não se aguenta e ri.

Fernando diz que vai tomar um banho rápido, enquanto a empregada prepara as tortas e diz a Pedro que se ele quiser pode pôr um CD. Ele não pensa duas vezes e começa a escolher. Coloca Pink Floyd e deixa rolar "Take It Back". Enquanto a música rola, Pedro viaja na bela canção.

Quando a música "Vera" começa a tocar, Pedro começa a olhar outros CDs. Ele abre a parte de baixo da estante e vê algo estranho, em forma de cruz de ponta cabeça, como a dos Templários. Ele olha e não há ninguém. Pedro não resiste à curiosidade e pega o objeto nas mãos. Ao abrir é exatamente o que ele havia desconfiado. "Não posso crer nisto! O dr. Paulo? Será?", indaga-se em pensamento. "Não faz sentido. Que filho da mãe!" O rapaz volta atrás e começa a ligar uma coisa na outra. Como ele e sua turma haviam conseguido entrar na USP tão facilmente? "Vou fazer uma coisa feia pra diabo, mas é por uma boa causa", pensou, tendo uma ideia rápida. Pega o objeto, enrola-o num pedaço de papel e enfia no bolso. Em seguida, a empregada volta com os dois pedaços de torta de frango e dois copos de suco e coloca a bandeja em cima da mesa de centro.

Após devorarem a torta, vão à casa de Pedro encontrar o restante da turma para irem juntos para a faculdade.

Às seis em ponto saem juntos nos carros de Fernando e J. A. Quando chegam na USP, a notícia da disputa entre Pedro e Stefane já havia se espalhado como um foguete. Pedro quase não acredita. Enquanto vai andando pelos corredores da universidade todos olham para ele, uns com admiração e outros com ódio. Ele vai à praça de encontro, onde é informado que o reitor deseja vê-lo na sua sala naquela hora. Ele imediatamente segue para lá e o reitor manda-o entrar. Lá dentro já estão Stefane, o conselheiro-chefe e o professor Joaquim.

— Olá, rapaz! — saúda o reitor. — Vamos acertar as regras do jogo e da disputa que vocês dois desejaram. A ideia foi aprovada por mim e pelo conselho.

— Bom pra caral... — gosta de saber Pedro, que se cala. — Algo de inovador acontecerá na USP para tirá-la da sua rotina! Graças ao professor Joaquim.

O professor olha para ele e solta um largo sorriso, como que agradecendo as sinceras e elogiadoras palavras.

O reitor senta-se e continua:

— Como toda eleição, esta também terá suas regras. Eu e o chefe do conselho elaboramos dez. Elas deverão ser seguidas à risca. Caso um dos lados infrinja uma será declarado perdedor imediatamente e a eleição será dada por encerrada.

— Se algum dos lados não concorda que se manifeste agora — ordena com dureza o chefe do conselho.

— Pra mim não terá problema algum — responde Pedro.

— Pra mim também não — afirma Stefane.

A seguir, o reitor manda entrar todos os professores na sua sala antes de ler as regras. Eles serão as testemunhas.

— Eis as regras — inicia a leitura das regras o reitor, com um pedaço de papel nas mãos: — Regra número um: nenhum panfleto ou coisa do gênero será colado nas dependências da universidade. Mas se quiserem colocar cartazes e faixas no salão principal, nos dias dos discursos, está liberado. Somente nesse dia. Regra número dois: nenhum tipo de pesquisa será feita antes do dia da votação. Regra número três: não será permitida politicagem acerca do assunto fora da universidade. Regra número quatro: nos horários das aulas nenhum dos dois adversários discutirá o assunto com os outros alunos. Mas se quiserem vir à universidade mais cedo para ganhar votos dos alunos que estudam à noite estão liberados. Regra número cinco: está expressamente proibido pedir opinião ou apoio aos professores. Regra número seis: nenhum tipo de camisa com conotação política ao assunto em questão deverá ser usado dentro da universidade. Regra número sete: os discursos serão feitos apenas no salão principal, com revezamento de dia. Regra número oito: não será permitido nenhum tipo de entrevista, rádio, jornal ou televisão das duas partes. Somente eu o farei, caso seja necessário. Regra número nove: devemos manter essa disputa em alto nível e com respeito. E, finalmente, a regra número dez: essa disputa tem caráter apenas estudantil, e independente de quem quer que seja o vencedor, o assunto estará encerrado.

O chefe do conselho olha para os dois adversários:

— As regras foram ditas. Se algum dos dois não concorda e quiser desistir esta é a hora, pois elas não serão discutidas ou mudadas.

Pedro e Stefane ficam em silêncio frente às regras que foram ditas.

— Muito bem — diz o reitor. — Se os dois lados estão de acordo, que vença o melhor.

— A votação acontecerá em um mês — anuncia o chefe do conselho. — Cada um terá direito a doze comícios, um a cada dia, sempre com uma hora e meia de antecedência antes do início das aulas. Portanto, das cinco e meia às sete da noite. Os comícios começarão em três dias.

Outro membro do conselho pega papel e caneta, escreve os nomes dos dois adversários e coloca dentro de um objeto que está na mesa do reitor, que faz o sorteio e retira o papel que contém o nome de Pedro.

— Portanto, o primeiro a fazer o comício será Pedro. Em três dias o salão principal é todo seu, rapaz. Agora podem voltar para as suas aulas.

No dia seguinte, Pedro se reúne com sua turma na casa de Fernando para discutir a estratégia que usará no primeiro discurso que fará no salão principal.

— O grande lance é ser sincero nas palavras e nos atos — aconselha Ana Paula.

— Antes de fazer o seu primeiro discurso você deve dominar inteiramente o assunto que falará para aqueles que o ouvirão, Pedro — observa Caio. — A primeira impressão é a que ficará, meu chapa.

— O Caio tem razão — apoia Fredy. — Se você causar uma boa impressão no primeiro discurso terá grande chance de se sair vencedor.

— A coisa é muito simples — declara Renata. — Você não deve dizer aquilo que as pessoas querem ouvir só para conquistar votos como os políticos fazem. Diga aquilo que você pensa sobre a democracia. Educação, modernidade, justiça... Essas coisas.

— Isso é verdade — é a vez de Pedro concordar. — Fácil não será. O que farei é expor minhas ideias. Se elas serão aceitas ou não é decisão do povo.

— É isso aí, Pedrão! — o amigo Fernando elogia suas palavras.

— Mas nunca se esqueça de que para ganhar uma eleição, ainda que seja só estudantil, é preciso haver planejamento — opina J. A. — Passe para o papel tudo o que você irá dizer no discurso e simplesmente diga.

Carol dá uma sugestão:

— A partir de hoje nós poderíamos ir à faculdade mais cedo e fazer boca a boca com os alunos para saber a opinião deles. Isto seria importante.

— Eu estive mesmo pensando nisso — admite Pedro. — Se fizermos isso, muita gente nos acompanhará e votará em mim.

— A Stefane deu o nome de "**Chapa da Democracia e da Liberdade**" para a chapa dela — informa Felipe. — Você precisa criar algo, Pedro.

— Já sei — diz Fernando. — "**Chapa da Mudança e do Progresso**".

— Taí! — empolga-se Pedro. — Eu gostei. Soa bem.

Todos aprovam a ideia do Fernando e adotam o nome da chapa.

— Precisamos mandar fazer faixas para o dia do comício — lembra Janete.

— Eu cuidarei disto — oferece-se Felipe. — Hoje mesmo mandarei fazer as faixas.

— Combinado — agradece Pedro. — Amanhã eu escreverei o primeiro discurso.

Às cinco da tarde em ponto todos vão para a faculdade. Dez para as seis chegam. Dividem-se em dupla e saem fazendo boca a boca entre os alunos que estão saindo e os que estudam no turno da noite. Na praça de alimentação, Pedro está com Fernando e encontra Ângela e uma amiga dela fazendo o mesmo para a chapa da Stefane.

— Não leve a mal, Pedro — tenta justificar a moça. — São apenas ossos do ofício. É que eu estou com a Stefane nessa jornada.

— Isto é democracia, minha cara. Nós estamos num país democrático, esqueceu? — demonstra diplomacia Pedro. — Por isso não há motivos para se justificar. Boa sorte.

— Boa sorte pra você também.

Pedro encontra Stefane. Ela está tentando convencer um grupo de onze estudantes a votarem na chapa dela.

— Ora, ora... — não deixa passar em branco Stefane. — Aí está o meu adversário. Venha trocar algumas ideias conosco!

Pedro se aproxima e cumprimenta a todos:

— Vejo que está tendo êxito na sua empreitada, Stefane. Mas não tenha tanta certeza na vitória. A soberba já derrubou reis e derrotou exércitos tidos como invencíveis. Por isso, tome muito cuidado.

— Conte sobre sua chapa, Pedro — pede alguém do grupo. — Fale-nos por que o Brasil, em sua opinião, deve mudar o seu sistema de governo tão radicalmente.

— Fale sobre o que você acha que o Brasil deve fazer para se tornar um país justo.

— Só seremos um país justo e desenvolvido de verdade quando decidirmos dizer não às instituições internacionais, tornar a nossa economia independente dos americanos, investir mais na educação, no Ensino Superior e na infraestrutura. É só para começar.

— Um fim desejado nunca é uma boa saída — contradiz Stefane.
— Além do mais, é fácil falar. O difícil é executar na prática.
— Não sejamos hipócritas — rebate Pedro com uma calma calculada. — Quando se deseja se alcança. Basta querer.

Stefane, sentindo que está perdendo o debate, muda de estratégia:
— O Poder Legislativo cumpre um papel imprescindível perante a sociedade. Ele consolida a democracia de um país e os interesses da nação. Sem contar que ele tem a maior representatividade na vida política. Nós temos que confiar nele.

Pedro olha à sua volta e há pelo menos vinte pessoas.
— O grande problema é que o povo está cansado de esperar e confiar nos políticos sendo enganado o tempo todo. Temos de dar um basta. Se preciso for, devemos promover a dissolução da Câmara dos Deputados.

— Espere! — pede Stefane. — Os anseios da população não podem ser colocados em risco por uma aventura e uma ilusão utópica. Vejam o Marxismo. Quase todos os países que aderiram a ele hoje vivem em plena decadência.

— Vejamos a China... — contradiz Pedro. — Em dez ou vinte anos será a maior potência econômica do planeta. Ela aderiu ao Marxismo. Embora eu não seja grande admirador dele, mas deu certo lá. E por quê? Porque ela não teve medo de arriscar uma mudança. Nós temos que fazer o mesmo, senão seremos o eterno país do futuro.

Agora quase todos batem palmas para as palavras de Pedro, fazendo grande barulho chamando a atenção de todos, inclusive do reitor, que assiste a tudo, a distância.

Fernando pede silêncio:
— Relembremos a Roma antiga e seu Senado. Eram os órgãos supremos do governo que supervisionavam as finanças públicas e dirigiam as políticas externa e interna. Eram magistrados competentes. Roma, caros colegas, era a referência daquele período, chegando ao seu apogeu. Por isso, uma assembleia deve manter a política e o direito a todos os compatriotas. Devemos decidir o rumo da nossa nação!

— Aquela era outra época — tenta levar o debate à frente Stefane.
— Nós não podemos nos impor a mudanças em virtude de uma fábula fantástica como foi o Império Romano. Estamos no Brasil, no século vinte e um. O que nos levará ao progresso, de fato, não é a dissolu-

ção da Câmara dos Deputados, mas o apoio para sairmos das eventuais crises que o país possa vir a passar.

As palavras de Stefane também conseguem arrancar tímidas palmas. Já são sete e quinze da noite. O reitor trata de acabar com o debate e manda-os para as salas de aula.

Fernando chama Pedro para dormir na casa dele, seu pai está viajando. Ele aceita e segue com ele para a sua casa. Já na casa de Fernando, eles sentam na sala, põem uma música e Fernando traz uma garrafa de vinho da adega do pai.

— Isso é que é vida, seu filho da mãe sortudo! — esnoba Pedro. — Eu chego lá!

— Se o meu pai souber que eu peguei uma garrafa de um dos seus vinhos ele me matará! — brinca Fernando.

— Aonde ele está?

— Ultimamente ele tem viajado muito — reclama Fernando bebendo um bom gole. — Mas sabe que eu não sei.

— Ele não fala pra você para onde vai?

— Só às vezes. Mas, mudando de assunto, você já escreveu o seu discurso?

— Sim. Só farei mais uma revisão no dia. Eu estive pensando em improvisar e falar aquilo que me vier à cabeça.

— Com certeza a Stefane já deve estar com o dela na ponta da língua — desconfia Fernando.

— O pai dela deve ajudá-la — desconfia também Pedro. — Ou melhor, deve escrever todo o discurso para aquela cretina mentirosa!

— Sabe, cara — comenta Fernando dando outro gole no vinho —, ela tem um olhar perverso. Não é de admirar que a Stefane seja membro de uma sociedade secreta.

— Eu já estive pensando que essa disputa de repente é só para nos despistar. Aqueles sacanas sem pudor! — desconfia Pedro.

— Pouco provável — não acredita muito Fernando. — Se eles desconfiassem que nós sabemos de tudo já estaríamos mortos. Pode ter certeza.

— É verdade. Mas há algo muito maior que ainda não sabemos sobre os Templários — insiste na desconfiança Pedro.

— O que poderia ser?

— Eu só queria saber qual é o papel da Bianca — comenta Pedro.
— Como ela foi entrar numa sociedade secreta.
— Esse é outro mistério. Mas cada um é responsável pelos seus atos. Quando tudo isso vier à tona eles pagarão por tudo, inclusive a sua irmã.

Enquanto isso, na casa do reitor, ele está no seu escritório com sua filha.
— Pai, eu não gosto nem de pensar na ideia de ser derrotada pelo Pedro nessa disputa. Eu não sei como, mas temos que dar um jeito de derrubar os seus argumentos.
— É só uma disputa estudantil. Tente não dar muita importância — diz o reitor.
— Para o senhor. Para mim é muito sério — rebate Stefane com uma frieza que faz parte da sua personalidade. — Eu não vou perder de jeito nenhum.
— Não se pode ganhar todo o tempo, minha filha.
— A derrota é uma coisa que eu não quero conhecer.
— Esteja preparada que ela vai bater à sua porta mais cedo ou mais tarde.
— Nem que eu tenha que subornar todos os alunos da USP, não posso nem pensar em perder a disputa para Pedro.
— Eu não permitirei sujeira nessa disputa — irrita-se o reitor. — Eu tenho um nome a zelar. Sou um homem bem-sucedido e não vou pôr tudo a perder só por causa de uma disputa que não nos levará a lugar algum.

Stefane se cala sem gostar muito do que ouviu do pai.
— Afinal, o seu discurso está pronto — informa o reitor. — Leia-o com muita atenção e faça todos acreditarem que foi você quem o escreveu.

Stefane pega as folhas do discurso e vai para o seu quarto.

Chega o dia do discurso de Pedro. Às três e meia da tarde segue para a USP com toda sua turma. Às quatro eles entram no salão principal para verem como estão as coisas. Thiago vai testar o microfone enquanto o restante da turma vai pregar as faixas em pontos estratégicos do salão.

Às cinco horas da tarde, os estudantes da noite começam a chegar. Aos poucos vão preenchendo todo o salão. Pedro, que está numa pequena sala atrás do salão aguarda o horário para começar a falar. Ele anda em círculos dentro da pequena sala.

— Nervoso, Pedro? — pergunta Fernando.
— Um pouco.
— É só respirar fundo antes de ir para o palco — aconselha Caio.

Dez minutos depois Renata vem avisar que está na hora. Pedro respira fundo, balança os ombros e segue para o palco.

— Vai lá, Pedrão! — incentiva J. A. — Arrebenta, cara!

Pedro, ao entrar no salão, vê que está lotado. O reitor cumprimenta Pedro, pegando em sua mão. Pede silêncio e fala ao microfone:

— Bem, pessoal. Como já é do conhecimento de todos, uma disputa estudantil está em andamento neste momento em nossa universidade. De um lado Pedro, que aqui está, defende uma ideia um tanto polêmica e extremamente radical do ponto de vista político. Ele mesmo dirá o porquê dessas ideias. Antes de passar o microfone às suas mãos eu quero dizer que esta disputa é apenas estudantil e ela não deve passar dos muros da universidade.

Os estudantes se agitam. A seguir, o reitor passa o microfone para Pedro. Stefane está no salão para ouvir o discurso do rival. Três pessoas estão com um microfone cada, no meio da massa, para quem quiser fazer perguntas.

— Boa tarde a todos — saúda Pedro. — Como bem disse o reitor, uma disputa está em andamento. Um confronto de faculdade de formas diferentes de ver o sistema político, social e econômico do nosso país, que se define como democrático. Mas vejamos o que significa esta palavra, "democracia". Será ela uma forma de governo em que todos participam? Uma ideia de decisões em conjunto para o bem comum dos compatriotas?

Um aluno pede o microfone:

— Democracia é um sistema que garante liberdade geral para todos. Ela, juntamente com o capitalismo, é essencial para que todos os cidadãos alcancem a prosperidade, com o apoio irrestrito do Estado, dentro dos seus estatutos aprovados pela Constituição Federal, lei maior da nação. E lei é lei!

Todos se agitam mais uma vez com as palavras do aluno. Após a massa silenciar, Pedro surpreende. Desce até próximo o aluno, aperta sua mão e continua:

— Você tem razão. Diga: qual prosperidade ou lei de um país tem o direito de excluir a grande maioria da sua fonte de riqueza e renda? Diga-me: qual sistema tem o direito de fechar os olhos diante da desonra dos esquecidos, como se fossem um peso que a sociedade carrega? Não, isto não é democracia. O problema é que muitos se escondem atrás dela e iludem a maioria. Nós podemos começar a mudar esse quadro.

Paira um silêncio assombroso dentro do salão. Pedro continua, agora com uma veemência admirável:

— Quanto à lei que escraviza os direitos sociais dos miseráveis e excluídos a terem o mínimo retorno do Estado para alcançarem uma vida digna... Como devemos chamá-la? Constituição? Lei Maior da Nação? Prosperidade, talvez?

Ele volta para o palco e conclui:

— Não olhem através dos olhos dos mortos! Ainda lhes digo... Precisamos mudar o rumo do nosso país! Ele está em nossas mãos! Nós, jovens cheios de ideais que somos! Nós devemos buscar o futuro, não esperar que ele venha até nós.

A massa não se contém e explode em palavras de apoio. O reitor olha para Stefane como quem diz que será muito difícil derrotá-lo. Ela fica irada e se concentra no discurso de Pedro, que volta a fazer uso da palavra.

— As mudanças não são fáceis de alcançar. Muitos serão contra. Nossa economia está americanizada, assim como as nossas visões do futuro e nossas instituições. Temos que criar uma identidade econômica própria e alternativa de expansão no mercado exterior. Muitas oportunidades nos aguardam, mas os homens que governam o nosso país não têm essa visão. Digo-lhes, ainda, que todos nós somos dignos da vitória! Mas só a alcançam aqueles que acreditam nela e persistem sem medo com coragem!

A massa mais uma vez volta a se agitar. Stefane não aguenta mais ver seu rival se dando bem. Ela pede o microfone e lhe faz uma pergunta capciosa:

— Você acha que renegando aos americanos nossa economia se tornaria independente? Acho que não. Quem o fizer certamente entrará em colapso.

Pedro olha para ela e prossegue com calma:

— Não iremos renegar à economia americana. Iremos nos tornar independentes dela. Estamos amarrados à economia dos Estados Unidos, assim como imitamos o sistema político deles, não conseguimos sair disso. Temos de implantar justiça social de verdade em nosso país. O Estado deve oferecer uma vida digna a todos os cidadãos. Está em nossa Constituição, mas nenhum governo respeita isso.

Os alunos ameaçam aplaudir as palavras de Pedro, que continua:

— Eu não prego e nem quero o fim do Congresso. Isto seria um retrocesso. Eu prego a sua melhora para o bem do país. Esse modelo já está aí há muito tempo. Desde que eu era criança que casos de corrupção acontecem na Câmara dos Deputados. Eles prometem, prometem, mas a corrupção está enraizada como um câncer.

As palavras de Pedro levantam sussurros. Alguém pede o microfone:

— Qual seria a brilhante ideia para erradicar esse câncer do sistema político brasileiro? Destituindo-o por definitivo? Trocando-o por completo?

— Seria uma saída — concorda ele.

Felipe, inteligentemente, pede o microfone e faz-lhe uma pergunta:

— Como você acha que o povo aceitará uma ideia dessas? Não seria um convite para a revolta popular? Não tem nada mais perigoso do que o povo revolto.

Volta a fazer silêncio dentro do salão. Todos olham para Pedro, que responde:

— A revolta do povo significa mudança para melhor. Quando ele está revolto é sinal de que algo precisa mudar rapidamente.

— Um povo sem comando e sem lei para obedecer é incontrolável — observa alguém do meio dos estudantes. — Apesar de toda a corrupção existente, não temos o direito de pregar ou exigir seu fim. Com tudo isso já está ruim, sem isso seria pior.

— No Canadá e em parte da Europa o sistema parlamentar funciona bem e é muito raro ouvir falar de casos de corrupção — prossegue Pedro andando no palco. — Quando isso acontece, o primeiro-ministro é deposto imediatamente, desde que haja provas. Nós precisamos de um sistema desses, com uma melhora nos seus parâmetros para dar condições de crescimento de verdade ao nosso país. O Brasil, irmãos, é um gigante adormecido que já ficou inerte por muitos anos. É chegada a hora de despertá-lo para sermos, de fato, o país do futuro! Isso está nas mãos de nós, jovens! Está em nossas mãos! Basta querermos.

— Leva-se muito tempo para se adaptar a uma mudança desse tamanho — contesta outro aluno. — Será que estamos prontos para esse tempo? Será que teremos estrutura para isso? É muito complicado.

— Só os corajosos alcançam a vitória — pronuncia Pedro em palavras aguçadas. — Os medrosos ficam apenas imaginando se daria certo ou não. Estes nunca saberão o caminho da vitória. Nós saberemos chegar até ela porque não teremos medo de buscar o melhor para nós e para os nossos filhos.

Com as palavras Pedro consegue arrancar aplausos de todos que estão no salão.

Em seguida, vem um membro do conselho avisar a Pedro que o tempo já havia acabado. Ele se despede e diz aos estudantes que eles devem voltar às suas salas de aula. Aos poucos os alunos vão deixando o salão principal.

Pedro e Fernando também se dirigem à sua sala. No corredor que a antecede, ele encontra Stefane.

— Belas palavras, estas últimas — ela elogia. — Mas o seu discurso, no geral, não agradou a todos.

— O jogo só está começando — lembra Pedro. — Em um mês tudo pode acontecer. Não se esqueça disso.
— Não — responde Stefane. — Eu não me esquecerei. Amanhã você está convidado a assistir o meu primeiro discurso.
— Eu estarei no salão amanhã. Conte com a minha presença, minha chapa.
Stefane olha nos olhos dele e entra na sala. O mesmo fazem Pedro e Fernando.

No dia seguinte, às cinco horas estava tudo pronto para o primeiro discurso de Stefane. Ela estava no palco com o reitor, Ângela, Jônatas e Azevedo, filho de seu Jaime. O salão estava cheio, com muitas faixas espalhadas. Pedro chega com sua turma. "O que ele está fazendo aqui?", pensou ele ao ver o filho do seu Jaime.
O reitor pega o microfone:
— A todos vocês, boa tarde! Como já é do conhecimento de todos, estamos numa disputa estudantil! De um lado Pedro, que fui informado de que está presente no salão.
Quase metade do público bate palmas para ele. Outra parte fica em silêncio e outra ameaça uma vaia, mas o reitor continua:
— Ontem ouvimos uma parte. Hoje ouviremos a outra. Seremos civilizados.
Ele passa o microfone para Stefane.
— Hoje falarei e defenderei a minha opinião sobre o assunto em questão. Pedro defende a dissolução do Congresso Nacional como uma solução para os problemas do nosso país. Todos sabem que isso não é verdade. Ele quer que reneguemos aos americanos nos assuntos econômicos. Isso também não é verdade. Se fizermos isso a nossa economia entrará em colapso. Não temos condições nenhuma de brigar contra os americanos, seja qual for o assunto.
A primeira parte do discurso de Stefane consegue arrancar alguns aplausos.
— Dizem por aí que todo jovem tem sonhos de mudanças e de revolta — continua Stefane em palavras sedutoras. — As mudanças e as revoltas só se fazem necessárias quando o sistema não atende às necessidades de uma nação! Isto não acontece em nosso país! Por que querer seu fim prematuro agora? Por que querer calar a voz do povo quando ele mais precisa falar?

A massa entra em euforia demonstrando apoio ao discurso.
— Não, irmãos... — prossegue Stefane. — Não é tempo de semear ideias que venham a nos prejudicar ou tirar o nosso legítimo direito que demoramos muito tempo para conquistar. A democracia não pode ser ferida! A democracia deve ter vida longa para que as gerações futuras possam ter o prazer de conviver com ela, assim como nós.
Alguém pede o microfone.
— Se esta for a saída. E se esse for o caminho para acabar com a corrupção de uma vez? Nunca saberemos se não a aceitarmos.
— Não! — afirma com ênfase Stefane. — Esta não é a saída. Eu lhes asseguro. A democracia brasileira é sólida e consistente. Não podemos feri-la em hipótese nenhuma.
Fernando pega o microfone:
— A política e o sistema brasileiro carecem de um novo rumo, de novas ideias. Está tudo em nossas mãos!
As palavras de Fernando conseguem arrancar aplausos de quase toda a plateia.
Stefane range os dentes, mas retoma o discurso:
— O meu concorrente vive pregando mudanças na economia. Ele faz Jornalismo, não Economia. Não podemos simplesmente desvincular a nossa economia de americanos e europeus e bancar os revoltados. O socialismo violento deixou de existir há muito tempo, junto com ele sua ideia decadente. O comunismo emergente só funciona no Leste Europeu, onde aqueles países vivem em miséria total e seus povos vivem rezando para que passem para outro sistema o mais rápido possível. É isso que vocês querem para o nosso querido Brasil?
Toda a plateia faz silêncio.
— Todas essas ideias melancólicas não nos servirão de nada, acreditem! — Stefane vai para o meio dos estudantes. — A política universal pode até ser desigual, não é por meio de revoltas que a mudaremos. Isso se fará com o tempo e com paciência.
Um aluno pega o microfone.
— Eles nos mantêm hipnotizados com políticas, economia fracassada e promessas mentirosas. Entra ano, sai ano, e tudo continua na mesma. A revolução é a solução!
Stefane olha para o aluno e quer explodir.
— Aprenda a fazer política, minha cara. Jamais vá contra a massa. Apenas diga-lhe aquilo que ela deseja ouvir — aconselha Azevedo ao seu pé do ouvido.

Stefane toma o microfone e dá sinais de que aprendeu a lição:

— Semear novas ideias é uma necessidade natural, mas tentar implantá-las por meio de imposições é apenas ato desesperado daqueles que não sabem ouvir ou discutir com os outros. Ninguém muda nada sozinho. É tudo ilusão.

Ela consegue arrancar aplausos. Pedro pede o microfone e denota boa percepção:

— As grandes ideias sempre são renegadas no seu início, no final são implantadas. Há muito estamos esperando por um país do futuro que não chega. Há muito ansiamos por um país justo e igual. Há muito esperamos justiça social e descentralização da riqueza. Mas até quando teremos de esperar? Até quando teremos que aceitar que somos o país do futuro sem que ele venha até nós? Sabem até quando, senhoras e senhores? Até o dia que decidirmos parar de esperar e agirmos.

Os alunos não se contêm e batem palmas por quase três minutos. Stefane fica cheia de fúria.

— A nossa economia não é diferente da economia de nenhum país. Só criaremos uma identidade econômica independente caminhando juntos com os países desenvolvidos, não se rebelando contra eles. A Coreia do Norte tentou, o Iraque tentou. Vejam que eles estão atrasados mil anos no tempo.

Azevedo pega o microfone:

— Não há esboço ético algum nas palavras de quem prega ou quer mudanças por meio de revolta ou incitação contra as leis regentes do país. A Constituição é a lei maior da nação e deve ser respeitada. — Ele aponta para Pedro. — Este rapaz deve lê-la antes, assim como deve ler o estatuto da Câmara dos Deputados, seu papel de fundamental importância para toda a sociedade, antes de pregar a sua dissolução. Não podemos nos esquecer também que há algum tempo houve um plebiscito sobre a forma de governo. Escolhemos o Presidencialismo. Portanto, é notório que ele jamais aceitaria tal ideia. Não se esqueçam.

Todos começam a sussurrar. Stefane aproveita a oportunidade.

— Como bem disse, não podemos trocar um sistema absolutamente democrático e eficaz por uma ideia que deseja abolir os representantes legais do povo. Isto seria um atentado à vontade popular, não desejo de mudar... — Ela aponta para Pedro. — Como diz ele... É apenas perjúrio!

Todos olham para Pedro, que pede o microfone:

— Tudo isso é incógnita e perguntas sem respostas. Tudo no Brasil é copiado dos americanos. Nos bastidores, o FMI e o Banco Mundial conduzem a nossa economia e levam a grande fatia do bolo no final das contas, enquanto que o povo aqui choraminga cada vez mais. O capitalismo oportunista americano não durará mais que algumas décadas. Seu declínio é certo. Tão certo quanto sua ascensão, que veio rápido como um foguete, e como um se afastará. Não temos de virar as costas para eles, e sim, nos tornar independentes e dividir a riqueza da nação entre os brasileiros, que lhes pertence.

— Como pode afirmar tal coisa? — indaga Stefane com certa raiva. — Como pode saber da vontade de toda uma nação? — Ela volta-se para a massa. — Não aceitem palavras sorrateiras em prol de uma ideia vaga. Não cometam esse erro. Estarão ferindo gravemente a Constituição Federal, que devemos respeitar sem questionamento. Ela foi elaborada por pessoas altamente capacitadas, que sabem das necessidades do país. Assim como a nossa economia.

Os estudantes se dividem. Ora demonstram apoio a Stefane, ora demonstram ficar com Pedro. Isto deixa todos nervosos e apreensivos.

— Enquanto estivermos nas mãos de FMIs e americanos, a nossa economia estará estagnada ao que vemos todos os anos. Estamos patinando no gelo, nos bastidores é um jogo de cartas marcadas. Só iremos nos tornar um país desenvolvido quando renegarmos a dívida externa de uma vez e investirmos pesado aqui dentro, na formação social, econômica e cultural dos nossos filhos! Só assim alcançaremos o desenvolvimento e poderemos caminhar com as próprias pernas.

A massa mais uma vez aplaude Pedro intensamente. Às sete horas da noite todos vão para suas salas de aula.

No sábado, logo pela manhã, Pedro acorda e vê Bianca se arrumando. Ele vai até sua mãe e pergunta aonde vai sua irmã. D. Lúcia diz que não sabe. Ele pega o telefone e chama um táxi, pede ao motorista aguardar na esquina. Veste uma calça jeans, uma camiseta branca, põe um boné e vai para frente da casa. Pedro avista o táxi na esquina e faz sinais com as mãos para o motorista aguardar mais um pouco. Minutos depois Bianca sai de casa. Pedro se esconde na esquina e ela entra no mesmo carro de antes. Ele entra às pressas no táxi e manda o motorista seguir o carro preto.

* * *

Quase uma hora depois os carros estão passando em frente ao Museu do Ipiranga. Quinze minutos depois o carro para numa rua onde há grandes e belas casas. Param em frente à maior delas, cercada por grades por todos os lados. Pedro pede ao taxista para parar um quarteirão antes. Descem do carro preto cinco mulheres e entram.

"O que elas fazem nesta casa?", pensou Pedro, dizendo ao taxista que irá descer. Paga e agradece.

Vai até um orelhão e liga a cobrar para Fernando.

— E aí, Pedro?

— Vem pra cá agora.

— Aonde você está?

— Estou numa rua atrás do Museu do Ipiranga. Estava seguindo a minha irmã. Ela entrou numa casa grande com algumas amigas.

— Eu já estou indo — promete Fernando. — Aguenta as pontas.

— Vem logo — pede Pedro, que passa o endereço de onde está para o amigo.

Fernando chega. Pedro vai até ele, puxando-o pelo braço e pedindo pressa.

— A minha irmã entrou naquela casa ali — informa Pedro apontando. — Ela estava com cinco mulheres.

— O que será que ela faz lá?

— É isso que vamos descobrir — diz Pedro, pedindo para Fernando fechar o carro.

Eles vão até o vizinho da esquerda da casa em que Bianca entrou e tocam a campainha por cinco minutos. Ninguém atende.

Vão até o vizinho da direita e começam a bater palmas. Ninguém sai. De repente, um carro começa a passar pela rua. Pedro o para. Uma mulher que está dirigido.

— Por favor, a senhora sabe quem mora nesta casa?

— Ninguém — responde ela. — Umas pessoas é que vêm aí de vez em quando.

Pedro agradece e a mulher vai embora.

Fernando vai ao vizinho da esquerda e começa a tocar a campainha com insistência.

— Será que é uma maçonaria onde sua irmã entrou?

— Eu não duvido de mais nada.

Fernando se vira e vê um velhinho na casa mais humilde da rua, com a porta meio aberta, olhando-os. Ele se aproxima.

— Olá... O senhor sabe me informar quem mora naquela casa grande?

— Entre — convida o velhinho abrindo a porta.

Fernando chama Pedro e entram.

— O senhor sabe nos informar quem é o dono daquele casarão?

— Fernando senta-se no braço do sofá.

— Quem mora lá? — pergunta também Pedro.

— O que dois jovens como vocês querem com aqueles bruxos?

Os dois amigos se olham meio espantados com a pergunta.

— O que o senhor sabe sobre eles? — perguntam.

O velhinho senta-se ao lado de Pedro.

— Eles compraram quase todas as casas da rua. Eu não vendi a minha. Eles me disseram que se eu dissesse alguma coisa para alguém me matariam.

— Ah, é? — Pedro exclama. — O senhor sabe informar o que fazem naquela casa?

— Lá é uma escola — informa o velhinho. — Eu ouço gritos às vezes. Eles torturam as pessoas.

Fernando se levanta.

— Qual foi a última vez que o senhor ouviu esses gritos?

— Faz tempo. Mas eles estão de volta. Quando vêm, muitos são batizados. Mas não posso falar mais nada.

— E as casas do lado. O que aconteceu aos moradores? — ainda pergunta Pedro.

— Os da esquerda eles compraram a casa por sete vezes o valor dela. O da direita se recusou a vender e sumiu.

Os dois amigos agradecem pelas informações e saem da casa do velhinho simpático.

— Eu acho que é aí que eles batizam os sacerdotes dos Templários — suspeita Fernando. — Agora está explicado por que os vizinhos da sede dos Templários não sabem de nada. Eles devem ser ameaçados ou obrigados a vender suas casas.

— Também acho — concordou Pedro. — Acho também que os novos membros devem passar por uma provação ou flagelo antes de serem aceitos na sociedade.

Param em frente à casa do morador que sumiu. Fernando olha para Pedro e diz que só há um jeito de descobrirem: entrando na casa para ver alguma coisa.

Pedro olha para os dois lados da rua, não vê ninguém e pula o muro da casa, indo para os fundos. Fernando faz o mesmo e os dois sobem o muro que divide as casas.

— Temos que pular o muro do casarão — sugere Fernando.

Pedro olha e diz que é muito alto. Desce o muro e diz que vai ver se acha alguma coisa. Depois volta com uma escada de ferro toda enferrujada, levantando-a para Fernando pegá-la. Ele recebe a escada e tenta se equilibrar em cima do muro. Pedro sobe novamente e o ajuda a colocar a escada do lado de dentro do casarão. O primeiro a descer é Fernando, que segura a escada para que Pedro desça. Sem fazer barulho, escondem a escada num jardim.

Eles ouvem músicas gregorianas saindo do casarão e vão até um cômodo cercado por grades. Olham para dentro da casa e veem Bianca e Stefane deitadas nuas sobre o símbolo dos Templários, a cruz de cabeça para baixo com a escrita: "Redenção e Purificação" e a sigla **TT**. Um olha para o outro. Pedro se assusta. Fernando nem tanto. Eles veem uma janela no meio da parede, no alto.

— Vamos entrar — sussurra Fernando.

— Tá louco?

— Daqui não dá pra ver quase nada.

Voltam e pegam a escada com todo o cuidado do mundo e sem fazer barulho. A janela é bem estreita, conseguem passar para o lado de dentro do casarão. Entram num salão em que há uma grande placa em que está escrito: "Sala de Batismo". Eles veem seis pessoas com os olhos vendados, deitadas sobre cruzes, todas com seus corpos despidos e os braços marcados com o símbolo dos Templários. Ao lado de cada cruz, um cálice e garrafa de uma bebida.

Vão para outro salão na ponta dos pés, quase passando por cima das pessoas. Lá há uma placa com os dizeres: "Sala da Purificação". Veem quatro pessoas encapuzadas e amarradas a cruzes de cabeça para baixo. As cruzes são apoiadas por quatro grandes ferros em cada ponta e giram como moinhos no sentido contrário ao horário. "Estes devem ser os líderes", pensou Pedro, que tenta identificá-los, mas não consegue.

Depois vão para a sala em que estão Bianca e Stefane. Elas continuam nuas e deitadas sobre as cruzes, e também giram bem devagar. Elas parecem estar num transe profundo. De repente, ouvem pisadas. Os dois se escondem dentro de um banheiro. Começam a ouvir vozes, não entendem nada devido ao som alto.

Minutos depois as vozes se calam. Fernando abre a porta do banheiro devagar e não vê ninguém. Ele chama Pedro e vão para o maior dos salões, onde há uma placa que diz: "Patriarca dos Templários. Redenção e Purificação". O salão tem uma cruz três vezes maior que as outras ao centro. Ela tem alguém encapuzado e amarrado a ela, gira bem devagar.

"Esse deve ser o líder máximo", pensa Pedro. Fernando sussurra para ele dizendo que já tinham visto o bastante. Pedro concorda. Quando começam a deixar o salão, Pedro olha para Patriarca e nota que ele está com os olhos abertos e parece sorrir.

Pedro puxa Fernando pelo braço e os dois saem às pressas, passam por todos os salões, pela estreita janela, descem, levam a escada até o muro, sobem e passam de volta para a casa vizinha. Saem correndo até chegarem ao carro.

— O cretino do Patriarca estava nos observando — informa Pedro sem fôlego. — Ele estava de olhos abertos e sorriu pra mim. Aquele desgraçado filho da puta!

— Se ele tivesse nos visto teria chamado os numerários — Fernando diz, respirando rápido de cansaço. — Devia estar em transe como todo mundo naquela casa.

— Eu acho que essa casa é uma espécie de escola para quem entra na sociedade — desconfia Pedro enquanto aponta para o casarão. — É lá que os novos sacerdotes são batizados e os líderes, purificados.

— Por isso compraram quase todas as casas da rua. — Dá a partida no carro Fernando. — Para não levantar suspeita.

— Eles têm muito dinheiro e são muito organizados — diz Pedro enquanto coloca o cinto de segurança. — Alguma coisa não está batendo...

— E o que é? — Engata a quarta marcha Fernando.

— Eu acho que o Patriarca dos Templários sabe que nós dois descobrimos tudo sobre eles e está fazendo um jogo conosco.

— Será?

— Ele nos viu no casarão e sorriu pra mim — insiste Pedro. — Eu tenho certeza.

Sábado, finalzinho da tarde, Fernando chega à casa de Pedro. Lá está todo mundo reunido, com exceção da Bianca.
— Oi, pessoal... — cumprimenta Fernando.
Logo Pedro chama Fernando até a varanda da casa.
— Eu estou desconfiado de que hoje haja algum ritual na sede dos Templários.
— A gente podia ir lá hoje à noite — sugere Fernando. — Só assim saberemos os próximos passos deles.
Pedro sobe até seu quarto, troca de roupa, desce e avisa que irá sair com Fernando.

Uma hora e meia depois chegam à cidade em que fica a sede dos Templários. Eles andam nos arredores da igreja, que aparenta ser abandonada, e tocam campainhas de algumas casas, ninguém sai para atendê-los. Dois quarteirões à frente encontram uma senhora saindo da sua humilde casa. Eles a param e perguntam por que os moradores vizinhos da igreja abandonada não os atende. Ela lhes informa que um homem muito rico comprara quase todas as casas vizinhas à igreja. Desde então, estão todas fechadas, de vez em quando muita gente vai à igreja, sempre à noite. Um olha para o outro e agradecem.

Voltam para as imediações da igreja e começam a dar voltas sobre ela.
— Eu acho que não virão hoje — desconfiou Fernando, parando o carro dois quarteirões depois. — Então, é assim que eles se mantêm em segredo. Comprando as casas dos vizinhos onde se reúnem.
— Assim ninguém desconfia nem ouve nada.
Passa um carro escuro por eles. Já eram nove e meia da noite. Fernando olha pelo retrovisor e vê o carro entrar numa rua escura sem saída nos fundos da igreja. Ele não tira os olhos e não vê o carro voltar. Ele acha estranho, dá a partida, vai até a rua e liga os faróis.
— Aquele carro que passou por nós entrou nesta rua — comenta Fernando. — Ela não tem saída. Para onde aquele carro foi?
— Você tem certeza?
— Claro que sim. Ele entrou nesta rua sem saída.

Descem do carro e começam a examinar o muro da igreja para verificar se há uma entrada secreta. Não veem nada. Voltam ao carro e ficam a dois quarteirões da igreja. Fernando avista faróis de carros a trezentos metros da rua escura. Ele não liga os faróis do carro e entra num terreno baldio. Contam dez carros passarem um atrás do outro. Saem com cuidado e veem um carro em cada esquina da rua, como se estivessem vigiando para que ninguém se aproximasse. Os carros entram na rua sem saída e somem. A seguir, os dois carros que vigiavam entram na rua e também somem.

Os dois amigos voltam para a rua e não veem nada.

— Há uma passagem secreta. — Passa a mão no muro Pedro. — Deve ser este muro.

Vão para a frente da igreja e não veem nenhuma movimentação.

— Mas que droga! — esbraveja Pedro. — Eles são mesmo espertos. Camuflam tudo para não deixar pistas.

— Temos que achar uma maneira de entrar na igreja — não desiste Fernando.

— Só se escalarmos o muro. Como da outra vez.

— Da primeira vez eles nos enganaram, mas agora descobrimos como entram e se camuflam — mostrou-se feliz com a descoberta Pedro.

Pedro junta as mãos encaixando os dedos e pede para Fernando subir e ver se alcança o muro. Ele não alcança. Pedro pede que o amigo suba em seus ombros e fique de pé. Finalmente, Fernando alcança o muro e sobe. Pedro pergunta o que ele está vendo. Fernando diz que não vê nada. Nem carros, nem pessoas. Só uma luz fraca saindo da igreja.

— Esconderam os carros? — perguntou Pedro. — Como subirei no muro?

Fernando informa que a parte do muro dos fundos da igreja é mais baixa de onde estão. Vão para lá. Fernando se equilibrando em cima do muro e Pedro na rua. Quando chega na parte baixa do muro, Pedro o escala e consegue subir. Os dois pulam para dentro. Entram num galpão onde estão os carros e vasculham alguns. Num deles acham mantos e capuzes. Vestem-se. Em seguida, começam a procurar pela suposta passagem secreta. Minutos depois Fernando aponta para algo e manda Pedro olhar. Os dois se aproximam e surge uma passagem secreta. Seguem pelo caminho que já conhecem até o salão principal, e começam a descer. À medida que se aproximam, ouvem vozes em uníssono, que dizem "Purificação! Purificação! Deus é conosco!". As vozes vão ficando mais nítidas. Quando estão quase perto, ouvem uma voz indagadora de mulher, que os surpreende:

— O que fazem aqui? Vão para o salão! Já está quase na hora do ritual de sacrifício.

Os dois quase morrem de medo. Pedro leva a mão ao coração e Fernando toma um susto gigantesco, controlam-se e vão ao salão principal. Não veem o altar ou os líderes. Pedro se aproxima do altar, vai puxando Fernando pelo braço, com medo de perdê-lo de vista. Em poucos minutos conseguem visualizar o altar, no qual estão os cinco líderes vestidos com mantos avermelhados e encapuzados, e mais dez pessoas em fileira à esquerda do altar, todas encapuzadas.

Um dos que está usando manto avermelhado levanta a mão, como quem está pedindo atenção e silêncio. Eles o fazem.

— Irmãos! É chegada a hora de semearmos aquilo que estamos plantando! — discursa um dos líderes. — A mão do Criador pousará sobre nossas cabeças para nos abençoar! Nós lhe seremos fiéis até o fim e continuaremos a defender seus valores!

— Purificação! Deus é conosco! — bradam os sacerdotes.

— Nós seremos os príncipes templários da Ordem de Deus! — brada outro líder. — Temos que continuar com a nossa missão! Purificando as almas daqueles que corrompem seus corpos e se desviam do caminho de Deus.

— A sociedade, irmãos, tenta nos impor as suas impurezas! Nós saberemos nos livrar delas! Saberemos levá-las ao fogo da justiça do Deus Vivo! — comove outro líder com seu discurso. — Nada poderá nos desviar dos nossos caminhos!

— Deus é conosco, Templários do Novo Tempo!

— Hoje formaremos a nossa primeira assembleia de sacerdotes — anuncia outro líder. — Ela estará encarregada de defender os nossos valores! Estará encarregada de defender os valores morais, que devem estar acima de qualquer coisa deste mundo!

Os membros da sociedade não se contêm e entram em êxtase após ouvirem o discurso. Logo, o Patriarca trata de conter o entusiasmo:

— Irmãos, não se apeguem às coisas do mundo! Não nos apeguemos às coisas que nos condenam! O Senhor me disse que o tempo Dele está próximo! O Senhor me disse que é chegada a hora de sacri-

ficar as almas que fogem da Sua lei! E nenhuma delas fugirá dos Seus castigos!
— Deus é conosco! Deus é conosco!
— Os códigos da lei de Deus estão sendo descobertos por nós — vangloria-se outro líder cheio de pretensão. — Isto se dá porque Ele nos encarregou de defendê-las! Nós faremos o nosso papel para colhermos o que estamos semeando.
— Deus é conosco! Deus é conosco! Um dos líderes faz oração em latim.
— Àqueles que insistem em continuar blasfemando contra a ordem do Criador, suas almas serão depositadas no fogo e no enxofre do tormento eterno — falou o Patriarca.
— Agora recitemos o livro de Jeremias — continua ele. — "Antes que ti formasse no ventre, ti conheci, e antes que saísses da madre, ti santifiquei; às nações te dei por profeta."
— Deus é conosco! Deus é conosco! — bradam os membros da sociedade.
— Devemos nos fortalecer naquele que tudo pode — cita versos bíblicos outro líder. — Está próxima a hora da nossa verdade, irmãos!
Pedro cutuca Fernando e, com gestos, manda que ele se aproxime mais do palco para tentar identificar algum líder. Ele volta ao lugar em que estava. Pedro faz gestos querendo saber se ele descobriu alguma coisa, e ele gesticula que não.
O ritual prossegue. Os dois amigos se concentram para tentar saber mais sobre a sociedade secreta. Os quatro líderes se colocam um do lado do outro e anunciam algo.
— Esta noite anunciaremos os nomes daqueles que farão parte da primeira assembleia — informa um dos líderes. — Estes ficarão encarregados de executar os nossos rituais conforme forem determinados.
— Os dez membros da primeira assembleia foram devidamente selecionados para executarem a vontade de Deus! — continua outro líder, comportando-se como quem cita o nome de Deus em vão.
— Irmãos! É nosso dever exaurir a escória da sociedade, limpando-a dos seus males! Esta é a tarefa designada a todos nós.
Os membros do segundo escalão se agitam e bradam palavras de ordem e de purificação. Os líderes gostam do que veem, têm a certeza de que exercem grande influência e poder sobre todos eles.

Pedro fica chocado diante da situação. "Como que tanta gente pode se entregar a ideias absurdas como essas?", questiona ele em pensamento. "Isto tem que acabar!"

Quando Pedro se dá conta, vê que Fernando havia sumido. Ele entra em desespero preocupado com o amigo e olha para todos os lados, não há como identificá-lo devido às máscaras que usam. "Mas que droga...", pensa. "Agora como encontrarei Fernando?". Pedro não sabe se procura pelo amigo ou se deve concentrar nos líderes. Decide tentar descobrir alguma coisa sobre a tal assembleia que irá acontecer logo.

Quando Pedro volta a olhar para o palco, lá estão dez pessoas vestidas com mantos avermelhados como os dos líderes. Para surpresa geral, todas elas recebem ordens para retirar as máscaras. Lá estão Ângela, Flávia e sua irmã Bianca, que recebem a missão de liderar a primeira assembleia composta apenas por mulheres.

— Nós seremos as mulheres fortes dos Templários! — quase grita uma líder. — Seremos uma sociedade dentro da sociedade. As mulheres são a dádiva maior de Deus! A nós ele imputou a tarefa de conceder o dom da vida. Nós somos superiores!

O Patriarca não gosta nada do tom do discurso. Ele ordena que aumentem o som. O mesmo líder que fez orações em latim volta a fazer. Pedro sussurra para Fernando que é melhor irem embora.

Já no carro, Fernando, ao volante, olha para Pedro e diz que é melhor irem à polícia.

— Não podemos fazer isso ainda — discorda Pedro. — Temos que descobrir quem são os líderes para depois denunciá-los.

— Por que essa fixação em descobrir quem são os líderes? — altera-se Fernando.

Pedro não liga muito para as alterações. Ele se cala por um tempo, em seguida faz uma pergunta:

— Diga-me uma coisa. Você disse que seu pai falava latim antigo. É verdade?

— Sim... O que isso tem a ver com tudo? Você não está pensando que o meu pai...

Fernando pisa no freio do carro bruscamente, parando-o no meio da pista, e se lembra de algo que acontecera segundos antes, no ritual da sociedade secreta, e diz:

— Espere um pouco... Um dos líderes fez orações em latim... — É a vez de Fernando ficar chocado e paralisado. — Será que era o meu pai?

Os carros que passam buzinam. Pedro pede para ele continuar andando.

— Quando aquele líder estava fazendo orações em latim... — retoma o assunto Fernando. — Eu me lembrei dele. A minha mãe também sabia.

— Por falar em sua mãe — aproveita para tirar dúvidas Pedro. — Ela morreu do que mesmo?

— Peraí... — espanta-se mais uma vez Fernando. — Você não está suspeitando que o meu pai tenha matado a minha mãe, está?

— Ela se suicidou, não foi?

— Sim — afirma Fernando um tanto triste em relembrar. — Ela foi encontrada morta no banheiro do seu quarto com os pulsos cortados.

— Seu pai? — aprofunda-se Pedro. — Aonde ele estava no dia que isso aconteceu?

— Estava numa festa na casa de um amigo — responde Fernando, que estaciona o carro de novo, desta vez num local permitido. — Fui eu mesmo quem ligou para ele quando achei a minha mãe já morta dentro da banheira, com os pulsos cortados.

— Não é estranho, Fernando... — continua Pedro cheio de suspeitas. — Exatamente no dia em que a sua mãe se suicida o seu pai não está em casa?

Fernando fica pensativo por alguns instantes.

— Isso faz sentido. Mas eles viviam muito bem. Não tinha nenhuma razão aparente para o meu pai matar a minha mãe.

— Bem dito, meu chapa! — Pedro sente alguma coisa no ar. — Não tinha nenhum motivo aparente. É exatamente aí que está o mistério.

— Cara, você está me deixando louco! — Leva as mãos à cabeça Fernando. — Os meus neurônios estão fervendo com essa história toda!

— São apenas fatos — releva Pedro. — Uma coisa é certa... Tem muita sujeira por trás de tudo isso. Pode apostar que sim.

— Nós iremos descobrir tudo! — solta um brado Fernando.

— É isso aí, cara!

Fernando dá partida no carro e segue viagem.

— Tem uma coisa — lembra Pedro. — Você não dirá nada ao seu pai, senão tudo o que já descobrimos e fizemos irá por água abaixo.

— Pode ficar tranquilo.

— Então, o próximo passo será descobrir as causas do suicídio da sua mãe — planeja Pedro. — Depois, se o seu pai tem alguma culpa.

— Tudo bem — aceita Fernando. — Como faremos isso?

— Alguma pista deve ter ficado — tem quase certeza Pedro. — Não é sempre assim que funciona? Não existe crime perfeito. Só precisamos descobrir a pista certa.

— Já sei... — lembrou-se de algo Fernando. — Vamos começar com uma empregada que foi demitida lá de casa logo que a minha mãe foi sepultada. Era uma empregada muito querida da minha mãe. Na época eu achei muito estranho a demissão dela.

— Foi o que eu disse — afirma mais uma vez Pedro. — Sempre fica alguma coisa.

— Eu só não sei aonde ela está morando atualmente.

— Na sua casa deve ter um lugar em que se guarda o registro dos funcionários — prossegue Pedro. — Com certeza o registro dessa empregada deve estar lá também.

— No computador do meu pai — informa Fernando. — Fica no escritório dele. Só tem um problema... Como descobriremos a senha para acessá-lo?

— Nada que o Caio não resolva.

— É verdade! — alegra-se Fernando. — O Caio é gênio no computador.

Após breve silêncio dos dois.

— Sabe... — indigna-se Fernando sobre o que possa vir a descobrir. — Eu sempre achei estranho o modo como a minha mãe morreu. Quando o meu pai disse que ela havia cometido suicídio eu não quis acreditar muito. Ela adorava a vida.

— Você não se lembra de algo diferente que tenha acontecido no casamento dos seus pais antes desse fato lamentável?

— Não... Eles viviam muito bem. Pelo menos era o que passavam para mim. De repente a minha mãe se suicida. Pensando com mais calma, é muito estranho mesmo. Tem outra coisa... Algumas semanas antes do aparente suicídio dela eles estavam um tanto frios e distantes um do outro. Era como se ela tivesse descoberto alguma coisa.

— Que o seu pai era membro de uma sociedade secreta?

— Talvez... Dois dias antes daquela trágica noite eles tiveram uma discussão muito dura tarde da noite. A minha mãe estava transtornada. Eu nunca a tinha visto daquele jeito. Ela gritava muito e ele pedia para ela ficar calma.
— E o que ela dizia nos gritos?
— A minha mãe gritava: "Eu não aceito coisas como essas! Você está louco!". Eu acordei e fiquei deitado só ouvindo. Eu era muito pequeno.
— Casais ricos como os seus pais são muito estranhos mesmo — concorda Pedro. — Talvez seja pelo fato de terem muito dinheiro ou coisa que o valha.
— O meu pai era pobre — conta um pouco da história de sua família Fernando. — Antes de ele casar-se com a minha mãe trabalhava de consultor na empresa do meu avô. Quer dizer... Toda a fortuna que o meu pai possui hoje foi graças à minha mãe e à família dela, que, aliás, é revoltada com isso até hoje. Eles não aceitam o suicídio dela de maneira alguma. Na verdade, o meu pai e os meus tios por parte de mãe se aturam devido à empresa da família. Eles sabem que, se decidirem dividi-la, ela pode perder mercado e, consequentemente, ir à falência.
— Isso só vem reforçar as nossas suspeitas — enfatizou Pedro. — Mas uma coisa não se encaixa se seu pai estiver envolvido nessa porcaria de sociedade secreta.
— O quê? — pergunta Fernando.
— Por que ele fundaria uma droga de uma sociedade secreta com toda a grana que tem? Não faz sentido.
— Eu estava justamente pensando nisso — admite Fernando. — Realmente não faz sentido. Por que ele faria coisas como essas? Obediência e submissão de pessoas. Não é o estilo dele. Pelo menos era o que eu achava.
— As pessoas estão sempre nos surpreendendo — filosofa Pedro.
— Nós estamos no mesmo barco. Você com seu pai, eu com a minha irmã, ambos estão infringindo a lei. Mais cedo ou mais tarde terão que pagar. Por enquanto nos concentremos em descobrir quem são os líderes dos Templários do Novo Tempo.

Chegam à casa de Pedro. Entram e vão direto para o quarto dele. Assistem a um filme e vão dormir.

* * *

No domingo pela manhã, Pedro tem uma ideia de como descobrir algo mais sobre os Templários. Ele fala com Fernando que Caio poderia descobrir alguma coisa no computador do dr. Paulo. Fernando volta a dizer que só seu pai tem a senha do computador, pois ele não a divulga a ninguém, nem mesmo para ele. Pedro insiste e diz que Caio pode achar um jeito de entrar nos arquivos do dr. Paulo. Fernando resolve aceitar após as insistências do amigo. Eles vão direto para a casa de Caio.

— O que fazem aqui tão cedo?

— Resolvemos fazer um churrasco lá em casa à beira da piscina — informa Fernando. — O que você acha?

"Aí tem coisa!", pensa Caio todo desconfiado.

— Vamos logo, Caio! — apressa Pedro. — Ainda temos que passar no mercado e comprar cerveja e picanha.

Caio diz que vai se trocar e já volta.

Trinta minutos depois já estão dentro de um Extra Hipermercado, com Caio empurrando um carrinho de compras.

— Após o churrasco nós temos uma missão para você — declara Pedro.

— Ei! Eu sabia que aí tinha coisa... Eu tenho até medo dessas missões que vocês dois me arrumam. Lembram-se daquela que eu tive que invadir o computador da professora de matemática lá na escola do segundo grau para alterar as notas de vocês dois? Que, aliás, estavam mal e com certeza iam repetir o ano?

Fernando solta boas risadas ao ser lembrado:

— E você foi parar na secretaria e quase foi expulso da escola. Para a nossa sorte a diretora não descobriu nada.

— É... Eu quase me ferrei por causa de vocês dois — lembra com bom humor Caio, enquanto põe algumas caixas de cerveja no carrinho. Em seguida, vão para o açougue e pegam a picanha.

— Não sei o que seria de nós sem você — elogia Pedro, dando um beijo no amigo.

Caio olha para os dois e levanta as sobrancelhas.

— Não se preocupe, Caio — tranquiliza-o Fernando. — Essa missão é mais simples.

— Isso me deixa mais aliviado. — Respira o rapaz já passando as compras no caixa. — E qual será essa nova missão?

— Quando chegar a hora você saberá — informa Fernando.

— Nossa! Quanto mistério... — brinca Caio.

Fernando entrega o cartão de credito à caixa. Eles colocam as compras no carro e seguem para a piscina. Chegando, colocam a cerveja para gelar e Fernando manda um empregado cuidar do churrasco. Os três amigos vão para a piscina aproveitar o belo domingo de sol.

— A porcaria da minha vida só tem sentido nos momentos como esses! — Pedro exclama dentro da piscina. — Isso sim é que é vida, não acha, Caio?

— Pode crer que sim, meu chapa!

Fernando joga água nos dois do outro lado da piscina. No fim do dia vão ao escritório do dr. Paulo. A porta está fechada. Fernando pega as chaves de toda a casa e tenta abri-la. Nenhuma das chaves consegue abrir a porta do escritório.

— E agora? Como entraremos?

— Não se preocupem — vai tranquila Caio, que pede uma chave de fenda. Após dar algumas cutucadas, a porta se abre.

— Mas como? — espanta-se Fernando.

Pedro olha para ele sorrindo.

— Vejo que não é só especialista em computador, Caio.

— A gente se vira!

— Vamos logo antes que chegue alguém — fala Fernando, que se senta na cadeira em frente ao computador e o liga.

— Agora levanta para o mestre assumir — brinca Caio.

Fernando levanta e Caio se senta diante do computador do dr. Paulo.

Após quase uma hora de tentativa, Caio ainda não havia conseguido. Fernando, a esta altura, está suando frio com medo de que seu pai chegue. Ele apressa Caio para descobrir logo a senha. Caio solta um berro. Pedro e Fernando, que estão na sala, vão correndo ao escritório.

— Aí está! — Aponta Caio para o computador já com a tela aberta.

— Eu sabia que você não ia decepcionar a gente! — elogia Pedro contente da vida. — Você é um perfeito pirata de computador, cara!

Fernando senta-se na cadeira e começa a procurar pelo registro de empregados.

— O que querem descobrir, afinal? — pergunta Caio.

— Fernando só quer saber onde mora um parente que ele não vê há muito tempo — disfarça Pedro.

— E por que não perguntou ao seu pai?

— Ele não me falaria. Pode apostar! — afirma Fernando.

— Vem, Caio. Vamos tomar uma cerveja — convida Pedro já indo para a sala.

— Vamos nessa — aceita Caio.

Após vinte minutos Fernando não havia achado nada. Pedro volta ao escritório e Fernando diz que não descobrira nada até aquele momento e pede para ele segurar Caio na sala. Quinze minutos depois Fernando chega à sala com um pen-drive nas mãos e o joga para Pedro todo feliz.

— Não me diga que...? — anima-se o amigo.

— Isso mesmo — confirma Fernando.

Caio olha para os dois.

— Vejo que descobriram o que queriam. Eu preciso ir pra casa.

Fernando pede a Caio que feche a porta do escritório do pai dele para, quando ele voltar, não desconfiar de nada. Ele sobe, fecha a porta e volta para a sala.

Eis que a porta da sala se abre. É o dr. Paulo, que se aproxima dos três rapazes.

— Pai?! — fica surpreso ao vê-lo. — O senhor não disse que voltaria amanhã?

— Resolvi voltar hoje — responde o dr. Paulo, cumprimentando os dois amigos do filho, cheio de desconfiança. Ele ainda olha para as mãos de Pedro e consegue ver o pen-drive. Pedro dá uma disfarçada e o coloca no bolso.

— Vou levá-los em casa — informa Fernando. — Já volto.

— Tudo bem.

Fernando e os dois amigos saem da casa e entram no carro. Deixam Caio em casa e depois seguem para a casa de Pedro.

— Tome cuidado com esse pen-drive — avisa Fernando.

— Pode deixar. Hoje mesmo eu o abrirei e descobrirei o endereço da empregada.

— Mais tarde eu ligo pra saber se correu tudo bem — fala Fernando dando partida no carro e seguindo para casa.

* * *

Pedro, ao entrar em casa, vai direto para o computador. Coloca o pen-drive e começa a pesquisar. Ele abre o programa com os nomes dos funcionários da casa do dr. Paulo e começa a examiná-los fazendo anotações. O telefone toca. Seu Antônio atende e chama Bianca. De repente, ela desce às pressas do quarto, senta-se no sofá e fica olhando para Pedro. Chegam também J. A., Thiago e Ana Paula, que começam a conversar. Bianca diz que irá fazer um suco. Quinze minutos depois, ela volta com uma bandeja com cinco copos de suco e dá um para cada, inclusive para Pedro, que aceita sem nem olhar para ela.

Menos de dois minutos depois Pedro sente-se um pouco zonzo e vê tudo rodar. Ele abre os olhos e passa a mão no rosto sem entender o que está acontecendo. De repente, ele encosta a cabeça na ponta da mesinha do computador e dorme. Bianca dá uma olhada e se aproxima do computador. Ela retira o pen-drive e sobe de volta para o quarto. Troca de roupa e sai rapidamente.

— Pedro! Pedro! — chama seu Antônio balançando seu ombro.

Pedro levanta a cabeça zonzo e ouvindo a voz do pai soar longe.

— O que aconteceu?

— Você estava mexendo no computador e pegou no sono.

Ele leva a mão ao computador e vê que o pen-drive havia sumido.

— Droga! — esbraveja o rapaz.

— O que houve?

— Onde está a Bianca? — pergunta ao pai.

— Ela saiu.

Pedro olha por toda a mesinha à procura do copo que sua irmã havia lhe servido o suco, não o vê mais.

— Aconteceu alguma coisa, Pedro?

— Não aconteceu nada, pai. Se o Fernando ligar, fala que fui tomar banho e retorno em seguida.

Após o banho ele volta para a sala e é avisado que Fernando havia telefonado. Sobe ao quarto, pega o telefone e liga.

— E aí, Pedrão? — atende Fernando. — O que conseguiu descobrir?

— Você não vai acreditar no que aconteceu...

— O que houve?

— A minha irmã me dopou e levou o pen-drive embora.

— Como você foi deixar isso acontecer?

— Ela inventou de fazer suco e tomei. Eu nem desconfiei. Que filha da mãe.

— Mas como... — surpreende-se Fernando. — O meu pai!

— Matou a charada. Aquele filho da mãe mesmo!

— Isso só confirma a nossa suspeita — convence-se Fernando.

— Ele é mesmo membro dos Templários do Novo Tempo.

— Não só membro, líder também — afirma Pedro. — Só precisamos descobrir quem são os outros três.

— Eu desconfio quem sejam os outros — declara Fernando como um detetive.

— Descobri dois empregados no mínimo suspeitos do seu pai — informa Pedro.

— Ah, é?

— Lembra-se da tal empregada da qual me falou? Duas semanas depois da morte da sua mãe foi feito um depósito de uma alta quantia na conta dela. O mesmo foi feito com o motorista do seu pai.

— Eu me lembro dele — recorda Fernando. — Após a morte da minha mãe esses dois sumiram sem deixar pistas.

— Eles moram em Sorocaba. Não é muito longe daqui.

— Não me diga que você...

— Isso mesmo — confirma as desconfianças. — Eu tenho o endereço dos dois.

— Amanhã mesmo iremos lhes fazer uma visita, então — anima-se Fernando.

— Combinado. Amanhã eu te aguardo pela manhã — marca Pedro.

Desligam o telefone e vão dormir.

Na manhã de segunda-feira, Fernando passa na casa de Pedro, pegam a Rodovia Castelo Branco rumo a Sorocaba. Chegam à cidade e começam a procurar o endereço que Pedro havia escrito num pedaço de papel. À uma e meia da tarde, eles finalmente acham a casa dos ex-funcionários.

Param o carro em frente a uma casa de classe média com um pequeno jardim na entrada. Pedro diz a Fernando para aguardar, para não espantar os ex-funcionários caso o reconheçam. Abre a porta do carro, dirige-se à entrada da casa e toca a campainha. Dois minutos depois um homem de meia-idade negro vem atendê-lo. Fernando o reconhece de longe, prefere não se manifestar por enquanto.

— Posso ajudá-lo em alguma coisa? — mostra-se educado.

— Estou procurando pelo senhor Francisco e a dona Esmeralda. Eles moram aqui?

— Eu sou o Francisco. Mas não o conheço...

— Eu vim de São Paulo e preciso falar com o senhor.

O homem fica surpreso ao ouvir.

— Você veio de tão longe só para falar comigo?

— Eu e meu amigo ali — informa Pedro apontando para o veículo. No instante que Fernando sai do carro e começa a caminhar na direção dos dois, o homem se espanta e começa a suar frio após reconhecer o filho dos ex-patrões.

Fernando chega próximo dele, estende a mão e pergunta como vão as coisas. Ele resiste um pouco antes de pegar na mão do rapaz e dizer que vai tudo bem.

— Precisamos falar com o senhor — diz Fernando. — Podemos entrar?

— Oh, sim... Desculpe. Vamos entrando.

Após entrarem e se sentarem, seu Francisco manda a empregada fazer café.

— Então, seu Francisco... — retomou o assunto Fernando. — Nós viemos de São Paulo porque precisamos lhe fazer umas perguntas sobre a sua saída da minha casa após a morte da minha mãe.

Imediatamente, o semblante do velho se entristece.

— Nós sabemos que essas lembranças não lhes trarão boas recordações, seu Francisco — Pedro tenta convencer o velho a falar tudo o que sabe. — Mas elas nos ajudarão muito a descobrir coisas bem estranhas que andam acontecendo.

— Sabem de uma coisa? — começa a falar o antigo motorista. — Há dez anos eu venho convivendo com essa triste história.

— Conte-nos tudo, seu Francisco — pede Fernando.

Ele olha para Fernando e continua com palavras tristes:

— A sua mãe era uma boa pessoa e não merecia ter aquele triste destino. Mas é sempre assim que acontece. As pessoas boas pagam por coisas que... Sei lá...

— O que realmente aconteceu naquela noite? — pergunta Fernando ansioso.

— Naquela noite o seu pai mandou que eu o levasse a uma festa na casa de um amigo dele — começa a contar a história o ex-motorista. — Eu me lembro dele. Jônatas era seu nome. Era reitor da USP.

— Era não. Ainda é — lembra Pedro.

— Espera um pouco... Quer dizer que eles já se conheciam nessa época? Agora está explicado por que a gente entrou na USP.

— Quando eu preparei o carro para levar o seu pai ele me disse para ir até a casa do reitor sozinho, que ele iria de táxi depois, e que era para eu aguardá-lo lá na casa em que estava acontecendo a festa.

— Como assim? — não entendeu Pedro. — Não faz sentido isso que o senhor está nos contando... Por que o dr. Paulo mandaria o senhor à casa do reitor sozinho para depois ir de táxi?

— Será porque ele precisava de um álibi para justificar o aparente suicídio da minha mãe?

— Talvez se me deixarem terminar de contar todos os fatos possam chegar a alguma conclusão — fica impaciente seu Francisco com as interrupções.

Os dois rapazes ficam quietos e ele continua:

— Quando eu cheguei na casa que ia ter a festa, seu pai me ligou de volta para buscá-lo. Quando cheguei fui direto na cozinha tomar um café. Foi quando a Ana me disse que a Maria Antônia estava muito agitada e que havia se trancado no quarto. Fui até a sala aguardar seu pai, ele estava demorando muito. Então, resolvi subir até o quarto dele para ver o que estava acontecendo. Quando cheguei lá, a porta estava entreaberta e aí eu vi o que não queria ter visto...

Fernando e Pedro ficam apreensivos e olham para seu Francisco com os olhos arregalados para ouvir o resto da história.

A empregada chega com três xícaras de café e os servem.

Após alguns goles, seu Francisco continua:

— Quando entrei no quarto, vi seu pai carregando sua mãe do banheiro ao quarto. Eu desci de volta à sala e fiquei esperando o dr. Paulo. Quando ele desceu, mandou-me ir ao carro. Foi quando o levei para a festa.

— Que horas eram? — pergunta Pedro. — O senhor se lembra?

— Eram umas dez horas mais ou menos. Não dá para precisar depois de tanto tempo. Só sei que quando eu voltei a polícia já estava na casa e sua mãe, Fernando, já estava morta. Foi quando eu soube que ela tinha cometido suicídio.

— Como a polícia pôde ter chegado a uma conclusão tão rápida? — suspeita Pedro.
— Eu nem contei metade da história — vai avisando seu Francisco.
— Eu achei tudo muito estranho. Mas o que um simples motorista poderia ter feito com apenas suspeitas? No dia seguinte, a Ana me chamou ao quarto dela e me mostrou uma coisa...
— E por falar em d. Ana, onde está ela? — sente falta Fernando.
Seu Francisco baixa a cabeça e demonstra uma tristeza enorme. Pedro e Fernando se olham.
— Ela me mostrou algumas fotos que a sua mãe mandara tirar do seu pai — continua o ex-motorista. — Quando olhei as fotos, não entendi nada...
— Que fotos eram, seu Francisco?
— Vocês precisam aprender a ouvir para depois fazer as perguntas.
— Desculpe.
— As fotos tinham pessoas usando roupas vermelhas encapuzadas. Não deu para reconhecer ninguém.
Os dois amigos não ficam surpresos com o que ouvem, pois aquilo só confirmava as suas suspeitas. Pedro fica de pé.
— Eu sabia!
— Seu Francisco, responda-me uma coisa — indaga Fernando.
— Onde está d. Ana? Eu posso falar com ela?
— Não, não pode. Está morta.
Os dois amigos não sabem o que dizer diante da resposta.
— Eu sinto muito — lamenta Fernando.
— O que aconteceu? — quer detalhes Pedro, desconfiando de que a morte dela tivesse alguma coisa a ver com toda a história.
Ele fica de pé e pensativo por alguns segundos. Depois se vira para os dois inesperados convidados e se decide:
— Eu jurei nunca contar nada sobre tudo que sei. Assim como a Ana. Mas depois que ela se foi o meu juramento deve ser repensado.
Fernando também se levanta, aproxima-se do ex-motorista, coloca a mão em seu ombro e pede que ele conte tudo sobre a morte de sua mãe, para ele é muito importante descobrir toda a verdade.
— Como já disse, a Ana me mostrou algumas fotos no dia seguinte à morte da sua mãe — continua seu Francisco. — Junto com as fotos havia alguns papéis e uma fita de videocassete que sua mãe havia pedido para a Ana levar à imprensa, caso alguma coisa lhe acinteces-

se. Ela disse que a vida dela estava correndo perigo depois que tinha descoberto algo muito sério sobre seu pai.

— Quem teria tirado tais fotos? — interrompe Pedro.

— Algum detetive, ora — afirma seu Francisco. — Quem mais poderia ter sido?

— Se minha mãe contratou um detetive, ela já estava desconfiada de alguma coisa.

— Sim, estava — afirma seu Francisco. — Ela confessou isso à Ana. Logo que ela recebeu os primeiros resumos do detetive, suas desconfianças estavam certas e ela sabia que tinha que contar para alguém. Daí contou tudo para a Ana.

— Por que a d. Ana não foi à imprensa como a minha mãe tinha pedido?

— Essa é a parte triste da história — lamenta seu Francisco cabisbaixo e demonstrando arrependimento. — Ela ia fazer isso e eu não deixei.

— Por quê? — interrompe Fernando. — Ela tinha prometido para minha mãe.

— Só Deus sabe o quanto eu me arrependo disso. Eu fiz uma pessoa quebrar seu juramento. Uma pessoa honesta como a Ana. E tudo por dinheiro. Devo confessar.

— O senhor está nos dizendo que se vendeu para o meu pai e levou sua esposa junto?! — indigna-se Fernando. — É isso?!

— Sim, rapaz. É isso.

— Como o senhor pôde?! — revolta-se Fernando.

Pedro olha para o amigo e faz sinais com as mãos pedindo para ele maneirar.

— Eu entendo a sua indignação, rapaz — comenta seu Francisco. — A gratidão é uma grande virtude do ser humano e eu a reneguei; estou me redimindo agora contando toda a verdade pra você.

Fernando se aproxima do ex-motorista e lhe dá um abraço. Seu Francisco se surpreende com o gesto e deixa cair algumas lágrimas de arrependimento. Até Pedro se emociona com a cena.

— Venham comigo... — chama seu Francisco enquanto caminha para o porão. Pega uma caixa toda empoeirada e começa a tirar tudo de dentro, até que ele acha um envelope marrom e o entrega a Fernando, dizendo que tudo o que sabe está dentro dele e é o que pode fazer para os dois amigos descobrirem mais alguma coisa.

Eles voltam à sala. Fernando e Pedro agradecem muito. Antes de saírem, Fernando ainda pergunta:
— Só me responda uma coisa, seu Francisco?
— Pode perguntar.
— A d. Ana morreu de quê?
— Ela se suicidou. Não aguentou conviver com esse peso na consciência.
— Que coisa triste... — lamenta Pedro.
— Quando foi isso? — pergunta Fernando.
— Já faz uns cinco anos. Sabem de uma coisa... Eu quase fiz o mesmo, pois por causa de mim, minha esposa fez isso. Mas alguma coisa me avisava de que um dia alguém iria bater nesta porta atrás de toda a verdade. Esse dia finalmente chegou. Hoje eu tiro um grande peso da consciência.
— Obrigado por tudo, seu Francisco — agradece Fernando. — O senhor nos ajudou muito. Tenho certeza de que Deus já te perdoou. E eu também.
— Não há de quê, rapaz. Vão em paz — emociona-se seu Francisco, que é interrompido por um profundo suspiro. — Desculpem-me. Vão com Deus. Só mais uma coisa, Fernando... O caixão da sua mãe foi lacrado. Até hoje eu não sei por quê. Nós não a vimos morta, de fato.

Os dois saem da casa do ex-motorista, entram no carro e voltam para São Paulo.
— Sabe... — comenta Fernando enquanto dirige o carro. — Eu nunca pensei que o meu pai fosse capaz de tanta coisa ruim como essas.
— Eu imagino o que você deve estar sentindo — tenta consolar Pedro. — Mas você não deve mudar seu comportamento com ele para não levantar suspeitas de que estamos descobrindo tudo sobre essa sujeira toda.
— Eu farei o possível. Não será nada fácil tratá-lo como se nada estivesse acontecendo. Mas tentarei.

Pedro o encara e não sabe se diz mais uma suspeita sua. O amigo o olha franzindo a testa e pedindo que solte o verbo.
— Estranho mesmo foi o que o velho disse por último. O caixão da sua mãe foi lacrado e ninguém a viu morta — Pedro confessa sua suspeita. — Nem sabemos se ela está mesmo morta.

— Se isso for verdade, ninguém merece ter pais como os meus.
— Fernando suspira. — Eu sou um tremendo de um desgraçado azarado, não acha?
— Nós vamos desmascarar toda aquela gente — promete Pedro.
— Nenhum deles escapará da justiça. Isso também serve para a minha irmã e seu pai.
— Eles estão infringindo a lei e terão de pagar por isso — mostra senso de justiça Fernando. — A lei deve ser cega ou enxergar a todos com os mesmos olhos. Isso se estende a sua irmã e ao meu pai.
Pedro olha para o relógio e vê que já são quatro horas da tarde.
— Droga... Já são quatro horas.
— E daí?
— Se esqueceu de que eu estou no meio de uma disputa? — lembra Pedro. — Hoje é a minha vez de discursar no salão principal da USP.
— É mesmo... Eu nem me lembrei — responde Fernando enquanto pisa fundo.
— Também não precisa exagerar na velocidade.
— Não se preocupe. Chegaremos vivos na USP — riu Fernando.
Às cinco e quinze chegam à universidade. Pedro desce do carro às pressas e vai correndo ao auditório, que já está lotado, aguardando sua presença. Ele passa pela massa e se dirige ao palco, aonde já está toda a sua turma.
— Onde você estava, Pedro? — murmura Renata no seu ouvido.
— Já estávamos achando que você não viria.
— Vocês acham que eu iria perder essa?! — responde Pedro, pegando o microfone e começando seu discurso: — Bem, pessoal. Antes de qualquer coisa eu quero pedir desculpas pelo atraso. Quero dizer que estou firme e forte nesta jornada.
O público é cativado pelas palavras carismáticas do rapaz, que continua:
— Hoje, quero debater com vocês sobre a justiça em nosso país e o que é preciso fazer para torná-la eficiente e verdadeiramente justa para todos. Primeiro ponto negativo, em minha opinião... Só uma observação antes: o Judiciário é o único poder sério e confiável no Brasil. Nele a gente pode confiar. O mesmo não se pode dizer do Poder Executivo, que muitas vezes fica nas mãos do Legislativo, um grande erro da Constituição que deve ser corrigido. E do próprio Poder Le-

gislativo. Tudo o que venha a dizer sobre ele é pouco. Mas... Eu quero deixar bem claro que o Senado deve ser isentado de qualquer coisa negativa, afinal, o Senado é uma arte clássica de governar. Na Roma antiga já tinha Senado...

— A Constituição de um país nunca deve ser criticada! — interrompeu um aluno. — Sem ela voltaríamos a viver oprimidos e sem justiça alguma.

— Concordo plenamente com você — tenta anular astutamente Pedro as palavras do aluno com a massa ameaçando apoiá-lo. — Se isto um dia ameaçar voltar a acontecer, estará em nossas mãos aceitar ou não. Eu tenho certeza de que nenhum aluno aqui presente aceitaria tal sistema de braços cruzados.

As palavras arrancam intensos aplausos de quase todos. Pedro levanta a mão e brada:

— O poder é nosso!

— O poder é nosso! O poder é nosso! — repetem os estudantes.

O reitor não gosta nada do rumo do discurso, mas permanece calado e onde está. Ele pensa em interromper. Sabe que tem um trato com Stefane e o rapaz.

Uma aluna pede o microfone:

— Você vive falando de destituições, autonomia dos poderes e coisas do gênero, se esquece de uma coisa: quem falou pra você que a Câmara dos Deputados aceitará mudanças como essas, assim, sem contestar, já que é um direito constitucional o Poder Legislativo ser composto por duas Casas? Como você acha que os outros dois poderes verão essas ideias absurdas? Teria que se mudar toda uma Constituição para se implantar tais mudanças.

As palavras da aluna arrancam comentários do público e um largo sorriso de Stefane.

— Que se mude a Constituição, ora. Não se trata de impor as coisas ou empurrar essas ideias garganta abaixo da nação — continua Pedro. — Eu não estou com isso pregando algum tipo de anarquia ou revolta popular para se chegar a uma guerra civil e assolar todo o país. Longe de mim... Isto é apenas um debate entre alunos de uma universidade. E quem sabe não sairá daqui um futuro presidente da República, um presidente do Supremo Tribunal, do Senado ou da própria Câmara...

Os estudantes ficam em silêncio após ouvir as palavras de Pedro, que vai para o meio da plateia e termina seu raciocínio:

— Uma universidade, caros alunos, não serve apenas para aprender aquilo que os professores têm a nos ensinar. Ela serve também para se debater a melhora das nossas vidas, do povo, implantar justiça ao alcance de todos, pelo bem comum da nossa gente. Este, sim, deve ser o nosso maior aprendizado enquanto estivermos aqui.

Os estudantes do fundo do salão não se contêm e começam intensos aplausos, que vão se estendendo a todo o auditório, em poucos minutos, em meio a palmas e assovios, ouve-se o nome de Pedro ser bradado. Stefane cruza os braços e balança a cabeça cheia de cólera diante daquilo que está presenciando. "Patéticos idiotas. Deixam-se levar por frases de efeito", esbraveja ela em pensamento.

Pedro volta ao palco:

— Eu não estou aqui para pedir-lhes votos. Essa é a minha honesta e sincera ideia e opinião. Se vocês a aceitarão ou não é outra história, mas eu acho que essa seja a melhor saída para o Brasil.

Pedro comove a todos com suas palavras. De repente, ouve-se o aplauso de uma única pessoa vinda do fundo do salão. Todos olham para trás tentando saber quem está aplaudindo com ironia. Lá está Stefane, enquanto bate palmas caminha para o palco. Chegando, ela pede o microfone.

— Belas palavras, Pedro! Quase conseguiu enganar a mim também. Se tudo o que acabou de dizer for mesmo verdade, então renuncie a esta disputa e declare-me vencedora dela. Diga a todos também que as ideias loucas que vive pregando para todo o mundo não passam de devaneio.

— Mas acontece, minha cara... — replica Pedro com coerência. — É tempo de semear novas ideias. A nossa época, assim como o nosso país, carece de um novo rumo. Essas mudanças têm de começar pela política. A nossa não satisfaz as necessidades do povo.

— Não... Essas mudanças levariam o país a uma guerra civil e a um isolamento global. Não queremos nos tornar um Iraque. Temos que preservar a nossa soberania.

De certa forma, a massa fica um tanto seduzida pelas palavras também.

— A soberania nacional é a fonte de tudo! — prossegue com raiva Stefane. — Não deixemos nos seduzir por ilusões de outrora. As épocas românticas das revoluções não pertencem mais a este tempo. Deixemos essas épocas descansarem em paz.

Os estudantes se dividem entre a união das palavras de ambas as partes. Pedro olha para sua rival e dá uma risada. Ela devolve o sorriso com um olhar arrojado e raivoso. Pedro denota boa percepção:

— A soberania e o bem-estar do povo são a fonte de tudo. As mudanças são uma filosofia que deve ser posta sempre à mesa. Mas os que têm conhecimento e fraqueza dentro de si aceitam coisas como essas!

Os aplausos voltam a soar dentro do auditório com toda força. Stefane desiste e sai do salão ligeiramente, quase passando por cima de quem está à sua frente.

Pedro avisa aos alunos que acabou o tempo e todos devem voltar às salas de aula. Em ordem e devagar vão deixando o salão principal. Stefane, inconformada por ter perdido mais uma batalha para seu grande rival, deixa a USP e vai à casa de um amigo.

Do carro, Stefane liga e diz que está indo fazer uma visita. Chega, ele a está esperando no portão. Estaciona o carro próximo do jardim, se abraçam e entram.

— Então, Stefane? — fica curioso. — A que devo a honra da sua visita?

— Já faz tanto tempo, né, Miguel... — relembra Stefane. — Como estão as coisas?

— Estão bem!

Ela se senta na quina da mesa.

— Eu preciso de um grande favor seu.

— Se estiver ao meu alcance será um grande prazer ajudá-la.

— Uma grande disputa está em andamento neste momento na USP — informou ela. — Um aluno lançou algumas ideias absurdas como: extinguir a Câmara dos Deputados e criar um sistema parlamentarista. Vive dizendo que temos de criar uma identidade econômica, passar o Ministério da Justiça para o Judiciário...

— Sabe que não são más ideias.

— Até você, Miguel? — Fecha o semblante Stefane.

— E você é contra. Esta é a disputa?

— Exatamente... Eu estou achando que irei perder essa.

— Não creio... — fica surpreso. — A poderosa Stefane com medo de perder uma disputa?! Você sempre ganha.

— Esse rapaz é diferente. Ele tem carisma, é um orador perfeito, quase sempre seduz aqueles que o estão ouvindo. Essa disputa eu não posso perder de jeito nenhum.

— Suborne-o. Mande-o parar com os discursos inflamados. Pronto.

— Pelo que o conheço sei que ele nunca aceitaria tal coisa. Para ele, é uma questão de honra ganhar e me desmoralizar perante todos.

— Então, não é uma disputa. É um lance pessoal. Quando atinge este nível, minha querida, não há o que fazer.

— Nós tivemos que concordar com dez regras, ambas elaboradas pelo conselho da USP e pelo meu pai. Por isso, não posso infringi-las.

— Eu posso — antecipa-se Miguel. — Qual seria a regra a ser infringida?

— Imprensa, meu caro. Com os seus contatos poderíamos colocar algum repórter dentro da universidade e fazer uma matéria.

— Você já pensou nas consequências que isso levaria para o seu pai? Uma disputa na maior universidade do país, que discute o fim da Câmara dos Deputados e assuntos tão polêmicos?

— Não faz mal! — Não se importa muito Stefane. — Eu não quero perder essa disputa de jeito nenhum.

— Todos perdem um dia, Stefane. Chegou sua vez. Amanhã será a vez do seu oponente. Assim é a vida. Todos têm suas derrotas.

— O meu grande mal é nunca aceitá-la. Não será desta vez que ela baterá à minha porta. Não desta vez!

— Tudo bem! Se você prefere assim... Não será muito difícil convencer algum editor-chefe de alguma revista ou jornal fazer uma matéria polêmica como essa.

— É isso que a mídia quer. Matérias polêmicas em torno de assuntos como esses. E, convenhamos, este é mais do que polêmico. Você trabalha na revista *Visão*, uma das maiores do país.

— Isso lá é verdade... O assunto é mais do que polêmico. Amanhã eu conversarei com o meu editor. Se ele aprovar eu faço a matéria.

— Tudo bem! Amanhã você me liga para falar como foi.

— Combinado. Amanhã a gente se fala.

Os dois mudam de assunto, voltam à sala e ficam de conversa.

No dia seguinte, às quatro horas da tarde, Miguel telefona para Stefane e diz que quer encontrá-la. Ela marca num restaurante. Minutos depois já estão juntos. Eles se sentam e pedem vinho seco para Miguel e um coquetel de fruta para a moça.

— E os seus contatos, Miguel?

— Eu falei com meu editor. Ele quase não acreditou quando citei a disputa na USP entre você e o Pedro.

— Eu sabia que você não iria me decepcionar. Só se uma revista fosse louca de não aceitar fazer uma cobertura dessas.

— Eu mesmo farei a matéria — avisa Miguel.

— É sua grande chance, Miguel. A sua carreira irá decolar como um foguete.

— Me diz uma coisa... Como funcionam os tais discursos que mencionou?

— São discursos alternados até o dia da votação simbólica, daqui a dez dias.

— Então, eu farei o seguinte... — combina o repórter. — Na próxima segunda, de quem é a vez de fazer o discurso?

— Deixe-me ver... — Stefane faz as contas. — É a minha vez.

— Eu cobrirei dois discursos de cada durante a próxima semana. Depois montarei a matéria, que sairá na semana seguinte.

— Perfeito! Justamente no final de semana da votação — Stefane gosta do que ouve, já cheia de planos maquiavélicos.

— Mas você terá que dar um jeito de me colocar dentro da USP — lembra Miguel.

— Isso não será problema. Eu farei uma cópia da minha carteira — garante Stefane.

— Então, estamos combinados. Na segunda eu encontro você às cinco horas na entrada da USP para pegar a carteira.

— Combinado — alegra-se Stefane. — Eu te ligo um pouco mais cedo.

Eles mudam de assunto e pedem mais um drinque. Stefane olha para Miguel e solta charme para cima do rapaz, dizendo que se ela fosse casar um dia seria com ele. Ele retribui as cantadas. Às dez e meia da noite estão trocando intensos beijos na cama de um motel. E lá ficam até o amanhecer.

No sábado, Fernando está em casa. O pai dele chega e eles ficam de conversa. Um empregado pergunta a Fernando se é para lavar o car-

ro. Ele diz que sim. O empregado vai até o carro e em seguida volta com as coisas que havia deixado no veículo.
Um envelope de plástico cinza todo empoeirado chama a atenção do dr. Paulo, do qual não tira os olhos. Fernando nota e tenta disfarçar mudando de assunto. O telefone toca, uma empregada atende e é para o dr. Paulo, que vai atender no escritório. Quando ele volta, Fernando havia ido para seu quarto. Ele fica pensativo e imaginando o que seria aquele envelope e o que teria dentro dele.
No finalzinho da tarde, Fernando manda o empregado buscar seu carro avisando que vai sair. Quinze minutos depois ele volta e diz que o carro já está no portão.
— Vai sair, filho?
— Sim. Eu vou à casa do Pedro — responde Fernando com o envelope na mão.
— Tudo bem! Vai dormir em casa hoje?
— Talvez.
— Eu também só voltarei na segunda — avisa o dr. Paulo.
Fernando diz que tudo bem. Vai ao portão, entra no carro e se dirige à casa de Pedro.

Chegando lá, vão ao quarto e se fecham para examinar o conteúdo do envelope.
— O meu pai não tirava os olhos deste envelope antes de eu sair de casa — comenta Fernando.
— Você acha que ele desconfiou de alguma coisa?
— Não dá pra saber. Mas ele não parava de olhar.
— Bom... — exclama Pedro, que pega o envelope e abre.
Dentro do envelope: uma fita de vídeocassete; outro envelope com algumas fotos; um crucifixo com uma cruz de cabeça para baixo com os dizeres "Redenção e Purificação"; uma carta escrita à mão, que Fernando reconhece de imediato ser letra da mãe e uma agenda telefônica toda amassada, como se já tivesse sido jogada na água.
Examinam cautelosamente todo o material. Leem a carta, de fato, tinha sido a mãe do Fernando quem havia escrito. O seu conteúdo fala das traições do dr. Paulo, que ele poderia ser membro de uma sociedade secreta que sujeitava pessoas à submissão, humilhação e obediência, e possíveis assassinatos. Também sua vida corria perigo após ter descoberto tudo e que sua empregada de confiança

deveria entregar todo o material à polícia caso alguma coisa lhe acontecesse.

Fernando vai às lágrimas enquanto lê a carta, lembrando-se da sua mãe e do sofrimento que ela deve ter passado após saber tantas coisas ruins do seu pai. Pedro olha as fotos enquanto isso. Elas mostram os rituais dos Templários.

Após examinarem as fotos e lerem a carta, eles começam a olhar a agenda. Ela tem muitos números de telefone: de um detetive, de um antigo professor de história da USP, de um delegado de polícia, de um advogado, muitos números em forma de códigos e nomes estranhos.

— Mas que droga é essa?! — esbraveja Fernando.

— Eu não estou entendendo. Isso é um verdadeiro quebra-cabeça! — exclama Pedro. — Ainda faltam as peças principais. Pode apostar! Esses cretinos mentirosos vão pagar!

— É... É muito mistério.

— Agora só falta assistir a essa fita e ver o que tem nela — fala Pedro.

— Onde arranjaremos um vídeocassete?

— Já sei... — avisa Pedro, levantando-se, dizendo que irão sair. Antes, guardam o restante do material dentro de um baú, passam o cadeado e levam a chave.

Entram no carro e saem. Chegam a uma casa bem humilde. Pedro bate na porta e eis que a d. Maria, a empregada da casa dele, aparece.

— Pedro? — não acredita muito ao vê-los. — Fernando? O que fazem aqui?

— D. Maria, nós precisamos de um favor seu — comunica Pedro.

Após entrarem e se acomodarem, Pedro diz:

— D. Maria, a senhora ainda tem aquele vídeocassete que a minha mãe lhe deu?

— Sim... Ele ainda está guardado.

— É que nós precisamos assistir a um filme.

— Ele está no quarto da minha neta — avisa d. Maria, chamando os dois visitantes.

Após entrarem no quarto, ela mostra o aparelho, que está logo abaixo da televisão.

— Fiquem à vontade, eu tenho que terminar os meus afazeres.

— Tudo bem, d. Maria. Não vai demorar muito — avisa Fernando.

— Não se preocupem. Podem ficar o tempo que quiserem.

A seguir, Pedro insere a fita no aparelho e se senta na ponta da cama. Fernando se senta numa cadeira de frente para a televisão. Começa o filme. Ouvem apenas vozes de pessoas orando. De repente, abre-se uma imagem: quatro líderes são batizados juntos pelo Patriarca dos Templários. E mais um é batizado à parte. Depois, o Patriarca mostra as costas, em que há as garras de um leão tatuado. A imagem vai ficando ruim até sumir da tela da televisão. Depois abre novamente. É quando os líderes aparecem sem capuzes, mas só dá para notar um desconhecido e o dr. Paulo.

Fernando leva a mão ao queixo e não acredita no que está vendo. De repente, a imagem se fecha novamente.

— Eu estou pensando no sofrimento da minha mãe após ver toda essa sujeira.

— Quem será a quarta pessoa que está junto aos líderes de capuz?

— É o quinto líder — desconfia Pedro. — Nós temos que descobrir quem é. Só aí entraremos em ação para desmascarar todos eles.

Os dois se levantam, tiram a fita do vídeocassete e voltam à sala. D. Maria diz que irá fazer café, Pedro diz que não precisa, eles estão com muita pressa. Entretanto, pede mais um favor. Ela o avisa que pode pedir qualquer coisa. Pedro, então, pede que ela guarde a fita num lugar seguro, que ninguém deve ver o que tem nela. Ela pega a fita e garante que eles podem ficar tranquilos, que a fita ficará bem guardada.

Eles agradecem mais uma vez e dizem que vão indo. Entram no carro e voltam à casa de Pedro.

Voltam ao quarto e começam a examinar a agenda, fazendo anotações à parte.

— Não tem nada de interessante nas anotações desta agenda — comenta Fernando irado. — Com exceção desta aqui.

— Qual é?

— Dr. Jaime!

— É mesmo? Deixe-me ver. — Pega a agenda Pedro. — É ele mesmo. Será que aquele velho com aquela aparência de bonzinho está envolvido nisso?

— Precisamos lhe fazer outra visita — sugere Pedro.

— Também acho.

Sem demora seguem para a casa do velho. Chegando ao portão da mansão, descem do carro e tocam a campainha. Do interfone alguém pergunta o que desejam. Eles dizem que querem falar com o dr. Jaime e se identificam. A pessoa manda-os aguardar, que irá perguntar se ele pode recebê-los. Três minutos depois a pessoa volta, abre o portão e diz que podem entrar. Fernando estaciona o carro em frente ao jardim, onde um homem negro vestindo um uniforme azul e preto os aguarda. Descem do carro e são conduzidos até a sala de espera, pois seu Jaime irá atendê-los dentro de instantes.

Os dois amigos sentam-se e aguardam. Admiram os móveis de rara beleza e a decoração feita sob encomenda, com quadros de pintores renascentistas. Fernando, que é entendido no assunto, para diante dos quadros e começa a admirá-los. Pedro permanece sentado aguardando o dono da casa.

Seu Jaime aparece. Está usando um terno de linho fino, apoiando-se em sua bengala e com um cachimbo na boca. Dá uma boa tragada e solta sua grave risada.

— Ora, ora! Que bela surpresa! Quando o meu empregado me falou que eram vocês quase não acreditei. Sentem-se, por favor.

— Desculpe se estamos incomodando. É que precisamos lhe fazer algumas perguntas — justifica Fernando a visita inesperada.

— Não é incômodo nenhum. Para mim é uma honra.

Os dois amigos se sentam no sofá de couro luxuoso de frente para o velho, que se senta numa poltrona marrom e continua olhando para as duas visitas.

— Então? A que devo a honra desta visita?

— Nós precisamos de algumas respostas e pensamos que talvez o senhor pudesse nos ajudar — manifesta-se Pedro.

— Posso saber por que acham isso?

Fernando vai falando:

— É que o seu nom...

— Na verdade, seu Jaime — interrompeu Pedro. — A disputa que o senhor propôs entre mim e a Stefane está a todo vapor...

É a vez de o velho interromper.

— É mesmo? Não pensei que acontecesse tão rápido.

— Por quanto tempo foi professor da USP, seu Jaime? — pergunta Pedro.

— Muitos anos.

— Alguma coisa estranha anda acontecendo e talvez o senhor possa nos ajudar.

— Deixe-me perguntar uma coisa... — interrompe Fernando encarando o velho. — Por que nunca foi reitor da USP? Uma pessoa culta e influente como o senhor...

— Eu nunca quis. Gostava mesmo era de ensinar. Mesmo eu já estando cansado. Quis me aposentar. Além do mais, eu sempre fui um homem rico e cheio de recursos. Só estava na profissão por amor e vocação. Às vezes ficamos desiludidos com as pessoas, aí somos obrigados a abandonar o barco e procurar outro rumo.

Pedro levanta-se.

— Sabe, seu Jaime... É muito bom ouvir isso. Demonstra que ainda existem pessoas como o senhor, que não guardam rancor nem mágoas. Essa é uma grande qualidade.

Entra na sala uma linda moça usando um belo vestido preto brilhante, um sapato igualmente belo, uma bolsa Chanel cinza e um penteado de tirar o fôlego. Ao se aproximar do velho, o perfume suave e doce da moça, ao penetrar nas narinas dos visitantes, deixa-os tontos e sem ação diante do encantamento daquela beleza feminina.

— Já vou indo, vô — avisa e beija-lhe a face.

O sereno homem sorri, olha para os dois, ainda estão fixados na moça:

— Acordem, rapazes! Esta é Daniela, minha neta. Costuma deixar os homens assim.

— Permita-me que eu me apresente... — usa certo charme Pedro.

— Não... — interrompe Fernando. — Permita-nos que nos apresentemos. Eu sou Fernando. — E dá um beijo no rosto liso de pele sedosa da neta do velho.

Pedro também se apresenta e dá um beijo nela, que fica lisonjeada diante de tanto galanteio. Em seguida, ela sai e diz que voltará no outro dia.

— Bela neta o senhor tem — não deixa de elogiar Fernando.

— Mas me digam... O que querem saber, afinal? — indaga seu Jaime.

Os dois se sentam mais uma vez e Pedro recomeça:

— Não há por que esconder nada do senhor. Iremos começar do início — Pedro conta tudo, desde a entrada dele na USP, assim como a descoberta dos Templários e que o pai de Fernando, o reitor e seus dois filhos são membros, assim como a irmã dele, que também faz parte da sociedade.

Seu Jaime não fica nem um pouco surpreso ao ouvir sobre os Templários. Pedro, esperto que é:

— Diga-nos, seu Jaime... Não foi nenhuma surpresa para o senhor saber dessa sociedade criminosa, foi?

Ele olha dentro dos olhos de Pedro observando-o atentamente, como quem estivesse estudando sua inteligência. Em seguida, chama uma empregada e manda trazer três taças de vinho.

Após estarem com as taças na mão e saborearem a boa bebida, seu Jaime finalmente começa a contar sua vida profissional e como enriqueceu.

— Já nessa época eu suspeitava que houvesse uma sociedade secreta da qual alguns alunos e professores da USP eram membros. Entre eles seu pai, rapaz — e se dirige a Fernando. — Mas eu achei que uma sociedade secreta não iria funcionar aqui no Brasil. Essas coisas só dão certo mesmo na Europa ou nos Estados Unidos. Eu estava errado. Aí está o resultado da minha descrença.

— Fato é que as pessoas estão sendo enganadas a uma falsa redenção que não cabe a ser humano nenhum julgar ou determinar que elas morram. Só Deus tem o direito de executar tal coisa — fala com firmeza Pedro.

Seu Jaime faz sinal de que ficará de pé e Fernando educadamente o ajuda a se levantar.

— Obrigado — agradece-o. — Belas palavras, Pedro! Vocês me convenceram... Eu irei dizer alguma coisa. Antes, vamos tomar um drinque e jantar.

Ele se encaminha à sala de jantar e chama os dois visitantes. Sentam-se e o velho chama um empregado para servi-los. Ele pergunta o que vão querer tomar. Pedro diz que vai tomar um uísque. O velho pede licor e Fernando diz que vai ficar no vinho.

— O senhor sabia que eu estou pregando profundas mudanças no Poder Legislativo? O seu filho Azevedo ajudou a Stefane.

O velho solta uma boa risada:

— Não se preocupem. Vivemos numa democracia, na qual as pessoas têm o direito de expressar suas opiniões, sejam elas quais forem.

Pedro olha para ele com certo ar de admiração e fica em silêncio, enquanto Fernando dá algumas boas risadas.

— Só não deixe os deputados saberem que você está querendo destituí-los. Eles podem ficar bravos com você. Outra coisa... Eu soube que você tem a preferência dos alunos da USP. A filha do reitor, pelo que conheço dela, não aceitará a derrota assim tão facilmente.

Pedro dá um bom gole no uísque.

— É proibido qualquer tipo de pesquisa antes da porcaria da votação.

— Eles são políticos, rapaz — aconselha seu Jaime. — Você deve ser político com eles também. Ou isto ou será derrotado.

— Quer saber de uma coisa? Amanhã mesmo renunciarei a essa droga de disputa. Já me cansei dela e de toda a sujeira daquela gente.

Fernando chega próximo dele:

— Você não pode fazer isso. A votação é na semana que vem e você já levou essa. Sabe disso. Sabe também que quem desistir será declarado perdedor.

— Ganhar ou perder esta disputa... Que diferença faz? — Levanta os ombros Pedro. — Quando eu aceitei o desafio achei que seria uma disputa limpa e honesta, mas estou vendo que aquelas pessoas não sabem o que significa isso.

Seu Jaime resolve dar um conselho:

— Não desista agora, rapaz. Não dê mais um motivo para vê-los sorrir. Saiba que o reitor e sua filha nunca perderam uma disputa. Pode apostar que são capazes de tudo para não perder. Eles não têm escrúpulos e não conhecem o que significa ética e saber perder quando chega o momento. Por isso vá em frente e derrote-os.

— É como o senhor disse... Eles são capazes de tudo para não perder. Então, eu não tenho nenhuma chance.

— Vamos esperar até a próxima semana e ver no que dá — fala Fernando.

— Façamos o seguinte... — tem uma ideia seu Jaime. — Eu mandarei fazer uma pesquisa minuciosa. Depois você toma a sua decisão definitiva.

Pedro olha para ele quase convencido, mas resiste.

— Eu tenho outra ideia — entusiasma-se Fernando. — Vamos contratar um jornal para fazer uma reportagem sobre a disputa. Já imaginaram se isso vazar e cair na opinião pública? Será o fim de todos eles.

Seu Jaime parece gostar da ideia.

— Essas duas coisas infringem as regras às quais nos comprometemos — ainda resiste Pedro. — Eu não gosto de voltar atrás na minha palavra.

— Eu entendo a sua honestidade — afirma seu Jaime com a mão em seu ombro. — Às vezes nós temos que abdicar dela para alcançar outra verdade mais importante.

A empregada vem avisar que o jantar está servido. O anfitrião chama os dois convidados para se sentarem. Eles se sentam e veem uma grande e farta mesa. Servem-se à vontade.

Após o jantar, voltam para a sala e seu Jaime começa a contar sua história:

— Preparem-se que a história que lhes contarei é bastante longa e os principais personagens dela não possuem nenhum escrúpulo...

— Disso nós já sabemos — interrompe Pedro.

— Então, começarei pelo Paulo — continua seu Jaime. — Eu fui professor dele na USP quando ele fazia Jornalismo junto com sua mãe, Fernando. Ela era uma ótima aluna e uma das mais inteligentes que conheci.

— Eu não sabia que ela tinha feito faculdade com o meu pai — mostra-se surpreso Fernando.

— Sim, fizeram! — volta a afirmar o velho. — O Paulo era um aluno que exercia uma liderança natural sobre os outros. Ele sempre pregava a limpeza da sociedade nos debates na sala de aula. Ele ficou mais revoltado quando descobriu que a mãe dele era prostituta.

Fernando olha para ele e tenta hesitar com a voz embargada a um sofrimento de decepção e surpresa:

— O senhor está me dizendo que a minha avó...

— Sinto informá-lo — lamentou seu Jaime. — É a verdade. Infelizmente. Daí vem a revolta do seu pai.

— Por isso o meu pai sempre evitava falar dos pais dele quando eu perguntava — lembra Fernando.

— A verdade pode ser dura — diz seu Jaime. — Muitos podem não suportá-la.

Fernando vira-se pare ele:

— Há quanto tempo essa sociedade secreta existe?

— Há muito tempo.

— Quando o Paulo descobriu que a mãe dele era uma ex-prostituta, não aceitava de maneira nenhuma. Eu me lembro de que ele sempre questionava e cobrava da vida a sua falta de sorte com os pais que tinha e eu sempre dizia pra ele que se todo mundo pudesse escolher a família ninguém nasceria pobre, que essa não era a maneira correta de se pensar, mas...

— Quando ele se envolveu com o reitor e a filha dele? — não entende Pedro. — Aonde eles entram nessa história toda?

— Boa pergunta! — admite o ex-professor. — Simples... Eles queriam me derrubar porque eu tinha descoberto tudo sobre a sociedade secreta. Como já lhes disse antes, conseguiram.

— Por que o senhor não foi à polícia? — perguntam.

Seu Jaime olha para ele:

— Eu entendo a sua revolta, Fernando. Talvez, se eu tivesse ido à polícia, tudo seria diferente. Eu só não fiz isso porque um dos meus filhos estava envolvido — mostra-se honesto o ex-professor, com certa frustração e desolamento.

Os dois amigos ficam mais pasmos.

— Não dá para acreditar nisso! — desespera-se Fernando. — Eu não sei em quem acreditar mais. Parece que todo mundo resolveu virar membro dessa maldita sociedade!

— Vocês fariam o mesmo caso tivessem alguém da família numa coisa como essa — mostra-se verdadeiro o ex-professor. — Não vamos ser hipócritas!

Pedro olha para Fernando, que olha para Pedro, e ficam em silêncio.

— Não estamos criticando o senhor por isso, seu Jaime — declarou Pedro triste. — Uma das minhas irmãs também está envolvida. Eu entendo perfeitamente.

Agora é a vez de o seu Jaime ficar surpreso.

— Parece que todo mundo resolveu se revoltar ao mesmo tempo!

— Diga-nos, seu Jaime... — fica curioso Pedro. — O que aconteceu com esse seu filho?

— Ele estava na Itália. Eu finalmente tinha conseguido tirá-lo disso, mas num dia ele sofreu um misterioso acidente de lancha e morreu.

Fernando leva a mão ao queixo enquanto Pedro cruza as pernas:

— Eu sinto muito... Mas nos diga, seu Jaime... Será que foi um acidente mesmo?

— Eis a questão, rapaz. Eis a dúvida! Sinceramente eu não sei responder a esta pergunta. Todos os laudos da polícia italiana confirmaram o acidente. Mas eu ainda tenho as minhas dúvidas.

Fernando senta-se ao lado dele:

— Essa gente é esperta. Eles fazem tudo parecer do jeito que eles querem. Eles têm recurso e muita grana. Embora eu não conheça os detalhes do acidente que matou seu filho, eles, no mínimo, são suspeitos de provocá-lo. Seu filho sabia de tudo.

O velho fica pensativo por alguns minutos e ressabiado quanto a essa possibilidade.

— Só mais uma coisa, seu Jaime... — fala Pedro.

— Sim...

— Nós descobrimos que os Templários do Novo Tempo têm quatro líderes. Três já sabemos quem são. Ainda falta identificar um deles e, ao que tudo indica, é uma mulher, o mais importante... Parece que os outros obedecem a ela.

— Sim, é uma mulher — confirma o velho. — Desde sua fundação, essa sociedade secreta tem quatro líderes, um líder oculto e um Patriarca. Ele decide tudo.

— Precisamos descobrir quem é esse líder oculto e quem é o Patriarca para depois agirmos — fala Fernando num tom determinado.

Seu Jaime fica de pé, passa a vista nos dois aspirantes a detetives e os aconselha:

— Vocês devem tomar muito cuidado com essa gente. Eles são capazes de tudo. Já provaram isso. Eles são perigosos.

— Não se preocupe — tranquiliza Pedro. — Nós sabemos com quem estamos lidando. O senhor pode ter certeza de uma coisa... Eles irão pagar por tudo.

— Em relação à quarta líder, eu também não sei quem ela é — informa o velho. — Uma coisa é certa... É alguém muito conhecida. Alguém que vocês nem imaginam.

Os dois amigos ficam pensativos com as palavras enigmáticas e misteriosas do seu mais novo amigo.

— A propósito, Pedro... — indaga seu Jaime. — Você já se decidiu sobre a disputa com a filha do reitor?

Pedro olha para ele, para Fernando:

— Eu acho que irei até o fim.

Fernando sorri com a decisão do amigo:

Seu Jaime também fica contente com a decisão do rapaz.

— Amanhã mesmo irei encomendar a pesquisa. Ela será minuciosa. Faremos também uma reportagem num grande jornal. Você, Pedro, terá que ser firme nas suas convicções e nas ideias que defende.

Pedro resiste por alguns instantes.

— Não é hora de fraquejar, Pedro — incentiva Fernando. — Temos que começar a desmascarar toda aquela gente.

— E qual será o jornal, seu Jaime? — perguntam.

— Eu estava pensando na *Folha da Tarde*.
— Perfeito! — gosta Fernando. — Um jornal grande é bom para uma reportagem importante como essa.
— Eu não sei... Eu acho essa coisa de imprensa sensacionalista uma droga só — diz ainda meio temeroso Pedro.
Seu Jaime se apoia na bengala com a mão direita, coloca a mão esquerda no ombro de Pedro:
— Não tema, rapaz. Mesmo porque, uma reportagem sairá na revista *Visão* a pedido da Stefane, e pode apostar... Ela não está nem um pouco com receio de vê-lo derrotado e humilhado.
— Quer saber... — se convence Pedro. — Eu quero essa reportagem. Serão todos humilhados e derrotados.
Fernando e o ex-professor sorriem.
— Diga-nos mais uma coisa, seu Jaime... Como que o senhor fica sabendo de tudo tão rápido? — Olha para o sereno homem Pedro, dando um largo sorriso.
— É preciso, meus jovens — responde ele soltando uma longa e demorada gargalhada.
— Vamos embora. Já é muito tarde — avisa Fernando.
— Nem pensar. Vocês dormirão aqui hoje.
Pedro olha o relógio e já são três horas da madrugada. Eis que a porta da sala se abre e lá vem a neta do velho, bela e perfumada, como havia saído, trazendo uma amiga não menos bela. A neta se aproxima e dá um beijo no avô.
— Vejo que a conversa foi muito boa.
Os dois olham para as duas moças e ficam boquiabertos com as beldades que acabaram de chegar.
— Esta é minha amiga Amanda — apresenta.
A amiga dá um beijo no velho e nos dois amigos.
— Parem de babar, rapazes — brinca seu Jaime, dando um sorriso disfarçado. — Bom, já está muito tarde e eu vou dormir. A minha neta fará companhia a vocês.
A amiga da Daniela senta-se com charme, cruza as pernas:
— Por que não nos serve uma bebida? Eu não estou nem um pouco com sono.
Pedro senta-se próximo a ela:
— Vejo que se divertiram muito. Mas há sempre um momento reservado para algo de interessante. Eu vivo por esses momentos.

Ela sorri e joga charme para cima de Pedro, pedindo mais uma vez uma bebida. Ele se levanta e pergunta o que ela quer tomar.

— Isso eu deixo a seu critério — responde a moça colocando a bolsa ao seu lado.

Daniela é só sorriso com os dois. Fernando olha para ela.

— E você? Quer que eu lhe sirva uma bebida também?

— Por que não?

Os dois rapazes vão ao barzinho particular do seu Jaime, que fica na outra sala. Pedro enche quatro copos de uísque com bastante gelo e soda. Em seguida, voltam para junto das duas lindas moças.

Fazem um brinde, Daniela puxa assunto.

— Afinal, o que tanto conversavam com o meu avô?

Fernando, que está rendido à sua beleza, responde:

— Digamos que estávamos tratando de negócios.

— Deve ter sido um bom negócio — brinca Amanda. — Pra ficarem todo esse tempo conversando. A Dani me falou de vocês dois.

— É mesmo? — interessa-se Fernando. — Espero que tenham sido coisas boas.

— Você tem alguma dúvida disso? — acrescenta Daniela.

— Mas nos digam... O que vocês fazem? — pergunta Amanda.

— Jornalismo na USP — responde Pedro. — Este é a droga do último ano.

— É muito bom se formar — comenta Amanda. — Eu terminei a faculdade de História no ano passado. Estou pensando seriamente em fazer outra no ano que vem.

— Isso é muito bom! — elogia Fernando. — Aprimorar os nossos conhecimentos e enriquecê-los é tudo de que precisamos.

Daniela vira-se para Pedro:

— E você, Pedro? Conte-nos um pouco.

— Não tem muito que dizer de mim...

— Que grande besteira! Ele só está sendo modesto — interrompe Fernando.

Amanda olha para ele e logo se interessa:

— É uma característica das pessoas diferenciadas. Sempre se manterem humildes. Isso é uma grande virtude.

— Já que o papo é esse... — fala Daniela percorrendo os olhos de Pedro — ... como está a disputa com Stefane? Eu soube que ela está com um medo danado de perder para você.

Pedro se surpreende ao ouvir isso. Daniela, então, convida-os para irem à beira da piscina.

Sob o belo céu estrelado eles se sentam.

— Você conhece a Stefane, Daniela? — pergunta Fernando.

— Sim. Eu a conheço. Nós estudamos juntas na Universidade de Sorbonne.

— É mesmo? — mostra-se surpreso Pedro. — Só não entendo por que ela ainda faz faculdade na USP depois de ter estudado na Sorbonne. Não que as nossas universidades sejam piores, o troço todo é estranho.

— Quando o meu avô me falou que ela estava estudando eu também achei estranho — admite Daniela. — Ainda mais quando eu soube que era o mesmo curso.

Os dois se olham e ficam em silêncio por um tempo. Daniela vai até um aparelho de som e sintoniza na KISS FM, na qual está rolando o som do The Who, "Baba O'Riley". Ela pergunta se aceitam outra bebida, dizem que sim e Daniela chama Amanda para ajudá-la.

— Essa eu não sabia! — ainda espantado Pedro. — Por que aquela cretina sem pudor da Stefane trocou Sorbonne pela USP?

— Que a Stefane já estudou em Sorbonne e agora faz o mesmo curso na USP é muito suspeito. Muito suspeito mesmo! — concorda Fernando. — Vai ver ela não terminou o curso na França e resolveu concluir aqui no Brasil.

— Pode ser.

As garotas voltam com quatro copos de licor italiano e uma cereja em cada um deles. Os rapazes recebem as bebidas e Pedro propõe um brinde.

— Vamos brindar ao êxtase das nossas ideias e nossa sede por revolução! Vamos abrir as portas da percepção e descobrir a essência da vida, afinal!

— Isso! Vamos brindar a nós e às belas mulheres de todo o mundo.

Em meio aos risos das moças, eles brindam e dão um gole cada um no licor.

— E vocês duas? — muda de assunto Fernando, acariciando o rosto da neta do bom velho. — Se conhecem há muito tempo?

— A gente se conhece desde a quinta série. Desde então não nos separamos mais — responde Amanda.

— É lindo ver uma amizade como essa — elogia Fernando, dando o primeiro beijo na boca da Daniela. — Hoje em dia isso é muito difícil.

— Com vocês dois não é diferente — devolve o elogio Daniela, correspondendo.

Após breve silêncio e muita troca de beijos...

— Na sexta voltaremos para a Itália — informa Amanda, largando a boca de Pedro.

Fernando olha para Daniela decepcionado com a notícia e diz:

— É uma pena. Agora que eu conheci alguém interessante de verdade ela irá embora.

— A recíproca é verdadeira, Fernando — declara a moça com a voz doce e calma. — Só viemos ao Brasil para visitar o meu avô. Estava doente, mas agora está bem melhor.

— Vocês dois estão convidados para nos visitar em Veneza — convida Amanda.

— Olha, somos loucos e vamos mesmo! — diz Pedro trocando olhares com Daniela.

— Estaremos esperando — confirma o convite Daniela.

— Sabe que eu estava mesmo pensando em tirar umas férias? — confessa Fernando. — Agora, depois de um convite desses...

— Antes temos umas coisas pra resolver — trata de acalmar o entusiasmo Pedro. — Depois, quem sabe, a gente não aparece por lá?

Após muita conversa, Pedro olha o relógio e diz que já são seis e quinze da manhã.

— Daqui a pouco o meu avô acorda. A gente aproveita e toma café com ele, fazendo-lhe companhia — avisa fazendo outro convite Daniela.

Às seis e meia o seu Jaime desce e vai para a beira da piscina.

— Bom dia a todos! — saúda o velho com um sorriso cativante, dando um beijo no rosto de cada um dos quatro jovens.

— Bom dia, seu Jaime! — não menos entusiástico Pedro.

— Como o senhor vê, nós nos apossamos da sua casa hoje — brinca Fernando.

— Vou tomar um banho e depois desço para tomar café com o senhor, vô — avisa Daniela, que se levanta e vai para seu quarto na companhia da Amanda.

— Bela neta o senhor tem, seu Jaime — elogia Fernando.

— E bela amiga ela tem também — observa Pedro.

Ele ri e lembra:

— Só não se esqueçam de que hoje é um dia e tanto.

— Hoje é o meu dia de fazer o discurso — informa Pedro.

— Um repórter da *Folha da Tarde* estará lá — informa seu Jaime.

— Acredito que um repórter da revista *Visão* estará lá também.

— Será um verdadeiro fogo cruzado — comenta Fernando.

As duas moças descem e todos vão para a sala em que o café já está servido.

Quarenta minutos depois os dois amigos dizem que vão indo. Despedem-se das moças, que mais uma vez os convidam para irem à Itália assim que puderem. Eles prometem que após resolverem tudo irão à Europa visitá-las. Seu Jaime pega o número do celular de Fernando e da casa de Pedro dizendo que entrará em contato.

No final da tarde, Pedro, Fernando e sua turma se preparam para mais um dia de faculdade. Saem mais cedo, é dia de mais um discurso de Pedro. Eles chegam à USP às cinco horas da tarde e seguem ao salão principal para discutir o conteúdo do discurso. Às quinze para as cinco, os estudantes começam a chegar. Às cinco em ponto o salão está cheio e lá está Stefane. Thiago pega o microfone e anuncia a presença de Pedro. Ele é recebido com intensos aplausos, deixando Stefane cheia de inveja e raiva.

— Bem, pessoal... — inicia Pedro. — Como é do nosso conhecimento esta é a semana da votação. Eu quero que todos saibam que é apenas uma votação para demonstrar aquilo que uma legião de estudantes da maior Universidade do Brasil deseja para a melhora do país. Dizem por aí que o futuro está nas mãos dos jovens. Então, vamos nos apossar dele e decretar a igualdade social em nosso país. Vamos mostrar a nossa verdadeira força. O futuro a nós pertence!

Os estudantes vão ao delírio com o primeiro discurso. Stefane torce para que ele reafirme todas as suas opiniões para o registro do repórter da revista *Visão*. Não demora muito para Pedro reafirmar as suas revolucionárias opiniões.

A certa altura, Stefane indaga seu rival de todas as maneiras. Ele se sai bem e sabe que ela está fazendo isso para se destacar para a imprensa que está presente na USP. Os dois fazem discursos inflamados e chegam a bater boca defendendo suas ideias. No final, Pedro decide renunciar aos últimos discursos que têm direito.

Os alunos começam a murmurar decepcionados com a decisão. Pedro ainda decide:

— De qualquer forma, a minha mensagem está dada. Cabe a nós mudarmos os nossos destinos. Nós somos senhores do nosso tempo. Unidos, podemos tudo aquilo que quisermos desde que seja feito com responsabilidade para o bem comum, com justiça social, igualdade e direitos iguais ao alcance de todos, não apenas de uma minoria, e desde que não se faça mal ao próximo. Esse é o grande lance da coisa.

Ele desliga o microfone e desce do palco. Os alunos vão abrindo um corredor enquanto Pedro passa ao som de intensos aplausos. Ele deixa o salão principal da USP. Pedro para de frente para Stefane, olhando dentro de seus olhos. Ele estende a mão para ela, que tenta resistir, mas estende a sua também. Pedro lhe dá um beijo na face esquerda e deseja boa sorte. O gesto surpreende a todos, que continuam aplaudindo e assobiando sem parar.

Pedro decide não assistir às aulas naquele dia. Ele deixa a universidade com o professor Joaquim.

Na quinta-feira Pedro volta à USP. Lá fica sabendo que Stefane também havia renunciado aos discursos a que tinha direito. No final da aula, Fernando chama Pedro lhe dizendo que seu Jaime havia ligado e era para os dois irem à casa dele.

Após as onze e meia da noite, eles seguem rumo à casa do ex-professor. À meia-noite e meia chegam lá. Acomodam-se na sala e aguardam o dono da casa. Cinco minutos depois ele desce, cumprimenta os dois e se senta.

— Tenho ótimas notícias para vocês dois — informa.

— É mesmo?! — exclama Fernando. — Espero que sejam boas mesmo.

Seu Jaime passa para Pedro uma grande folha de papel.

— Esta é a pesquisa da votação de sábado.

Pedro examina: noventa e cinco por cento a seu favor e apenas cinco contra.

— É isso mesmo, Pedro — esclarece seu Jaime. — Esses noventa e cinco irão votar em você. Será uma vitória incontestável.

Fernando toma a folha das mãos de Pedro.

— Será uma vitória esmagadora! A Stefane teria um infarto se visse isto. Noventa e cinco por cento a favor de Pedro e cinco por cento a favor dela.

— Eu fiquei sabendo que você fez um belo discurso — comenta o ex-professor com certo orgulho. — Isso é bom. Você é um líder nato. Saiba usar esse dom.

Pedro agradece os elogios e pergunta:

— Quanto à reportagem da *Folha da Tarde*? O repórter apareceu mesmo na USP?

— O repórter ficou tão entusiasmado que queria fazer a reportagem no dia seguinte — informa o velho. — Pedi para ele aguardar um pouco mais. Depois desta minuciosa pesquisa e da sua esmagadora vitória no sábado, a reportagem sairá na segunda-feira.

— Estou temendo pelo professor Joaquim — faz breve comentário Pedro. — Ele deu algumas palavras no meu discurso. Com certeza irá chumbo grosso pra cima dele.

— Sim, irá — concorda seu Jaime. — Outra coisa... A edição da revista *Visão* da semana que vem será sobre esse tema. Com certeza o seu último discurso será motivo de muita polêmica. Esteja preparado, rapaz.

— O professor Joaquim terá sérios problemas após declarar seu apoio a Pedro — demonstra preocupação também Fernando. — A Stefane fará de tudo para vê-lo afastado da USP.

De repente, uma voz os acalma:

— Não precisam se preocupar com isso, rapazes.

Quando Pedro e Fernando olham, lá está o professor Joaquim. Pedro se levanta, vai para junto dele, abraça-o ternamente:

— Professor Joaquim?! O que faz aqui?

Seu Jaime solta sua longa gargalhada grave e diz:

— Eu saí da USP há muito tempo, mas deixei muitos amigos lá.

Fernando fica encantado com o velho.

— O senhor é mesmo imprevisível, seu Jaime. A cada dia nos surpreende.

O professor Joaquim se senta:

— Então, foi o senhor quem fez a pesquisa? — desconfia Pedro.

— Sim, fui eu.

— Mas nós assinamos um acordo de dez regras — lembra ainda Pedro.

O professor Joaquim dá uma explicação filosófica para a quebra de duas regras:

— Veja da seguinte maneira, Pedro... É como homens que fazem e criam leis. Eles sempre se julgam acima delas, acham que são suas criações. Na verdade, não são. Assim podem ser vistos o reitor e sua filha. Ambos violaram as próprias regras que criaram. Mas se você as violar, será declarado o perdedor.

A união das belas palavras finalmente convence Pedro. Ele fica algum instante pensativo. Depois fala com a honestidade que lhe é peculiar:

— Vocês têm toda razão. Se for guerra que eles querem, é guerra que terão!

Fernando chega próximo do amigo e abraça-o:

— É isso aí, Pedrão! Falou pouco, mas falou bonito!

Após se sentarem novamente, Pedro faz algumas perguntas para tirar dúvidas que lhe rondam a cabeça:

— Falem-me uma coisa... Como vocês armaram tudo isso?

— Só estávamos esperando a pessoa certa aparecer para colocar o plano em andamento — explica seu Jaime. — Você apareceu.

— Como sabiam que a gente tinha conhecimento da sociedade secreta? — entra na conversa Fernando.

— Desta parte a gente nem desconfiava — informa o professor Joaquim. — Nós íamos lhes contar tudo só depois da disputa. Mas já que sabiam de tudo, as coisas ficaram mais fáceis para nós.

— É mesmo muito impressionante tudo isso! — exclama Pedro boquiaberto com toda aquela história, que mais parecia um filme de drama. — Eu só estou acreditando em tudo porque está acontecendo comigo.

Fernando olha para o professor Joaquim:

— Uma coisa é certa... O reitor e a filha dele farão de tudo para dar alguma punição a você. Pode apostar!

— Eu sei disso — confessa o professor. — O meu ciclo na USP acabou. Eu só estava lá até achar uma pessoa que tivesse condições de derrotar a soberba do reitor e sua filha.

Pedro olha para os três:

— A Stefane, pelo que se conhece dela, não se contentará apenas em expulsá-lo da USP. Ela é muito vingativa. Com certeza irá querer atrapalhar a sua vida profissional. Por isso você deve se precaver.

— Eu estava mesmo pensando em me aposentar — brinca o professor Joaquim. — Quem sabe não chegou o momento?

— O próximo passo é esperar a votação de sábado — planeja seu Jaime. — Na segunda ou terça-feira, vamos ver qual o dia melhor, e soltar a reportagem no jornal.

Fernando coloca a folha com o resultado da pesquisa no bolso:

— Eles serão esmagados. O reinado do reitor e sua filha está próximo do fim. Após serem expulsos da USP ficará mais fácil desmascará-los.

— Você irá à universidade normalmente? — pergunta Pedro ao professor Joaquim.

— Sim. Irei dar as minhas aulas como se nada estivesse acontecendo.

— É isso aí, professor! — anima-se Fernando. — Não vamos nos abater com nenhuma atitude deles! A Daniela, seu Jaime? Ela já foi para a Itália?

O velho dá uma boa risada:

— Sim. Ela teve que antecipar a viagem. Teve que viajar ontem.

— E a amiga dela? — aproveita a oportunidade Pedro.

— Foi. E disseram que é para vocês dois aparecerem por lá o quanto antes.

— Sem dúvida, nós iremos — afirma Fernando. — Depois que essa tribulação toda passar precisaremos de umas férias.

— Então, é isso rapazes! — exclama o professor Joaquim. — Agora só nos resta esperar até sábado e ver o resultado da votação, que nós já sabemos.

— Ainda assim não devemos estar tão certos do resultado — alerta Fernando. — Como sabemos, a Stefane é capaz de tudo para não perder uma disputa.

— O Fernando tem razão — concorda Pedro. — Se nós já sabemos o provável resultado de sábado, eles também já devem estar sabendo. Com isso, podem manipular perfeitamente o resultado.

— Se isso acontecer cuidarei para que saia também uma matéria sobre o assunto no jornal — avisa seu Jaime com certa revolta. — As pessoas não podem simplesmente fazer tudo à sua vontade e desejo. Tudo tem limites.

— Acontece que não é todo mundo que pensa assim — lembra o professor Joaquim. — Isso que acabaram de dizer é verdade. Eles com certeza já sabem que Pedro terá uma vitória esmagadora e não ficarão de braços cruzados.

— Temos que nos precaver — alerta Fernando.

— Querem saber... — afirma Pedro. — Eu não estou nem um pouco preocupado com o resultado da disputa ou quem irá vencê-la. Saibam de uma coisa... Se eles mandaram fazer uma pesquisa e nela eu ganhei, então eu venci. Isto pra mim basta.

Fernando, seu Jaime e o professor ficam em silêncio, como se estivessem de pleno acordo com o que haviam acabado de ouvir.

— De qualquer forma, nós temos o resultado de uma pesquisa feita com honestidade. Vamos guardá-la. Nós poderemos precisar dela — seu Jaime sugere.

Na casa do reitor, no dia seguinte, ele e sua filha chamam o repórter da revista *Visão* às pressas.

Após chegar à casa do reitor, Miguel é indagado por ele:
— E o conteúdo da reportagem, qual será?
— Eu ainda não fechei a matéria — responde o repórter. — Ela só ficará pronta na sexta-feira. Não posso mostrá-la a vocês. É contra a ética do jornalismo.
— Não há ética alguma — tenta intimidá-lo Stefane. — Eu preciso ver o conteúdo da reportagem e você irá mostrá-la a mim assim que ela ficar pronta.

Miguel, intimidado, olha com espanto para Stefane, que faz cara de desentendida, já que havia lhe dito que seu pai não saberia de nada. "Desgraçada. Eu caí nessa como um gatinho inocente!", exclama em pensamento. "Ela me paga."

— Outra coisa... — completa a ameaça o reitor. — Não ouse não me mostrar o conteúdo da reportagem sobre a disputa da USP, senão sofrerá as consequências. Eu não me responsabilizarei por elas.

O rapaz nada responde. O reitor ainda lhe diz:
— Se você tem amor à sua carreira faça o que estou lhe pedindo, ela continuará como está. Isso é tudo.

Ele se levanta. Antes de sair dá uma olhada para Stefane como quem estivesse prometendo dar o troco. Ela, com seu cinismo, solta um sorriso.

— Nós podemos confiar mesmo nesse rapaz? — pergunta o reitor para Stefane. — Eu não sei. Se for algo que comprometa o Governador ele me demitirá no dia seguinte à reportagem. Você sabe o que acontecerá conosco se isso ocorrer.

— Não se preocupe. Depois da dura o Miguel fará exatamente o que disse.

— Assim espero. Assim espero.

— Dará tudo certo — tenta acalmar Stefane. — Não se preocupe. Quanto ao professor Joaquim, o que pretende fazer? Ele quebrou as regras.

— Ele quebrou uma regra, ora. Nós quebramos todas — lembra o reitor. — Além do mais, eu tenho coisas mais importantes para me preocupar.

Stefane, sempre com o espírito vingativo, rebate o pai:

— Isso não passará em branco! Aquele professor me pagará. Eu descobrirei o ponto fraco dele. Depois, o senhor o expulsará da USP.

— Eu não tenho poder para isso — informa o reitor. — Ele é funcionário do Estado e concursado. Só se fosse uma coisa muito grave.

— Eu irei descobrir — promete Stefane. — Todo mundo tem um segredo a esconder. Com o professor Joaquim não é diferente.

Um dia antes da votação Stefane arruma um detetive particular. Eles se encontram num *cyber* café. Ela passa uma pasta contendo todas as informações sobre o professor Joaquim e diz ao detetive:

— Aí estão todas as informações sobre a pessoa que irá investigar. Descubra tudo sobre ele, desde o seu nascimento até se tornar professor.

— Pode deixar comigo — exclama o detetive. — Você saberá tudo sobre esse professor.

— Tem que ser rápido. Eu não tenho muito tempo — ordena Stefane.

— Em uma semana você saberá tudo sobre ele. Hoje mesmo viajarei para a cidade onde ele nasceu.

Stefane entrega outro envelope, que contém metade do pagamento:

— Em uma semana eu quero um dossiê sobre o professor Joaquim em minhas mãos e você terá a outra metade.

O detetive pega o envelope, levanta-se e se retira.

Chega sábado, o dia da votação. O reitor reúne-se com dois vice-reitores e o conselho da universidade. Ele tenta impedir a votação. Sabe que sua filha irá perder a disputa. É aconselhado a continuar. Os conselheiros temem uma revolta dos alunos. Em alguns minutos de conversa é convencido e decide prosseguir.

Às dez horas da manhã os alunos começam a chegar. A votação está marcada para iniciar às onze. Pedro, Fernando e sua turma chegam cedo e conversam bastante com os alunos. O mesmo faz Stefane e sua turma. Em certo momento, ficam frente a frente. Stefane olha com ironia para Pedro, que sorri para ela.

Às quinze para as onze todos começam a se dirigir às salas para darem seus votos. À uma e meia da tarde a votação é encerrada como havia sido combinado. O reitor chama Stefane e Pedro e lhes diz que houve um problema e que o resultado não sairá mais às cinco horas da tarde do mesmo dia como havia sido combinado. O resultado só sairá na segunda-feira, antes da primeira aula.

Stefane gosta de ouvir. Ela, sabendo que perderia, logo imagina algum plano maquiavélico para tentar mudar o resultado, enquanto Pedro fica apenas desconfiado. A seguir, o segundo vice-reitor vai ao auditório principal avisar aos alunos que o resultado só sairá na segunda-feira. A reclamação é geral. Pedro, com seu carisma, acalma a todos.

Logo depois começa a ouvir rumores sobre fraude na votação da USP. Os alunos que ficaram na universidade para saberem o resultado prometem fazer um cordão humano caso o resultado venha a ser fraudado. O reitor recebe em sua sala uma comissão de alunos e pede calma a todos, prometendo honestidade na apuração dos votos. Lá está o repórter do jornal "Folha da Tarde", a pedido do seu Jaime, e Miguel, repórter da revista *Visão*.

Stefane entra na sala do pai e acusa Pedro por todo o tumulto que está acontecendo. O reitor fica cheio de ódio e manda chamá-lo. Pedro garante que não tem nada a ver com tudo aquilo.

Quando a noite chega os alunos finalmente vão embora, mas prometem fazer o mesmo na segunda-feira caso o resultado não saia. Mais tarde, o dr. Paulo liga para o reitor e marca um encontro num restaurante. Ele ordena que Stefane também vá.

Às onze horas da noite eles estão juntos no restaurante.

— Eu soube que as coisas estão fugindo do controle — indaga o dr. Paulo. — Está acontecendo fraude mesmo no resultado daquela votação, caro reitor?

— É lógico que não... — antecipa-se Stefane.

— Eu perguntei ao seu pai! — interrompeu o dr. Paulo. — O Patriarca ficará bravo se isto estiver acontecendo.

— Não há fraude alguma — explica o reitor. — Eu resolvi esperar até segunda para não chamar a atenção. Muitos alunos estavam se aglomerando em frente à universidade. Isto poderia atrair a imprensa.

— Parece que o seu plano não funcionou. Eu soube que havia dois repórteres fazendo perguntas aos alunos — avisa o dr. Paulo.

— Um é dos nossos. O outro eu não sei — afirma o reitor, espantado ao saber.

— Não podemos nos expor agora — avisa o dr. Paulo num tom ameaçador. — Independente de quem ganhe a votação, precisamos deixar a imprensa longe. Que isto fique bem claro.

— É tudo culpa daquele... — esbraveja Stefane, que mais uma vez é interrompida pelo dr. Paulo.

— Chegou a sua vez de perder, minha querida. Sempre há alguém melhor do que a gente. É só uma questão de tempo. Quer você queira, quer não, Pedro é melhor do que você. Portanto, contente-se com isto.

Stefane olha com um ódio mortal para o dr. Paulo, mas não diz nada.

— Precisamos descobrir quem é este outro repórter e quem o contratou para cobrir esse fato que deveria ficar longe da imprensa — continua o dr. Paulo. — Era para ser apenas uma disputa estudantil, parece que se transformou numa disputa de maiores proporções.

— Pode deixar — tenta tranquilizar o reitor. — As coisas ainda estão sob o nosso controle e permanecerão assim.

— Assim espero! — exclama o dr. Paulo. — Se isso sair em algum meio de comunicação a sua imagem ficará tão abalada que você não terá outra saída a não ser pedir demissão.

— Isso não vai acontecer — afirma o reitor com medo. — O meu cargo está seguro. O que sairá na imprensa é o que quisermos.

— Só não mencione nada ao meu respeito e nem da nossa sociedade — ordena o dr. Paulo. — Se isso acontecer o Patriarca tomará drásticas providências. Vocês sabem o que pode acontecer conosco se isso cair na imprensa.

— Precisamos tirar o professor Joaquim do nosso caminho — sugere Stefane. — Eu perderei a disputa graças a ele.

— Não! — contesta o dr. Paulo. — Você perderá a disputa graças ao assunto que escolheu e principalmente por ter achado alguém que tem carisma e é um orador perfeito. Além do mais, teve a ajuda do meu filho...

Stefane para e pensa um pouco:

— Agora as coisas se encaixam... Foi o professor Joaquim quem escolheu o assunto, como se estivesse esperando uma oportunidade para sugerir uma disputa. Eu me lembro de que nós estávamos debatendo algo sobre política ou coisa parecida e ele logo sugeriu a disputa. Eu nem desconfiei de nada. Ele planejou tudo! Desgraçado!

— Então, descubra o ponto fraco dele — sugere o dr. Paulo. — Aí o pegaremos. Afinal, todos nós temos um.

— Eu contratei um detetive. Em uma semana terei um dossiê completo sobre o professor Joaquim. Ele me pagará por toda essa vergonha que estou passando.

Olhando para os dois, o dr. Paulo diz:

— O Patriarca determinou que a próxima reunião será na semana que vem. Reúnam todos os sacerdotes e numerários. Mas lembrem-se: em hipótese alguma misturem coisas sagradas com coisas pessoais. Isto seria imperdoável.

Pai e filha baixam a cabeça. Ele continua:

— Primeiramente vamos descobrir de onde é aquele outro repórter que estava rondando a USP, e a mando de quem está fazendo a reportagem. Ele não está lá por conta própria ou por interesse meramente profissional. Alguém tem interesse no assunto também. Precisamos saber quem é. Segundo... Tirar o professor Joaquim do caminho. Isto a Stefane já cuidou. E terceiro... Pedro não pode ganhar a disputa, senão a coisa fugirá do nosso controle. Se isso acontecer estaremos todos perdidos. Tem muita coisa em jogo. Não é por causa dessa disputa entre alunos que colocaremos tudo em risco.

— Por que essa maldita disputa?! — exclama o reitor com raiva.

Nem Stefane e nem o dr. Paulo sabem responder.

— Na segunda-feira eu darei o resultado da votação — avisa o reitor. — Seja ele qual for. Eu também não aguento mais falar nesse assunto.

O dr. Paulo diz que não tem mais nada para falar, paga a conta e deixa o restaurante.

— Essa maldita disputa ainda nos levará à ruína. Após segunda-feira eu não quero mais ouvir falar nela! — exclama o reitor com raiva.

— O senhor bem que poderia mudar o resultado da votação. Já que...

— Nem pensar! — interrompe nervoso o reitor. — Não haverá manipulação no resultado, seja ele qual for. E não me fale mais nisso. Stefane se enche de raiva, mas não diz nada.

— Se este repórter do qual o dr. Paulo nos falou fizer uma reportagem exaltando as ideias de Pedro teremos sérios problemas — prevê o reitor.

— Por isso mesmo é que nós temos que ganhar essa votação — insiste Stefane. — Se o Pedro ganhar algum jornal irá reportar as suas ideias.

O reitor fica alguns minutos pensativo e em silêncio.

— Pense melhor.

— Vamos embora — decide o reitor.

Em seguida, levantam-se e também deixam o restaurante.

No domingo, duas pessoas vestidas de preto, sem mostrar seus rostos, invadem a USP por volta das duas horas da manhã. Eles abrem a sala do reitor e ligam o computador. Um deles fica na porta vigiando enquanto o outro fica vinte minutos mexendo no computador.

— Já acabei. Vamos embora.

Deixam tudo como está. Fecham a porta e vão embora.

Chega segunda-feira. Logo às cinco e meia da tarde quase todos os alunos do turno da noite estão na Cidade Universitária. A ansiedade toma conta de todos. De um lado está Stefane e sua turma, que têm quase certeza de que a disputa está perdida. Do outro lado está Pedro, Fernando e sua turma, quase certos da vitória.

Lá estão também o repórter do jornal *Folha da Tarde* e da revista *Visão*, ambos disfarçados de estudantes. Às cinco e quinze os alunos começam a perder a paciência e querem logo saber o resultado da votação. Membros dos Templários pressionam o reitor em decretar a vitória de Stefane de qualquer jeito. O reitor lhes diz que não pode, prometeu uma disputa limpa e honesta. Eles continuam pressionando-o.

Enquanto isso, a ansiedade dos alunos vai aumentando. O reitor se sente pressionado por todos os lados e chega um momento em que ele não sabe o que fazer.

Às seis e dez, o reitor se decide. Ele resolve dar a vitória àquele que realmente venceu. Sabe que se fizesse o contrário causaria revolta entre os alunos e as coisas poderiam ficar piores. Antes de imprimir o resultado da votação ele vai até a sala dos conselheiros chamá-los a acompanhá-lo até o auditório para falar o resultado.

Antes de irem ele antecipa o resultado para os conselheiros dizendo que Pedro havia obtido noventa e um por cento dos votos. Um aluno que estava passando bem na hora escuta e corre até Stefane, falando-lhe o que tinha acabado de ouvir de seu pai.

"É o que veremos. Ainda assim serei a vencedora!", pensou Stefane. Ela fica com ódio ao saber que perderia por uma grande diferença para seu rival. O auditório está cheio. A expectativa toma conta de todos, que querem saber o resultado da votação da disputa estudantil que tomou proporções bem maiores do que todos imaginavam.

O reitor passa por um grande corredor que os alunos abrem e se dirige ao palco com um pedaço de papel na mão.

— Anunciarei agora o vencedor da votação de sábado — declarou ele.

Todos fazem silêncio absoluto e aguardam.

— O vencedor com mais de noventa por cento é... — Quando o reitor olha, lá está o nome da Stefane. Ele sabe que aquele não é o resultado da votação. Alguém havia sabotado.

Todos olham apreensivos para ele, aguardando. Um dos vice-reitores, que está ao seu lado, cutuca-o para ele dizer o nome do vencedor. Ele permanece parado e imóvel. O segundo vice-reitor toma o papel das mãos dele e anuncia:

— O vencedor é Stefane.

Paira um súbito silêncio no auditório por um tempo. Depois, o protesto é geral. Imediatamente, os alunos, na sua grande maioria, começam a bradar:

— Sabotagem! Sabotagem! Sabotagem!

Enquanto Stefane e sua turma comemoram, os alunos se agitam e não param de gritar. O reitor pede calma e parece que eles não querem muito saber, já que se tornou uma questão de honra para a grande maioria a vitória de Pedro. Eles continuam agitados gritando sem parar. A reitoria não sabe o que fazer. Pedro sobe ao palco tomando o microfone das mãos de um dos vice-reitores e usa diplomacia.

— Calma, pessoal! Não podemos perder a cabeça por causa de uma derrota. Era apenas uma votação entre estudantes. Vamos manter a calma, por favor!

Todos os alunos se acalmam demonstrando respeito e admiração por ele, mesmo sendo sabotado, manter sua personalidade. Os alunos finalmente se acalmam. Pedro diz a todos que sigam às suas salas de aula. Stefane sobe ao palco e recebe uma vaia nunca vista antes. Os alunos começam a gritar o nome de Pedro como numa oração. Ela olha com ódio e desce do palco, indo à sala do reitor, que havia mandado chamá-la.

— Como você pôde fazer isso? — indaga o reitor olhando para Stefane com uma decepção enorme. — A minha vida irá se complicar muito depois desse ato impensado que você cometeu.

— A sua influência o livrará dessa situação — Stefane tenta consolar o pai. — Além do mais, é só uma disputa estudantil. O Patriarca dos Templários o livrará. Não se preocupe.

— Não é tão simples como você pensa. Só uma coisa... Se tudo se complicar como eu acho que se complicará, não será fácil sair dessa situação.

— Tudo se resolve, pai. Não é isso que irá nos derrubar.

— Você é louca! — irrita-se o reitor gritando. — As coisas não são tão simples como você pensa. Eu terei sérios problemas com essa loucura que cometeu e você terá de assumir sua culpa. Não pense você que sairá impune.

Stefane sente a ameaça e permanece em silêncio.

— Eu impugnarei este resultado — continua o reitor. — Direi a todos os alunos que houve uma sabotagem e será corrigido a tempo.

— Não pode fazer isso! — contesta Stefane. — Daqui a alguns dias ninguém mais falará dessa disputa. Tudo estará esquecido.

— Tudo, menos a minha credibilidade! — exclama o reitor. — Há um repórter que ninguém sabe quem é e para quem trabalha fazendo reportagem sobre toda essa disputa. Eu não colocarei a minha carreira em jogo só porque você se recusa a perder uma maldita disputa, que, aliás, você perdeu. Não importa o resultado que tenha passado aos alunos, todos sabem que Pedro a derrotou.

Stefane fica irada com as palavras proferidas pelo próprio pai.

— Agora saia da minha sala! — ordena o reitor.

Ela imediatamente se retira da sala do reitor e deixa a USP.

Pedro, Fernando e sua turma estão reunidos numa choperia.

— Essa gente não tem mesmo escrúpulos — comenta uma colega de Pedro. — A sua vitória foi incontestável. Todos sabem.

— Bem dito — elogiou Caio. — Todos sabem que você foi o grande vencedor. Quanto ao resultado, ele não significa nada. Foi sabotagem.

Fernando fica de pé, chama o garçom, pede garrafas da melhor champanhe do estabelecimento e diz que irá propor um brinde à vitória. Todos batem palmas. O professor Joaquim chega. Ele se senta à mesa junto com toda a turma. O garçom volta com champanhes e enche as taças. Pedro pede que ele traga mais uma.

Com suas taças nas mãos, Pedro faz as honras da vitória. Ele levanta a taça de champanhe.

— Eu quero propor um brinde. Um brinde a nós, que sabemos vencer com honra e respeito ao adversário. Infelizmente, não é todo mundo que possui esse dom. Aqueles filhos da puta que se danem!

— Isso! Brindemos a nós! — completou Fernando.

Eles celebram a vitória de Pedro.

Na quarta-feira, Fernando liga para Pedro às sete horas da manhã. D. Lúcia atende ao telefone e diz que ele ainda está dormindo. Fernando diz que é muito importante e que não pode ser adiado. Ela leva o aparelho até o quarto de Pedro e o acorda. Ele atende com a voz meio rouca:

— O que aconteceu? Isso são horas de ligar, seu cretino?

— Pedro, tem alguma banca de jornal aí próximo da sua casa? — pergunta Fernando.

— Acho que sim. Eu não gosto nem um pouco desses malditos jornais.

— Vai lá e compra o jornal *Folha da Tarde*. Tem uma reportagem sobre sua vitória e sobre a disputa na USP. Muitas fotos suas também. Você está ficando importante.

— É mesmo? — recebe a notícia com certa surpresa. — Seu Jaime, seu filho da mãe!

— Estão te elogiando pelo seu carisma e seu jeito único em fazer política. Coisa que o nosso país está precisando. Todas as suas ideias, desde aquele trabalho que fizemos, estão no jornal.

— Eu não sei se isso é tão bom como você está pensando, cara... — teme Pedro.

— A reportagem destaca também a disputa e a sabotagem que houve na apuração dos votos — informa ainda Fernando. — Vai lá na banca e veja você mesmo.

Pedro imediatamente desliga o telefone, levanta-se, passa água no rosto e corre até uma banca na esquina da sua rua. Ele pega um exemplar do jornal e lá está estampado: "Eleições e Sabotagem na USP". O início da reportagem assim começa:

"Uma disputa envolvendo dois alunos da maior universidade do país acaba com a vitória de um, cujas ideias são de que o Brasil precisa criar uma identidade econômica própria, renunciar às políticas do FMI e Banco Mundial, tornar-se independente nos negócios em relação aos americanos e europeus, além de buscar alternativas com países emergentes e pobres. Defende, ainda, mudanças revolucionárias na política interna brasileira e na justiça E, a mais polêmica delas: ele defende a dissolução da Câmara dos Deputados, uma instituição corrupta e que já não atende às necessidades do povo".

O telefone da casa de Pedro toca novamente. É seu Jaime.

— Olá, seu Jaime. Como vai?

— Estou com um jornal aqui em minhas mãos. Não poderia ter sido melhor.

— Eu não sei... — Pedro ressabiado. — Isto pode me trazer sérios problemas.

— Por quê? Por você dizer aquilo que acha da situação decadente da política do país? — tenta acalmá-lo seu Jaime. — Não se preocupe. Ainda vivemos num país livre, onde as pessoas têm liberdade para dizer tudo aquilo que sentem e pensam. Fique tranquilo. Por ora preocupe-se apenas com o assédio dos meios de comunicação.

— Logo mais à noite eu passo na casa do senhor.

— Eu estarei esperando. Temos muito que conversar.

Fernando chega. Ele vai direto para a cozinha, onde Pedro está tomando café.

— Agora o filho da senhora é importante, d. Lúcia. A senhora viu o jornal hoje?

— Tomem cuidado com essas declarações — aconselha d. Lúcia.

— Isso é só o começo, d. Lúcia — avisa Fernando num tom de brincadeira. — O chumbo grosso ainda está por vir.

— Temos que ir à casa do seu Jaime. — Pedro vai para a sala. — Ele quer nos ver.

— Vamos agora — tem pressa Fernando.

— Não. À noite nós iremos lá.

Bianca chega. Os dois param a conversa.

— Podem continuar — ironiza ela. — Façam de conta que eu não estou aqui.

— Infelizmente não dá para fazer isso — devolve a ironia Pedro.

— A propósito... — muda de assunto ela. — Grande vitória a sua lá na USP. Parabéns. Mas tome muito cuidado com ela.

Fernando chega bem próximo dela, encosta o rosto no dela e a interroga:

— Ela quem? A vitória ou alguém?

— É apenas um aviso — amenizou a moça. — Quem avisa amigo é!

Ela, em seguida, retira-se.

— A chapa vai esquentar — declara Fernando. — Devemos estar preparados.

— Eu estive pensando uma coisa... — faz cara de espanto Pedro.

— O quê?

— Enquanto estávamos ocupados com a disputa, nem nos preocupamos com os Templários. Será que era um plano para nos manter afastados?

— Sabe que eu nem pensei nisso? Mas é uma possibilidade. Espere... Se isso for verdade, o professor Joaquim seria cúmplice deles. Sendo cúmplice, ele também seria membro dos Templários.

— É pouco provável — pensa melhor Pedro. — Mas não devemos confiar em ninguém até que toda a verdade apareça.

— Isso é verdade — concorda Fernando. — Depois da sua irmã e o meu pai, não devemos confiar em mais ninguém.

No final da tarde, Pedro e Fernando seguem para a casa do seu Jaime. Chegam por volta das seis e meia. O velho vai recepcioná-los e eles vão direto para a sala de estar.

— Como vocês estão?

— Estamos indo — responde Pedro não muito animado.

O seu Jaime sente o desânimo do rapaz. Fernando reforça:

— Que nada, seu Jaime. Estamos ótimos. Pedro só está sendo modesto.

Entra na sala o professor Joaquim.

— Como está, Pedro? E você, Fernando?

Os dois o cumprimentam com um gesto com a cabeça.

— E o repórter? — pergunta seu Jaime.
— Está a caminho — informa o professor.
Fernando olha para Pedro. Este último pergunta qual repórter está a caminho. Seu Jaime informa ser o mesmo que cobriu a votação na USP e que ele iria fazer uma reportagem com Pedro.
— Como é bom viver num país democrático, né, rapazes? — exclama seu Jaime. — Onde as pessoas dizem aquilo que pensam.
Pedro volta-se para ele:
— Somos, sim, um país democrático, mas para aqueles que estão no poder, a democracia muitas vezes é arranhada. Vivemos numa época em que os políticos se escondem atrás da democracia para se beneficiar.
— O poder muda e corrompe as pessoas — fala Fernando. — Há raras exceções.
— Essa gente nunca quer estar por baixo ou em desvantagem — continua Pedro. — Embora estejamos vivendo num país dito livre, as pessoas que estão no poder não passam de um bando de perniciosos querendo perpetuar o poder que dominam. Quando se sentem ameaçadas são capazes de tudo.
— Opiniões como essas são uma grande ameaça ao poder — completa seu Jaime passando a vista a todos. — Já imaginaram a maioria das pessoas aderindo? Jovens, principalmente. O Brasil viveria uma grande revolução.
— Se bem que já está na hora de vivermos uma revolução de verdade — fala com austeridade Pedro. — Se isto acontecesse com certeza sairíamos dessa mesmice na qual somos obrigados a conviver.
— O reitor da USP sabotou o resultado da votação — desconfia Fernando. — Isso é uma forma de poder corrompido.
Pedro olha para os quatro cantos da sala:
— Sabe que eu tenho uma opinião contrária a essa? Eu acho que o reitor não tem culpa. Quem sabotou o resultado foi a Stefane. O reitor sabia que ela perderia a disputa. Foi ele quem mandou fazer pesquisas antes da votação. Ele sabia que os alunos ficariam revoltados caso o resultado fosse diferente à preferência deles. Embora fosse só uma disputa estudantil, ninguém gosta de ter sua opinião roubada como a nossa foi. E isso seria péssimo para a administração dele.
Alguém entra sala. O repórter, que tinha acabado de chegar.

— Olá, pessoal! Como estão?
— Bem! — respondem.
— Pronto para a entrevista? — pergunta o repórter olhando para Pedro.

Pedro faz cara de surpreso.
— Vamos lá, né!
— É melhor usarem meu escritório — sugere seu Jaime. — Ficarão mais à vontade.

Os dois se levantam e seguem ao escritório. Lá se acomodam e o repórter retira da pasta um pequeno gravador.
— Só me responda uma coisa antes de conversarmos... — indaga Pedro.

O repórter confirma com a cabeça e continua:
— Só sairá mesmo o que eu disser?
— Exatamente o que você disser — tranquiliza o repórter. — Nem uma vírgula a mais. Pode confiar em mim. Eu devo muito ao Jaime. Este é um pedido pessoal dele.
— Isso me deixa mais tranquilo. Pode começar.

Ele liga o gravador:
— Pedro... Diga tudo o que vem acontecendo na USP nas últimas semanas.
— Tudo ia bem, como em qualquer outra universidade, até ser feito um desafio de ideias entre mim e outra aluna.
— Quem sugeriu uma disputa como essa?
— É só um assunto ou ideia em disputa como outra qualquer. Agora, se a coisa toda tomou proporções maiores não podemos fazer nada quanto a isso.
— Vamos falar um pouco das ideias que você defende.
— Não se trata de acabar com isso ou aquilo — explica Pedro. — Eu defendo uma reforma geral no atual sistema político, social e de costumes no Brasil. Há muito eu ouço, e você já deve ter ouvido, que somos o país do futuro, um futuro que não chega nunca. Ou ele se esqueceu da gente ou nós estamos fugindo dele como o Diabo foge da cruz.

No decorrer da entrevista Pedro reafirma suas ideias e convicções, desde o trabalho de Sociologia que havia feito com sua equipe.
— O princípio e a natureza dos governos são exercidos pela busca do bem coletivo e igualdade social entre os compatriotas. Os países da América Latina copiaram o modelo americano, o Presidencialis-

mo, ao invés de adotar o europeu, o Parlamentarismo. Precisamos passar por uma reforma estrutural na economia, nas instituições, na política de comportamento, sobretudo mudar o Poder Legislativo, desburocratizá-lo e torná-lo eficiente, coisa que ele nunca foi. Se for por meio de plebiscito, que seja. Se for pela revolta, que seja. Se for pela morte, que ela venha. Fato é: não podemos mais perder tempo ou ficaremos estagnados a ele. Só depende de nós, brasileiros.

O repórter pergunta o que ele faria para atingirmos o progresso de verdade.

— Os políticos do Brasil insistem em nos apequenar. Insistem em nos fazer acreditar que somos um país subdesenvolvido. Rótulo que europeus e americanos insistem em manter para sustentarem suas economias, que estão em pleno declínio e decadência. Eis os motivos. A Europa atingiu seu limite máximo na economia, cultura, ciência, tecnologia e guerras. Além da rivalidade milenar que a cerca e está enraizada em seus costumes e culturas. O velho mundo, de fato, está velho. Não lhe resta outra coisa a não ser criar uma união de mentira para safar-se de seu declínio certo e inevitável. Talvez leve alguns séculos ou décadas, mas ninguém foge ao seu destino, numa realidade dramática e vertiginosa que não aceita desvios. Talvez, um adiamento.

— Quanto aos americanos? — O repórter cruza as pernas e está gostando da entrevista.

— Vamos aos americanos... A ascensão do Império Capitalista Americano sucedeu-se numa rapidez inacreditável. Boa parte dessa ascensão se deu na desgraça alheia. Nos grandes conflitos mundiais, seu território sempre foi poupado e nunca sofreu danos. Ou até mesmo nas suas guerrinhas, que eles insistem em fazer mundo afora contra inimigos invisíveis e causas que hipocritamente dizem ser globais, quando sabemos que a única causa verdadeira é seu próprio interesse. Se o mundo ficasse duas décadas sem uma guerra insignificante, a economia americana entraria em colapso. Temos que extirpar os cânceres que impedem o progresso da nossa economia: FMI e Banco Mundial, controlados pelos americanos.

— Hoje o mundo é dependente dos americanos? — o repórter indaga após pausa para uma água.

— A decadência e o declínio do Império Capitalista Americano é certo e inevitável. Todo o poderio econômico e a hegemonia mundial que fizeram em um século levando o mundo para baixo de seus pés se despedaçará na mesma rapidez de sua ascensão. Isto acontecerá de forma dramática e impiedosa. Não em séculos, em décadas. O Brasil deve criar uma identidade econômica própria, devemos criar blocos econômicos alternativos com países menores e menos desenvolvidos pensando no futuro, deixando de ser dependentes de europeus e americanos. Se continuarmos nesta linha, seremos o país do futuro por anos. Ou até a derrocada total do capitalismo perverso.

— Renunciar à economia americana é renunciar ao desenvolvimento — o repórter faz algumas anotações.

— É chegada a hora de despertar. Num futuro não muito distante seremos a maior economia do mundo. Não teremos a necessidade de dominar os mais fracos, e sim, ajudá-los. Ao contrário das potências de hoje, que tornam o mundo obscuro.

— Voltando ao assunto da USP. É verdade que você venceu, mas foi sabotado?

— Eu não posso afirmar se houve ou não sabotagem. Não há provas. Uma coisa eu posso afirmar... A grande maioria dos alunos ficou furiosa com o resultado. Era só uma disputa estudantil. Só isso.

— Quanto à Constituição? O que você mudaria nela?

— Tudo! — responde Pedro convicto. — A Constituição brasileira é fraca, ultrapassada e incompetente.

O repórter se espanta com a resposta dura. Pedro, já calmo, continua com toda sua serenidade:

— Aqui todo mundo faz aquilo que bem quer. Roubam, matam, praticam corrupção, deixam-se corromper, roubam dinheiro público... A impunidade anda solta e ninguém faz nada. A inércia dos políticos e daqueles que podem fazer algo é admirável. A nossa Constituição precisa ser mudada o mais rápido possível. Ela é ultrapassada. Precisamos endurecer as leis em todos os pontos da sociedade: civil, criminal e na política.

— Mudanças como essas não se faz da noite para o dia.

— Basta querer fazer. Basta o povo tomar a iniciativa que as mudanças virão rápidas como a luz. Saiba de uma coisa... Um povo não deve temer seu governo. Um governo, sim, deve temer seu povo.

O repórter pede que ele faça suas considerações finais.

— Certa vez, alguém me disse que lei sem liberdade não é nada. Eu discordei e lhe disse que liberdade sem justiça e lei não é nada.

Não tem sentido algum. Uma última coisa... Desde o princípio da vida na Terra e da civilização do ser humano estamos tentando atingir a igualdade e a felicidade plena por meio da própria civilização. Quando não conseguimos por esse caminho, temos o poder da massa para desbravar a soberba daqueles que se negam e pensam que são os donos da verdade. São apenas estúpidos que pensam que têm algum poder sobre a vida de outras pessoas.

Pedro deixa o escritório e volta para onde estão os outros. O repórter ainda permanece. Ao voltar à sala, Fernando levanta-se:

— Como foi a entrevista, Pedro? Mandou bem?

— Disse apenas aquilo que eu acho — responde Pedro sentando-se.

Entra na sala um garçom com uma bandeja com copos de champanhe.

— Quando essa entrevista vai sair no jornal? — perguntam.

— Eu estou pensando em soltá-la o quanto antes — responde não muito certo o repórter. — Portanto, na quinta-feira.

— Bem que você poderia antecipar e soltá-la na quarta — sugere Fernando.

— Também acho — concorda o professor Joaquim.

— Para quarta-feira não garanto — avisa o repórter. — Tenho que preparar tudo.

Seu Jaime também acha quinta-feira um ótimo dia, assim fica acertado.

— Agora, deixando o lado profissional de lado, vamos fazer um brinde — entusiasma-se Pedro com um copo na mão.

Seu Jaime chama o empregado e manda-o trazer mais duas garrafas de champanhe. Fernando pega uma das garrafas de champanhe e enche as taças novamente.

— Uma coisa é certa... — comenta Pedro. Todos olham para ele, que conclui: — Depois que essa reportagem sair, virá chumbo grosso!

— Não se preocupe com isso — interrompe Fernando arrojado. — Deixe que venham com pedras na mão. Nós estaremos preparados.

— É isso aí, rapaz! — elogia a coragem de Fernando seu Jaime.

— Eles não poderão fazer muita coisa — dá sua opinião o repórter. — Cada um deve ser responsável pelos seus atos e responder por eles.

— Essa gente é muita vingativa e sorrateira — declara o professor Joaquim passando a vista por todos. — O que Pedro disse é verdade. Eles não deixarão isso passar em branco e virão com tudo.

O repórter olha para seu Jaime um tanto temeroso com tudo que acabou de ouvir:

— E se eles tentarem prejudicar a minha carreira? São pessoas muito importantes.

— Esqueça tudo — afirma o ex-professor com sua segurança habitual olhando para o repórter. — O que podem fazer contra nós? Se eles conhecem gente importante, eu também conheço. Se eles têm dinheiro, eu também tenho. Eles devem ficar com medo. Eles que fazem sujeira e praticam atos abomináveis, não nós!

Todos olham para ele e ficam em silêncio diante da sua firmeza.

— É melhor a reportagem sair no sábado. Eu quero essa reportagem na primeira página no sábado — fala seu Jaime. — Dinheiro não será problema.

O repórter olha para ele:

— Eu não garanto nada para sábado.

— Não se preocupe, rapaz... — Coloca a mão no seu ombro o velho. — Sábado esta entrevista sairá no jornal.

— É! — exclama Pedro. — Agora não tem mais jeito de voltar atrás. Compramos uma grande briga e teremos que enfrentá-la.

Seu Jaime coloca a mão no ombro dele:

— Não tema! Desta vez eles terão opositores à altura para travarem uma batalha.

— Falou pouco, mas falou bonito, seu Jaime! — brada Fernando com seu entusiasmo de sempre.

Riem e Pedro diz que é melhor irem andando, quer ir pra casa mais cedo.

— A propósito, Pedro... — vira-se para ele o professor Joaquim. — Amanhã você irá na USP?

— Eu não decidi ainda. Estou pensando em aparecer na segunda, após a reportagem sair no jornal. Estou pensando seriamente em deixá-la. Eu não posso aceitar que o dr. Paulo, com toda a sua sujeira, continue pagando faculdade pra mim.

— Se esta for a sua decisão eu respeitarei — afirma seu Jaime. — Mas o Paulo não tem tanta influência a ponto de expulsá-lo da USP. Fique tranquilo.

Pedro olha para o velho e agradece.

— Espera um pouco! — exclama Fernando. — Metade do dinheiro que o meu pai tem é meu. Portanto, quem paga a sua faculdade sou eu, não ele.

Pedro olha para o fiel amigo e fala com ternura:

— Eu sei disso, Fernando. Mas de qualquer forma o dinheiro vem do seu pai. Ainda que seja seu. Eu não me sentiria bem, depois de tudo o que está acontecendo, ainda aceitar que seu pai continue pagando alguma coisa pra mim.

— Você tem razão — também acha seu Jaime. — Eu te entendo perfeitamente. É uma questão de orgulho. Todos nós temos que ter o nosso. A minha proposta continuará de pé. Se mudar de ideia será um grande prazer ajudá-lo.

Pedro faz um gesto com a cabeça que sim. Em seguida, levanta-se, chama Fernando e diz que já vai indo.

No sábado logo cedo, Pedro se levanta e vai até a banca e pede um exemplar do *Folha da Tarde*. Lá está a matéria "Estudante Revolucionário da USP". A página com uma foto sua num discurso na USP. "Agora eu quero ver. A coisa vai ficar preta!", exclama Pedro em pensamento.

O jornaleiro olha para a foto do jornal, olha para Pedro e o reconhece, assim como outra pessoa que está na banca.

— Pode levar o jornal e não precisa pagar — diz ele.
— Não. Faço questão de pagar. Obrigado pela oferta.

Ao voltar para casa se senta na sala e começa a lê-lo.

J. A. levanta-se, senta-se próximo ao irmão e pega o jornal.

— Você está virando celebridade!
— Só não sei se será pelo lado certo.
— Não esquenta com isso — declara J. A. — Só o reitor e sua filha não irão gostar nem um pouco desta matéria.
— Se fossem só eles... — murmura Pedro.
— Como?
— Nada não.
— Já devem estar espumando de raiva! — imagina J. A.
— Com certeza. — Balança a cabeça Pedro.
— Outra coisa é certa... — suspeita J. A. — Após os últimos acontecimentos o reitor e sua filha farão de tudo para vê-lo longe da USP.
— Eu já estou pensando nisso há muito tempo — admite Pedro.
— Não posso mais aceitar que o pai do Fernando continue pagando faculdade pra mim.
— O que o dr. Paulo tem a ver com tudo isso?

Pedro pensa um pouco.

— Eu já estou cansado de tudo. Nós nunca sabemos aonde tudo irá dar. Eu não estou pensando em pagar pra ver.
— Eu respeito a sua opinião e entendo a sua decisão — declara J. A. — Mas se você fizer isso, todos o acompanharão e farão o mesmo.

— Sabe que não seria uma má ideia? Não pela faculdade, é lógico — declara Pedro com certeza nas palavras. — Não podemos mais ficar devendo favores ao dr. Paulo. Foi ele quem nos colocou na USP com sua influência. Eu só vou esperar alguns dias para trancar a minha faculdade e quem quiser continuar deve ir em frente.

J. A. também pensa um pouco:

— Eu não tinha pensado. Você tem certa razão. Acontece que foi o Fernando quem se dispôs a pagar pra todos nós. Ele diz ter direito à metade da herança da mãe dele.

— Tem mesmo — afirma Pedro. — Só que é o pai dele quem administra tudo. Com certeza o Fernando não vai, de uma hora pra outra, exigir a sua parte de tudo.

— Quem falou que não? — ecoa uma voz por trás dos dois irmãos. Quando olham, lá está Fernando, com os braços cruzados. Se senta entre eles. — Ainda ontem eu estive pensando. Não por vingança ou coisa parecida. É um direito meu, então, irei atrás dele.

— O seu pai não aceitará numa boa — adverte J. A.

— Se ele se recusar a passar a minha parte da herança irei à Justiça.

— Um atrito com o seu pai num momento como este não será nada bom — adverte Pedro.

— Eis a questão! — exclama Fernando. — Não há meio-termo. Ou sim ou não. Eu, sinceramente, prefiro ficar com o sim.

— Eu só acho que você deve pensar um pouco mais antes de tomar uma decisão — aconselha J. A.

— A minha decisão já está tomada — afirma Fernando. — Mas, mudando de assunto, vocês já leram o jornal?

— Sim — respondem.

— Bela entrevista, hein, Pedro! — comenta Fernando. — Você está se tornando uma celebridade.

— Eu já falei isso pra ele — brinca J. A. — Já pedi até autógrafo.

Pedro o acerta com o travesseiro e eles riem muito.

— Quando voltaremos à faculdade? — quer saber Fernando. — Estou curioso para ver a cara da Stefane e do pai dela.

— Ah! — anima-se Pedro. — Voltaremos na segunda. Se é que eles permitirão a nossa entrada na USP, aqueles cretinos sem pudor!

— Eles não podem fazer isso! — irrita-se Fernando. — Não podem impedir a nossa entrada só porque discordamos deles politicamente.

— Não apenas discordamos deles, Fernando. — Sorri J. A. — Acabamos com eles! — E continua rindo sem parar.

Pedro olha para o irmão:

— Se eu fosse você não daria tanta risada, meu velho.

— Desculpe! Mas não deu pra segurar.

— É sério... — insiste Fernando. — Não podem impedir a nossa entrada. Se fizerem na segunda eu irei à guerra! Quando eu entro numa guerra, é pra vencer.

— É isso aí, Fernando! — elogia a disposição J. A.

— Só nos resta esperar até segunda-feira e ver no que tudo irá dar — faz breve comentário Pedro.

À noite, o telefone da casa de Pedro toca. Ana Paula atende e dá um grito, chamando-o, dizendo que é para ele atender, é seu Jaime.

— Olá, Pedro! Tudo bem?

— Tudo bem, seu Jaime.

— Já está sabendo da maior?

— Não.

— O professor Joaquim foi expulso da USP.

— Mas... — espanta-se Pedro, com a voz embargada de revolta.

— Não podem fazer isso! O professor Joaquim é concursado, portanto, é funcionário do Estado!

— Venha até aqui que eu lhe contarei toda a história — convida o velho.

— Só vou ligar para o Fernando e irei aí.

— Eu já liguei e ele está a caminho da sua casa.

— Tudo bem. Assim que ele chegar vamos para sua casa.

— Tudo bem. — Seu Jaime desliga o telefone.

Fernando chega. Pedro o está esperando no portão. Entra no carro e seguem para a casa do seu Jaime.

— Entrem, rapazes — recepciona o velho.

Pedro quer logo saber o que aconteceu.

— É isso mesmo que lhes falei — reafirma o velho. — O Joaquim foi expulso e está proibido de lecionar na USP.

— Essa gente é mesmo suja! — indigna-se Fernando. — Eles podem expulsá-lo?

— Não podem! — fica bravo Pedro.

— Teoricamente, não — faz uma ressalva seu Jaime. — Diante do que foi descoberto, o reitor pode expulsá-lo e até pedir uma investigação mais profunda.

— Investigação? — Leva a mão ao queixo Fernando com espanto. — Se vai haver uma investigação, então ele fez alguma coisa de errado...

— Isso é verdade — apoia Pedro.

Seu Jaime faz um gesto positivo com a cabeça:

— Não sei bem se o que ele fez pode-se dizer que é tão errado assim, mas... De qualquer forma, vamos aguardar.

— Conte-nos logo o que o professor Joaquim fez, seu Jaime — não se aguenta de curiosidade Fernando.

— A filha do reitor contratou um detetive para investigar o passado do Joaquim — informa seu Jaime.

— Pelo jeito deve ter descoberto muita coisa — comenta Fernando.

Pedro olha para ele e faz um gesto pedindo para maneirar com os comentários.

— O Joaquim, quando estava cursando o segundo grau, tinha que trabalhar e estudar ao mesmo tempo. Seus pais eram pobres e não tinham condições de pagar seus estudos. Antes de concluir o Ensino Médio ele teve que desistir para se sustentar, mudando-se para São Paulo...

— Espere um pouco... — sempre impaciente Fernando. — Como ele se tornou professor de faculdade sem o segundo grau?

— Ele o comprou, meu rapaz — finalmente declarou o velho. — Ele sempre foi uma pessoa muito inteligente, sempre teve o sonho de ensinar.

— Quem diria, hein! — espanta-se Fernando. — O professor Joaquim não terminou o Ensino Médio e teve de comprá-lo para se tornar professor!

— O senhor sabia disso? — pergunta Pedro. — Sabia quando era reitor da USP?

— Sim, eu sabia. Ele me contou quando o contratei como professor da USP.

Fernando olha para o ex-professor:

— Olha... É surpreendente. Eu não sei dizer se é cômico, trágico...

— Não fale bobagem, Fernando! — repreende Pedro. — É só um diploma. Isso não irá tirar o mérito do professor Joaquim. Ele é um ótimo professor e continuará sendo. Não é uma falta de conclusão, ou uma burocracia, que tirará isso dele.

Seu Jaime coloca a mão na perna de Pedro:

— Até te conhecer eu tinha me desiludido do mundo, rapaz. Vejo agora que o mundo tem salvação. Pessoas como você ainda nos mantêm com esperança e fazem com que esqueçamos pelo menos por um tempo do egoísmo deste mundo.

Fernando se aproxima do velho pedindo desculpa pelo que disse.

— Ele não é concursado? — lembra Fernando.

— Diante de uma situação desta o reitor pode afastá-lo até uma investigação mais completa — informa seu Jaime.

— E ele, como está? — preocupa-se Pedro.

— O Joaquim é uma pessoa de personalidade sólida — lembra a qualidade do professor seu Jaime. — Ele saberá absorver isso.

— É nesta hora que muitos se perguntam se os meios justificam o fim — dá uma de filósofo Fernando.

— Não sei se os meios justificam o fim — enfatiza Pedro. — Mas o fim justifica os meios. Isto é certo e quem se mostrar contra está sendo hipócrita e mentiroso.

Seu Jaime se assusta um pouco com a exatidão do rapaz.

— Mas, afinal... — interrompe o silêncio que se fez Fernando.
— Temos que contra-atacar. Não podemos cruzar os braços enquanto eles estão nos bombardeando por todos os lados. Temos que agir.

— É isso aí, Fernando — chega de surpresa o professor Joaquim. Todos olham para ele, que se senta.

— Devo dizer algo... Principalmente a vocês dois — continua o professor. — Não deixe que o egoísmo de algumas pessoas os contamine. Seria um grave erro.

— Eles nunca mudarão a minha personalidade — faz questão de dizer Pedro. — É tarde demais para sairmos desta. Já estamos muito envolvidos.

— Eu tomo para mim as palavras de Pedro — faz questão de afirmar Fernando.

— O Joaquim tem razão — apoia seu Jaime. — Vocês dois têm um grande futuro pela frente. Não deixem que estraguem isso.

— Eles não podem fazer tudo aquilo que querem. Não são os donos da verdade — indigna-se Pedro. — Eu não sossegarei enquanto não vê-los pagando pelo que fizeram. — Estou pensando na segunda-feira — imagina Fernando. — Só quero ver quando encontrarem conosco. Só espero que não nos proíbam de entrar na USP.

Seu Jaime fica de pé olhando para Pedro:

— Jamais petrifique seu coração, rapaz. Não deixem que te transformem naquilo que não é. Há um provérbio budista que diz: "O sândalo perfuma o machado que o corta".

Todos param e ficam em silêncio refletindo sobre o que acabaram de ouvir. Pedro e Fernando deixam a casa do seu Jaime.

No outro dia cedo Pedro acorda e vai ao banheiro. Ao passar pelo quarto da Bianca, ela está se arrumando. Ele a observa por alguns instantes. Volta para seu quarto e acorda Fernando, que tinha dormido na sua casa.

— O que aconteceu, cara? Não enche o saco.

— Acorda, preguiçoso! Vamos sair.

— Pra onde vamos tão cedo?

— A minha irmã está se arrumando. Vamos segui-la.

Fernando levanta-se, se vestem e descem até a garagem. Um minuto depois Bianca desce, abre o portão e vai à esquina, onde o mesmo carro de outras ocasiões a aguarda. Pedro e Fernando começam a segui-los. Chegam ao casarão em que os numerários são batizados e os líderes dos Templários, purificados. Os dois amigos param o carro duas ruas antes e vão a pé ao casarão. Eles veem três carros entrarem.

— Como entraremos lá? — Encosta-se no muro da casa vizinha.

— Pelo mesmo lugar que entramos da outra vez. — Passa para dentro Fernando.

Pedro olha na rua, não vê ninguém e passa para o lado de dentro. Pegam a escada que usaram antes e pulam para dentro do casarão. Vão até a pequena janela e entram. Passam pelo salão de batismo, pelo salão de purificação dos líderes e também não veem ninguém. Quando chegam ao salão de purificação do Patriarca ouvem vozes. Pedro faz gestos com as mãos para Fernando. Eles se aproximam agachados e dão uma olhada. Lá estão Stefane, Ângela, Bianca e mais doze membros dos Templários, todas sem capuzes, usando apenas o uniforme vermelho e preto da sociedade secreta.

Stefane está falando:

— Nós, mulheres, somos a genitora do Pai. Fomos escolhidas por Deus para conceber o dom da vida. Por muitos anos ficamos submissas aos homens, debaixo dos seus pés. É chegado o tempo de mudar essa história. De dominadas seremos as dominadoras.

Bianca pede a palavra:

— Os Templários do Novo Tempo hoje são dominados por homens. Pensam que dominam as mulheres. Nós os dominaremos!

— Templários! Mulheres! — bradam as demais.

— Somos a sociedade feminina dentro dos Templários! Nós os dominaremos — retoma Stefane. — Criaremos nossas leis, nossas regras e nossos provérbios. Seremos uma sociedade feminina dentro de uma sociedade secreta! Os Templários do Novo Tempo serão dominados por nós! E ninguém nos impedirá!

— O Patriarca tenta nos tornar submissas. Nós o tiraremos do nosso caminho e dominaremos os Templários — disse Ângela. — Todos os líderes cairão. Transformaremos os Templários numa sociedade feminina composta por mulheres.

"É uma conspiração!", exclama Pedro em pensamento. Ele cutuca Fernando, fazendo gestos para irem ao salão que está mais próximo de onde estão as mulheres.

— O reitor em breve cairá. Ele será o primeiro — informa Bianca. — Depois será a vez do dr. Paulo, de Jônatas, de Azevedo e do líder oculto, até chegar a vez do Patriarca. A ordem atrás da ordem que ele prega é mentira. A purificação que prega ele não segue. Ele não pode nos submeter às suas redenções.

— Ele não é mais digno de ser nosso líder máximo — continua Stefane. — A sociedade feminina, que muito em breve fundaremos, será a verdade dos Templários do Novo Tempo. Neste novo recomeço, homens não poderão participar. Será uma unidade feminina. A teoria da conspiração começou!

As mulheres levantam o braço direito e dizem juntas:

— Templários! Mulheres!

— Quando tivermos o domínio dos Templários não existirão mais sacerdotes, sacerdotisas ou numerários — anuncia Stefane. — Apenas ministérios, que serão dirigidos pelas apóstolas. Nós!

Bianca se entusiasma:

— A alma feminina não se contentará apenas com estigmas ou sinais nos corpos dos impuros, mas com sacrifícios. O sangue deles lavará os pecados dos puros.

As mulheres são contagiadas pelas palavras e se agitam.

— Os sacrifícios começarão pelos líderes dos Templários — é a vez de Stefane.

Pedro olha para Fernando e fica de queixo caído.

— A ideia de que apenas homens velhos, ricos e intelectuais sejam líderes dos Templários será extinta quando assumirmos a liderança — continua Stefane.

— Vamos começar a agir em breve — anuncia Ângela. — Começaremos pelo reitor. Todos serão expulsos para darem lugar à nova aos Templários.

Depois as mulheres vão para a sala da purificação, com exceção de Bianca, Stefane e Ângela, que entram na sala do Patriarca.

Pedro e Fernando ficam numa antessala. Eles sobem numa mureta que tem uma visão quase completa de onde elas estão através de uma grade.

— Está tudo acertado — lembra Bianca. — O reitor não aguentará a pressão da disputa na USP entre você e Pedro. Terá de pedir demissão quando sair na imprensa.

— O meu pai está liquidado. Essa disputa com o seu irmão veio no momento certo.

Pedro fica revoltado. Fernando leva a mão ao queixo sem acreditar no que ouviu.

— O Patriarca desconfia de alguma coisa. Tem dois numerários nos vigiando — informa Ângela. — Temos de evitar fazer reuniões para não levantar mais suspeita.

— Ele não pode fazer nada — adianta-se Stefane. — Quando chegar a vez dele plantaremos as provas que estão prontas nos lugares certos para a polícia prendê-lo. Depois, os Templários estarão acabados.

— Assumiremos o controle total. — Levanta-se Bianca. — Perfeito!

— Além de ficarmos com toda a fortuna deles — lembra-se Stefane. — Eu já tenho o número das contas, inclusive a do Patriarca.

— Quanto aos nomes fantasmas? Os documentos estão prontos? — pergunta Ângela.

— Sim — afirma Bianca. — As contas nas Ilhas Caimã também já foram abertas. Agora é só transferir o dinheiro.

— Primeiro iremos transferir todo o dinheiro dos Templários — avisa Stefane. — Depois do Patriarca, até chegarmos aos líderes, antes que a Justiça congele tudo.

— Não se preocupem — tranquiliza Bianca. — Teremos muito tempo.

Pedro faz sinal para o amigo para irem embora. Fernando pede para ele esperar mais um pouco. Ao levantar a cabeça, vê uma sacerdotisa ouvindo toda a conversa das três conspiradoras numa sala ao lado. Ele cutuca Pedro e manda-o olhar.

Stefane levanta-se.

— O ternário está pronto. A mulher é antes do homem. Somos mães e tudo nos é perdoado. Damos a luz com dor.

— Por que aquela sacerdotisa está ouvindo toda a conversa? — sussurra Pedro.

— Ela deve ser uma espiã de algum líder dos Templários — suspeita Fernando.

— Ou do Patriarca — suspeita também Pedro.

Seu Jaime liga para Pedro. Sua mãe atende ao telefone e diz que ele ainda está dormindo. O velho diz que é importante e precisa falar com ele. D. Lúcia vai acordá-lo.

— Oi, seu Jaime — Pedro ainda com a voz pesada. — Aconteceu alguma coisa?

— Compre a *Folha da Tarde* e você vai ver! — avisa-o. — Aliás, está em todos os jornais o que está acontecendo na USP.

— É mesmo? Quem será que jogou isso na imprensa?

— Alguém deve ter um interesse muito maior em tudo isso.

— Quem?

— É o que descobriremos.

Desligam. Pedro vai à banca na esquina, olha os jornais e todos dão notícia do que acontece na USP. "A coisa vai pegar fogo", pensou. "Agora a chapa vai esquentar!".

Enquanto isso, na casa do reitor, ele está no seu escritório com os principais jornais em cima da mesa.

— Desgraçados! — esbraveja.

Ele manda uma empregada chamar Stefane e Jônatas.

— Vejam! Está em toda a imprensa! Eu estou acabado!
Eles olham os jornais.
— Quem poderia ter feito isso? — pergunta Jônatas.
— Alguém que deseja me destruir — suspeita o reitor.
— Será que foi o Pedro?
— Não. — Senta-se Stefane. — Pedro não tem influência para tanto. Foi alguém que sabe o que está fazendo. Foi ele...
O reitor se senta.
— Por que o Patriarca faria isso? Ele também seria prejudicado.
Ele pergunta a Stefane quando sairá a reportagem da revista *Visão*, do repórter Miguel. Ele diz a ela que a reportagem terá que sair na semana seguinte, custe o que custar, senão todos pagarão caro, não pagará por tudo sozinho, e se preciso for passará por cima de qualquer um para sair dessa.

Ela promete saber de Miguel quando a reportagem sairá e diz que irá pressioná-lo para apressar as coisas. Stefane vai para seu quarto, pega o telefone e liga para o celular de Miguel. Está desligado. Ela deixa uma mensagem na caixa-postal, pedindo para ele retornar a ligação assim que ouvi-la. Liga na casa dele. Uma pessoa atende e diz que ele não está e não sabe quando voltará. Ela deixa um recado para ele ligar assim que voltar para casa. Stefane liga o computador e manda um e-mail para Miguel, pedindo para ele entrar em contato com ela urgentemente.

Chega segunda-feira, um dia muito esperado por todos. Às três da tarde Fernando liga para Pedro e diz que às cinco horas passará na casa dele para irem juntos à faculdade. Pedro diz que tudo bem.

Fernando chega à casa de Pedro. Toda a turma o está esperando. Chegam na USP às seis e quarenta e se dirigem às suas salas de aula. Os seguranças barram Pedro e dizem que ele está proibido pela reitoria de entrar.

— Vocês não têm o direito de fazer isto! — indigna-se Pedro.
— Trata-se de uma ordem direta do reitor — avisa o chefe da segurança. — Infelizmente, eu não posso fazer nada.

Toda a turma se recusa a entrar caso Pedro não seja liberado. Todos os alunos que chegam querem saber o que está acontecendo. Quando sabem que Pedro está proibido de entrar vão se aglomerando nas catracas e se recusam a entrar também. Trinta minutos depois já é grande o tumulto na entrada da USP. Os alunos vão chegando e ficam sabendo da situação, manifestando total apoio e solidariedade a Pedro.

Às sete e quinze uma grande multidão de alunos está na entrada, gritando o nome de Pedro. Um dos seguranças vai até a sala do reitor avisá-lo do que está acontecendo. Ele se desespera, pois não contava com a situação. Stefane o aconselha a chamar a polícia e ele diz que se fizer isso a imprensa chegaria primeiro, piorando tudo. O reitor resolve ir até a entrada para tentar convencer os alunos a entrarem e assistirem às aulas.

Ele é recebido com vaias e não consegue dizer nada com o protesto dos alunos. "O que farei agora?", indaga-se em pensamento, em meio ao seu desespero.

Um dos vice-reitores o aconselha a deixar Pedro entrar. Stefane diz que se ele fizer isso sua autoridade não será mais respeitada. Ele concorda e diz que Pedro não entrará de jeito nenhum. Minutos depois, os alunos que já estavam dentro da USP abandonam as salas de aula e se juntam aos outros. Os professores dão total apoio a eles.

Às oito da noite o impasse continua. A imprensa começa a chegar. Primeiramente, chega uma emissora de rádio, que começa a dar cobertura. Dez minutos depois, chega uma emissora de televisão e começa a destacar ao vivo a seguinte matéria: "Paralisação e Revolta dos alunos da USP".

Em seguida, chegam os jornais. Lá está Miguel, repórter da revista *Visão*. O clima vai ficando tenso. A seguir, uma das ruas é tomada pelos estudantes, que prometem ficar de vigília até o reitor deixar Pedro entrar. O noticiário se espalha rapidamente. O reitor está desesperado, reunido com o conselho na sua sala, tentando achar uma solução para o problema. Algum tempo depois o telefone toca. É o governador, que deseja falar com ele, exigindo explicações. O reitor diz que está tudo sob controle e que resolverá o mais rápido possível.

Os meios de comunicação querem saber quem é Pedro, figura que teria desencadeado toda a situação a partir de um simples trabalho. Querem entrevistá-lo. Pedro diz que não falará. O assessor do governador chega à USP e vai direto para a sala do reitor querendo saber detalhes. O reitor conta-lhe tudo. O assessor lhe pergunta por que impediu a entrada de Pedro, nem mesmo ele tinha o direito de fazer aquilo. O reitor não consegue explicar. O assessor sugere que mandem chamar Pedro para ouvi-lo. O reitor tenta resistir, mas acaba cedendo, mandando um segurança buscá-lo.

Pedro chega com Fernando. Eles entram na sala da reitoria. O assessor diz que é apenas para Pedro permanecer na sala, mas ele diz que não tem nada a esconder do amigo, ele pode ficar. O assessor pergunta a Pedro sobre o tumulto.

— Essa pergunta o senhor deve fazer ao nobre reitor — rebate Pedro com sua firmeza conhecida. — Quanto a mim, não há sentimento de revolta ou tentativa de desencadear uma anarquia. Eu nunca planejei isso.

O assessor se surpreende, encarando-o seriamente.

— Por que todos os estudantes se recusam a entrar e assistir às aulas? — pergunta.

— Por um acaso já ouviram falar em coisas chamadas lealdade e justiça? — não acha mais justo dizer algumas palavras Fernando. — Se não, estão vendo hoje, senhores!

Pedro olha para o amigo e o parabeniza em silêncio pelas palavras.

— Eu poderia criar um grande problema para a USP — faz questão de ser direto Pedro. — Mas não farei isso.

— Acontece que nós vivemos num país democrático e um Estado sólido — diz o assessor. — Toda e qualquer revolta nestes moldes seria rebatida duramente.

Pedro senta-se numa cadeira que está vazia à sua frente, cruza as pernas e diz:

— A democracia só é democracia quando o desejo da massa é atendido. Fora isso, é apenas uma maneira de tentar acalmar sua fúria, que é o verdadeiro poder de uma nação. Mas não estamos aqui para discutir isso. Talvez em outra ocasião, quem sabe!

— Deixaremos você entrar normalmente e esqueceremos esse episódio — afirma o assessor. — Afinal, nada melhor do que a paz entre todos nós, não é verdade?

— Antes eu quero saber por que fui barrado — mostra-se incisivo Pedro. — Afinal, numa democracia essas coisas não podem acontecer, não é verdade?

O reitor olha para ele com ódio mortal.

— Nós tínhamos dez regras e você as violou. Por isso resolvi agir. Não tente bancar o injustiçado. Esta é minha posição e não a mudarei. Nem que para isso eu tenha que expulsar todos os alunos da USP.

O assessor olha com certo desapontamento para o reitor.

— Não se trata de regras estabelecidas ou de tentar quebrá-las — não se preocupa nem um pouco com as ameaças Pedro. — A coisa vai além e nós sabemos por quê. Mas a verdade sempre vem à tona. Mais cedo ou mais tarde ela sempre aparece.

O reitor fica com a pulga atrás da orelha ao ouvir as palavras de Pedro, que lhe soaram como ameaça, ele reafirma sua decisão de não voltar atrás.

— Eu discutirei com o reitor sobre uma possibilidade de deixar você voltar a assistir às aulas normalmente — tenta passar aparência de que tem tudo sob controle o assessor. — E aí tudo voltará ao normal.

— A coisa não é tão mais simples assim — declara Pedro com a sua personalidade de sempre. — Agora teremos que ver todas as saídas. Foram vocês quem iniciaram tudo, agora terão que suportar as consequências, sejam elas quais forem.

— Você está nos ameaçando, rapaz? — fecha o semblante o assessor.

Pedro nada responde. Fernando prossegue:

— Tomem isso como um aviso. Por enquanto.

— Escutem aqui vocês dois... — continua o assessor ainda com o semblante fechado. — Eu não sei o que realmente anda acontecendo por aqui, mas saibam de uma coisa... Eu represento diretamente a autoridade máxima do Estado. Ele não quer nenhuma confusão, seja lá com quem for. Se houve abuso de poder será apurado e as providências serão tomadas. O Estado só não aceitará ameaças e jogo sujo de ninguém.

— Jogo sujo... — ironiza Fernando olhando para o reitor e sua filha. — Aqui tem muita gente que sabe muito bem o que é isso. É como dizem... Cada um responde pelos seus atos. Não é verdade?

O assessor se levanta, chega bem próximo de Pedro:

— Eu terei uma conversa com o reitor. Você voltará a assistir às aulas normalmente a partir de amanhã. Tudo não passará de um grande mal-entendido.

Pedro balança a cabeça e faz questão de dizer:

— É como já disse, senhores... Não se trata mais de permitir ou deixar que eu volte ou não a assistir às aulas. A coisa vai muito além do que o senhor imagina...

— Que coisas são essas? — interrompe o assessor. — Diga para que possamos resolver tudo hoje mesmo.

— Não há coisa alguma, ora! — Os olhos do reitor se arregalam de medo após ouvir as insinuações. — Terei uma conversa com o assessor. Digo desde já que minha decisão não mudará. Você, rapaz! Não adianta vir com ameaças e insinuações! Enquanto eu for reitor desta universidade não permitirei que você volte às aulas aqui.

Pedro perde a paciência:

— Até este momento eu estava tentando resolver esta situação da melhor maneira! Vejo que isso não será possível. Então, digo-lhe que se é guerra que o senhor quer, então é guerra que o senhor terá! Agora é a minha vez de contra-atacar. Eu irei derrubar tanto a sua soberba, a sua filha e suas mentiras. — Pedro levanta e vai se retirando da sala. Antes de sair ainda diz ao reitor e olhando para Stefane: — Só mais uma coisa... Quando eu entro numa guerra, eu entro para vencer e não tenho nenhuma piedade dos inimigos — com estas palavras Pedro se retira, juntamente com Fernando e vão procurar uma equipe de televisão que está cobrindo o caso.

Ele se reúne com a repórter e diz que quer dar uma entrevista. Ela topa e prepara tudo, dizendo que em poucos minutos estará tudo pronto.

A repórter manda chamar Pedro. Os estudantes não arredam o pé e o cercam, assim como a repórter que irá entrevistá-lo, fazendo um grande cordão humano em volta dos dois e gritando o nome dele sem parar. Chega uma centena de viaturas da Polícia Militar, que se concentra nas imediações da USP.

Está tudo pronto para o início da entrevista. Um assistente diz que em dez segundos ela pode começar e que eles entrarão ao vivo.

— Bem, estamos aqui ao vivo, na maior universidade do país, onde está havendo uma paralisação geral. Não é por parte dos professores e, sim, dos estudantes, coisa muito difícil de acontecer. Está aqui ao meu lado o estudante que seria a causa desta paralisação. Seu nome é Pedro e ele nos concederá uma entrevista.

O reitor e o assessor do governador são avisados de que Pedro está concedendo uma entrevista. O reitor liga a televisão da sua sala e todos fazem silêncio para ouvi-lo.

— Pedro, conte tudo o que está acontecendo! Por que você foi impedido pelo reitor da USP de assistir às aulas hoje? — pergunta a repórter.

— Alguns dias atrás houve uma disputa entre mim e outra estudante. Era pra ser apenas uma disputa estudantil, houve sabotagem no resultado da votação e ela foi declarada vencedora. Os estudantes da USP sabem que houve desonestidade e fraude.
Dentro da sala da reitoria o assessor olha para o reitor e o indaga se é verdade o que acabaram de ouvir. Ele nega tudo.
— Você tem provas dessas fraudes? — quer saber a repórter.
— Foi feita uma pesquisa bem detalhada alguns dias antes da votação — explica Pedro. — Na qual noventa e poucos por cento dos alunos votariam em mim. No entanto, a filha do reitor acabou ganhando. Isto não é tão importante. Só que os alunos, quando souberam do resultado, ficaram revoltados. Daí a raiva toda do reitor.
— Espere um pouco... Como assim a filha do reitor? — surpreende-se a repórter.
— É isso mesmo. A estudante que disputou comigo é filha do reitor.
— E quais eram os temas da disputa?
— O que estava em discussão era a situação política, econômica e social do Brasil. Cada um expôs seus pontos de vista, no final os estudantes votaram na melhor ideia.
— Então, fale um pouco das suas ideias.
— Eu defendi a ideia de que o nosso país precisa criar uma identidade econômica própria. Criar alternativas e blocos comerciais com países emergentes e mais pobres. Só assim nos tornaremos desenvolvidos e independentes.
— E o que a filha do reitor defendia na disputa? — faz outra pergunta a repórter.
— Essa é uma boa pergunta — ironiza Pedro. — Ela se mostrou contra todas essas ideias. Apenas foi contra.
De volta à sala do reitor, o assessor olha para Stefane com ironia, que fica com um ódio tremendo de Pedro.
— Diga-me uma coisa, Pedro... — faz uma pergunta maliciosa a repórter. — Você já pensou na possibilidade de se candidatar a algum cargo público? Como vereador ou deputado, talvez?
— Isso nunca passou pela minha cabeça — responde Pedro. — Com certeza eu não tenho nenhuma vocação para política.
Termina a entrevista. A seguir, Pedro começa a conversar com os outros alunos, dizendo a eles que é melhor todos irem embora. Como

o número de alunos é muito grande, eles mesmos se comunicam entre si e seguem para as suas casas. O mesmo fazem Pedro, Fernando e sua turma.

Às dez e quarenta da noite o celular de Pedro toca. Ele atende. Miguel, que deseja falar com ele ainda naquela noite e diz que é um assunto que lhe interessa muito. Pedro aceita e marca com ele num restaurante às onze e meia. Em seguida, Pedro pede as chaves do carro do J. A. e diz que vai sair.

Chega ao restaurante em que Miguel o aguarda. O repórter cumprimenta o rapaz e lhe dá parabéns por sua inteligência e coragem.

— Eu conheço você! — tenta lembrar Pedro. — Já sei... É da revista *Visão*! Você é repórter. Um ótimo repórter, por sinal.

— Não tão bom quanto você com as palavras — devolve o elogio.

— A gente faz o que pode. — Ri Pedro. — Mas a que devo a honra, afinal?

— O que poderia ser? — vai direto ao assunto Miguel. — Eu quero fazer uma reportagem com você. Será a maior e mais completa de todas. Depois dela, se você quiser, poderá até ser presidente.

Pedro ri mais uma vez:

— Presidente não seria uma má ideia. Colocaria esse país do caralho de pernas pro ar!

— Na verdade, essa reportagem era pra ser sobre o reitor da USP e sua filha, que, aliás, você conhece muito bem.

Pedro se interessa de imediato após o repórter mencionar os nomes.

— Devido à arrogância deles resolvi entrevistar você — continua Miguel.

— Eles ficarão furiosos — prevê Pedro. — Não queira nem saber do que eles são capazes quando são contrariados.

— Ah... Eu sei, sim. A Stefane está atrás de mim igual uma louca. Mas não encobrirei as sujeiras deles de jeito nenhum.

— Que sujeiras são essas? Você pode me dizer? — usa malícia Pedro.

— Deixa pra lá — muda de assunto Miguel. — Mas me diga... Aceitará ou não fazer a reportagem?

— Pra quando seria?

— Faríamos a reportagem amanhã mesmo. Será a matéria de capa da semana que vem, possivelmente.
— Onde você irá me entrevistar?
— Pode ser na sua casa mesmo.
— Na minha casa, não. Tem uma casa de um amigo. Acho que não terá nenhum problema com ele.
— Pra mim tudo bem. Amanhã às duas horas. Tá bom pra você?
— Me liga amanhã um pouco antes. Eu preciso falar com ele.
— Fechado! Mudando de assunto... Como começou tudo isso entre você e a Stefane?
— É uma longa história. Mas a entrevista não é só amanhã? — brinca Pedro.
— Eu assisti a sua entrevista na televisão. Mandou muito bem ao articular as palavras. Quando eu falei para o meu chefe que o entrevistaria ele nem questionou.
— É só saber dizer a coisa certa na hora certa. Nada mais que isto.
— Não é só isso. A arte de falar é um dom. Você nasceu com ela.
— Sabe que desde o primeiro grau eu tinha uma professora que vivia me dizendo que eu ia ser um grande político? — lembra um pouco da sua infância Pedro. — Eu respondia pra ela que eu nunca seria uma porra de um político, porque eu não sou hipócrita, mentiroso e tenho honra. Eu queria ser cantor de rock.
— Ah, é? — Ri Miguel.
— Quando eu ouvia The Doors ficava imitando o Jim Morrison, contorcendo no tapete de casa, igual ele fazia no palco. Então, decidi que seria igual a ele.
— Eu sempre sonhei em ser médico — declara Miguel. — Veja aonde fui acabar... Como jornalista. É sempre assim! A gente quer ser uma coisa e acaba sendo o oposto.
— É verdade — concorda Pedro. — Uma coisa é certa... Político eu não serei jamais.
— E a Stefane?
— Nos conhecemos na USP mesmo. Eu não tenho nada contra ela, ela tem tudo contra mim, aquela cretina mentirosa.
— O problema é que ela foi sempre muito mimada e muito protegida pelo pai — conta um pouco da história dela Miguel. — Principalmente depois que ele entrou na... — e silencia.
— Na sociedade secreta — completou Pedro.

Miguel dá um gole no chope levantando as sobrancelhas, leva as mãos ao queixo:

— Não creio que você saiba dela...

— Pode apostar que sim.

— Você é mesmo surpreendente — exclama Miguel com grande surpresa. — Eu jamais poderia imaginar que você soubesse dos Templários do Novo Tempo. É realmente formidável.

— Como soube dos Templários? — pergunta Pedro.

— Na verdade eu nunca tive certeza. Eu desconfiava que a Stefane estivesse envolvida com alguma coisa não muito normal, assim como o pai dela.

— É tudo verdade — afirma Pedro. — Eles são membros de uma sociedade secreta. Mas são espertos. Sabem que não se pode sair por aí acusando alguém de ser membro de uma seita no Brasil.

— Normalmente essas pessoas têm muito dinheiro e levam uma vida discreta.

Pedro conta tudo o que sabe sobre os Templários. Seus membros, os possíveis líderes. Pede que ele não conte para ninguém até descobrir tudo, falta pouco.

— Cara! Essa história toda daria um bom filme de suspense e um ótimo romance policial! — declara Miguel num tom de brincadeira.

— Por isso você deve ter muito cuidado com essa gente. Tenha cuidado!

— Não se preocupe — afirma Pedro. — Eles irão pagar por tudo. De qualquer forma, foi muito proveitosa a nossa conversa. Obrigado por ter confiado em mim.

— Após a sua reportagem sair na *Visão* da semana que vem darei um jeito de me mandar. Eles virão me procurar com sede de vingança. Pode apostar.

— Faça isso mesmo. Ainda mais que você prometeu a reportagem para o reitor. Quando ele vir que fez uma matéria comigo ficará irado com você.

Miguel olha o relógio e vê que já são meia-noite e meia. É melhor irem embora. Ele pega o endereço do seu Jaime.

No dia seguinte Pedro liga para Fernando, chamando-o para ir à sua casa. Ele diz que está indo. Pedro liga para seu Jaime e diz que irá se encontrar com um repórter na casa dele para mais uma entrevista. Seu Jaime diz que não tem problema algum.

Fernando chega na casa de Pedro, que o aguarda no portão. Ele entra no carro do amigo e diz que é para pisar fundo rumo à casa do velho.

Chegam na casa dele, entram e vão trocar umas ideias com ele. Ao meio-dia em ponto o celular de Pedro toca. É Miguel, que pergunta se está tudo de pé. Pedro diz que sim. Miguel avisa que chegará no meio da tarde. Pedro lhe responde que estará aguardando e desliga.

Miguel chega acompanhado de um fotógrafo. Um empregado da casa vai recepcioná-los e os convida até uma sala em que estão sendo aguardados. Entram, cumprimentam todos e o dono da casa convida-os a se sentarem e se juntarem a eles:

— Então, você é repórter da revista *Visão*?

— Sim. Farei uma entrevista com o nosso amigo. A melhor que ele já deu até hoje!

— Podemos começar quando quiser — avisa Pedro.

— Antes, vamos tomar um drinque — sugere Fernando. — Se o dono da casa não se importar, é claro.

Pedro olha para o amigo e balança a cabeça. Seu Jaime solta uma gostosa gargalhada, chamando um empregado. Ele o manda buscar vinho e champanhe. O empregado volta com uma bandeja e cada um pega uma taça de champanhe. Fernando, então, propõe um brinde:

— Brindemos a nós!

Todos riem.

— Brindemos às nossas ideias autênticas e verdadeiras! — propõe Pedro.

Após o brinde, seu Jaime mais uma vez oferece seu escritório para a entrevista. Pedro e Miguel aceitam. Miguel diz ao fotógrafo que ao final da entrevista tirarão as fotos. Acomodam-se no escritório e Miguel tira da bolsa um rádio gravador. Depois pergunta se Pedro está pronto. Ele diz que sim. Miguel, então, começa a entrevista:

— Hoje estou aqui com Pedro Silva de Oliveira, 26 anos, está no quarto ano de Jornalismo na USP, que nestes últimos dias está vivendo uma grande "revolução", se é que podemos dizer assim. — Ele fixa o olhar em Pedro e lhe faz a primeira pergunta: — O que aconteceu na USP, Pedro? Conte um pouco de toda aquela confusão dos alunos se recusando a assistir às aulas e a proibição da sua entrada pelo reitor.

— Semanas atrás, durante uma aula, estávamos num debate, como sempre acontece. Daí, eu e outra aluna, Stefane, filha do reitor, elevamos a discussão, devo admitir. Tratava-se de um assunto polêmico. Como disputa estudantil acontece com frequência, desse debate surgiu a ideia da disputa.

No decorrer da entrevista Pedro reafirma todas as suas polêmicas opiniões sobre os mais diversos assuntos.

Entram no tema "justiça". O repórter pergunta se ele é a favor da pena de morte.

— Não. Mas na Bíblia está escrito "Olho por olho e dente por dente. Quem com o ferro fere com o ferro será ferido". Esta é uma lei divina, esta deve ser a lei do homem. Mas a pena de morte aqui não funcionaria. Deveria haver no Brasil um plebiscito sobre implantar a prisão perpétua. Se a maioria decidir que sim, deveria ser implantada.

— Você disse, num dos seus discursos na USP, que era a favor de passar o comando do Ministério da Justiça para o Poder Judiciário. Explique isso.

— Ora... Dai a César o que é de César! O Poder Judiciário está incumbido perante a sociedade de tratar das coisas que dizem respeito à justiça. Então, cabe a ele cuidar dela. O Ministro da Justiça deveria responder ao presidente do Judiciário. É quem, de fato, deveria indicá-lo. Assim suas decisões seriam totalmente neutras e incontestáveis aos olhos de todos. O comando da Polícia Federal deveria passar ao Poder Judiciário, assim como deveria haver uma votação para escolher o presidente do Poder Judiciário, como acontece com o Executivo e o Legislativo.

Miguel fica encantado com a perspicácia e firmeza nas palavras do entrevistado. Entram na parte econômica. Criar blocos alternativos de comércio, tecnologia, ciência etc. Deixar de ser dependente dos americanos. O mundo não se restringe apenas a eles. Diz que há muita coisa a ser explorada economicamente mundo afora. O país que der o pontapé inicial será, a curto prazo, uma grande potência econômica.

— Você tem aspirações políticas?
— Eu não tenho vocação para a política.
— Opiniões como as suas têm tendência a receber apoio popular. Já pensou nisto?
— Você tem razão, mas não estou pensando nisso. Uma coisa é certa... Temos que passar por mudanças, senão seremos o eterno país do futuro.
— Você não está sendo muito duro com os políticos? Afinal, não se pode generalizar. Não são todos desonestos! Ninguém governa uma nação sozinho.
— Não estou generalizando. Eles são quem nos dão motivos. Tem sempre um político envolvido em corrupção. Isso acontece desde a nossa infância. Ninguém faz nada. Na hora de punir os falsos representantes do povo eles fazem um acordo e vão comemorar depois comendo pizza, como que zombando e rindo da nossa cara. Isso tem que mudar!
— Se alguém realizasse essas mudanças, certamente o nosso país ficaria isolado do resto do mundo. Você não acha? Você não acha que poderíamos ser uma nova Cuba, por exemplo?
— Talvez, sim. Temos que pensar primeiramente em nós para depois pensar no resto do mundo. Temos muitos exemplos mundo afora. A China, que se fechou para implantar as mudanças necessárias para a melhora de seu povo e depois se abriu ao capital estrangeiro novamente, hoje é uma potência. Num futuro não muito distante, será a maior do mundo.

Miguel diz que vai ao banheiro. Na volta, Pedro continua.

— No Brasil poderíamos mudar de Presidencialismo para Parlamentarismo. O Senado elegeria um chefe de Estado, qualquer deslize seria deposto incondicionalmente do cargo, desde que houvesse provas concretas contra ele. O chefe indicaria um primeiro-ministro, que responderia a ele, depois ao Senado, que teria de aprovar seu nome. Quem sabe com estas mudanças seríamos outro país.

— Você acha que isso seria o suficiente para nos tornarmos desenvolvidos?

— Um país só alcança o verdadeiro progresso quando faz mudanças profundas e se inova sem medo. Esqueçamos do mundo. Vamos ser uma nação justa e progressista primeiro aqui dentro, para depois lá fora.

— Não se implanta desenvolvimento num país só através de mudanças políticas — diz Miguel. — Só essas ideias não seriam suficientes...

— Com certeza não — interrompe-o Pedro. — Mas de alguma forma as coisas devem começar. Só seremos um país moderno quando algum governo brasileiro deixar de pagar juros absurdos e investir pesado na educação para que os jovens possam ter uma perspectiva melhor do futuro. Sem uma educação sólida nunca seremos um país desenvolvido. Não podemos esquecer-nos da infraestrutura. Há pouco investimento nessa área. Somos um país sucateado e atrasado.

— E a América Latina? O que falar dela nos temas que você abordou?

— A América Latina foi civilizada pela Igreja Católica. Enquanto ela carregar esse carma desastroso, não sairá da miséria que vive. O mundo nos vê com indiferença. Para ele, a América Latina não representa nada. O Brasil deve mudar esse conceito, pelo menos de si mesmo. Temos tudo para ser uma potência. Só depende de nós. Nossos vizinhos devem ser mais pretensiosos. Sempre fomos coadjuvantes. Chegou a hora de mudarmos isso. É o dever do Brasil iniciar essas mudanças de atitudes. Na ONU, as decisões importantes não têm a participação dos países latinos. São todos desprezados. Ela é uma organização americana e europeia. Chega de sermos submissos.

— Você acha que nossos vizinhos nos seguiriam?

— Se não nos seguirem é porque nasceram para ser submissos e coadjuvantes, até nas decisões que dizem respeito a eles mesmos. Nossos vizinhos, quando não têm ditadores no poder, copiam os americanos no sistema de governo. Mas independente de tudo isso, temos que esquecer onde está situado o nosso país e mostrar aquilo que somos capazes de fazer e ser.

— Voltando ao assunto da USP... Você não acha que essa disputa deveria ir parar nos tribunais? Afinal, há suspeitas de fraude na apuração. Ainda que tenha sido só uma disputa estudantil, se houve fraude ela deve ser investigada.

— Pra mim ela acabou — afirma Pedro. — O resultado, pra mim, foi o que menos importou. Eu não irei a tribunal algum. Quanto à vitória... Na verdade, todos nós que estávamos envolvidos sabemos quem foi o verdadeiro vencedor. Isso me basta.

— Agora fale um pouco de você, Pedro. Fale um pouco da sua pessoa.

— Eu sou um jovem como qualquer outro. Gosto de música, de cinema, de sair com os amigos e muito de rock'n'roll. Tenho uma família maravilhosa. Tenho cinco irmãos fantásticos e pais que todo mundo gostaria de ter. Tenho amigos leais. Enfim... Sou um cara feliz.

— Quando descobriu que tinha essa facilidade para oratória em público?

— Na verdade eu sempre falei muito mesmo. Desde o primeiro grau sempre fui aquele que incomodava os professores. Sou um verdadeiro tagarela.

— Isso é um dom. Você deveria usá-lo. Já pensou nisso?

— Já ouvi isso de outras pessoas. Já me aconselharam a ser político. Eu não tenho vocação. Queria ser apenas professor de História ou jornalista. Acho que terei que adiar.

— Por que adiar? Você pretende deixar a faculdade?

— Depois de tudo que aconteceu não tenho mais clima para continuar na USP. Por isso estou abandonando o barco. Embora eu seja uma pessoa persistente, não continuarei. Quem me encaixou na USP foi o pai do meu melhor amigo, e vou dar um fim a isto. Mesmo porque sou de uma família humilde.

— Por que abandonar? E seu triunfo?

— Não se trata de triunfo, desistência ou vitória esmagadora, como já ouvi. Trata-se apenas de não querer mais saber dessa disputa. Vou procurar um emprego e seguir a minha vida normalmente.

Miguel olha para Pedro, desliga o gravador e faz um gesto positivo para ele. Depois lhe diz que irá ouvir novamente a entrevista e começar a prepará-la. Os dois seguem para uma área da bela casa e o fotógrafo entra em ação tirando fotos do entrevistado. Logo depois se reúnem mais uma vez na sala.

— Foi uma boa entrevista — elogiou Miguel. — Ela dará o que falar, podem apostar!
— Do que estão falando? — brinca Fernando. — Duvido...
Todos riem.
— Pedro tem muita facilidade em unir as palavras — declarou seu Jaime. — Além do seu natural carisma. As pessoas assimilarão bem suas ideias, especialmente os jovens.
— É como Pedro falou na entrevista — lembra Miguel. — Vivemos num país democrático. Todos têm liberdade para dizer tudo aquilo que quiserem e expressar as suas ideias também.
— É, meu jovem amigo... — alerta o velho. — Na prática é assim mesmo que funciona. Mas quando você tenta derrubar um sistema para mudá-lo a coisa vai muito além. Envolve forças poderosas. Se você não tiver armas à altura para enfrentá-los será devorado num segundo. Esta é a lei do mundo e dos homens.
— Isso é verdade — concorda Miguel. — Nem Cristo, que foi Santo e tentou nos mostrar que podemos viver em harmonia, foi poupado.
— É... O professor Joaquim já começou a pagar por defender e aderir às ideias de Pedro — lembra também Fernando. — Ele que o diga!
— O que aconteceu com ele? — quis saber Miguel.
— Foi expulso da USP — informa Pedro.
— É mesmo?! — mostra-se surpreso o repórter. — O reitor pode fazer isso?
— Descobriram que o professor Joaquim, anos atrás, comprou o diploma do segundo grau para entrar na faculdade e poder se tornar professor — conta Fernando.— A Stefane descobriu e o pai dela o expulsou.
— Não costumo julgar ninguém, mas...
— É apenas um título num pedaço de papel — interrompe Pedro. — Ele cometeu um erro? Deve pagar por ele? Deve. Mas é um ótimo professor. O melhor que eu já tive. Uma não conclusão de Ensino Médio não tirará seus méritos. Isso nunca.
Miguel levanta e diz que vai indo, tem muito a fazer. Irá preparar a entrevista. Despede-se e vai embora com o fotógrafo. Diz que a matéria sairá dentro de duas semanas, ele ligará avisando. Entra no seu carro e segue para a sede da revista.

Miguel e o fotógrafo se afasta trinta minutos da casa do seu Jaime e são interceptados por dois carros, que o cercam pela frente e por trás. Descem do carro de trás dois homens encapuzados e armados. Entram no carro de Miguel, pegam o gravador com a entrevista de Pedro, dizem a ele para ter muito cuidado com o que está fazendo, acerta-lhe uma coronhada, levando-o a desmaiar e fogem sem deixar pistas.

Minutos depois pessoas cercam o carro de Miguel e tentam reanimá-lo. Ele acorda, leva a mão à testa e sente seu sangue. Agradece a todos, dá partida no carro e segue para a sede da revista. Chegando, ele pega o telefone e liga para a casa do seu Jaime. Um empregado atende. Ele se identifica e pede para chamar seu Jaime imediatamente. Seu Jaime atende e Miguel pergunta se Pedro ainda está lá. Ele diz que sim e passa o telefone para ele. Miguel conta tudo o que aconteceu. Pedro só quer saber se está tudo bem com ele e lhe diz que é para esquecer. Diz estar com uma tremenda dor de cabeça, mas está tudo bem, e marcará outra entrevista, seja lá quem for que tenha feito aquilo, não o impedirá de concluí-la. Só lamenta que não sairá a que tinham feito, tinha ficado muito boa. Pedro diz que tudo bem, que o mais importante é cuidar do ferimento e que depois pensam em outra entrevista.

— O que aconteceu? — pergunta Fernando apreensivo.

— Era o Miguel. Quando estava a caminho da sede da *Visão* foi atacado por homens encapuzados, que levaram o gravador com a entrevista. E ainda o ameaçaram e deram uma coronhada na testa dele.

— Quer dizer que a entrevista não sairá mais? — pergunta Fernando.

— Por enquanto, não — explica Pedro. — Teremos que agendar outra entrevista e sabe-se lá quando faremos isso novamente.

Seu Jaime se levanta com o apoio da bengala e diz que já volta.

— Não será necessário agendar outra entrevista — afirma o velho com um gravador na mão. — A minha querida mãe já me dizia antes de morrer que é melhor prevenir do que remediar. Eu resolvi seguir à risca este conselho.

Pedro se levanta:

— O senhor está nos dizendo que também gravou a entrevista?

— Sim, gravei. Desculpe, Pedro. Isso não é uma coisa bonita de se fazer, mas a minha intuição estava me dizendo que alguma coisa poderia acontecer. Então...

Pedro toma o gravador da mão dele, dá-lhe um beijo na face:
— Desculpar que nada! O senhor é um gênio! Um gênio!
Fernando fica feliz, dando um forte abraço no velho, que lhes diz:
— Agora chega de tanto abraço e beijo. Ligue para o Miguel e avise que você tem toda a entrevista gravada. Tudo continua como está, inclusive a entrevista sair na semana que vem. Mas não ligue do telefone aqui de casa. Pode estar grampeado.
Fernando passa seu celular para Pedro e diz que pode usá-lo. Pedro liga para Miguel e conta que tem toda a entrevista gravada. Miguel fica feliz também e diz que precisa da gravação ainda naquele dia para preparar tudo. Pedro diz a ele que está indo para a sede da revista. Pedro pede o endereço, dizendo que em uma hora chegará. Eles saem da casa do seu Jaime às pressas.

Uma hora e meia depois chegam à sede da revista. Vão à recepção e pedem para chamar Miguel. A recepcionista os avisa que Miguel já deixara ordem para subirem. Instantes depois ele chega e vai falando:
— Quando você me falou que tinha gravado a entrevista eu quase não acreditei!
— Na verdade não fui eu — esclarece Pedro. — Foi seu Jaime. Aquele filho da mãe é um bom velhinho.
Fernando ri:
— Só ele poderia ter feito isso.
Pedro passa o gravador para as mãos de Miguel e diz para ele ter cuidado. Miguel diz que tudo bem e pergunta se querem tomar um café. Eles dizem que não e vão embora.

No sábado, Fernando liga para Pedro e diz que ouviu seu pai mencionar numa ligação com o reitor uma reunião, um batismo, na sede dos Templários, às dez e meia da noite, todos os líderes e numerários estariam presentes, tratava-se de um dia especial para todos. Pedro diz para ele passar na casa dele às quatro da tarde.

Às quatro horas Fernando chega à casa do amigo. Eles seguem direto para a casa do seu Jaime conversar com ele sobre o tal batismo. O ex-professor aconselha-os a não irem, seria perigoso se descobrissem. Fernando insiste, dizendo que se Pedro não fosse ele iria sozinho. Pedro diz que também vai, pois não deixará o amigo sozinho.

Um pouco mais tarde o celular de Pedro toca. É J. A. chamando-o para irem a uma festa. Diz que não poderiam ir, mas que era para ele se divertir. Às nove e meia a bela noite paulistana, com todo seu céu estrelado, rasgava o silêncio dos pensamentos. Pedro estava sentado na varanda da casa, olhando as estrelas e refletindo sobre a vida. Ele indaga a si mesmo como podia existir tanta maldade no coração das pessoas, como um ser da mesma espécie pode desejar o fim trágico do seu próprio semelhante. Ao mesmo tempo em que ele faz estas indagações, não consegue achar uma resposta convincente.

Seu Jaime aproxima-se dele:

— Os pensamentos voam como o vento estraçalhando á balança da verdade, da bondade e do perdão, tornando-os um só peso e duas medidas. Mas a pluma da justiça, esta não! Esta não poderá ser atingida. Nem mesmo com toda a maldade do mundo, esta continuará a voar livremente sobre pensamentos bons, maus, mentirosos e puros. Um dia sentirá o peso da justiça divina!

— Olho por olho! — lembra Fernando, que entra na conversa. — Dente por dente! Ninguém escapará. Faça o bem e o destino se encarregará de lhe retribuir. Faça o mal e o destino se vingará de você antes da sua morte! Ninguém escapa dele.

Pedro vira-se para os dois:

— As lágrimas do mundo deparam-se diante da cortina negra que cerca a todos nós. O sofrimento do ser humano, ao qual ele mesmo se impõe, despedaça a compaixão daquele que nos criou.

— Não adianta tentar fugir da cólera de Deus. No momento certo todos responderão pelos seus atos. Isto é tão certo quanto a morte! — exclama Fernando. — Tristes daqueles que pensam que podem.

— Nós, humanos, temos uma facilidade enorme de destruir tudo aquilo que amamos — declara seu Jaime com certo pesar. — O que é pior... Às vezes fazemos isso com um beijo ou dando risadas. O nosso egoísmo atingiu o máximo.

Fernando olha para o relógio, já são dez horas da noite. Diz que já está na hora de irem. Pedro concorda, eles se despedem do velho e vão ao estacionamento. Entram no carro de Fernando e seguem para a sede dos Templários do Novo Tempo.

Entram na marginal do rio Tietê, em trinta minutos entram na rodovia Presidente Dutra. Quase duas horas depois chegam à sede dos Templários. Deixam o carro afastado e seguem a pé. Entram, vão direto ao salão de sacrifícios e batismo, já cheio, antes arrumam roupas iguais aos membros para não levantarem suspeitas e se misturam aos demais e ficam à espera para saber o que irá acontecer.

Alguns minutos depois os quatro líderes sobem ao altar, todos encapuzados e vestidos de vermelho.

— Bem-vindos a mais uma sessão da nossa sociedade, irmãos! — saúda um dos líderes. — Devemos todos nos preparar para a vinda do Ser Superior. É chegada a hora de colhermos aquilo que estamos plantando. Quando os anjos do Senhor tocarem as trombetas anunciando sua volta, os iníquos não serão poupados!

Os numerários se agitam em palavras de ordem e purificação junto com as músicas que se repetem. Pedro avisa a Fernando para ficarem juntos e não se separarem, aconteça o que acontecer. Instantes depois, outro líder se manifesta:

— Temos de ter cuidado, irmãos! Há um grupo de desesperados que querem impedir a nossa missão. Temos de ser fortes para continuar essa batalha que nos foi imputada. Ninguém irá nos desviar dela!

— Estamos prontos! — respondem os numerários.

Outro líder levanta a mão, gesticulando muito:

— O sangue dos impuros lavará todos os nossos pecados! Todos aqueles com vida exemplar e obediente a Deus têm a honra e a missão de continuar esta jornada.

Por um instante o eco do salão parou por um defeito técnico. Era possível ouvir claramente as vozes de quem estava orando no altar. Pedro pega um timbre rápido da última voz vinda de um dos líderes. Para o seu desespero, parecia com a voz da sua mãe. "Não... Não pode ser", contesta em pensamento. "Devo estar louco!".

Não deu para ouvir mais nada. Quando o eco sumiu, os líderes se calaram para não terem suas vozes reconhecidas. Uma sacerdotisa avisa a um dos líderes que o problema já tinha sido solucionado. O último que estava discursando prossegue:

— A pureza da alma não pode ser contaminada pela podridão do corpo. Por isso não devemos nos corromper diante deste mundo cujo fim está muito próximo.

— Purificação! Purificação! — manifestam-se as sacerdotisas e os numerários.

A seguir, duas sacerdotisas são chamadas ao altar. Seus capuzes são retirados e lá estão Bianca e Ângela. Pedro tem que se controlar quando as vê.

— Um repórter está tentando destruir a nossa missão e a nossa sociedade! — anuncia um dos líderes. Ao que tudo indica, pela aparência física, deve ser o reitor, desconfia Pedro. — Nós não permitiremos que isso seja feito!

O líder é interrompido pelos gritos dos numerários.

— Todos vocês estão tentando me arruinar! — continua o líder.
— Serão arruinados primeiro! Serão todos desmascarados!

Os ânimos esquentam entre os numerários e o líder.

Neste momento, o Patriarca chega e sobe ao altar. Ele pede silêncio.

— Chega de discussão! Eu não permitirei brigas insignificantes na minha sociedade. O repórter Miguel não prejudicou os Templários... — Olha para o líder que estava batendo boca com os numerários. — Ele foi o prejudicado, entraremos em ação. Tragam o repórter aqui e lhe daremos uma lição que ele jamais esquecerá.

Outro líder chama três sacerdotisas e ordena que busquem Miguel. Stefane diz que também irá. Elas imediatamente se retiram e vão executar a tarefa. Pedro e Fernando olham um para o outro e fazem gesto para deixarem a sede dos Templários imediatamente para achar Miguel antes das sacerdotisas. Quando estão chegando ao estacionamento, duas pessoas param os dois e perguntam se o ritual de purificação já havia acabado. Dizem que não, estavam saindo para executar uma missão que lhes fora ordenada e seguem rumo ao carro.

— Você viu?! — espanta-se Fernando ao volante. — Miguel corre grande perigo!

— Nós não deixaremos que isso aconteça.

— Um dos líderes disse que Miguel já foi da sociedade, ele é desertor! — lembra ainda Fernando. — Não dá para acreditar, cara! Não sabemos mais em quem confiar!

— No restaurante Miguel mencionou algo a esse respeito — lembra Pedro. — Eu não dei muita importância. Mesmo porque ele me disse que não chegou a ser membro.

Pedro pega o celular e liga para a casa de Miguel. Uma pessoa atende. Ele não está. Liga para o celular, cai na caixa-postal.

— Droga! — esbraveja Pedro.
— O que foi?

— Não consigo falar com Miguel. Não está em casa e o celular dele só dá caixa.
— Liga na revista — sugere Fernando.
— Eu não tenho o número.
— Liga no serviço de informações.

Pedro liga no serviço de informações e pede o telefone da *Visão*. A atendente lhe passa e ele liga. A telefonista da revista atende e diz que Miguel tinha ido embora. Pedro diz que precisa falar com ele urgente e pergunta se há um lugar onde ele costuma ir. A telefonista passa o endereço de dois bares em que Miguel costuma ir com o pessoal da revista. Pedro agradece e manda Fernando pisar fundo rumo à Vila Madalena.

Chegam ao primeiro bar. Pedro desce do carro e entra à procura de Miguel. Pergunta a um atendente se apareceu por lá o pessoal da revista *Visão*. Ele diz que não. Pedro volta para o carro e diz que é para ir ao outro bar. Chegando, Pedro entra e vê um pessoal da revista e vai logo perguntando por Miguel. Eles dizem que uma moça tinha chegado e ele havia saído com ela. Pedro pergunta suas descrições físicas.

Volta correndo para o carro e diz a Fernando que Stefane tinha acabado de passar e Miguel tinha saído com ela. Os dois não sabem o que fazer. Pedro olha para a entrada do bar e vê um guardador de carro usando um colete colorido. Pedro caminha até ele, passa a descrição de Miguel e Stefane e pergunta se ele se lembra de tê-los visto. O guardador se lembra de Stefane, diz que entrou um rapaz no carro dela. Pedro pergunta se ele lembra para onde foram. Diz que seguiram o fluxo da rua e o carro havia sido interceptado por outro na esquina, passando Miguel para o outro carro. Pedro pergunta qual era a cor do carro e o guardador diz que era preto. Exatamente a cor do carro em que estavam Stefane e as numerárias.

Ele volta para o carro e conta toda a história ao amigo.
— E agora? O que faremos? — Sente um nó no estômago Fernando.

Pedro pega o celular e tenta ligar para o celular de Miguel mais uma vez. Após chamar quatro vezes, Pedro começa a ouvir vozes do outro lado da linha. Era como se alguém tivesse atendido, tentando pedir socorro. Pedro coloca o celular no alto-falante e começa a ouvir com Fernando. Eles reconhecem a voz da Stefane. De repente, Pedro e Fernando ouvem outro celular tocar do outro lado da linha. Stefane atende e após uns dois minutos ela diz que recebera ordens para voltarem para a sede dos Templários o mais rápido possível com Miguel.

Uma hora depois estão de volta à sede dos Templários, à uma e meia da manhã. Os dois vestem rapidamente os uniformes e colocam os capuzes. Em seguida, entram e vão direto para o salão dos sinais. Acreditam que lá encontrarão Miguel. Antes, numa antessala que dá acesso ao salão principal, veem quatro numerários vigiando algo, à primeira vista está deitado ao chão, amarrado.

Pedro tem uma ideia. Sussurra para Fernando, dizendo que é para os dois dizerem aos numerários que os líderes mandaram buscar Miguel. Os dois respiram fundo e entram na antessala. Os numerários perguntam se o ritual estava sendo antecipado. Respondem que sim e levam Miguel. Ao saírem, os dois vão na direção contrária do salão principal e conseguem chegar à garagem. Imediatamente, tiram o capuz de Miguel e uma fita que amordaçava sua boca. Miguel ameaça uma reação de desespero e Pedro pede que ele fique calmo para não serem descobertos. Miguel se acalma e Fernando passa para ele um uniforme dos Templários, que o veste rapidamente. Fernando diz que precisam arranjar outro capuz rápido, pois quando sentirem a falta de Miguel a coisa iria ficar feia. Saem olhando de carro em carro, procurando um capuz.

Ao olhar o último carro Fernando vê um em cima do banco do passageiro. Eles abrem a porta e pegam. Miguel o coloca. Em seguida, o estacionamento está cheio de numerários, que trancam o único portão que dá acesso à rua, dizendo que o Patriarca está exigindo a presença de todos no salão principal. A ordem é para ninguém sair. Todos se dirigem para baixo. Pedro faz gestos para Fernando e Miguel para ficarem juntos o tempo todo.

No salão, um dos líderes pede silêncio e se manifesta:

— Há traidores entre nós! Como sabem, traição não será aceita em nossa causa. O repórter que iria ser marcado pelo estigma da purificação hoje foi libertado. Ele ainda deve estar entre nós, assim como os traidores.

Outro líder toma a palavra:

— Seja lá quem quer que sejam esses traidores, que se manifestem agora, talvez sejam perdoados!

Pedro percebe que a coisa ficará feia, todos terão que tirar as máscaras. Ele sussurra para Fernando e Miguel que assim que ele disser terão que sair do salão imediatamente.

Após quatro minutos, um dos líderes fala novamente:
— Foi a última chance. Agora todos terão que tirar as máscaras!

O pelotão da frente começa a tirar as máscaras. As sacerdotisas começam a examinar todos. Pedro avisa aos dois amigos que era hora de se retirarem. Bem devagar, vão saindo e conseguem passar para outro salão. Pedro tira a máscara e fala baixinho:
— Temos que sair logo daqui! Se nos pegarem a coisa ficará preta!
— E como faremos isso? — pergunta Miguel num desespero enorme.
— Quando os membros colocarem as máscaras de volta voltaremos para onde estávamos — sugere Fernando. — Essa é a única saída.
— Nunca deixarão a gente sair daqui — continua desesperado Miguel.
— Acalme-se! — tenta passar tranquilidade Pedro. — Se entrarmos em desespero aí é que não conseguiremos sair daqui e esses filhos da puta nos pegarão!

Fernando consegue passar para trás de uma pilastra. Ele passa para outro salão e chama Miguel. Os dois olham para Pedro. Dois numerários entram na frente e tapam a visão deles. "Droga!", desespera-se Fernando. Ele manda Miguel aguardar noutro salão até Pedro conseguir deixar o principal.

Fernando dá uma rápida olhada e vê que os numerários ainda estão sem máscaras. De repente, paira um súbito silêncio para ouvirem o Patriarca. Pedro aproveita a oportunidade e chega ao salão em que estão Miguel e Fernando.
— Temos que sair logo daqui! — desespera-se Miguel. — Se nos pegarem estaremos encrencados!

Pedro agacha-se, olhando para o vasto corredor que vai dar na parte de cima.
— Eu acho que só este corredor vai para cima. Para chegarmos lá teremos que passar pelos numerários. Não tem jeito.
— Eles ainda estão sem capuzes — alerta Fernando. — Seríamos logo reconhecidos.
— Nem todos nos conhecem. Vamos passar pela última fileira de numerários até chegarmos ao corredor principal.

Tem uma ideia Pedro:

— Passem de cabeça baixa.

Fernando olha para Miguel e acabam concordando. Pedro diz que é melhor irem um de cada vez, para levantarem menos suspeitas. O primeiro a ir é Fernando. Ele passa apertado pelos numerários do fundo, de cabeça baixa, e chega ao corredor principal. A seguir é a vez de Miguel. Ele passa pelos numerários de cabeça baixa e chega ao corredor. É a vez de Pedro. Ele sabe que todos o reconhecerão. Por isso, resolve aguardar mais um pouco. Fernando e Miguel ficam aflitos esperando por ele.

Dez minutos se passam e nada do Pedro aparecer.

— Droga! Será que pegaram ele? — Soca a parede Fernando.

De repente, Pedro vem correndo e passa por eles como um foguete. Quando olham para o início do corredor um punhado de numerários correndo atrás dele. Os dois saem disparados rumo ao estacionamento. Chegando, eles não sabem para onde ir. Ouvem um assobio. Quando se viram, lá está Pedro, em cima do muro, e a escada por onde ele subiu. Vão correndo e o primeiro a subir é Fernando. Quando se viram lá vêm os numerários correndo, alguns com armas na mão e atirando na direção deles. Miguel sobe no muro e chuta a escada. Eles pulam o muro alto e vão correndo para o carro de Fernando, que o abre às pressas. Entram e saem cantando pneu.

— O que o medo não faz, cara! — exclama Fernando quase sem fôlego. — Como conseguimos pular aquele muro?

— Eles estavam atirando na gente! — berra Miguel colocando a mão no coração.

Pedro, que ainda respira rápido, diz:

— Agora que nos descobriram virão atrás de nós.

Estão todos reunidos novamente: líderes, numerários, sacerdotisas e o Patriarca, que pede silêncio:

— Deixem que vão. Não podem fazer nada contra nós. Eles terão o castigo que merecem na hora certa.

O reitor tira seu capuz, ficando à mostra, e esbraveja:

— Não podemos deixá-los fugir! Sabem tudo sobre nós!

O Patriarca olha para ele enfurecido e ordena.

— Ponha o capuz imediatamente! Não ouse me interromper!

O reitor aponta para ele:

— A sua liderança não vale mais nada para mim! É tudo culpa sua! Você teve a ideia daquela maldita disputa! Agora a minha reputação está correndo risco!

O Patriarca aponta para ele:

— Se não se calar agora será imposto à mortificação do seu corpo! A obediência é um caminho seguro. Crer é se doar ao seu superior religioso.

Os membros cercam o reitor e o ameaçam. O Patriarca ordena que não.

— Todos vocês me devem lealdade. São o que são graças a mim. Os membros ficam com os braços esticados e baixam as cabeças num gesto de gratidão e obediência. A única exceção é o reitor, que deixa a sede dos Templários.

— Irmãos! O fogo da justiça divina queimará quantos forem necessários até atingir sua pureza — exalta-se um líder. — Nenhuma alma impura escapará do fogo ardente da justiça superior. Todos sabem quanto é difícil servir. A dor pela fé é abençoada. Quem submeter-se a ela alcançará o perdão eterno.

— Mas a luta continua. Ela deve continuar e devemos ser fiéis à nossa causa — toma a palavra outro líder. — Chegará o dia em que lavaremos os nossos pés com as lágrimas do mundo e o sangue dos impuros, e os tolos que se negam a submeter-se às leis de Deus serão sacrificados sem nenhuma piedade.

O Patriarca dá a reunião por encerrada.

Pedro, Fernando e Miguel estão na pista.

— Eu nem sei como agradecer a vocês por terem salvado a minha vida — agradece Miguel suspirando longamente. — Eles me pagarão por tudo. Eu irei à imprensa e denunciarei todos eles.

— Quem acreditará em você? — indaga Pedro, que depois o aconselha. — O melhor que você tem a fazer é uma longa viagem até tudo isso passar.

— Pedro tem razão, Miguel — concorda Fernando. — Essa gente é muito poderosa. Se denunciá-los logo darão um jeito de calar você e nada lhes acontecerá. Pode apostar.

Miguel fica em silêncio. Pedro continua:

— Quanto à reportagem que você fez comigo? Será que eles darão um jeito para que ela não saia?

— Não — tranquiliza Miguel. — Eles não têm tanto poder assim. Além do mais, a matéria já está fechada. Na semana que vem estará em todas as bancas do Brasil.

— Essa reportagem é o fruto de todo o ódio do reitor. — Percorre a paisagem da estrada Fernando enquanto dirige. — Só não entendo por que essa raiva toda. A reportagem nada tem a ver com os Templários.

— Não tem a ver com ela, mas acontece que algumas semanas atrás o reitor e a Stefane tiveram uma conversa comigo e praticamente me obrigaram a prometer que eu faria uma reportagem sobre essa disputa envolvendo vocês. Taí a revolta deles.

— O mais importante agora é que você está bem e a reportagem sairá normalmente — emite boas palavras Pedro. — Mas você não pode abusar da sorte, Miguel. Faça uma viagem, tire umas férias, não diga a ninguém para onde irá.

— Eu acho que é isso que farei — convence-se Miguel. — Acho que irei à Europa.

— Só mais uma coisa... — não esquece Pedro. — Você tem que nos prometer que não contará a ninguém sobre os Templários do Novo Tempo.

— Eu prometo. Vocês salvaram a minha vida.

— Hoje você dormirá na minha casa — convida Pedro. — Será muito arriscado você ir para a sua casa hoje.

— Tudo bem. E sua irmã? Ela também é membro dos Templários.

— Não se preocupe. Ninguém verá você entrar. Amanhã sairemos bem cedo.

— Antes eu preciso passar na minha casa para pegar algumas coisas e o meu passaporte, senão, como irei viajar? — Sente um nó no estômago Miguel. — Outra coisa... Eu tenho que passar na revista para cuidar dos acertos finais sobre a sua matéria.

— Se quiser deixar pra lá essa entrevista... — sugere Pedro. — O mais importante é a sua vida. Depois pensaremos nisto.

— Nem pensar! — contesta Miguel. — Tudo isso hoje aconteceu por causa da entrevista. Se essa matéria não sair o reitor e sua filha se sentirão vitoriosos. Eu não quero nem pensar nisso.

— É verdade! — concorda Fernando enquanto reduz a marcha do carro.

— Combinado! — concorda Pedro.

Fernando liga o pisca-alerta. Os dois olham para ele preocupados, ele fala:

— Pensando melhor, eu não acho uma boa ideia Miguel dormir na sua casa. A Bianca está encarregada de matá-lo. Ainda há as suas desconfianças em relação à sua mãe, Pedro. É muito arriscado.

Miguel olha para Pedro com as sobrancelhas erguidas de espanto:

— A sua mãe também, Pedro? Não pode ser. Será que não se pode mais confiar em ninguém? Nem em nossas mães?

— Não é uma certeza. Mas há uma ligação misteriosa entre a Bianca e os Templários. Eu descobrirei.

— Faz sentido! — quase grita Miguel.

Pedro e Fernando olham para ele.

— Agora faz sentido por que não atacaram vocês dois. Só pode ser isso. O dr. Paulo, que é pai de Fernando, e sua mãe, Pedro. Se não fosse isso vocês dois estariam mortos.

Os dois pensam. Um deles percorre os quatro cantos do carro com os olhos:

— Será que eles sabem que nós sabemos de tudo?

— Eu não tenho nenhuma dúvida — afirma Miguel. — E só não fizeram nada ainda porque são filhos de dois líderes, senão...

— Faz sentido mesmo — parece decepcionado Fernando. — Lembra-se do pen-drive Pedro? Quem mais poderia tê-lo pegado?

Pedro se assusta com a possibilidade de ter sua mãe e sua irmã envolvidas em tudo e fala com certa melancolia:

— Eu não posso crer nisso! É demais para a minha cabeça.

Miguel coloca a mão no seu ombro e tenta consolá-lo:

— Não fique assim, cara. Para tomar qualquer atitude é preciso ter certeza de todas essas coisas. Afinal, são apenas suposições.

— É verdade, Pedro — apoia Fernando. — Sua mãe jamais seria líder dos Templários.

— Eu não quero nem pensar nessa possibilidade — declarou Pedro.

— Eu também me senti assim quando descobri que o meu pai era membro de uma sociedade secreta. Eu achava que essas coisas só aconteciam no cinema ou na Europa.

— Vamos dormir na minha casa esta noite — praticamente ordena Fernando. — Vamos entrar sem que ninguém nos veja. Além do mais, o meu pai nunca volta pra casa quando ele vai a algum ritual dos Templários.

— Amanhã Miguel viajará bem cedo — sugere Pedro. — Só por precaução.

Chegam à casa de Fernando, entram pela cozinha e vão ao quarto dele.

— Só estamos esquecendo uma coisa... — Deita-se no sofá do quarto Pedro. — Como Miguel conseguirá viajar para a Europa no mesmo dia.

— É verdade... Esquecemos deste detalhe — concorda Fernando.

— Mas você não precisará de visto para viajar para a Europa, dependendo do país?

— Eu sou jornalista esqueceram? Posso entrar em qualquer país sem visto.

Pela manhã saem sem serem vistos por nenhum empregado da casa e vão para a casa de Miguel. Ele arruma suas coisas, pega o passaporte e vão ao Aeroporto de Cumbica. No caminho, Miguel agradece mais uma vez.

Chegando ao aeroporto vão a um guichê e perguntam se há alguma vaga para algum voo para a Europa. A atendente diz que não há como conseguir uma passagem tão depressa. Pedro diz que se trata de uma viagem de vida ou morte. A atendente consulta mais uma vez e diz que sente muito. Fernando tem uma ideia. Ele pergunta à atendente a que horas o voo para a Alemanha sairá e ela diz que faltam duas horas. Ainda pergunta qual sala de embarque e ela mostra.

Fernando arrasta os dois pelo braço até um caixa vinte e quatro horas, pega dez cartões de crédito e faz dez retiradas de um mil e quinhentos reais cada. Pedro pergunta para que tanto dinheiro.

— Vocês já vão saber.

Chegam na sala de embarque, onde estão somente as pessoas que viajarão. Fernando começa a examinar cada uma. Pedro e Miguel não entendem nada. Fernando mira um homem de meia-idade sentado sozinho, diz que já volta e se aproxima do homem.

Cinco minutos depois Fernando volta com a passagem, entregando-a Miguel.

— Aqui está a sua passagem para a Europa, Miguel.

Pedro nem acredita no que está vendo e ri sem parar.

— Eu ofereci quinze mil pela passagem e o homem aceitou, ora!

O alto-falante faz a primeira chamada do voo. Miguel agradece mais uma vez, despede-se e segue para a pista. Pedro e Fernando seguem para o estacionamento.

— Para que cidade da Alemanha ele está indo? — pergunta um.

— Eu não sei. Ele não falou — responde o outro.

— É melhor sabermos caso aconteça alguma coisa. Nunca se sabe — sugere Fernando, voltando ao guichê.

Ele pergunta à atendente para que cidade da Alemanha está indo o avião que acabara de partir. A atendente olha a tela do computador e responde que o avião está indo para Berlim. Ele agradece e depois vão embora.

— E agora? O que será? — pergunta Fernando, olhando para o amigo engatando a terceira marcha.

— Vamos agir como se estivesse tudo bem.

— O grande problema será exatamente esse. Agir como se estivesse tudo bem.

— Sabe de uma coisa... — muda de assunto Pedro. — Eu estive pensando em voltar à USP normalmente. Pelo menos esta semana.

— Grande ideia! — entusiasma-se Fernando. — Já imaginou a cara do reitor e da Stefane ao verem você de volta?

— Amanhã iremos — Pedro parece ter sido contagiado pelo entusiasmo de Fernando. — Precisamos descobrir mais coisas sobre os Templários para pegarmos todos eles de maneira que não possam escapar. Nenhum deles, cretinos!

— Para isso temos que arranjar provas — lembrou Fernando não muito animado. — Eles são espertos demais para deixarem provas. Sabem que estamos na cola deles.

— Você já deu uma olhada no quarto do seu pai ou no seu escritório?

— O quarto dele é muito bem fechado. Ninguém entra lá a não ser ele.

— Nada que o Caio não resolva — sugere Pedro.

— É verdade. Amanhã chamaremos o Caio e entraremos no quarto do meu pai.

No dia seguinte pela manhã, Fernando passa na casa de Pedro e seguem para a casa de Caio. Pegam-no e seguem para a casa de Fernando. Caio, desconfiado, pergunta o que querem desta vez. Pedro responde que essa será uma missão fácil.

Chegam, entram e sobem direto para o luxuoso quarto do dr. Paulo.

— Aí está a sua missão de hoje — avisa Fernando. — Abrir a porta deste quarto.

— De quem é este quarto? — quer saber o rapaz meio assustado.

— Do meu pai, ora...

— Posso saber por que querem abri-lo?
— Abre a porta, Caio — insiste Pedro. — Estamos perdendo tempo. O dr. Paulo pode voltar. Não seja desmancha-prazeres!
Caio dá uma examinada na porta e diz que não será fácil abri-la, mas tentará. Ele diz que precisará de duas chaves de fenda de tamanho diferente, de um alicate fino. Passam-se quinze minutos e Caio não consegue abrir a porta.
— Este cadeado tem segredo de tempo programado, a fechadura é de titânio — avisa Caio. — Precisarei de uma ferramenta especial ou de uma chave-mestra inglesa.
— E onde conseguiremos essas coisas? — pergunta Fernando.
— Vamos à casa de um amigo — Caio diz, levantando-se. — Ele tem o que precisamos.
Vão ao carro de Fernando e seguem para a casa do amigo do Caio. Uma hora depois estão de volta com a ferramenta especial e a chave-mestra. Sobem para o quarto do dr. Paulo novamente.
— Agora vamos ver se eu não abrirei essa porta! — exclama Caio enfiando a chave-mestra na fechadura, que se abre num segundo. Pedro e Fernando, que estão de pé atrás do amigo, apenas prestam atenção. Caio pega a chave em forma de V e insere uma das pontas no cadeado e começa a girá-lo no sentido horário. Alguns segundos depois o cadeado é aberto. Empurra a porta e diz:
— Pronto! Aí está!
— Eu sabia que você não iria nos decepcionar — elogia Fernando, passando para dentro do quarto do pai.
— Você é um perfeito ladrão, cara! — exclama Pedro socando o ombro do amigo.
Começam a vasculhar tudo. Primeiro olham no guarda-roupa de madeira fina e não encontram nada. Depois, olham dentro da cômoda e também não há nada. Olham num suporte que tem acima da cama e nada. Fernando vai para o banheiro e logo volta dizendo que lá também não há nada.
Caio passa para dentro do quarto e pergunta o que estão procurando. Dizem que estão procurando por documentos.
— Estão procurando nos lugares errados — explica ele. — Geralmente as pessoas guardam documentos importantes dentro de cofres, seus dois ladrões de araque.

Os dois param e ficam em silêncio. Fernando olha para um dos cantos do imenso quarto do pai e vê um quadro de Di Cavalcanti pintado na década de sessenta. Aproxima-se do belo quadro e o retira. Detrás dele há um grande cofre.

— Eu falei pra vocês! — exclama Caio.

Pedro e Fernando olham para ele como se dissessem que é para ele abrir o cofre. Ele olha para os dois:

— Não olhem para mim. Abrir portas até que consigo, mas cofres...

— É muito importante sabermos o que tem neste cofre! — persiste Fernando. — E só você pode nos ajudar.

Caio olha para os lados e diz que irá tentar. Os dois amigos o agradecem. Ele, então, começa a examinar o cofre.

— Será mais difícil do que imaginei — declara ele não muito animado. — Este cofre funciona com um sistema de abertura de tempo programado depois de acionado. Não sei se conseguirei.

— Nós acreditamos em você! — não desanima Pedro.

Após alguns minutos, Caio pega sua chave-mestra em forma de V e insere uma das pontas no segredo do cofre. Após quatro tentativas, ele não consegue abri-lo. Caio pede o celular de Fernando, liga para um amigo e pede informações de como abri-lo. O amigo de Caio pergunta-lhe como é o cofre. Ele passa as informações e recebe outras.

— Eu preciso de fios bem finos de cobre, um pouco de éter, um isqueiro e de um pouco de pólvora — avisou Caio após algum tempo de conversa no celular.

Fernando desce do quarto e diz que já volta. Vinte minutos depois ele traz tudo o que Caio havia pedido e passa para ele.

— Isto não deixará sinal de que alguém mexeu no cofre? — preocupa-se Pedro.

— Fica frio, meu chapa — tranquiliza Caio.

Em seguida, Caio insere a chave no segredo do cofre novamente, coloca os fios de cobre que foram separados de um a um e molhados no éter, coloca a pólvora e manda os dois amigos se afastarem. Então, acende o isqueiro e coloca fogo nos fios. Quando o fogo atinge a pólvora, o cofre se abre.

— Pronto! — diz Caio apontando para o cofre aberto. — Aí está!

Pedro e Fernando ficam espantados ao verem o cofre aberto. Logo começam a tirar os documentos e a examiná-los. Após algum tempo começam a separar tudo. Pedro se levanta, dá mais uma olhada no cofre e vê um envelope grande de cor marrom. Ele pega-o e o abre. Dentro uma fita VHS e muitas fotos dentro de outro envelope. Eles preferem não vê-las na presença de Caio.

Juntam com os outros documentos que tinham separado e pedem para Caio fechar o cofre. Ele faz a mesma coisa que fez para abri-lo e o fecha, sem deixar qualquer pista de que ele tivesse sido aberto, e vão deixar Caio na casa dele.

Pedro e Fernando seguem para um restaurante e começam a examinar as fotos. Nelas estão nomes de antigos membros dos Templários, ocupações e uma conta num banco com nomes de pessoas que depositavam muito dinheiro. Também há informações das pessoas que a sociedade impôs ao estigma e marcaram com sinais nos seus rituais. Examinam cautelosamente para tentar achar pelo menos uma foto do Patriarca sem capuz, mas não acham. Mas acham cartas de ameaças e provas de extorsão e chantagens.

— Com todo este material mandaríamos todos para a cadeia! — declara enfurecido Fernando. — Aqui tem de tudo: extorsão, ameaças, chantagens, dinheiro não declarado para a Receita Federal.

— Não mandaríamos! — discorda Pedro. — Eles são mesmo espertos. Veja que em nenhuma das fotos há algum líder sem capuz. Eles são o que importa. Os numerários não significam nada.

— Você acha que eles iriam dar ponto sem nó? Se forem descobertos só os numerários pagariam por tudo. Agora vamos assistir à fita e ver o que há nela.

— Coisa boa não deve ser — imagina Pedro.

— Vamos à casa da d. Maria assistir.

— É melhor irmos à casa do seu Jaime — sugere Pedro.

— Pode crer! — Levantam-se e seguem para a casa do velho.

Chegando, tocam a campainha, o ex-professor manda-os entrar.

— Quais são as novidades, rapazes?

— Muitas — informa Pedro, que lhe passa as fotos.

Enquanto ele as examina, Fernando conta o que aconteceu no sábado, que Miguel havia viajado e tinha os sinais dos Templários mar-

cados no seu corpo. Seu Jaime pergunta sobre a reportagem da revista e é informado de que ela sairá normalmente no próximo final de semana. O velho fica perplexo ao ver as fotos e diz que o dr. Paulo e os outros líderes dos Templários são mesmo inteligentes, nenhum deles aparece sem o capuz em nenhuma das fotos, elas praticamente não valem como provas, pois nenhum dos líderes pode ser identificado.
— Ainda achamos esta fita — mostra Pedro.
O seu Jaime chama um empregado e manda-o providenciar um vídeocassete. O empregado volta com o aparelho e o instala na televisão da sala. Antes de se retirar, avisa que não é para ninguém entrar na sala sem ser chamado. Pedro insere a fita no vídeo e logo começam as primeiras imagens um tanto quanto antigas. Elas mostram rituais de purificação dos líderes, alguns batismos dos numerários, sacerdotes e sacerdotisas, além de algumas escritas com provérbios antigos, discursos dos líderes e do Patriarca e uma grande placa, com o seguinte dizer:

É chegado o tempo da redenção, irmãos. É chegado o tempo de purificar nossas almas e lavar os nossos pecados com o sangue dos Impuros e dos Infiéis.

Patriarca,
Líder Supremo da Purificação.
Verbo Ser — Número um.
Garras de Leão.

Buscai decifrar o Enigma. O Estigma e os Sinais do Arrependimento.

— É algum tipo de provérbio? — pergunta Pedro apertando a tecla *pause*.
— Isso não está em nenhum lugar — afirma seu Jaime. — Eles devem ter inventado. Tudo indica que seja algum tipo de provérbio para o Patriarca.
— Também acho — desconfia Fernando. — Afinal, ele é o maioral, não é?
Pedro aperta *play* e a fita recomeça. Três minutos depois Fernando manda Pedro pausar. Ele aperta a tecla mais uma vez e Fernando pega o controle das mãos dele e volta a gravação um pouco até chegar aonde ele quer.

— Vejam isto... Vejam quem está no canto de baixo do vídeo.
— É o Miguel! Está um pouco diferente, mas dá pra reconhecê-lo — apontou Pedro. — Eu acho que é a época em que ele era membro da sociedade.
— Não é só isso — pede para olhar com mais atenção Fernando.
— Veja o que ele está segurando... É um papel com um número na mão e uma chave com outro pedaço de papel na outra mão.

Pedro se aproxima da televisão, olha com mais atenção e diz que está vendo, mas não dá para ver com clareza o que está escrito, e que chave seria aquela. Ficam quase uma hora tentando ler o que está escrito no papel que Miguel segura e não conseguem.

— Nunca conseguiremos ler — desanima Pedro. — As imagens são muito ruins.
— Temos de descobrir o que está escrito e que chave é essa! — insiste Fernando. — Pode ser alguma pista.
— Por que Miguel nunca comentou isso conosco? — intriga-se Pedro.
— Vai ver ele se esqueceu.
— Já sei! — tem uma ideia Fernando. — Vamos a um profissional de vídeo. Talvez ele consiga ampliar essas imagens.
— É verdade — concorda seu Jaime. — Ampliando as imagens certamente dará para ler o que está escrito e talvez descobrir que chave é essa.

Pedro e Fernando saem. Após rodar algum tempo conseguem achar um homem entendido em vídeo. Dizem que precisam ampliar algumas imagens. O homem pede a fita e se sentam na frente de uma televisão. Quando chega a parte em que Miguel está segurando o papel e a chave, Fernando pede a ampliação daquela imagem para tentar ler o que está escrito no papel e que chave é aquela. O homem retira a fita do vídeocassete e chama os dois até outra sala. Ele insere a fita em outro aparelho que tem dois cabos conectados a um computador e, após apertar algumas teclas, a imagem aparece no monitor grande e legível. A chave é dourada, com uma pequena corrente vermelha. Em um dos papéis que Miguel está segurando está escrito:

Armário 44. Aeroporto de Congonhas
Procurar a d. Angélica e perguntar pela chave
Redenção e Purificação

Fernando pede que seja impressa apenas a imagem da chave. A impressão é colocada num envelope e entregue a ele, que pergunta quanto custa o serviço. Pagam e pedem que se alguém aparecer fazendo perguntas, não é para dizer nada, ele nunca viu nenhum dos dois. O homem pega o dinheiro e diz que tudo bem. Os dois voltam para o carro e seguem direto para o aeroporto de Congonhas.

— O que é isso? Um enigma? — não entende muito Fernando.

— Agora Miguel se comunica através de códigos.

— Eu também não entendi essa gravação — admite Pedro. — É muito estranho, para não dizer suspeito. Mas vamos até o aeroporto ver o que há no armário.

Cinquenta minutos depois chegam ao aeroporto. Estacionam o carro e vão até o local em que ficam os armários, parando em frente ao de número quarenta e quatro.

— Veja a fechadura deste armário — aponta Pedro.

Fernando olha e vê que a fechadura é diferente das demais; dourada como a chave.

— Temos que achar a tal Angélica e pegar a chave. — Sai andando Pedro.

Vão ao guichê de informações e dizem que querem falar com a d. Angélica. Uma mulher manda-os irem até uma das salas da administração do aeroporto e procurarem pela secretária dela. Vão à administração e perguntam pela secretária da d. Angélica. Outro funcionário os encaminha à sala da mulher que estão procurando. Eles entram e dizem que querem falar com a d. Angélica.

— Posso saber o que desejam com a dra. Angélica?

"Doutora!", exclama Fernando em pensamento, percorrendo a sala com o olhar.

— É um assunto importante, mas é particular. Só pode ser com ela — avisa Pedro.

— Eu não posso anunciá-los sem antes me dizerem do que se trata — informa a secretária. — Infelizmente.

— É muito importante — insiste Fernando.

— Se eu anunciá-los sem informar do que se trata posso perder o emprego.

— Diga a ela que nós viemos buscar uma chave — informa Fernando, tirando a foto da chave do envelope e mostra à secretária. — Uma chave como esta aqui.

— É uma chave de armário. Se perderam as chaves não é este o setor...

— Diga-lhe que precisamos que ela nos entregue a chave da purificação das almas — interrompe Pedro, que ainda reclama em pensamento: "Não acredito que disse isso!".

Após Pedro mencionar "chave da purificação" a secretária pede que eles aguardem um pouco e entra na sala da sua chefe.

— Viu? — sussurra Fernando. — Depois que mencionou purificação ela entrou e foi nos anunciar.

— É verdade! — confirma Pedro com a pulga atrás da orelha.

A seguir a secretária volta, abre a porta e manda-os entrar na sala da dra. Angélica. A mulher manda-os sentar.

— Em que posso ajudá-los? — perguntou a senhora tentando não dar muita atenção.

Pedro sabe que a mulher está desconfiada e dificultará para entregar a chave.

— A senhora tem certa chave. Nós precisamos dela.

— A minha secretária não lhes informou que chave perdida é em outro setor?

Pedro apoia-se na mesa da doutora:

— Redenção e purificação!

Ela encara-o por alguns minutos e se levanta a seguir. Vai a um cofre, abre-o e retira uma chave, entregando-a a Fernando, que a coloca no bolso. Pedro pede a chave, examinando-a:

— Não é esta a chave que viemos buscar. — E a coloca em cima da mesa. Pede a impressão a Fernando. — Uma chave dourada, igual a esta aqui.

A mulher volta a abrir o cofre e entrega a chave dourada.

— Como está Miguel?

Os dois amigos ficam surpresos com a pergunta e informam que ele viajou. A senhora encara os dois com um olhar desconfiado.

— Ele disse que esse dia chegaria...

— Qual dia, doutora? — Pedro a interrompe, debruçando-se sobre a mesa.

— Tomem cuidado com as informações que terão a partir desta chave — ela os aconselha, dirigindo-se à porta. — São gente muito perigosa. Eles não perdoam.

* * *

Agradecem e se retiram, voltando ao setor do aeroporto em que ficam os armários. Inserem a chave na fechadura e abrem o armário. Dentro, uma caixa pequena dourada.

— Só tem isso — informa Pedro. — Vamos embora. Depois abriremos a caixa.

Voltam ao estacionamento. Fernando pede a Pedro que dirija o carro e pega a caixa dourada, examinando-a. Ele olha para Pedro:

— Tem alguma coisa escrita no fundo da caixa.
— O que é?
— "Oh, Santa Trindade, rogai por nós, almas impuras".
— Não é "rogai por nós, pecadores"?
— É o que está escrito aqui, meu chapa!
— Precisamos dar um jeito de abrir essa caixa e ver o que há dentro dela.

— Não precisamos — responde Fernando, virando a caixa de lado e mostrando para Pedro uma chave encaixada numa abertura de vidro. Pedro para o carro no acostamento, Fernando abre-a e retira da caixa dois envelopes brancos.

— É só isso que tem aí? — espanta-se Pedro ao ver os dois envelopes.

Fernando olha mais uma vez e diz que sim. Pedro pega um dos envelopes, abre-o e nele há um pedaço de pano vermelho escrito em letras pretas:

Biblioteca Municipal de Moema.
Corredor 17 — História — Identificação 319AA.
Livro — Sociedades Secretas Modernas.
Página 715.

— Mas que droga é essa? — Balança a cabeça Pedro. — Alguém está brincando com a gente. Algum cretino está nos fazendo de otários!

Fernando abre o outro envelope e, nele, metade da página de um livro, escrito:

Verbos Dominantes dos Líderes dos
Templários do novo Tempo e suas Definições.
Saber — Número Cinco — Águia.

Querer — Número Quatro — Tigre.
Dominar — Número Três — Cobra.
Obedecer — Número Dois — Touro.
Ser — Número um — Garras de Leão — Patriarca.
Ordem Hierárquica dos Templários do Novo Tempo.
5º — Águia.
4º — Tigre.
3º — Cobra.
2º — Touro.
1º — Garras de Leão — Patriarca.

A página termina. Pedro também dá uma examinada.
— São cinco líderes e não quatro, como pensávamos — esclarece Fernando.
— Eu pensei que o meu pai fosse o principal líder depois do Patriarca...
— Ficou desapontado? — brinca Pedro sorrindo. — A continuação deve estar no livro da biblioteca. Só pode ser.
— Então, vamos lá e matar logo essa charada — interessa-se Fernando.
Pedro engata a primeira e seguem para a Biblioteca Municipal de Moema.

Já são quase quatro horas da tarde quando chegam à biblioteca. Entram e assinam a lista de presença. Em seguida, perguntam a uma das atendentes onde ficam os livros de História. Ela os leva ao corredor dez e lhes diz que vai dali até o corredor vinte e cinco. Eles agradecem e a mulher os deixa sozinhos.
— Vamos ao corredor dezessete.
Chegam ao corredor e Pedro sugere a Fernando que comece a olhar os livros pela direita, enquanto o outro vai pela esquerda. Após uma hora de procura Fernando diz estar exausto, demorará um dia até examinarem todos os livros. Pedro concorda e vão até a recepção, chamam outra funcionária e perguntam onde eles podem achar livros que falem sobre sociedades secretas. Ela os leva até o corredor dezessete e diz que do meio dele para frente todos os livros tratam do assunto. Agradecem mais uma vez e começam a procurar pelo livro 319AA.

— Achei! — solta um grito Fernando.
Pedro corre até ele e abre o livro na página setecentos e quinze.
— Não é esse! — diz Pedro quase desanimado.
— Tem muitos livros que tratam do assunto. — Balança a cabeça Fernando. — Vamos ficar aqui até amanhã para achar o bendito livro trezentos e dezenove. Seria melhor perguntar a uma atendente.
— Vamos fazer isso — está exausto Pedro. — Vamos perguntar pelo livro.
Eles vão à recepção pela terceira vez e a mesma atendente olha para os dois já com cara de brava.
— Desculpe-nos — dirige à atendente Pedro, já meio sem graça.
— É que precisamos achar um livro que fala das sociedades secretas modernas para fazermos um trabalho importante de faculdade.
— Todos os livros que abordam esse assunto estão no corredor em que acabei de deixá-los. — Olhou para os dois por longos segundos a atendente. — Estão todos lá.
Fernando encostou-se no balcão:
— Precisamos de um livro específico. Foi um amigo que nos indicou. Inclusive, ele pegou aqui também. Se eu não me engano é o livro... — E ele olha para o amigo.
— Trezentos e dezenove — afirma Pedro. — Ele teve uma boa nota com ele. Por isso nós também queremos esse livro.
— Então, esperem um pouco que eu vou ver se ele está na biblioteca — avisa a atendente, que começa a mexer nas teclas do computador.
Dez minutos depois a atendente os chama dizendo que o livro que eles querem está emprestado a um estudante do Ensino Médio.
"Não é possível!", esbraveja Pedro em pensamento. "Só pode ser brincadeira!", esbraveja também Fernando.
Pedro fica do lado da atendente, de frente para o computador:
— Nós precisávamos tanto deste livro...
— Infelizmente, ele só será devolvido depois de amanhã — informa a atendente. — Há muitos livros que abordam esse assunto. Escolham outro.
— Tudo bem — agradece Pedro, que se afasta e chama Fernando para irem embora. Vão para o estacionamento e entram no carro.

— Agora vamos ter que esperar dois dias para descobrirmos os nomes dos líderes dos Templários do Novo Tempo — não se conforma Fernando.

— Não, não vamos — sorri Pedro.

— Você não ouviu o que a mulher disse? Só depois de amanhã o livro será devolvido.

— Acontece que eu vi o nome e o endereço do estudante que pegou o livro quando fiquei do lado da atendente. Ele é meu xará.

— Você é um gênio, Pedro! — Solta uma boa risada Fernando.

Pedro dá partida no carro e vão à procura do estudante. Quarenta e sete minutos depois eles chegam na rua em que ele mora.

— É nesta rua — informa Pedro. — No número sessenta e oito.

Fernando põe a cabeça para fora do carro e diz que é no sentido contrário. Pedro manobra o carro e para em frente ao número que estão procurando.

— E agora? O que diremos ao seu xará? — Sai do carro e fica olhando para a casa Fernando. — Que viemos buscar uma página do livro que ele pegou na biblioteca?

— Eu não sei. Mas teremos que dizer alguma coisa — diz Pedro descendo do carro.

Os dois ficam de frente para a casa e tocam a campainha. Uma mulher abre a porta e pergunta o que desejam.

— Nós queremos falar com Pedro — diz Pedro.

— Quem são vocês? São amigos dele?

— Eu sou Pedro e este é Fernando. Na verdade, ele pegou um livro de História hoje na Biblioteca Municipal e nós precisamos fazer algumas anotações que só há livro. É muito importante.

— Entrem que eu já vou chamá-lo — convida a educada senhora, achando muito estranha aquela história.

Eles se sentam no sofá. Em seguida, a mulher volta com seu filho.

— Olá! Tudo bem, Pedro? — apresenta-se Fernando.

O rapaz dá uma recuada de espanto ao ver os dois estranhos.

— De onde eu conheço vocês?

— Na verdade, não nos conhecemos — usa todo seu carisma Pedro. — Eu sou Pedro e este é Fernando. Estivemos na biblioteca hoje para fazer um trabalho sobre as sociedades secretas modernas, mas o livro que nos interessa está com você.

— E por que não pegou outro? — questiona o rapaz. — Lá o que mais tem é livro que fala sobre esse assunto.

— É que o assunto que teremos que falar só tem nesse livro — explica Fernando. — Se você pudesse nos emprestar por alguns minutos ficaríamos muito agradecidos.

O rapaz fica alguns segundos olhando para os dois desconhecidos achando muito estranha toda a história. Pedro e Fernando se calam, esperando uma resposta.

— Tudo bem — diz ele. — Vou pegar o livro.

Os dois amigos respiram fundo. Em seguida, o jovem volta com o livro nas mãos e o entrega a Fernando, que pergunta ao garoto onde podiam tirar cópias. A mãe dele fala de uma papelaria a dois quarteirões. Fernando diz que já volta.

Minutos depois ele volta e devolve o livro ao rapaz, agradecendo muito. Pedro também agradece, entram no carro e vão embora.

— Tirou cópia da página? — pergunta Pedro.

— Sim. E você não vai acreditar quando vir o que tem escrito nela.

Pedro dá uma freada brusca e pede a metade da página. Ele junta com a que eles pegaram no aeroporto e na página estão os nomes de quatro líderes, com seus respectivos verbos, e o desenho dos animais que os definem do lado dos nomes.

Saber — Águia — **Jônatas**. Buscai a sabedoria da essência!
Provérbio — É tempo de redescobrir o saber da Santa Alma do Pai e fazer Sua vontade.
Querer — Tigre — **Stefane**. Quereis a vontade do Pai!
Provérbio — Tudo queremos naquele que nos fortalece, tudo podemos no seu sangue puro.
Dominar — Cobra — **J. R.** Domínio da fé pelo espírito!
Provérbio — Dominais a vontade da carne para que a alma seja regozijada pela alma suprema da purificação.
Obedecer — Touro — **Paulo**. Obedeceis aos Templários e renegais a sua vontade.
Provérbio — Obedeceis a vontade divina e renegais a sua. Assim seu sangue se tornará puro.
Estátua sem rosto — **Azevedo** — Líder oculto. Vasta obediência e sabedoria.

Provérbio — Seguir os passos do Patriarca para substituí-lo no momento certo.
Ser — Garras de Leão — **Patriarca**. Sereis o domínio e a obediência para saber edificar-nos no querer da vontade do Pai.
Provérbio — É chegado o tempo da redenção. É chegado o tempo de purificar nossas almas e lavar nossos pecados com o sangue dos Impuros e dos Infiéis.
Patriarca dos Templários.
Líder Supremo da Redenção e da Purificação.

— O que está escrito aqui nós já sabemos — exclama Pedro. — Jônatas é o nome do reitor. E veja também que há um líder supremo. O Patriarca.

— Tudo isso vai muito além do que imaginávamos. Essa sociedade é bem organizada, temos que admitir. Veja que o verbo "ser" está destacado e se resume a partir dos outros. Isso significa que ele é o líder máximo dos Templários — observa Fernando. — E não o meu pai, como pensávamos.

— Os verbos dominar e ser parecem estar em código. Quem serão esses dois?

— Eu não sei, mas precisamos descobrir — fala com determinação Fernando. — Uma coisa está sendo boa pra você.

— O quê? — pergunta Pedro.

— A sua mãe não está envolvida nessa sujeira toda.

— Talvez! — exclama Pedro. — Veja no verbo dominar, a líder começa com L F E. O nome de solteira da minha mãe é Lúcia Ferreira. Silva é o sobrenome do meu pai.

— Eu não tinha pensado nisso! Temos que ter certeza de que se trata da sua mãe antes de tomarmos qualquer decisão.

— Deve ter alguma pista nesta página para descobrirmos quem é esse terceiro líder e descobrirmos quem é o líder máximo dessa sociedade secreta.

Examina a página mais uma vez, diz que não vê nenhuma pista. Fernando pede a página e começa a examiná-la também. Depois, devolve-a ao amigo e diz:

— Olhe no canto esquerdo logo abaixo. — E passa a página de volta para Pedro.

Pedro olha com atenção e diz que não vê nada. Fernando manda-o encostar a página perto dos olhos, mas Pedro diz que não vê nada. Fernando pede a página.

— Está escrito em letras minúsculas, mesmo assim eu consigo ler — declarou Fernando. — Aqui está escrito: "Sobre uma mesa de vidro iluminada, coloque a página de ponta cabeça e olhe com uma lente de aumento".

— É incrível! — Sorri irônico Pedro. — Tudo isto está parecendo enigmas antigos, ou melhor... Aqueles filmes do Sherlock Holmes.

— Não vamos desistir agora, cara! — injeta ânimo no amigo Fernando. — Já estamos bem próximos de descobrir tudo sobre os Templários. Agora que sabemos que a sociedade tem um líder máximo, precisamos saber quem é.

— Tudo bem — anima-se Pedro. — Mas só amanhã conseguiremos arrumar uma mesa de vidro iluminada e uma lente de aumento.

— É isso aí, Pedrão! Agora vamos pra casa tomar um banho.

No dia seguinte cedo Fernando passa na casa de Pedro. Sobe até seu quarto e o acorda. Após Pedro se levantar, eles descem e vão tomar café. D. Lúcia vai até a cozinha e pergunta se vão sair. Dizem que sim e saem. Vão à casa da Janete.

— Que surpresa boa vocês aqui na minha casa! — recepciona a amiga, que os manda entrar. — A que devo a honra da visita?

— Por acaso, Janete, você não teria uma mesa de vidro transparente? — perguntam.

— Mesa de vidro? — não entende. — Pra que precisam de uma mesa de vidro?

— A gente precisa descobrir um endereço que está nesta página — explica Fernando. — Só se consegue ver através de uma mesa de vidro e uma lente de aumento.

A moça acha estranha toda aquela história e diz a eles que não tem a tal mesa, mas que tem um amigo que trabalha com vidros de todos os tipos e que pode ajudá-los. Ela passa o endereço do amigo e manda dizer que foi ela que os mandou.

Chegam ao endereço e procuram pelo amigo da Janete e ele os recebe. Pedro conta tudo o que querem saber. O rapaz pega a página, coloca-a em cima de uma mesa, pega uma lente de aumento, ele não consegue ver nada.

— Quem disse a vocês que poderia ver isto numa mesa de vidro informou errado — explica o rapaz. Ele chama seu irmão e conta tudo, o mesmo diz que só conseguirão visualizar alguma coisa sobre um vidro temperado escuro com uma lâmpada por baixo dele. Eles perguntam onde conseguirão arranjar o vidro e os leva a outro salão.

— Acho que este vidro aqui resolve o problema. — Mostra, puxando uma tomada com uma lâmpada, colocando-a embaixo da mesa em que está o vidro, iluminando-o.

Fernando põe a página sobre a mesa de ponta cabeça para o lado de onde estão. Logo, um dos irmãos encosta a lente de aumento na parte de baixo da página e diz que as letras são bem pequenas, mas que está conseguindo visualizar o que está escrito.

— Então, diga-nos! — pede os dois amigos.

— Podem ler vocês mesmos.

Fernando pega a lente de aumento e se inclina sobre a mesa. Depois, passa a lente para Pedro, que também dá uma olhada.

Museu de Arte Moderna. Acervo das Esculturas.
Réplica do Rei Davi. Debaixo da Estrela.

Use a inteligência para as informações obtidas.
Use sabedoria para fazer justiça.

Eles agradecem aos dois irmãos e perguntam quanto custou o serviço. Eles dizem que não custou nada, só tinham feito uma coisa simples e rápida. Fernando e Pedro agradecem mais uma vez e se vão.

— Vamos ao Museu de Arte Moderna — entusiasma-se Pedro já dentro do carro.

— Vamos, sim! — igualmente entusiasmado Fernando.

Já são quase três horas da tarde quando chegam ao MAM. Deixam o carro no estacionamento e entram. Passam na recepção, compram ingressos, assinam a lista de presença e vão direto ao acervo das escul-

turas. O museu está cheio de visitantes. Os dois param em frente à réplica da estátua de Davi, rodeada de gente.
— E agora? Como conseguiremos achar o que tem aí? — sussurra Pedro ao pé do ouvido de Fernando.
— Não sei. Temos que dar um jeito de pegar o papel que está na estátua — fala Fernando.
— Já que estamos aqui vamos dar uma olhada nessas esculturas todas — convida Pedro. — Talvez depois das cinco da tarde o museu esteja mais vazio.
Assim eles fazem um pequeno passeio pelo museu. Já são quase cinco horas quando voltam ao acervo das esculturas e ficam em frente à estátua de Davi novamente, já com o salão mais vazio.
— É agora ou nunca! — quase grita Fernando, começando a examinar a estátua, mas não vê nada. Um funcionário do museu se aproxima, dizendo-lhes que não podem tocar as estátuas.
Após o funcionário se afastar eles voltam para junto da estátua. Um fica na frente e o outro atrás dela.
— Aqui está o que procuramos! — praticamente berra Pedro, levantando um pedaço de papel. — Vamos embora!
Pedro abre a página e passa para Fernando, que olha com atenção. Está escrito:

Homem de aparência justa, serena e sofrível.
Com sua bengala mortal. Da amizade ao sacrifício. Vigiai.

— É quem eu estou pensando mesmo? — não quer acreditar Fernando.
— É ele mesmo — abate-se Pedro. — É seu Jaime!
Fernando leva as mãos ao queixo e fica pasmo, quase sem reação.
— Parece que agora todo mundo resolveu ser membro de uma sociedade secreta! — diz ainda abatido Pedro.
— Todo mundo, não! — corrige Fernando. — Aquelas pessoas que nós conhecemos recentemente, sem contar o meu pai e a sua irmã. Tudo isso parece uma espécie de jogo. Nós devemos ser as peças principais.
— Deve ter mais alguma pista que nos leve a entender o porquê de tudo isso — suspeita Pedro, dando mais uma examinada no papel.

— Eu já estou ficando cansado de tudo! — demonstra estresse Fernando.
— Aqui está mais um enigma — devolve o papel para o amigo Pedro. — Eu falei. Alguém está de brincadeira conosco. Agora é numa igreja. Só faltava isso para completar o jogo.
— Catedral da Sé? É demais para o meu juízo!

Catedral da Sé. Na estátua do Cristo morto.
Debaixo da cabeça da estátua.
Última pista e mais importante de todas.
Toda quarta-feira, às três horas da tarde.
"Purificação da Alma". Palavra-chave.
"Templários! Templários!". Resposta.
Homem rezando, buscando a redenção.

— Pelo menos é a última pista para descobrirmos tudo — alivia-se Fernando, quase desanimado.
— Hoje é terça-feira — lembra Pedro. — Amanhã iremos à catedral, pegaremos essa última pista e montaremos esse quebra-cabeça.
— Vamos embora. Já é tarde — demonstra cansaço Fernando. — Ou melhor, vamos para a USP. Você mudou de ideia? Só tem aula esta semana até entrarmos de férias.
— Não mudei nada — afirma Pedro. — Vamos direto para lá. Já são quase cinco.
— Vamos, então — fala Fernando dando partida no carro.

Às dez para as seis eles chegam na USP. Estacionam o carro e vão se encontrar com os outros estudantes no ponto de sempre. Quando todos veem Pedro é uma alegria só. Vão cumprimentá-lo e parabenizá-lo. Muitos prometem não entrar nas salas de aula caso o reitor proíba Pedro de entrar mais uma vez. Ele diz que não quer mais confusão e que todos podem assistir às aulas normalmente. Pedro avisa que está pensando em trancar a faculdade até as coisas se acalmarem. Os alunos dizem que ele não deve fazer isso e tentam fazê-lo mudar de ideia. Pedro diz que não continuará com a faculdade, pois o foi o pai do Fernando quem o encaixou na USP, e ele não quer mais ficar devendo favores.

Às quinze para as sete todos entram e vão para as salas. O reitor é informado da presença de Pedro, mas ele resolve não causar mais transtorno e prefere deixar as coisas como estão. Sabe que Pedro logo irá desistir da faculdade. Stefane vai até sua sala e exige que ele ordene que Pedro seja retirado da universidade, porém, o reitor, já furioso, não lhe dá ouvidos e manda-a voltar para sua aula. Na sala, Pedro e Stefane se olham. A professora de Filosofia e todos os alunos da sala dão boas vindas aos dois amigos.

Pedro acorda cedo e vai até a banca de jornal. Ele pede uma revista *Visão* ao jornaleiro, na capa está estampada uma foto sua com a seguinte matéria:

"O Estudante Revolucionário da USP"

Ele pensa: "Agora é que eu quero ver!". Fernando liga, diz que está com a revista em mãos, já leu toda a matéria e agora a coisa iria esquentar de verdade. Pedro diz estar preparado. Marcam de se encontrar às duas horas da tarde para irem à Catedral da Sé.
O telefone da casa de Pedro não para de tocar. Ele diz à sua mãe que não está para ninguém, pede o carro do seu irmão e vai à casa de Fernando. Eles conversam na sala. O dr. Paulo chega. Pedro o cumprimenta. Ele pega a revista que está em cima da mesa:
— Opiniões polêmicas essas suas... Pregar a dissolução do Congresso é muito perigoso. Isso pode arruinar sua carreira como jornalista.
— Perigoso é continuar como está — reafirma Pedro suas convicções. — Isso, sim, está se tornando perigoso e inaceitável.
— Vai chegar o dia em que o povo acordará e dará um basta — apoia Fernando. — Só assim o Brasil será o país do futuro de fato.
— A política é complicada. Por isso se chama política — responde o dr. Paulo. — Não é tão fácil como imaginamos. Na teoria todos fazem tudo, surgem com ideias mirabolantes, mas na prática nada acontece.
— Desde o início o povo tem o poder de decidir tudo, mas ele custa acordar — rebate Pedro com sarcasmo. — Mas sempre acorda, mais cedo ou mais tarde.
— Você ficará famoso, Pedro — ironiza o dr. Paulo. — Não é isso que sempre almejou? Agora irá curtir este momento. Mas cuidado para não tropeçar nessa fama súbita e estragar o seu futuro.
— Não é isso que eu busco, dr. Paulo — esclarece Pedro. — Tudo na vida é consequência, com exceção da mentira e da maldade.

O pai de Fernando não entende a indireta.

— Depende do ponto de vista de cada um e dos seus atos. Saibam de uma coisa... O que fazemos em vida é o que determinará o tamanho da nossa culpa após as nossas mortes. Não se esqueçam jamais.

— O tamanho da mentira determinará o peso dos nossos pecados, tanto na vida quanto na morte! — exclama Fernando. — A justiça sempre funciona, seja dos homens ou a divina.

O dr. Paulo, após ouvir as palavras, diz que tem que ir ao escritório e se retira.

— Você já está mesmo famoso, Pedro!

— Algo me diz que essa fama durará muito pouco.

— O que está te atormentando?

— Imagine quando os nobres deputados lerem esta matéria e souberem que tem alguém que quer deixá-los desempregados. Ficarão furiosos, aqueles hipócritas sem pudor! — imagina Pedro dando risadas sarcásticas.

Fernando também ri.

— Você não tem com que se preocupar. Vivemos num país livre, em que as pessoas têm liberdade pra dizer o que quiserem e o que pensam.

— Acontece, meu caro, este é exatamente o problema. Muitos se escondem atrás da democracia pra cometerem atos ilícitos e repugnantes, como é o caso dessa sociedade criminosa que estamos investigando. Praticam o mal em nome de Deus.

— Mas não adianta — fala Fernando. — O que fazemos neste mundo, seja coisa boa ou ruim, pagamos antes de morrer. Esta é uma lei da vida e ninguém escapa dela.

Pedro olha o relógio e diz que já está na hora de irem à Catedral da Sé para pegarem a última peça do quebra-cabeça da sociedade secreta. Fernando diz que está pronto.

Às duas e vinte e cinco chegam na catedral. Entram e se sentam na primeira fileira. Pedro vai até a imagem de Cristo Morto e começa a examiná-la. Um padre se aproxima e pergunta se pode ajudá-los. Pedro agradece e diz que só está admirando a arquitetura. O padre diz que ali é um lugar para se buscar paz espiritual, não para matar curiosidade. Os dois, então, saem da catedral e ficam nas escadarias.

Às três horas em ponto um homem usando capuz de padre com um envelope na mão entra na igreja. Pedro e Fernando se sentam. O homem se senta na terceira fileira, ajoelha-se e começa a rezar.

— Será que é esse quem estamos esperando? — sussurra Fernando.

— Só pode ser ele — responde Pedro.

O padre vai ao altar, coloca algo e olha para eles, novamente com cara de bravo. Após cinco minutos Fernando sussurra para Pedro que eles devem ir até o desconhecido e perguntar se é quem estão esperando. Pedro se lembra do que estava escrito na última pista.

— Já sei... — fala Pedro, levantando-se indo em direção ao desconhecido, ainda de joelhos. Senta na fileira de trás, coloca a mão no ombro do homem e fala baixinho:

— Purificação da alma.

O desconhecido vira-se para ele e diz:

— Não me interrompa.

— Desculpe, eu o confundi com um amigo. — Levanta-se e, quando está voltando, o desconhecido diz quase sussurrando:

— Templários. Templários.

Pedro volta-se para ele, sentando-se ao seu lado.

— O que tem pra mim, afinal?

— Informação. Ao tê-la, tome cuidado com o que irá fazer.

— Só falta essa peça para montar esse quebra-cabeça — declara Pedro.

— Não podemos conversar aqui — teme o desconhecido, que se levanta e entra na primeira capela da catedral.

Pedro vai atrás dele, Fernando nota que achou a pessoa e também entra na capela. O desconhecido passa o envelope para Pedro:

— O restante da informação está na imagem do Cristo.

— Nós já olhamos nela e não achamos nada — informa Fernando.

— Olhe com mais atenção — aconselha o homem, que se retira da capela.

Pedro e Fernando voltam ao corredor em que fica a imagem e começam a examiná-la mais uma vez. Nove minutos mais tarde Fernando solta um berro dizendo que havia achado algo debaixo dos pés da imagem. Pedro se aproxima e Fernando já está com outro envelope nas mãos. Os dois ficam de pé e caminham para o portão de saída da catedral. Quando já estão quase fora ouvem o som de um tiro vindo da capela. Os dois olham para trás e ficam sem ação.

— Vamos embora daqui! — exclama Fernando apavorado.

— Alguém foi baleado dentro da igreja! Vamos ver quem é! — berra Pedro, dirigindo-se de volta para dentro da igreja. Quando chega na porta, o desconhecido que lhe entregara a última pista está deitado no chão, em volta de uma grande poça de sangue, morto. Fernando também chega e Pedro aponta para o homem.

— Vamos sair daqui! — diz Fernando puxando Pedro pelo braço. — Se nos pegarem seremos acusados de assassinato!

Quando vão saindo o padre chega. Ao entrar na capela e ver um homem morto no chão, olha para os dois, para os envelopes que seguram, aponta para eles e começa a chamá-los de assassinos. Duas pessoas saem dos fundos quando escutam os gritos. O padre manda chamar a polícia e diz a Pedro e Fernando que é para ficarem onde estão até as autoridades chegarem. Fernando se desespera e sussurra ao amigo que se eles não saírem imediatamente estarão encrencados. Pedro entende o recado e os dois saem correndo da igreja. O padre vai atrás deles, mandando-os voltar, mas eles não querem nem saber. Correm para o estacionamento onde está o carro e vão embora.

— Estamos numa encrenca daquelas! — Fernando diz, preocupado, dirigindo o carro.

— Nós não matamos aquele homem — tenta passar tranquilidade Pedro. — Não há o que temer. Somos inocentes!

— Diga isso à polícia quando chegarem! Seremos os principais suspeitos! — continua preocupado Fernando. — Quando perguntarem o que estávamos fazendo dentro de uma igreja no meio da semana às três horas da tarde, o que responderemos?

— Isso é verdade. Estamos numa encrenca dos diabos! — exclama Pedro.

Fernando encosta o carro e diz que é melhor voltarem à igreja, assim a polícia verá que eles não estão fugindo. Pedro diz que se fizerem isso serão presos em flagrante. Os dois entram em desespero.

— Já sei! — quase grita Pedro. — Vamos à casa do seu Jaime.

— Ao que tudo indica, ele também está envolvido nessa sujeira toda, não está? — não gosta muito da ideia Fernando.

— Não temos outra saída — insiste Pedro. — Toda a polícia estará atrás de nós.

Fernando engata a primeira marcha no carro:

— Então, vamos à casa do seu Jaime. Mas acho que faremos uma grande bobagem.

Às seis e meia chegam à casa do velho, que os recepciona.
— Que surpresa boa, rapazes! Vamos entrando.
Cada um dos dois visitantes segura um envelope. Seu Jaime olha para eles:
— Acabei de ler a sua entrevista na *Visão*, Pedro. Foi uma bela entrevista.
Os dois amigos, muito desconfiados, não dizem nada.
— A que devo a honra da visita? Desistiram mesmo da faculdade?
— Ainda não, seu Jaime — responde Fernando. — Estamos tentando resolver o Caso dos Templários. Depois voltaremos a pensar nos estudos.
— Pois não deviam. Os estudos em primeiro lugar.
O som do telefone tocando soa noutra sala. Três minutos depois uma empregada entra com um aparelho sem fio e o entrega ao velho. A pessoa do outro lado da linha deseja falar com ele com urgência.
O ex-professor pega o aparelho:
— Como vai? Sim. Ah... Por quê? — Seu Jaime olha para os dois e só ouve a pessoa falar.
Pedro e Fernando ficam desconfiados com os gestos suspeitos do velho, que olha para eles levantando as sobrancelhas. Um olha para o outro. "Algo não está cheirando bem", desconfia Fernando em pensamento, que faz um sinal para Pedro para saírem dali o mais rápido possível. Fernando olha o vasto corredor da sala principal, medindo a distância até a saída num único pensamento: sair dali correndo.
— Eu darei um jeito de segur... — continua o velho, que não termina a frase. — Mas não demore muito, por favor.
Uma ruga sulcou a testa de Pedro de cima a baixo. Vira para Fernando e faz sinais de que é para eles saírem mesmo dali. Seu Jaime desliga o telefone. Ele se vira para os dois visitantes e tenta passar normalidade, mas sua expressão denuncia-o. Ele os convida para jantar, disca algum número no telefone, chamando alguém rapidamente.
Fernando, meio aflito, com a voz embargada, diz que não podem ficar, têm um compromisso. O ex-professor insiste para que fiquem e se retira para outra sala, apoiando-se na sua bengala e diz que já vol-

ta. Seu Jaime volta e, junto com ele, um de seus empregados, que aponta um revólver:
— Não posso deixá-los sair daqui. São suspeitos de assassinato. Estou muito decepcionado com vocês, rapazes.
— Não matamos ninguém, seu Jaime! — declarou Fernando, gritando de desespero.
— O senhor acha que seríamos capazes de matar alguém, seu Jaime?! — exclama Pedro em meio a um turbilhão de pensamentos. — Eu pensei que fosse nosso amigo!
— Se não mataram ninguém então não têm o que temer. — Senta-se o velho sacando também uma arma. — A polícia está a caminho.
Fernando pega uma pequena estátua de gesso que está sobre o centro e lança-a na cabeça do empregado, levando-o a desmaiar. Ele pega a arma e a aponta para o velho:
— Solte a arma, seu Jaime! — ele está bravo. — Não me force a fazer uma besteira!
— Nós não matamos ninguém, seu Jaime! Não vamos aguardar a polícia chegar para nos prender! — Pedro reforça.
O velho larga a arma e permanece sentado. Os dois saem às pressas. Antes de entrarem no carro, Fernando joga a arma no gramado do jardim.
Quando já estão na rua veem três carros da polícia passar com as sirenes ligadas e entram na mansão do ex-reitor da USP.
— A coisa tá ficando preta para o nosso lado! — diz Fernando assustado com toda aquela confusão. — E agora, o que faremos?
— Não sei! Estamos encrencados até os dedos dos pés! — responde Pedro angustiado. — Não podemos nos entregar, senão seremos acusados de assassinato.
— Desgraçados! — Soca o volante do carro quatro vezes Fernando. — Eles são mesmo maquiavélicos. Foi tudo armação desde o início. Eu sabia!
— Não podemos dizer sim ou não — afirma Pedro. — Até termos certeza, todos são suspeitos. Minha irmã, o seu pai, o seu Jaime, Stefane e o reitor. Todos!
— Agora somos fugitivos! — desespera-se Fernando. — Não temos mais a quem procurar!
— Temos uma pessoa...
— Quem?! — interrompe Fernando.

245

— O professor Joaquim. Só ele pode nos ajudar agora.
— E se ele também for membro dos Templários ou estiver envolvido?
— Nesse momento desgraça pouca é bobagem, meu chapa. — Balança a cabeça Pedro. — Temos que correr o risco.
— Então, vamos à casa dele — acaba concordando Fernando, já com o carro em movimento novamente.

Estão em frente à casa do professor Joaquim. Um olha para o outro e decidem descer do carro. Pedro se dirige ao portão e toca a campainha. Uma mulher vem atendê-lo. Ele diz que deseja falar com o professor Joaquim. Ela diz que irá chamá-lo. Pedro chama Fernando, ele fecha o carro e os dois se sentam no sofá.
O professor Joaquim entra na sala.
— Pedro! Fernando! — fica feliz. — Que surpresa boa!
Os dois se levantam, pegam na mão do professor e Fernando vai logo avisando:
— Estamos numa enrascada danada, professor...
— O que aconteceu? — interrompe-o.
— Estamos sendo procurados pela polícia — informa Pedro.
— Por quê?
— Irão nos acusar de assassinato — informam.
— O quê?! — Senta-se o professor Joaquim com uma expressão de surpresa e angústia. — E como foi isso?
Sentam-se e Pedro diz que contará tudo desde o início.

Na casa do seu Jaime, o investigador Renato Meneses entra no escritório dele.
— Os seus amigos estão muito encrencados, dr. — informa o investigador. — São os principais suspeitos de assassinar um homem dentro da Catedral da Sé.
— Não precisa me contar os detalhes porque já sei de tudo — fica bravo seu Jaime.
O investigar se senta:
— Ah, é... E como ficou sabendo tão rápido?
— Os rapazes me contaram. Estiveram aqui, esqueceu?
— Não esqueci. Responda-me uma coisa, dr... Qual era sua relação com os acusados?

— Pare de me chamar de doutor, investigador! — irrita-se mais uma vez seu Jaime. — Nós éramos amigos. Eles sempre me pareceram bons rapazes. Como podem ter assassinado alguém?
— As aparências enganam, sr. Jaime. Tudo indica que a sua casa foi o primeiro lugar que eles vieram após o ocorrido na igreja. O senhor pode me dizer por que não foram para as suas casas e vieram pra cá?
— Ora essa! Eu não sei. Só eles podem responder.
— Eles disseram alguma coisa sobre o que aconteceu na igreja?
— Eu perguntei, mas estavam nervosos. Já sabem quem é a pessoa que eles mataram?
— As coisas não são tão rápidas assim. E além do mais, isso ficará em segredo até descobrirmos o que aconteceu naquela igreja.

Seu Jaime abre o cofre do escritório, pega um maço de dinheiro e coloca-o na ponta da mesa bem próximo do investigador:
— Se você me informar tudo sobre o caso será bem recompensado, investigador.

O investigador Renato olha para o maço de dinheiro:
— Tentativa de suborno é um crime grave, sr. Jaime.
— Então, temos aqui um moralista! — ironiza. — Diga o seu preço, afinal, todos nós temos um.

O investigador se levanta, caminhando até a porta de saída.
— Terá que depor na delegacia, sr. Jaime. Até lá, não saia da cidade. — E se retira.

Na casa do professor Joaquim, após ouvir toda a história ele não quer acreditar que o seu Jaime possa estar envolvido com os Templários, nem a irmã de Pedro.
— E os dois envelopes que vocês pegaram na catedral. Já viram o que há neles?

Pedro e Fernando se olham e respondem juntos:
— Não!
— E onde estão os envelopes?
— No carro — responde Fernando, que se levanta para buscá-los.

Enquanto isso, o professor comenta com Pedro que a entrevista que ele dera para a *Visão* estava repercutindo mais do que o esperado.
— Uma coisa não tem nada a ver com a outra — tem um lapso de pensamento Pedro. — Ou tem?

— Só teremos a resposta quando juntarmos todas as peças desse quebra-cabeça — afirma o professor.
— Eu não sei mais em quem acreditar — confessa Pedro. — Parece que agora todo mundo resolveu buscar redenção numa sociedade secreta.

Fernando volta com os envelopes. Pedro pega um, o professor Joaquim pega o outro e os abrem. No envelope de Pedro há uma foto de um homem usando terno, num lugar que ao que tudo indica seja o Congresso Nacional em Brasília, uma fita VHS e uma carta em que está escrito:

> Nem todos são o que parecem ser.
> Eles sabem que estão juntando todas as provas.
> Quando souberem de tudo tomem uma atitude. Desmascare-os ou será apenas sangue derramado.

No envelope que o professor segura tem um punhal revestido em ouro, um pedaço de pano vermelho e outra carta:

> Com este punhal devem marcar os líderes com o estigma da redenção, no mesmo local onde tantos foram marcados.
> O Patriarca deve ter o rosto coberto com a cor do sangue para ser marcado pelo seu próprio sinal de redenção e purificação.

No envelope tem ainda uma lista de possíveis simpatizantes e contribuintes dos Templários. Após verem tudo, os dois amigos e o professor olham um para o outro e dão um enorme mergulho no silêncio.

— Isso só pode ser brincadeira! — exclamou Pedro alguns minutos depois. — Esta pessoa que está nos enviando todas essas coisas quer que sacrifiquemos os líderes!
— Até que não seria uma má ideia — declara Fernando numa mistura de revolta e justiça. — Nada mais justo do que ver os líderes de uma sociedade secreta serem sacrificados pelo que eles mesmo acreditam.
— Não sinta tanto ódio no coração — aconselha o professor. — Você não é como eles.
— Agora precisamos assistir a este filme. — Pedro está com a fita na mão.

O professor se levanta e diz que já volta. Ao retornar com um vídeocassete, instala o aparelho na televisão da sala e pede a fita, inserindo-a no mesmo. Uma imagem em preto e branco, de uma qualidade não muito boa, inicia-se no televisor, mostrando o reitor, Stefane, o dr. Paulo e uma terceira pessoa, encapuzada. Estão em fileira, esperando alguma coisa. Usam mantos avermelhados e seguram um punhal cada, num local que parece ser a sede dos Templários.

O professor Joaquim aperta a tecla *pause*:

— Por que só um usa capuz?

— Gostaríamos de saber também — responde Fernando.

Voltam a assistir. Outra imagem aparece. O dr. Paulo sobe no altar, faz um corte no braço e deixa cair algumas gotas de sangue dentro de um cálice cor de ouro. A seguir, faz um pequeno discurso no qual exalta o início da sociedade, cuja finalidade é purificar, enaltecer e marcar com sinais de estigma aqueles que têm sangue impuro e corrompem seus corpos. É a vez de o reitor fazer um corte no braço e derramar sangue dentro do cálice, também faz discurso de exaltação aos Templários. Pede obediência e lealdade aos numerários, sacerdotes, sacerdotisas e líderes, e diz que andarão juntos na busca pela redenção da alma e pela purificação daqueles que infringem a lei divina. Depois é o Patriarca, que usa capuz, faz o mesmo.

— A obediência é um caminho seguro. Crer é se doar ao seu superior religioso. Por isso vocês me devem obediência e beberão do meu sangue. A redenção e a purificação são atos divinos. Não pertencem a nós. Apenas devemos andar segundo sua vontade.

Ele toma o cálice na mão, bebe o sangue dos três líderes e se vangloria, dizendo que aquela sociedade secreta lavará as impurezas do mundo com o sangue dos impuros e pelos sinais dos Templários.

Fernando leva as mãos à boca e quer vomitar. Pedro toma o controle das mãos do professor e pausa:

— Espere um pouco... Falta um líder.

— Isso mesmo — lembra Fernando. — São cinco líderes. Nesta fita só tem quatro.

— Vai ver o quinto líder só entrou algum tempo depois — opina o professor.

— Não... — discorda Pedro. — Estão sempre juntos nas reuniões dos Templários.
— Se iniciaram juntos, onde vocês imaginam que está o outro líder? — não entende o professor.
— Não sabemos, mas temos que descobrir — disse Fernando em palavras incisas.
— Isso não faz diferença — fala o professor.
— Faz, sim — vai contra Pedro. — Eles têm participação nessa sujeira toda. Terão que pagar por tudo seja lá quem for.
— Ah! Nós nos esquecemos! — lembra-se de alguma coisa Fernando. — O outro líder é Jônatas, que também é filho do reitor.
— É verdade! Eu tinha esquecido — lembra-se também Pedro.
— Então, isso quer dizer que a minha mãe não tem nada a ver com os Templários!
— Esperem um pouco... — chama a atenção o professor Joaquim com a expressão fechada de surpresa. — O reitor não tem filho chamado Jônatas... Esse era o nome do filho do seu Jaime que morreu. Pelo menos essa é a história que todo mundo sabe.
Pedro olha para Fernando e não sabem o que pensar ou dizer.
— Essa história está muito estranha... — continua o professor. — A sujeira é bem maior do que se imagina!
— Só nos resta então descobrir quem faz parte desta sujeira toda e fazer com que todos eles paguem por tudo — fala, determinado, Fernando.
Continuam a assistir ao vídeo. A próxima imagem é a nomeação dos numerários, sacerdotes e sacerdotisas, além da divisão hierárquica. Em seguida, mais uma pessoa tem seu corpo marcado com os sinais, ao som de músicas gregorianas. O líder máximo pronuncia os verbos dominantes dos líderes dos Templários e suas forças em forma de animais. Diz ele "Saber, Águia. Querer, Tigre. Dominar, Cobra. Obedecer, Touro".
A seguir, vangloria-se mais uma vez, definindo-se com o verbo Ser e sua força como "Garras de Leão". O professor Joaquim aperta a tecla *pause* mais uma vez, vindo em sua mente uma lembrança como um foguete:
— Então, pelo que eu entendi, Garras de Leão é à força do líder máximo?

— Isso mesmo — afirma Fernando. — Ainda tem o líder oculto.

— Vejam só... — continua o professor perplexo. — Certa vez, na casa do Jaime, numa de suas festas extravagantes, ele subiu ao quarto e estava demorando. Eu subi para chamá-lo e quando cheguei à porta do quarto ele estava vestindo sua camisa, mas deu perfeitamente para ver duas garras de leão grandes tatuadas nas costas dele.

— Você tem certeza? — pergunta Pedro.

— Tenho. E ainda deu pra ver um quadro de leão na parede.

— Agora não resta mais dúvida! — declara Pedro com uma expressão mais de surpresa do que de tristeza. — O seu Jaime é mesmo o líder máximo dos Templários do Novo Tempo. Ele é o Patriarca.

— E lhes digo mais... — continua o professor com palavras angustiadas. — Ninguém jamais entra no quarto dele. Nenhum empregado, amigo ou parente. Nem mesmo seus filhos. No dia em que fui até lá ele me deu uma tremenda bronca, dizendo que era para esperar lá embaixo, que ele não gostava que ninguém entrasse no quarto.

— Ele deve ter coisas comprometedoras no quarto — suspeita Fernando. — Deve ter todas as provas de que precisamos. Precisamos pegá-las!

O professor se levanta e fica pasmo ao ouvir.

— Seria uma boa descobrir o que aquele velho desgraçado esconde no quarto dele — esbraveja Pedro. — Só não sei como conseguiríamos fazer isso.

— Entrando lá, ora! — exclama Fernando. — Existe outra maneira?

O professor olha para todos os lados.

— Vocês estão falando sério? Querem entrar na casa do Jaime sem que ele saiba?

— Se não fizermos isso estaremos numa bela encrenca — lembra Pedro. — Com certeza todas as provas das quais precisamos estão lá. Com elas podemos desmascarar todos os membros dessa sociedade criminosa.

O professor, ainda não convencido, diz:

— Se essas provas existirem devem estar num cofre ou algo parecido.

Pedro e Fernando se olham e dizem em uníssono:

— Caio!

— Quem é Caio? — quer saber o professor.
— É um amigo nosso. Ele abre qualquer cofre — respondem.

Eles vão até a varanda da casa após terminarem de assistir à fita, olham para o céu estrelado e Fernando desconfia:

— Eu acho que o seu Jaime só se aproximou de nós para nos vigiar e saber todos os nossos passos quando começamos a descobrir coisas sobre os Templários.

— Ele conseguiu enganar a todos — confessa o professor. — Eu nunca poderia imaginar que o Jaime pudesse ser líder dessa sociedade secreta.

Pedro olha para os dois, uma ideia brota em sua mente:

— Após entrarmos no quarto do seu Jaime e pegarmos todas as provas iremos primeiramente à imprensa antes de irmos à polícia.

— Essa gente é poderosa — admite o professor. — É a coisa mais sensata a fazer.

Fernando muda de assunto:

— Eu só não entendi por que o seu Jaime nos disse que o filho dele estava morto.

— Eu também não entendi — confessa Pedro. — Não tem sentido dizer que uma pessoa está morta sem que ela esteja.

— Muita coisa está sem explicação nessa história toda — afirma o professor com palavras revoltosas. — Essas pessoas terão que pagar por todas essas coisas. Quando pretendem entrar na casa do Jaime?

— Amanhã mesmo — responde Fernando.

— Não seria perigoso voltar lá em tão pouco tempo? — pergunta o professor.

— O seu Jaime não está esperando que voltemos na casa dele tão rápido — anima-se Pedro. — Nós o pegaríamos de surpresa.

O professor finalmente se convence:

— A casa do Jaime é o último lugar que alguém imagina que vocês voltem.

— Quando tivermos as provas seremos inocentados e eles irão pagar por tudo o que fizeram — fala Fernando com sede de justiça.

O professor olha para os dois:

— E vocês, o que farão? A esta altura toda a polícia deve estar atrás de vocês.

— Iremos à casa do seu Jaime e tentaremos pegar as provas que ele guarda no quarto. Depois iremos à polícia — reafirma Fernando.

— Não podem andar com o seu carro, Fernando — aconselha o professor. — Serão facilmente presos.

— Eu não tinha pensado nisso — concorda Pedro, que se vira para Fernando. — Se andarmos com o seu carro seremos presos logo.

— Com qual carro andaremos, então?

O professor olha para eles e diz que podem ficar com o carro e guardar o do Fernando na garagem. Agradecem e dizem que vão indo, ainda têm que ir à casa de Caio. O professor os acompanha até a garagem e os dois se apossam do seu FOX 1.6.

Às três horas da manhã chegam à casa de Caio. Tocam a campainha três vezes e ninguém vem atendê-los. Fernando resolve tocá-la algumas vezes e alguém começa a abrir a porta. Caio aparece com cara de sono e surpreso.

— Pedro, Fernando... O que fazem aqui a esta hora?

Os dois praticamente empurram Caio casa adentro, dizendo que precisam da ajuda dele, é um caso de vida ou morte.

— A sua mãe está desesperada atrás de você, Pedro! — informa Caio. — Ela já me ligou centenas de vezes.

— Eu não posso falar com eles. Você tem que vir conosco, Caio.

— É verdade o que dizem? Que mataram um homem dentro da Catedral da Sé?

— No caminho a gente explica tudo — tem pressa Fernando. — Agora vamos.

— Vou me vestir. Não posso sair nu! — avisa Caio indo em direção ao seu quarto.

— Outra coisa, Caio... — pede atenção Fernando.

Ele olha para trás e Fernando termina:

— Pega aquela ferramenta que abre cofre. Vamos precisar dela.

Caio nem acredita no que está ouvindo e segue para o quarto balançando a cabeça.

Minutos depois ele volta com a pequena caixa.

— Qual cofre abriremos desta vez?

Pedro e Fernando sorriem, entram no carro e seguem rumo à casa do seu Jaime. Uma hora depois param na rua atrás da casa.

— Esta é a casa que temos de entrar — informa Fernando apontando.

— Peraí... — Caio ficou pasmo ao ouvir. — Vocês querem dizer que invadiremos esta mansão e arrombaremos um cofre? É isso? Fernando afirma que sim.

— E como acham que faremos isso? — não quer acreditar Caio.

— Esta casa é uma fortaleza, provavelmente cheia de alarmes.

— Nossas vidas dependem disso, Caio! — explica Pedro. — Estamos sendo acusados de assassinato injustamente. A prova da nossa inocência pode estar nesta casa.

Caio fica em silêncio, pensa um pouco:

— Vamos tentar entrar.

Saem do carro e ficam em frente ao muro.

— Temos que pular o muro — ordena Caio. — Não se esqueçam... Se algum alarme tocar daremos o fora rapidamente.

Pedro e Fernando entendem o recado. Em seguida, Caio diz que farão uma escada humana para que ele possa subir e dar uma espiada no que tem do lado de dentro do muro. Fernando faz o primeiro degrau, Pedro faz o segundo subindo nas costas dele. Em seguida é a vez de Caio subir nas costas de Pedro e escalar o muro. Ele examina o lado de dentro com um binóculo e diz que não está vendo nenhum cachorro, ao que tudo indica, nenhum alarme também. Ele manda o próximo subir, é Pedro, ficando apenas Fernando. Caio, então, pergunta a Pedro e Fernando se estão com seus celulares. Eles respondem que sim. Caio diz a Fernando que é melhor ele ficar, se alguém aparecer ou alguma coisa acontecer ele deve ligar para o celular de Pedro, deixando tocar duas vezes e manda Pedro deixar seu celular no vibra.

Descem do lado de dentro do muro da casa do seu Jaime. Com muita cautela entram na cozinha. Não tem ninguém. Caio começa a entrar em ação. Ele abre a porta com uma chave-mestra e passam para o lado de dentro. Caio faz um sinal para Pedro e eles passam pela primeira sala, pela segunda, até chegarem na principal. Pedro faz um sinal para Caio que eles terão de subir as escadas. Eles sobem devagar até chegarem num corredor. Caio chega bem próximo de Pedro e sussurra:

— Agora me mostre o quarto do velho.

Pedro levanta os dois ombros, dando a entender que não sabe qual é o quarto.

— Temos que descobrir — sussurra Caio de novo. — Não podemos perder tempo.

Pedro começa a abrir todas as portas do corredor e só encontra uma fechada. Ele desconfia que aquele possa ser o quarto do seu Jaime. Olha para Caio e aponta para a única porta que está fechada. Caio se aproxima, diz que após abri-la só ele entrará, o velho pode estar dormindo. Abre a porta e surge um vasto e belo quarto, com móveis raros e caros, não há ninguém. Caio volta à porta e diz que Pedro pode entrar.

Caio abre a caixa de ferramenta e manda Pedro procurar pelo cofre. Pedro diz baixinho que dará uma olhada em tudo antes. Ele abre todas as gavetas com muita atenção, não acha nada. Caio começa a olhar no imenso guarda-roupa, tira todos os papéis e também não vê nada. Pedro resolve olhar debaixo da cama e lá vê uma pequena caixa de bronze. Ele a puxa para que Caio possa vê-la.

— Deve ser uma caixa de objetos pessoais — sussurra Caio.

— Vamos levá-la conosco — fala Pedro.

Caio se levanta, olha para uma bela cortina que roda quase toda a parede e começa a passar a mão sobre ela. Quase perto da cama ele sente alguma coisa áspera. Ao levantar a cortina vê um grande quadro com um desenho de duas garras de leão em moldura em ouro. Ele chama Pedro e mostra o quadro.

Pedro leva a mão ao queixo e se lembra do que o professor Joaquim havia dito sobre o quadro. Seu pensamento corria dentro do seu coração angustiado, já sem nenhuma dúvida de que o seu Jaime era o Patriarca dos Templários. "Agora só falta descobrir qual a razão de ele ter criado essa sociedade secreta", pensou com um pouco de ódio.

Caio puxa uma cadeira e pede para Pedro se afastar. Ele quer ver se tem algum cofre atrás do quadro. Sobe na cadeira e consegue tirá-lo. Pedro o ajuda a colocar no chão e lá está o cofre.

— Aí está o que viemos procurar — cochicha ele.

— Você é mesmo genial, seu desgraçado, gente boa! — elogia Pedro.

Caio manda ele se afastar mais uma vez para ele abrir o cofre. Pedro vai à porta e fica observando. O abridor de cofres examina e abre sua caixa de ferramentas. Em seguida pega uma caixa de pólvora, uma caixa de fósforos, uma caixa com fios de cobre e um vidro de éter. Caio coloca um pouco de pólvora molhada com o éter no orifício do cofre, faz uma trança de fios de cobre e insere sobre a pólvora molhada, deixando dez centímetros de fio molhado com éter pendurado.

Pedro, de braços cruzados, encostado na porta, assiste a tudo boquiaberto com a habilidade do amigo, que se aproxima dele e diz que irá esperar alguns segundos até o éter penetrar nos fios.

Em seguida, Caio acende um palito de fósforo e toca fogo na ponta dos fios que estão pendurados. O fogo sobe rapidamente e ouve-se uma pequena explosão e uma fumaça que toma conta dos arredores da cama. Quando a fumaça passa vê-se que o cofre está aberto. Pedro olha para Caio e arregala os olhos. Os dois se aproximam do cofre, no qual há muitas coisas: dinheiro, joias, papéis e uma caixa pequena trancada com um cadeado.

Retiram tudo, com exceção das joias e do dinheiro, e começam a examinar atentamente. Pedro fica pasmo com os documentos comprometedores que relatam um a um os membros dos Templários do Novo Tempo e seus respectivos cargos.

— O Fernando tinha razão... — sussurra Pedro. — Esses documentos nos inocentarão e todos aqueles cretinos irão para a cadeia.

— Pegue tudo e vamos sair daqui — avisa Caio.

Pedro abre a mochila que carrega, coloca todos os documentos e as duas caixas. Caio começa a fechar o cofre novamente, pega um pedaço de pano, umedece-o com éter e limpa a parte externa sem deixar nenhum vestígio que fora aberto. Começam a descer as escadas da casa. Quando estão na primeira sala Pedro ouve a voz do seu Jaime vindo do escritório. Faz um sinal para Caio que pode ir que ele já vai. Aproxima-se e começa a ouvir seu Jaime esbravejar ao telefone. Suas últimas palavras são: "Agora um investigador da polícia metido a honesto não me deixará em paz! Tudo por causa daqueles dois! Se descobrirem alguma coisa muitas cabeças vão rolar! Ache-os e os entregue à polícia! A nossa sociedade não pode ser atingida!".

Pedro se revolta com as palavras do velho. Ele continua: "Vamos condená-los, mesmo com o Paulo sendo contra. Depois não poderá fazer nada. Ache-os o mais rápido possível antes que falem o que sabem. Outra coisa... Mande algum numerário vigiar o Joaquim. Se ele estiver dando cobertura ao Pedro e Fernando já sabe o que tem que ser feito".

Pedro não quer ouvir mais e começa a voltar para o muro onde Caio o aguarda ansioso. Escalam-no e descem. Fernando corre até eles e diz que não estava aguentando tanta aflição. Pergunta a Pedro se ele tinha achado alguma prova e Pedro responde que não só uma, mas várias coisas que podem incriminar todos os membros dos Templários. Fernando fica feliz ao ouvir. Caio entra no carro e pergunta se os dois ficarão conversando na rua. Eles saem das imediações da casa do seu Jaime.

— Nós somos perfeitos ladrões! — Pedro exclama olhando os dois amigos.

Na casa do seu Jaime, ele ainda conversa com o reitor.
— Após a reportagem de Pedro eu ficarei desmoralizado perante todos os alunos da USP. O que é pior... Terei de pedir demissão — lamenta o reitor. — Não poderei continuar como reitor.
— Isto é uma ameaça? — pergunta seu Jaime irado. — Não venha a esta altura bancar o covarde! Caso tenha mesmo que pedir demissão não ficará desamparado. Eu lhe darei apoio financeiro.
— Não se trata apenas de dinheiro! — irrita-se também o reitor. — Trata-se de status e da minha carreira, que levei tantas décadas para construir. Eu não serei execrado perante todos por causa desta maldita sociedade, da qual me arrependo muito de ter sido membro.
— Não me venha com essa conversa de arrependimento — esbraveja seu Jaime. — Se formos descobertos você sabe que eu jamais serei preso. Esqueceu que nenhum membro jamais viu o meu rosto?
— Eu não pagarei por tudo sozinho! — ameaça o reitor. — Se eu for descoberto apontarei cada um dos membros!
— Não me ameace! — grita o líder máximo dos Templários. — Não pode quebrar o juramento que fez quando se tornou membro da minha sociedade!
— Eu não vou perder o meu cargo na USP! Se isto acontecer estarei arruinado! — pede ajuda indiretamente o reitor.
— Farei o possível para mantê-lo como reitor — promete seu Jaime. — No sábado teremos uma reunião para conversarmos sobre esses acontecimentos. Avise aos outros líderes. — E desliga o telefone na cara do reitor.

Do outro lado da linha, o reitor coloca o telefone no gancho. "Eu não serei humilhado sozinho. Todos pagarão", promete a si mesmo em pensamento.

Seu Jaime fica irado com as ameaças do reitor e promete a si mesmo que se ele abrir a boca se arrependerá. Em pensamento, ainda se diz:

"Ele não sabe do que sou capaz!". Pega o telefone e liga para um detetive de polícia amigo seu, que pergunta o que ele quer àquela hora da madrugada. O líder dos Templários diz que precisará dos serviços dele e marca uma reunião ao meio-dia na casa dele.

Pedro, Fernando e Caio continuam perambulando pelas ruas em plena madrugada sem saberem para onde ir. Fernando encosta o carro:

— Para onde iremos?

Caio tem uma ideia. Ele diz que podem ir para a casa da Carol, ela divide um apartamento com uma prima.

— É verdade! — alegra-se Pedro. — Eu tinha me esquecido dela.

Fernando dá a partida no carro e seguem para a casa da amiga. Juntos com os primeiros raios de sol chegam à casa da Carol. Caio começa a bater na porta. Após alguns minutos Carol abre-a e fica surpresa ao vê-lo, mas mais ainda quando Pedro e Fernando se aproximam. Ela os convida para entrar.

— É verdade o que estão dizendo sobre vocês dois, de terem matado aquele homem na igreja?

— Não é — afirma Pedro. — Você sabe que não somos capazes de matar ninguém.

— Precisamos ficar aqui na sua casa hoje, Carol — pede Fernando.

— Claro! — a moça não se nega a ajudá-los. — Podem ficar o tempo que quiserem. Mas o que está acontecendo?

— É uma longa história, para o seu próprio bem é melhor não saber — teme pela segurança da amiga, Pedro.

Caio diz que é melhor pegarem as coisas que eles trouxeram da casa do velho e levar para dentro. Fernando diz que é melhor abrirem as duas caixas e verem o que há dentro. Caio diz que irá abri-las e, após fazê-lo, veem que dentro delas há muitos documentos que comprovam que seu Jaime é o líder máximo dos Templários do Novo Tempo. Há fotos de pessoas sendo impostas ao estigma e aos sinais da sociedade e, finalmente, uma foto do seu Jaime ao lado dos líderes, todos sem capuzes, do lado de muitos numerários, sacerdotes e sacerdotisas.

— Pegamos todos eles! — exclama Fernando com alegria. — Vamos à polícia.

— Ainda não... — E balança a cabeça Pedro. — Todas essas provas não têm relação nenhuma com a morte daquele homem na igreja. Mas não faz sentido. Tem que haver alguma ligação.

— Aqui está ela — declara Fernando com outra foto na mão, passando-a para Pedro. Quando olha, descobre que é o homem que fora morto na igreja, vestido de sacerdote.

Caio, então, informa que ainda há um envelope com documentos no carro. Fernando levanta e vai buscá-lo, quando já são quase nove horas da manhã. Eles abrem o envelope e começam a examinar os papéis. Pedro pega uns documentos antigos, datados de mil e oitocentos, e uma foto antiga de um homem que fundou os Templários do Novo Tempo. Após examinarem o restante dos documentos do envelope, eles descobrem que o fundador da sociedade é o bisavô do seu Jaime. Foi ele quem elaborou os provérbios dos líderes, os verbos dominantes e os animais ao perfil de cada um. No ano vinte da nomeação do primeiro líder estes devem ser substituídos, começando do mais velho ao mais novo, depois devem ser nomeados novos líderes. Outro documento revela que a sociedade tem um líder oculto e que só o líder máximo sabe quem é ele. Outro documento revela, ainda, os mandamentos da sociedade e, por último, há uma lista com os nomes de todos que já foram líderes, que somam vinte e oito no total. Pedro e Fernando levam a mão ao queixo ao descobrirem tudo. Decidem informar tudo ao professor Joaquim.

— Quem será o líder oculto? — De repente veio um aperto no coração de Pedro.

— Deve ser uma pessoa que a gente menos espera — desconfia Fernando, com a voz fremente e cheia de dúvida.

Na casa do seu Jaime, ele sobe ao quarto. Ao sentar-se na cama pressente que alguma coisa não está normal. Levanta-se e dá uma examinada em todo o quarto. Puxa a cortina e olha o quadro que esconde o cofre. Quando olha para o chão, vê fios de cobre e um pouco de pólvora. Abaixa-se, pega um pouco da pólvora, esfrega-a entre os dedos, segura um pedaço de fio e fica preocupado. Levanta-se e retira o quadro. Ao abrir o cofre, todos os seus importantes documentos não estão lá. A caixa debaixo da cama também havia sumido.

— Desgraçados! — esbraveja o velho. — Como conseguiram entrar aqui e abrir o cofre? Agora sabem de tudo!

Pega o telefone, liga para o dr. Paulo e conta que seu filho, juntamente com Pedro, havia invadido a casa dele e roubado todos os documentos que diziam respeito aos Templários, desde a sua fundação.

O dr. Paulo se diz surpreso com a notícia, seu filho não seria capaz de roubar nada de ninguém. O velho diz querer tudo de volta, senão Fernando e seu amigo pagariam caro. O dr. Paulo diz que não era para ele fazer nada ao seu filho, ele não assistiria a isto de braços cruzados.

O líder máximo dos Templários lembra o dr. Paulo do juramento que ele fizera quando se tornara membro e líder dos Templários e que tudo deveria ser feito para manter em segredo a sociedade e seus rituais. O dr. Paulo responde que se tratava de seu filho e que isto estava acima de qualquer coisa. Diz, ainda, que Fernando não havia matado aquele homem e ele faria de tudo para provar sua inocência, inclusive renunciar aos Templários, se preciso fosse.

O líder máximo não quer nem saber. Disse que é para ele achá-lo e devolver todos os documentos roubados, ou teriam que aguentar as consequências, e que se as informações dos documentos caíssem na imprensa estariam todos acabados e seria o fim dos Templários, desligando o telefone na cara do dr. Paulo. Em seguida, seu Jaime chama seu secretário e lhe ordena para chamar os dois homens de sempre para uma reunião com extrema urgência.

Às onze horas da manhã, o detetive que seu Jaime convocara chega em sua casa. O velho lhe entrega um maço de dinheiro e diz que é para ele acompanhar toda a investigação do assassinato do homem na Catedral da Sé, e enviar relatórios diários, além de ficar de olho no investigador Renato.

Os homens que seu Jaime mandara chamar também haviam chegado e seu secretário vai chamá-lo.

— Vou precisar dos serviços dos senhores mais uma vez — informa o velho. — Execute-os com a eficiência de sempre, por favor.

— Nós nunca erramos, doutor — lembrou um deles. — Nunca cometemos um erro antes. Não se preocupe.

Seu Jaime pega duas fotos, uma de Pedro e outra do Fernando, passa-as para eles e ordena que os achem, recuperem os documentos que estão com eles, e depois devem levá-los ao endereço que estão recebendo, a sede dos Templários. Diz que devem achá-los antes da polícia.

Na delegacia, o investigador Renato recebe a ficha do desconhecido morto na igreja.

— Veja só isso... — comenta com seu parceiro. — Uma ficha nada limpa. Preso por uso de drogas, infrações graves de trânsito, roubos de carro e veja esta... Acusou alguns figurões da alta sociedade, como empresários, advogados e um reitor da USP, de pertencerem a uma sociedade secreta que fazia sinais de redenção e purificação nas pessoas. Elas eram obrigadas a desaparecerem sem deixar pistas.

— Sociedade secreta... Esse cara era louco! Nós estamos no Brasil — comenta o parceiro do investigador.

— Será por isso que o vice-curador do museu da USP sumiu? Ou os alunos? — imagina o investigador. — Temos que considerar todas as possibilidades, meu caro.

Renato pede ao parceiro que levante as fichas de Pedro e Fernando.

Na casa da Carol, Caio já havia ido embora. Pedro e Fernando agradecem por ela ter dado abrigo a eles e dizem que vão indo. Ela diz que se precisassem era só voltar. Eles seguem para a casa do professor Joaquim.

Lá mostram todos os documentos. Após examiná-los, Joaquim fica tão chocado quanto eles.

— Isso é grave! — declara o professor. — Já pensaram em ir à polícia denunciá-los?

— Por enquanto não podemos fazer isso — explica Pedro. — Só o faremos quando provarmos que não matamos aquele homem.

O professor diz que se preferem assim, respeitará a decisão deles. Pergunta o que farão a partir das novas descobertas. Os dois dizem que farão uma investigação mais detalhada sobre a sociedade secreta. O professor pergunta da líder oculta, quem poderia ser. Eles respondem que estão desconfiados da mãe de Pedro, mas que não têm certeza. O professor diz que precisam descobrir quem é essa líder oculta e qual é o papel dela nos Templários, e finaliza dizendo que os dois podiam dormir na casa dele.

No dia seguinte pela manhã, o investigador Renato recebe as fichas completas de Pedro e Fernando.

— Veja só... — comenta o investigador com seu parceiro após examinar as fichas. — Esse Pedro é um poço de inteligência, notas boas na faculdade e nenhuma passagem pela polícia. Seu amigo Fernando é filho de um advogado renomado e sócio de grandes empresas, e também nenhuma passagem pela polícia. Eles não mataram aquele cara. Aparentemente, não têm nenhuma razão para isso.

— Deve haver alguém tentando incriminá-los. Eles não têm perfis de assassino — suspeita o parceiro do investigador. — Mas quem iria fazer uma coisa dessas?

— Também acho. Esse crime tá muito estranho — suspeita também Renato. — Vamos chamar o pai do Fernando e do Pedro para deporem. Providencie tudo.

Dois dias depois, a revista *Visão* vende como nunca a edição da matéria com Pedro e suas ideias. A repercussão é grande nos meios de comunicação. Sai em todos os jornais que o autor da entrevista está sendo acusado de assassinato e procurado pela polícia. Especialistas em economia, comércio exterior, justiça, sociologia, história, juristas, deputados, um senador e membros do Judiciário são chamados para comentarem as ideias de Pedro em quase toda a imprensa.

A CNBB, pela pessoa de seu presidente, solta uma nota repudiando as ideias do estudante da USP. Ele diz que a Câmara dos Deputados é, sobretudo, uma conquista do povo e que não pode e não merece ter a sua instituição maior manchada desse jeito. Diz que o catolicismo só ajudou o Brasil e toda a América Latina a se tornar mais justa e menos tirana.

A imprensa quer uma entrevista com o reitor. Ele se nega, dizendo que não falará com ninguém. A pressão aumenta por todos os lados. Ele sabe que terá que pedir demissão mais cedo ou mais tarde, sua situação ficou insustentável. Querem fazer uma entrevista com a Stefane, ninguém sabe onde ela possa estar.

À noite, o reitor reúne todo o comando da USP e entrega sua carta de demissão ao governador de São Paulo. Diz algumas palavras antes de sair, enquanto esteve sob o comando fez de tudo para honrar suas tradições. Depois, vai embora furioso e pensando em se vingar, passara a ser um homem com reputação manchada. Ele joga a culpa em Pedro, Fernando e o Patriarca dos Templários.

Passa em casa, pega documentos e segue rumo à casa do seu Jaime. O líder máximo dos Templários é comunicado de sua presença. Manda uma empregada descer e avisá-lo que já irá atendê-lo, ambos rangendo os dentes.

— Já soube da sua demissão — fala seu Jaime do meio das escadarias da sala.

O reitor responde com seu pensamento viajando junto com seu ódio:

— Vejo que continua sabendo das coisas rapidamente. Eu não irei para o brejo sozinho! A minha moral está na lama e eu jamais conseguirei mudar isso!

Seu Jaime termina de descer as escadas e, apoiando-se em sua bengala, caminha até o sofá e senta-se. O reitor olha para ele com ironia e diz que ele não precisa bancar o bom samaritano, mancando da perna com a bengala.

— Acalme-se, homem! Era só um emprego! — Joga a bengala no chão seu Jaime. — Além do mais, fiz de você um homem rico! Não precisará mais dele!

— Não se trata apenas de dinheiro! — esbraveja o reitor. — A minha reputação, que demorei anos para construir, foi jogada no esgoto! Todos pagarão! Eu quero que os responsáveis paguem por isso!

Seu Jaime cruza as pernas:

— O filho do Paulo e seu amigo, você quer dizer.

O reitor se senta:

— Os dois terão que pagar por todas as humilhações que me fizeram passar! Mas não são só eles!

— Eu nada tive a ver com sua execração pública. Agradeça a Pedro e sua inteligência — defende-se seu Jaime — Não adianta me ameaçar. Eu não tenho medo das suas ameaças. Todos que entraram para a minha sociedade fizeram um juramento de defendê-la a todo custo. Todos ganharam bons cargos, prestígio e dinheiro, por isso eu não admitirei que quebrem esse juramento.

O reitor olha para ele enfurecido, mas contém sua fúria.

— Não há dinheiro no mundo que compre a honra e a reputação de um homem. Não me venha com essa conversa mole.

— Com o dinheiro que você tem viverá bem seus últimos dias. Não me venha você com essa conversa mole.

A fúria do reitor aumenta com seu olhar.

— Outra coisa... — continua seu Jaime. — O nosso segredo acerca do Jônatas deve ser mantido só entre nós dois. Ninguém deve saber que ele é meu filho.

— Não se preocupe — afirma o reitor irônico. — Ninguém saberá que ele é seu filho com uma prostituta. Pessoas que você impõe aos sinais da purificação e moral. Tudo hipocrisia...

— Essa é a lei do mais forte, caro reitor... — interrompe-o seu Jaime com sua perspicácia habitual. — Desde o início da civilização é assim, e assim sempre será.

— Quando todos souberem que Jônatas é seu filho com uma prostituta será o fim dos Templários.

O líder máximo olha para ele e solta fumaça de ódio.

— Não tente me atingir! Você está no mesmo barco que eu! Se eu afundar você irá junto! Ou você pensa que eu não sei a quantia que você desviou dos simpatizantes dos Templários e da USP? Eu tenho todas as provas das suas contas em paraísos fiscais.

É a vez de o reitor soltar fumaça de raiva.

— Agora eu estou juntando as peças. Foi tudo armado por você desde o início. Por isso você sugeriu a disputa entre a minha filha e Pedro. Foi tudo uma armação. Você usou a todos nós. Iria nos culpar e sair ileso para gastar toda a fortuna que fez com os Templários. Não será tão simples assim. Eu também tenho provas que podem incriminá-lo.

Seu Jaime se levanta enfurecido:

— Não ouse me ameaçar! É um homem rico graças a mim! Graças à minha sociedade! Antes você não era ninguém, não tinha nada!

— Eu tinha um ótimo emprego, que lutei muito para conseguir, mas fui me envolver nesta sua maldita sociedade! A minha vida está praticamente destruída!

— É só um maldito emprego! Não precisa mais dele com o dinheiro que tem!

O reitor diz que vai embora. Seu Jaime diz mais uma vez que se ele disser alguma coisa sobre os Templários irá denunciá-lo por corrupção, sonegação de imposto e por mandar dinheiro ao exterior sem declarar à receita. O reitor treme os olhos de raiva.

Já na rua, dentro do carro, ele retira do bolso um gravador, com o qual gravara toda a conversa com seu Jaime, e pensa: "Se ele pensa que eu serei humilhado sozinho está enganado. Se eu for para a lama levarei todos comigo. Agora acertarei as contas com aqueles dois estudantes". E vai embora.

Enquanto isso, Pedro e Fernando se reúnem na casa do professor Joaquim, ele informa que o reitor havia pedido demissão e toda a repercussão da entrevista de Pedro à revista *Visão*. Diz que a polícia está investigando seu Jaime, na ficha do homem morto na igreja foi mencionada uma sociedade secreta num depoimento anos antes.

— Agora a chapa vai esquentar! — exclama Fernando. — Seu Jaime e o reitor devem estar atrás de nós dois como loucos.

— Eu não tenho medo deles — respondeu Pedro. — Vamos pegá-los antes.

O professor Joaquim pede a atenção dos dois:

— Antes de agirmos precisamos descobrir quem é o líder oculto dos Templários.

— Já examinamos diversas vezes todos os documentos do velho, não tem nenhuma pista de quem possa ser — responde não muito animado Fernando.

O professor pega todos os documentos novamente:

— Deve ter alguma pista. Vamos olhar mais uma vez.

Começam a examinar os documentos um a um. Minutos depois, Fernando pede para que o professor e Pedro olhem um papel que não tinham visto ainda. Era um papel que falava sobre Jônatas.

— Não é possível! É muita sujeira! — uma onda de decepção sobre seu grande amigo e mestre, o professor exemplar, quase prostrou o professor Joaquim por terra.

Pedro e Fernando olham para o professor e ficam em silêncio, como quem pedisse para ele dizer logo o que o deixara perplexo.

— Eu disse a vocês! Sempre esquecem de ver algo — explica o professor. — Após ler o conteúdo deste papel eu encaixei as peças que estavam faltando neste quebra-cabeça!

— Diga-nos logo! — não se aguenta de aflição Fernando.

— O Jônatas não é filho do reitor, é filho do Jaime!

— Como assim?! — interrompe Pedro, não entendendo. — Explique melhor.

— É isso mesmo que vocês ouviram. O Jônatas é filho do Jaime com uma antiga líder dos Templários, que sumiu sem deixar pistas.

Pedro e Fernando ficam perplexos com a notícia.

— Há alguns anos, antes desses atuais líderes dos Templários, alguns líderes que os antecederam sumiram sem deixar pistas, outros morreram... — continua o professor.

— Morreram não, foram assassinados! — Fernando com sua impaciência.

— Como eles podem ter feito todas essas coisas e nada lhes acontecer?! — não se conforma Pedro.
— Foi por isso que o reitor assumiu Jônatas como filho! — continua o professor. — O Patriarca infringiu uma regra e não pôde dizer que Jônatas era seu filho. O reitor, então, assumiu-o. Os dois devem ter feito um acordo financeiro.
— Deve ter sido um ótimo acordo para o reitor — comenta Fernando. — Afinal, ele se tornou um homem rico.
O professor balança a cabeça num gesto positivo. Um sentimento de revolta toma conta dos dois amigos e do professor.
— Está escrito neste papel — declara o professor, virando-o para os dois, e lá está escrito: "Este segredo jamais deverá ser revelado. Quando houver ameaça, aquele que sabe deverá morrer".
— O reitor então será o primeiro líder a ser morto — desconfia Pedro.
— Este, sem dúvida, é o segredo mais podre dos Templários do Novo Tempo! — exclama Fernando.
— Não. É o segredo mais podre do seu Jaime — discorda Pedro.
— Já esperamos demais. Vamos agir — Fernando ficou com sede de justiça.
— Tem mais! — pede silêncio Joaquim. — Aqui fala de uma conspiração de mulheres pelo domínio dos Templários. Aqui diz que o Patriarca sabe de tudo e que no momento certo as conspiradoras serão mortas.
Pedro e Fernando se olham e dizem juntos:
— A sociedade feminina!
— Que sociedade feminina?
— A Stefane e a Bianca estão conspirando contra os líderes e o Patriarca — apressou-se em dizer Fernando. — Eles serão eliminados e depois elas fundarão uma sociedade feminina no lugar dos Templários.
— Vejam só... — Balança a cabeça o professor Joaquim. — Uns conspiram contra os outros, mas no final sabem das suas traições.
— Eles se merecem! — exclamou zangado Pedro. — Acabarão no mesmo lugar.
— O Jaime é mesmo esperto — retomou Joaquim. — Ele sabe de tudo o que acontece em sua volta. Sabe tudo sobre seus comandados da sociedade.
Pedro se põe de pé:

— Não há quem possa saber de tudo. O caso é que o troço todo é um absurdo.
— Temos que ficar de olho na Stefane e na Bianca — disse Fernando febrilmente. — Seu Jaime acabará com elas. Ele sabe da conspiração.
Pedro pega o telefone e liga na sua casa. J. A. atende e pergunta se está tudo bem. Ele informa que a polícia e a imprensa estiveram lá atrás dele. Pedro diz que está tudo bem e pergunta da Bianca. J. A. informa que ela não aparece há dias. Ele pede para o irmão avisar aos pais que está tudo bem, que ele não matou aquele homem, e provará sua inocência e desliga.
— A minha irmã não aparece em casa há três dias. Como saberemos dela e da Stefane?
Fernando examina outro documento que não tinha sido examinado ainda:
— Tem outra coisa aqui... Parecem ser algumas regras — Fernando informa.
Pedro e o professor olham para ele. Após examinar o documento, vê que lá estão escritas cinco regras dos Templários, elaboradas pelo seu fundador, o bisavô do seu Jaime:

Regras da Redenção.
Buscai Obedecê-las, líderes, sacerdotes, sacerdotisas e Patriarca.
Jurai Submissão.
1º) Jamais o Patriarca deve se envolver com seus liderados.
2º) O líder oculto deve ter o sangue do Patriarca para manter a liderança entre família por longas datas.
3º) É obrigação dos líderes, dos sacerdotes e dos numerários zelar pelo anonimato dos Templários do Novo Tempo. Aqueles que revelarem sua existência devem pagar com a própria vida.
4º) Os homens estão sempre acima das mulheres nos Templários. Elas devem ser submissas a eles. Mas seus papéis são iguais nos seus deveres.
5º) Após o ano vinte desde eleito o primeiro líder, eles deverão ser substituídos pelos sacerdotes e sacerdotisas. Mas esta regra só o Patriarca deve saber dela. Devem ser eliminados.

— Vejam a regra número dois — chama a atenção Pedro. — O líder oculto deve ter o sangue do Patriarca, portanto, o líder oculto é outro filho do seu Jaime, além do Azevedo e do Jônatas.

— Eu conheço o Jaime há muitos anos — informa Joaquim. — Pelo que sei, ele só tem dois filhos.
— Mas para que o líder oculto tenha o sangue do seu Jaime, ele deve ser seu filho — afirma Fernando.
— Vai ver ele tem um filho que não sabemos — suspeita Pedro.
Depois Fernando pega outro documento que não tinham examinado e diz a Pedro e ao professor que é uma lista com noventa e cinco nomes.
O professor Joaquim pede a lista:
— Estes devem ser os nomes de todos os líderes dos Templários, desde a sua fundação. Ou sumiram ou foram assassinados.
— Nem os líderes são poupados! — exclama Pedro.
Noutro documento, Pedro chama a atenção mais uma vez. Fernando e o professor o examinam. Nele está escrito:

Corrente de ouro do fundador. Dentro, um enigma, um nome de um banco e uma chave. A chave da fortuna e da redenção final dos Templários. Até que outra sociedade seja fundada, após o número cem se completar, tudo deve se reiniciar. Nenhum vestígio deverá ser deixado. Apenas o patriarca e o líder oculto. Não demonstrar piedade a ninguém. Todos são merecedores da redenção. Homens e mulheres.

— Está tudo sob enigma — reclama Fernando.
— Está tudo claro agora! — exclama o professor. — Prestem atenção nestas palavras... "Após o número cem se completar". Quantos líderes os Templários já teve?
— Noventa e cinco — tenta decifrar o enigma Pedro.
— Isso mesmo — afirma o professor.
— Isso quer dizer o quê? — não entendeu ainda Fernando.
— Isso quer dizer, Fernando, que o número cem se completa com os cinco líderes atuais. Eles serão mortos ou sumirão sem deixar pistas. Seu Jaime ficará com toda a grana dos Templários para fundar outra sociedade — explica Pedro.
— E onde será que está essa fortuna? — pergunta Fernando. — Se ela de fato existe, só o Patriarca sabe onde está.
— Aí que você se engana — olha para ele Pedro. — Stefane e Bianca sabem. Esse é o motivo pelo qual estão conspirando contra o Patriarca e desejam fundar outra sociedade.

— Quanto aos numerários e sacerdotes? — é a vez de Joaquim entrar em dúvida.

Fernando olha para ele:

— Eles nunca viram o rosto do Patriarca.

— Nem sabem quem é o líder oculto — completou Pedro.

— Isso quer dizer que os líderes sumirão ou serão assassinados...

— O Patriarca e o líder oculto, provavelmente deve ser seu filho, ficarão com toda a fortuna dos Templários e fundarão outra sociedade! — mata a charada Pedro. — Os numerários, sacerdotes e sacerdotisas não poderão acusar ninguém, não sabem suas identidades, e levarão toda a culpa!

— É um plano perfeito! — Ergueu o braço Fernando. — O Patriarca não contava com a gente, que descobriríamos tudo. Esse foi seu maior erro.

— A corrente da qual este documento se refere é aquela que tem um anel grosso que o Jaime usa o tempo todo no pescoço — termina de decifrar o enigma o professor. — Dentro do anel tem as chaves para abrir o cofre de algum banco fora do Brasil.

— É só ler as últimas palavras deste documento: "Não demonstrar piedade a ninguém. Todos são merecedores da redenção".

— Temos que seguir Stefane e Bianca e descobrir seus passos — sugere Pedro.

— Vamos para a casa do reitor e ficar de vigia — sugere também Fernando. — Ela terá que aparecer uma hora.

Pedro concorda. Eles acham melhor irem de táxi. Chamam um pelo telefone e vão rumo à casa da Stefane. Param na esquina da rua dela e ficam de vigia.

Não demora muito para Ângela e Bianca passarem e entrarem na casa da Stefane. Fernando e Pedro ficam atentos. Minutos depois as três saem a pé. Eles pedem para o taxista segui-las. Elas param num ponto de ônibus.

— Por que será que não estão de carro? — não entende Fernando.

— Eu não sei.

As moças entram num ônibus. Pedro pede ao taxista para segui-lo. Vinte e três minutos depois descem na Estação Paraíso do Metrô. Fernando paga o táxi e saem às pressas. As moças compram bilhetes e entram na estação. Eles fazem o mesmo.

Elas embarcam. Eles também. Dentro do vagão Fernando nota que alguém está seguindo as moças. Ele mostra a Pedro um homem de meia-idade próximo à Stefane. Elas descem na Estação Trianon--Masp. Pedro, e Fernando e o desconhecido. Elas sobem a escada rolante e vão à Avenida Paulista. Andam dez minutos até chegarem num luxuoso prédio. Pegam o elevador e sobem ao quinquagésimo sétimo andar.

Os dois perguntam na portaria o que tem naquele andar. Um rapaz informa que é uma empresa do dr. Jaime. Eles dizem que não precisa dizer mais nada. Entram num elevador e sobem. No quinquagésimo sétimo andar saem do elevador e se deparam com um grande apartamento com os corredores vazios.

— Não tem ninguém — informa Fernando bem baixinho.

— Elas estão aqui.

Começam a examinar as salas. Pedro vai até um corredor à direita do central e vê um auditório com a porta entreaberta. Ao se aproximar ouve vozes soando longe. Ele chama Fernando e diz que é para se aproximarem com cuidado. Passam por uma entrada do lado oposto e veem Bianca, Stefane e Ângela no palco do auditório e mais dezesseis mulheres. Eles se sentam na última fileira e ficam meio agachados. De repente, entra uma pessoa encapuzada, que passa pelo corredor do auditório e sobe no palco. Pedro e Fernando não sabem identificar se é homem ou mulher.

— O fim dos Templários está próximo — declara Stefane febrilmente. — A nossa sociedade feminina dará uma nova visão da purificação e da redenção. Será composta apenas por mulheres. O mundo é nosso!

As mulheres presentes se agitam, demonstrando apoio.

— Ela se chamará Sangue Feminino — anuncia Bianca. — Nenhum líder dos Templários participará. Serão todos eliminados. Um a um!

É a vez da Ângela:

— O nosso número máximo será vinte e oito. Idade da Santa Mãe de Jesus quando lhe deu à luz. Os homens não serão dignos de fazer parte dela. Eles destroem tudo aquilo que amam com um beijo, com espadas ou com palavras amarguradas. Por isso lhes digo... O Sangue Feminino exigirá lealdade até a morte de todos os seus membros.

— Sangue Feminino! — bradam as mulheres.

Stefane aponta para a pessoa que usa capuz.

— Aqui está a nossa Matriarca. Ela nos guiará pelo caminho certo, pelo caminho da natureza feminina.

— Deus deu útero a todas as mulheres — discursa a Matriarca. — Nós recebemos a missão de continuar com o milagre da vida! Coisa que os homens só têm destruído com sua ganância e egoísmo. Com o Sangue Feminino será diferente. Seremos apenas mulheres dignas, corajosas e leais! Nós somos a dádiva de Deus, somos genitoras da vida. Cabe a nós purificarmos aqueles a quem damos à luz.

Fernando olha para a fileira da esquerda e vê alguém escondido entre as cadeiras tirando fotos das mulheres. Ele cutuca Pedro e mostra a pessoa.

— Deve estar a mando do seu Jaime — fala bem baixinho Pedro.

— Veja na fileira da frente... — Aponta Fernando mais uma vez.

Quando Pedro olha, tem outro homem escondido, com uma arma na mão, apontando em direção ao palco.

— Eu acho que ele vai matar alguém! — desconfia Fernando entrando em desespero.

— Temos que fazer alguma coisa! — apressou-se em dizer Pedro.

De repente, eles olham e quatro mulheres dão a volta por trás do palco. Eles as acompanham com os olhos e as veem pegarem alguma coisa do chão e indo em direção aos dois homens que estão do outro lado das cadeiras.

"O que será que vão fazer?", pensou Pedro temendo o que possa acontecer. De repente, ouvem-se disparos. Pedro e Fernando deitam no chão e tentam ver o que está acontecendo. Andam engatinhando até a saída e correm. Param em frente ao elevador, apertam o botão de descida. Olham para os elevadores que sobem e o mais próximo está no quadragésimo primeiro andar. Ouvem mais quatro disparos. Entram no corredor os dois desconhecidos com armas na mão. Ao verem Pedro e Fernando, param. Um deles puxa uma foto do bolso e mostra ao outro, reconhecendo-os.

— Parem! — grita um deles apontando sua arma.

Pedro e Fernando se olham, olham para a saída das escadas e gesticulam.

— Agora! — grita Fernando. Os dois abrem a porta e começam a descer as escadas.

Os dois homens chegam na frente dos elevadores e um deles se abre. Um entra e diz ao outro para descer as escadas. Três andares abaixo, Pedro e Fernando saem correndo pelo corredor. Quando chegam em frente aos elevadores, dois se abrem. Empurram as pessoas que saem e apertam o botão do térreo. O homem vai correndo e coloca a mão entre as portas do elevador, não dá tempo. Ele entra noutro e vai atrás deles.

Quando chegam ao térreo, Pedro e Fernando vão empurrando todos que estão na frente e saem correndo do prédio, indo para a avenida Paulista. Os dois homens vão atrás deles. Pela avenida cheia correm quase batendo nas pessoas, até chegarem à Estação Brigadeiro do Metrô. Eles descem a escada rolante pedindo licença a todos, pulam a catraca e vão para a plataforma de embarque. Logo um metrô chega. Eles entram no vagão e veem os dois homens correndo tentando entrar, mas as portas se fecham. Os dois rapazes se sentam e respiram fundo.

— Essa foi por pouco! — declara Fernando quase sem fôlego.
— Temos que ter mais cuidado! — dá um forte suspiro Pedro.
— Você viu aquilo?
— Uma nova sociedade está se formando dentro da sociedade. Os dias dos Templários estão contados — afirmou secamente Pedro.
— Quem será aquela que estava de capuz?
— Eu não tenho a mínima ideia, mas por ora temos que nos preocupar com os Templários, depois com as conspiradoras.

Eles voltam para a casa do Joaquim, que lhes avisa que uma fonte segura informara que Jaime e alguns líderes tinham ido para um sítio em Atibaia. Ele passa o endereço para Pedro e Fernando, que seguem para lá.

Ao cair da noite, estavam próximos do sítio. Deixam o carro a alguns metros e seguem a pé até a entrada. Eles perguntam ao porteiro o que está havendo e ele responde que o dono está em reunião fechada com os membros de uma empresa. Pedro pergunta quem é o dono do sítio e o porteiro diz que é o dr. Jaime. Os dois amigos se olham, assombrados com a resposta. Afastam-se e dizem que precisam entrar naquela reunião de qualquer jeito. Dão uma volta e Fernando sugere que pulem a cerca. Pedro hesita, mas acaba concordando. Ao pularem veem as luzes de um auditório acesas. Sobem num pequeno muro e dão uma espiada na parte de dentro e lá estão seu Jaime, o dr. Paulo, Stefane, Jônatas e Azevedo.

Pedro diz para ficarem em silêncio e tentarem ouvir o que estão dizendo. Só seu Jaime fala. Ele decide que fará uma viagem até os ânimos se acalmarem. O dr. Paulo pergunta se ele tem notícias de seu filho e do amigo dele e o líder máximo responde que não, mas há duas pessoas de sua confiança à procura deles.

— É muito estranho o reitor não estar nesta reunião — sussurra Pedro. — Ao que tudo indica, ele é o segundo na hierarquia dos Templários.

É a vez de Fernando pedir silêncio. Seu Jaime diz que no próximo sábado haverá uma reunião com os membros dos Templários, às dez horas da noite, é para Stefane cuidar de reunir todos os sacerdotes, sacerdotisas e numerários. Ele decide que o líder oculto será revelado e que depois irá se retirar de cena até as coisas se acalmarem.

Após a reunião o líder máximo diz que podem ir, com exceção do dr. Paulo e de Azevedo. Após Stefane e Jônatas saírem, entram no auditório, Bianca e Ângela, vestidas com mantos avermelhados e sem capuz.

— No sábado, o reitor terá que sair de cena — anuncia o Patriarca. Ele aponta para Bianca e Ângela, e continua: — E vocês duas, que muito em breve serão nomeadas as novas líderes dos Templários, estão encarregadas de preparar esse ritual tão importante.

Elas balançam a cabeça num gesto positivo. O chefe máximo diz que elas podem ir. O dr. Paulo diz que vai indo, o ex-professor ordena que ele fique um pouco mais, deseja lhe mostrar algo. O líder máximo fecha todas as portas. Pedro e Fernando notam que seu Jaime não está usando bengala e nem está mancando. A seguir, ele propõe ao dr. Paulo declarar que é o Patriarca dos Templários e assumir toda a culpa do que já fizeram, em troca de dinheiro.

— Eu não preciso de dinheiro. Sou um homem rico.

— Aceite a proposta — tenta incentivar Azevedo. — Você deve ao meu pai tudo o que tem. Não se esqueça disso.

— Eu não preciso dos seus conselhos! — esbraveja o dr. Paulo.

— A ingratidão é o pior defeito de um homem — diz uma voz vinda do fundo do auditório.

Quando olham, lá está alguém encapuzado e usando trajes de líder dos Templários.

— Aceite a proposta — continua se aproximando. — Não deixaremos você ser condenado. Os Templários deixarão de existir e fundaremos outra sociedade.

— Vocês estarão livres — responde meio zangado o dr. Paulo. Aponta para o mascarado: — Quem é você?

Ele não responde nada.

— Tire a máscara, filho — pede seu Jaime.

"Filho!", exclamam Pedro e Fernando em pensamento, olhando um para o outro. Aquela descoberta tira uma tonelada de angústia do coração de Pedro, eliminando de vez as suspeitas de que a sua mãe seria membro dos Templários.

Ele tira a máscara bem devagar. Eis que é Miguel. O dr. Paulo fica tão surpreso que não consegue dizer nada. Pedro e Fernando ficam chocados, não sabem o que fazer com a descoberta.

— Eu só estou acreditando porque estou vendo — suspira Pedro baixinho. — Não dá pra acreditar!

— Quem diria! Miguel. Então, ele é o líder oculto...

— Seu Jaime é mesmo um homem poderoso. Quer jogar toda a culpa no seu pai para se safar! Cretino!

— Eu conheço o meu pai. Ele não aceitará assumir toda a culpa sozinho.

No auditório, a conversa continua.

— Podemos jogar a culpa no reitor, arranjando provas de que ele é o líder máximo dos Templários — sugere Azevedo. — Ele já está acabado mesmo.

— Ele está enfurecido. Deve ter provas que incriminem a todos nós — discorda Miguel. — Ele terá que ser eliminado de outra maneira.

— Não será tão fácil assim não, meu caro — alguém interrompe. Quando olham, lá está o reitor, com um gravador e uma arma.

— A coisa vai esquentar — sussurra Fernando.

O reitor desliga o gravador e aponta para Miguel:

— Eu sabia de você o tempo todo. Sempre soube quem era o seu pai. Eu sei de toda a sujeira dele. Eu tenho todas as provas para incriminá-los.

— Mentira! — disse bruscamente Miguel. — Está blefando!

— Eu disse que não iria parar na lama sozinho! — assegurou o reitor. — Todos vocês irão comigo!

Seu Jaime aponta para ele:

— A sua palavra não vale mais nada! Tudo o que é e o que tem foi graças a mim.
— Não! Agradeço a Deus e aos meus esforços, velho desgraçado! — grita o reitor enfurecido. — A sua sociedade suja chegou ao fim. Amaldiçoo o dia em que entrei nela! Irei à polícia me entregar e entregarei todos vocês!
Azevedo tira uma arma do bolso e aponta para ele.
Seu Jaime sorri e diz:
— A sua filha, a esta hora, está com uma arma apontada para ela. Se for à polícia ela será morta. O reitor começa a dar risadas. Todos param e olham para ele.
— Estão todos acabados! — Ele puxa um celular do bolso e o coloca no viva-voz.
— Bom trabalho, pai. Está tudo gravado — anuncia a voz do outro lado da linha.
— Stefane! — fala com ira Miguel.
O reitor fecha o semblante, olha para seu Jaime e diz:
— Toda a sua sujeira veio à tona, velho maldito!
Seu Jaime tira uma arma do bolso e aponta para ele:
— Desgraçado! Eu não irei para a cadeia! Você e sua filha pagarão pela traição!
Stefane começa a rir do outro lado da linha.
— Todas as provas contra vocês já estão prontas. Sairá tudo na imprensa.
— Maldita! — esbraveja Miguel.
O clima fica tenso. Stefane desliga o celular. O reitor olha para eles:
— Agora eis minhas condições...
Seu Jaime e seus filhos tremem os olhos de raiva.
— Um de vocês assumirá toda a culpa — retoma o reitor. — Eu quero a corrente com o nome do banco e a chave do cofre no ritual de amanhã na sede dos Templários.
— Como soube da corrente e da chave? — encara-o seu Jaime.
— Só eu sabia dela.
O reitor sorri.
— Achou que ia se safar sem que nada lhe acontecesse? Enganou-se. Os seus planos foram por água abaixo. Eu sempre soube da regra número cinco...

— Que regra é essa? — interrompe o dr. Paulo. — Só há quatro.
— Isso é o que você acha — é a vez de o reitor interrompê-lo. — Essa regra só o Patriarca sabe. Todos os líderes devem ser substituídos no ano vinte após a eleição do primeiro líder...
— Você é o primeiro líder. — Aponta para o reitor o dr. Paulo. Ele balança a cabeça.
— Isso mesmo. Eu seria o primeiro a ser eliminado. Você, Paulo, o segundo. Estamos no ano vinte do primeiro líder. Entrei nos Templários há vinte anos.
O dr. Paulo aponta para o Patriarca.
— Como pôde nos enganar todo esse tempo? Seríamos todos mortos? Esse era o plano desde o início?
— Tudo tem um preço, ora! — interrompe febrilmente seu Jaime batendo no peito. — Vocês não eram nada até entrarem na minha sociedade. Ganharam dinheiro, status, posição, destaque na sociedade por vinte anos. Chegou a hora de pagar o preço.
— Não há preço a pagar! — grita como um louco o dr. Paulo. — Eu já era um homem de posse antes de entrar nesta sociedade maldita.
— Quem arranjou um bom casamento para você? — lembra seu Jaime. — A sua mãe era uma prostituta e seu pai, um bêbado! Se não fosse por mim seria igual a eles.
O reitor se põe entre os dois.
— Estas são as minhas condições. No ritual de amanhã eu quero a corrente com a chave e o nome do banco em que estão as joias e toda a fortuna dos Templários, além de um culpado.
— Nunca! — interrompe seu Jaime irado. — Você jamais colocará as mãos nas joias e no dinheiro da minha sociedade!
— Você não está em condições de exigir nada — interrompeu o reitor. — Nada é seu. Você extorquiu e chantageou muita gente. Foi assim que aumentou sua fortuna.
Pedro cutuca Fernando e diz que é melhor irem, já tinham ouvido o bastante. Eles descem do muro, Fernando esbarra numas latas de tinta vazias e cai. Azevedo sai para ver o que se passa e reconhece Pedro e Fernando, e volta e avisa quem era.
— Depois eu cuidarei deles dois — promete o reitor.
— Se tocar no meu filho eu o mato! — aponta para ele o dr. Paulo.
Quando os dois estão no portão ouvem alguém gritando para eles pararem. Viram-se e lá estão os dois homens que os tinham per-

seguido no Centro de São Paulo. Eles saem correndo, os homens entram num carro e vão à caça deles.

Pedro e Fernando entram no carro e saem cantando pneu. Seu Jaime liga para os homens e manda-os irem para a casa do professor Joaquim e ficar de vigia.

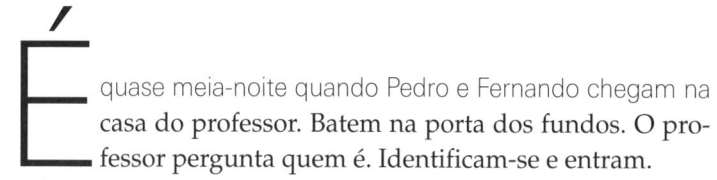

É quase meia-noite quando Pedro e Fernando chegam na casa do professor. Batem na porta dos fundos. O professor pergunta quem é. Identificam-se e entram.

— Vamos dar o fora daqui! — fala Pedro quase desesperado.

— Descobrimos mais coisas! — informa Fernando. — Temos que sair daqui! Seu Jaime já deve estar sabendo que você está nos ajudando.

Vão até a janela e veem um carro parado na frente da casa.

— Vamos, sim — concorda ele, que pede para a sua namorada sair pela porta da frente, sabe que com ela não acontecerá nada. Ela sai. Após dobrar o quarteirão liga e informa que são dois carros na frente da casa. O professor diz que é melhor irem antes que seja tarde. Pegam as provas e saem.

Dois dos quatro homens que estão vigiando-os veem os três e correm atrás deles pedindo os documentos do seu Jaime. Entram no carro, Fernando dá a partida e sai cantando pneu. Os homens entram no carro e os seguem.

Fernando pisa fundo. Entram na marginal do rio Tietê a quase cem por ora, com os dois homens atrás deles. O movimento de carros é pouco. O carro que os segue se aproxima muito rápido e chega a ficar lado a lado com eles. Um dos homens mostra a arma e manda-os pararem. Fernando passa a última marcha, acelera e consegue se adiantar. Eles sobem a Ponte do Limão e pegam a avenida Sumaré, conseguindo despistar os dois homens.

Fernando engata a segunda marcha e vai bem devagar.

— Acho que os despistamos — ele comenta.

Pedro olha pelo retrovisor.

— Não! Estão vindo...

Fernando olha e vê um carro a toda velocidade a uns setecentos metros. Ele pisa fundo mais uma vez. Quando andam trezentos metros os homens encostam-se a eles. O carona aponta uma arma e manda-os encostar. Ele grita que só querem os documentos. O homem dispara duas vezes e grita mais uma vez para pararem o carro.

— Temos que despistá-los antes que nos peguem — desespera-se o professor.

Fernando vê uma sucursal a alguns metros. Ele acelera e entra na contramão. Os homens não conseguem fazer o mesmo e eles conseguem escapar. Os carros que vêm na mão certa começam a buzinar. Trezentos metros à frente, Fernando vê uma rua de mão dupla e entra na mão certa.

— Acho que nos livramos deles — suspira o professor Joaquim.

— Tudo isso está ficando muito perigoso. — Balança a cabeça Fernando, virando o carro à esquerda e voltando à marginal.

— Grande Fernando! — elogia o professor dando um tapa no seu ombro. — Conseguimos despistar aqueles cretinos!

— Agora, além da polícia, temos bandidos atrás da gente! Temos que resolver logo essa situação — nem acredita Pedro.

Fernando estaciona o carro e diz que não podem voltar para a casa do professor, deve ter gente esperando por eles. Sugere irem para a casa da Carol novamente. Pedro não acha uma boa voltar lá, não quer envolver mais ninguém. Fernando pergunta se ele tem uma ideia melhor. O professor diz que irão à casa de um primo dele. Ao chegarem, o professor conversa com ele e pede abrigo até o final da manhã. Ele os manda entrar e diz que não tem problema algum.

Enquanto isso, seu Jaime está de volta à casa dele. Os homens que seguiam Pedro, Fernando e o professor Joaquim informam por telefone que não conseguiram pegá-los. Ele esbraveja e diz que é para continuarem atrás deles até recuperarem os documentos.

No meio da manhã, o investigador Renato chega à casa do velho. Ele é informado por uma empregada, que manda dizer ao investigador que já irá atendê-lo.

— A que devo a honra de sua visita, investigador? — recepciona com ironia o velho.

O investigador, acompanhado de mais dois policiais, mostra-lhe um mandado judicial. Ele pega o papel, examina-o, sorri e diz que podem ficar à vontade para vasculhar toda a casa. Os policiais começam a olhar todos os cômodos, inclusive o quarto do velho.

Os policiais vão à sala em que seu Jaime os aguarda com um copo de vinho.

— Acharam o que vieram procurar? — fala com sarcasmo. — Desejam saborear um bom vinho, cavalheiros?

Os policiais nada respondem. O investigador Renato senta-se:

— Podemos lhe fazer algumas perguntas, dr. Jaime?

— Este mandado não diz que pode me interrogar também, diz?

— Isso não seria problema. Eu posso providenciar um.

Seu Jaime se levanta e o convida ao seu escritório. Os outros policiais ameaçam segui-los, ele diz que só o investigador entrará no escritório com ele. Renato pede que os policiais aguardem na sala.

Seu Jaime fecha a porta, senta-se acendendo um charuto, oferece um para o detetive, que recusa, e lhe diz que pode se sentar.

— Em que posso ajudar, investigador?

O investigador mostra a foto do ex-estudante da USP que foi morto na igreja.

— O senhor o conhecia? Já se encontraram alguma vez?

O velho olha a foto.

— Não. Eu não mantenho relações com esse tipo de gente, investigador. Nunca vi esse estudante na vida.

O investigador se senta.

— Como o senhor explica o fato dele tê-lo acusado, há alguns anos, de ser líder de uma sociedade secreta que marca pessoas com sinais e estigmas?

— Eu sou um homem rico, investigador — responde tentando desviar o assunto seu Jaime. — Tenho muito status. Um homem na minha posição arruma muitos inimigos. Eu me lembro disso... Há alguns anos, quando era professor da USP, um estudante drogado acusou a mim e a outros professores de pertencermos a uma sociedade secreta, mas não conseguiu provas e foi julgado por calúnia.

— Eu sei de toda a história — não se interessa o investigador. — Há pouco me respondeu que não conhecia o ex-estudante, agora afirma que ele era um drogado. Conhecia-o ou não, dr.?

— Quantas vezes eu vou ter que responder! — irrita-se o velho.

— Se eu o conhecia não posso me lembrar. O senhor sabe quantos estudantes têm na USP? Como eu poderia conhecer todos eles?

— O senhor conhece o reitor que pediu demissão da USP esta semana? — pergunta mais uma vez o investigador.

— Sim. Conheço-o desde os meus tempos de professor.

— O senhor mantém alguma relação com ele?

— Sim. Nós nos tornamos amigos na década de setenta.

— Uma última pergunta, dr. — Levanta-se o investigador Renato.
— Que tipo de relação o senhor mantém com os dois suspeitos de terem matado o estudante?

Seu Jaime se cala por alguns instantes sem conseguir raciocinar uma resposta.
— Dr.... — insiste. — O senhor pode responder à pergunta, por favor?
— Eu os conheci através do reitor numa festa na universidade. Eles são dois rapazes muito inteligentes, sempre tiravam boas notas. Nunca poderia imaginar que seriam capazes de matar alguém.

O investigador agradece pelos esclarecimentos e diz que estava de saída, tinha muito que desvendar sobre o crime. Seu Jaime diz que era tudo o que sabia sobre o assunto.

Quando chegam ao distrito policial Renato vai direto à sua sala com seu parceiro.
— Tem muita sujeira por trás desse crime — afirma o investigador. — Consiga uma ordem judicial para irmos à USP. Convoque o reitor para ser ouvido. Seu Jaime está escondendo alguma coisa e eu quero descobrir o que é.

Outro policial informa que dois carros estavam andando a toda velocidade na contramão na marginal do rio Tietê, e que uma câmera conseguira filmar as imagens. O investigador Renato logo desconfia de que esse incidente possa ter algum envolvimento com o crime. Pede para o seu companheiro pegar o número das placas dos carros envolvidos e descobrir quem eram seus donos. Ele se retira e vai providenciar. O investigador designa outro policial para ficar de plantão na frente à casa do seu Jaime.

Na casa do reitor, ao anoitecer, ele decide ir atrás de Pedro e Fernando para se vingar. Antes, entra em contato com um amigo policial para pedir pistas de onde pode encontrar os dois estudantes que ajudaram a arruinar sua carreira. O policial arranja um rádio com o qual é possível ouvir toda a conversa da polícia. Ele pega duas armas, o carro de Jônatas, passa na casa do policial e apanha o rádio.

É sexta-feira. Na casa do primo do professor Joaquim, ele e os dois estudantes agradecem a hospitalidade e dizem que vão indo.

— Para onde iremos? — pergunta Fernando, que está ao volante.
— Não podemos ficar perambulando por aí sem rumo.
— O professor pede para estacionar o carro.
— Amanhã haverá mais um ritual na sede dos Templários, não é?
— Isso mesmo — confirma Pedro.
— Então, vamos ficar de prontidão em frente à casa do Jaime — sugere o professor. — Quem sabe descobriremos mais alguma coisa.

Pedro e Fernando concordam. Chegando, dão duas voltas na casa. O policial informa ao investigador Renato pelo rádio que tem um carro rondando a casa do velho. "Professor Joaquim!", exclama o reitor em pensamento, ouvindo a conversa da polícia pelo rádio. "Desgraçado! Está dando cobertura àqueles dois. Todos eles me pagarão!" Ele dá a volta e segue rumo à casa do seu Jaime.

O investigador pede ao policial lhe passar a placa do carro. Meia hora depois o reitor chega às imediações da casa do Patriarca dos Templários. Ele também começa a dar voltas na mansão.

A esta altura, seu Jaime já sabe que estão rondando sua casa. Sabe que é o professor Joaquim, Pedro, Fernando e o reitor. Liga para os dois homens que contratou para pegar os dois estudantes e ordena que vão às imediações da sua casa darem um jeito no professor Joaquim e no reitor.

Lá fora o reitor vê o carro do professor Joaquim. Ele estaciona o seu empunhando duas armas, desce do carro e vai de encontro a eles. O professor olha pelo retrovisor e vê que alguém se aproxima. Após olhar com mais atenção consegue enxergar o reitor com as armas nas mãos.

Ele olha para Pedro e Fernando:
— Não se apavorem, mas o reitor está se aproximando com dois revólveres.

Fernando esboça uma reação. O professor pede para que ele não reaja e liga o carro. O reitor fica na frente e começa a gritar, mandando-os descerem.

— Vocês arruinaram a minha vida! Agora irão pagar! — esbraveja o reitor.

— Nós não arruinamos nada! Você foi quem a arruinou! — defende-se Pedro.

— Não me venha agora com filosofias baratas! — irrita-se o reitor.

— Não faça nenhuma bobagem da qual se arrependerá! — tenta acalmá-lo o professor Joaquim.

— Não terá como fugir, mentiroso! — perde a calma Fernando.

O reitor vira-se para ele:
— O seu pai é tão mentiroso quanto eu, moleque! Ele o enganou todo esse tempo! Não me venha com lições de moral. Agora desçam do carro!

Fernando pisa na embreagem, engata a primeira e faz gestos com a cabeça para seus dois companheiros se segurarem que ele sairá bruscamente com o carro.

O reitor engatilha as armas.

— Desçam do carro, agora!

"Agora é tudo ou nada!", pensa Fernando, que sai cantando pneu quase passando por cima do reitor. Ele olha pelo retrovisor e vê que ele chuta o chão de raiva.

Na delegacia, o investigador Renato, ouviu toda a conversa entre o Patriarca e seus filhos, o dr. Paulo e o reitor e pensa: "Então existe mesmo uma sociedade secreta...".

No sábado, no início da noite, na sede dos Templários, estão todos reunidos. Às oito e meia, Pedro, Fernando e o professor Joaquim chegam às imediações da sede e decidem aguardar o momento certo para entrar. Pedro diz que não será fácil, pois estão esperando. Pegam os mantos avermelhados iguais aos dos membros da sociedade, vestem, colocam os capuzes e aguardam uma chance para entrar.

— Tudo indica que esta será a última reunião dos Templários — comenta Fernando.

— Há complô por todos os lados nessa sociedade — diz em tom sereno Pedro.

— Nenhum deles escapará. — Encosta-se no muro o professor Joaquim.

No distrito policial o investigador Renato descobre que os dois estudantes e o professor Joaquim pegaram a rodovia Dutra, sentido Rio de Janeiro. "Devem ter ido à sede da sociedade secreta", desconfia ele. Decide ir até lá. Chama seu companheiro e diz que sairá, e é para ficar de prontidão caso peça reforço. Em seguida, pega o carro e segue rumo à sede dos Templários.

Pedro olha o relógio e já são nove e vinte. Diz que eles só têm quarenta minutos para entrar antes do início do ritual. Fernando se lembra da última vez em que estiveram ali. Ele diz saber onde fica a passagem por onde entrara com Pedro. Vão para lá e veem que as madeiras que derrubaram para passar estão do mesmo jeito. Imediatamente, entram e conseguem chegar ao salão que antecede as escadas que acabam na grande sala de sacrifícios. Começam a descê-las e o professor Joaquim fica fascinado com todo o luxo das salas pelas quais vão passando.

Chegam ao salão principal. O professor fica deslumbrado com tudo. No meio do salão veem que está tudo pronto para o início do ritual. O investigador Renato chega às imediações da sede dos Templários. Ele acha estranho o lugar com as luzes apagadas. Começa a procurar pelo carro do professor com uma lanterna. Dez minutos depois acha. Olha dentro do carro do professor e não vê ninguém. "A sede da sociedade deve ser por aqui..."

Estaciona o carro atrás do carro do professor e começa a olhar nas imediações. Está tudo escuro e o investigador tem apenas a luz da lanterna. Ele bate na porta das casas ao redor, mas ninguém atende. Continua a procurar. Ao entrar numa rua vê luzes que saem do galpão que dá acesso à sede dos Templários. Ele se aproxima, chega perto do portão e começa a gritar por alguém, e não vem resposta.

Ele caminha alguns metros e vê uma pequena abertura de madeira. O investigador se aproxima e olha dentro do galpão. Há muitos carros. Suas desconfianças aumentam e ele decide entrar no galpão.

Dentro da sede, o Patriarca ordena aos líderes para irem ao salão principal, no qual acertarão tudo. Ele chama Azevedo e ordena que reúna os numerários, sacerdotes e sacerdotisas noutro salão. Pergunta o que fará com eles e o Patriarca diz que é para esperar sua ordem e mandar todos embora, um cheque será entregue a cada um. Manda-o dizer que a polícia descobriu tudo, e é para saírem do país. Azevedo reúne todos e manda-os aguardar no salão em que estão todos os líderes, Bianca, Ângela, Miguel encapuzado e o Patriarca.

Pedro, Fernando e o professor Joaquim conseguem entrar. Chegam ao salão principal e só veem os membros inferiores.

— Os líderes e o Patriarca devem estar em outro salão — sussurrou Fernando.

— Eu acho que sei onde... — vai andando Pedro com os dois o acompanhando.

Aproximam-se com cautela onde estão os líderes e o Patriarca, a distância começam a ouvi-los. Entram na antessala do salão e veem um vão a um metro e meio de altura. Os três pegam um banco de madeira de um metro, puxam até embaixo do vão, sobem nele e começam a ouvir a conversa.

— Aqui estamos... — Abre os braços o Patriarca com sua bengala.

— Não precisa usar mais essa máscara e nem a bengala, tolo — ironiza o reitor. — Todos já sabem quem é você.

Seu Jaime olha para ele com um ódio mortal.

— Ingrato! Você tinha que me agradecer por tudo o que fiz por você.

O dr. Paulo olha para ambos:

— Não estamos interessados na briga pessoal de você dois. Vamos ao que interessa.

— O que será dos Templários daqui para frente?! — quase grita Azevedo.

— Os Templários não existirão mais — vira para ele Stefane. — O seu fim chegou.

Miguel olha para ela cheio de ódio:

— Traidora! Como pôde fazer isso?!

— Tire a sua máscara, Miguel. — Aponta para ele Stefane. — Não precisa se esconder mais atrás dela.

— Nenhum membro inferior jamais viu o meu rosto!

Ela faz um círculo em volta de todos:

— Nós sabemos quem é você. A sua máscara caiu.

O reitor olha para o Patriarca:

— Eu quero a corrente agora!

— Jamais porá as mãos na fortuna dos Templários! — esbraveja seu Jaime.

Stefane olha para ele e ousa:

— Você está sendo deposto dos Templários!

— Como ousa? — contesta o Patriarca. — Eu sempre soube da sua conspiração! — Aponta para Bianca e Ângela: — Nenhuma sociedade feminina será formada.

— Que conspiração é essa?! — quase grita estupefato o dr. Paulo.

— Que sociedade feminina é essa?!

Miguel olha para as conspiradoras:

— Elas iam roubar toda a fortuna dos Templários, eliminar todos nós e fundar os Templários como uma sociedade feminina.

O dr. Paulo olha para ambas e as indaga:

— Como podem? Eu estou num ninho de cobras! Todos vocês! O Patriarca aponta para ambas.
— Mas vocês seriam eliminadas antes, suas tolas! Ninguém me engana e sai impune. Só estava esperando o momento certo.
Stefane vira-se para ele:
— Velho maldito! Você pagará por tudo o que fez. Eu tenho seu dossiê completo e de sua liderança à frente dos Templários.
O velho solta sua grave risada.
— Nenhum membro inferior dos Templários jamais viu o meu rosto.
O reitor coloca-se na frente dele e exige a corrente.
— Você seria o primeiro a ser eliminado pela sua filha.
— Eu não me importo — não demonstra nenhuma preocupação o reitor. — Eu estou ciente das maldades que fizemos. Todos pagarão por isso. Mas não se esqueça... A verdade sempre vem à tona. E a sua virá muito em breve.
— Não precisa falar em enigmas comigo, seja claro — ironiza o líder máximo. — A nossa verdade, meu caro, é aquela em que acreditamos.
— Amanhã a sua verdade chegará ao conhecimento de todos — declara o reitor.
O líder máximo sente a ameaça:
— Eu não tenho medo das suas ameaças.
— Eu escrevi três cartas — conta o reitor com ar de vingança. — Uma para um grande jornal e outra para uma revista, contando tudo sobre os Templários e seu líder máximo, com todas as provas. Um dossiê completo seu e dos Templários. E uma para Jônatas, contando toda a verdade. A nossa verdade!
O líder máximo esbraveja:
— Você não faria isso! Fez um juramento de lealdade a mim!
— Juramentos existem para serem quebrados — é a vez de o reitor falar com ironia. — Às vezes, a vontade está acima da razão, como você pode ver.
— Eu te esconjuro! — grita seu Jaime.
— As cartas estão numa agência dos correios — explica o reitor. — Nessa agência, eu tenho que ligar todos os dias e falar um código. Se eu não ligar por dois dias seguidos, elas serão enviadas aos seus destinatários. Como pode ver, você não é o único que sabe fazer enigmas. A sua culpa e o seu castigo serão maiores do que imagina.

Jônatas se põe entre os dois:
— Por que escreveu uma carta para mim, pai?
— Não acredite nele — cortou o Patriarca. — Está mentindo.
— Você é quem sempre mentiu! — explode o reitor e aponta para o Patriarca. — Vamos! Conte a ele!
Miguel chega próximo de seu pai e pergunta qual é o segredo.
— Conte a eles! — Sorri ironicamente o reitor.
— Cale-se! — o Patriarca grita.
Entra alguém no salão usando um manto amarelo, azul e capuz. Todos param.
— É a mesma pessoa que estava no prédio da Paulista — cochicha Fernando.
— É ela mesma — dá uma espiada com mais atenção Pedro.
— Quem é você? — Aponta para ela seu Jaime.
Stefane, Bianca e Ângela se aproximam dela, fazendo uma pirâmide ao seu redor.
— Esta é a Matriarca da sociedade feminina — anunciou Stefane cheia de orgulho. — Os Templários do Novo Tempo deixam de existir a partir de hoje.
Miguel e Azevedo chegam próximos delas e tentam ver quem está por trás do capuz.
— No momento certo vocês verão o meu rosto — declarou a Matriarca.
Seu Jaime se ira ao ouvir.
— Não haverá nenhuma sociedade além dos Templários.
— Desça do pedestal, Jaime. A sua era e a dos Templários acabaram.
— Mostre o seu rosto!
Jônatas volta ao assunto, pedindo para o reitor contar qual é o segredo que ele tem com o Patriarca.
Fernando perde a paciência e pula para o lado de dentro do salão. Todos olham para ele espantados.
— O que faz aqui, filho? — aproxima-se o dr. Paulo.
"Fernando ficou louco!", pensou Pedro.
O professor Joaquim cutuca-o:
— É melhor irmos também.
Nesse meio tempo, seu Jaime ordena a Azevedo que vá ao salão principal, distribua os cheques aos membros inferiores e mande-os sumir.

Fernando vai ao meio do salão:
— O reitor não é o seu pai, Jônatas... — Aponta para seu Jaime.
— Ele é o seu pai.
Todos ficam em silêncio. Jônatas olha para o reitor:
— Isso é verdade, pai?
— Sim. É verdade. Esse desgraçado é o seu verdadeiro pai.
— Mas por quê?
— São as regras, rapaz — declarou febrilmente seu Jaime.
Pedro e o professor Joaquim também pulam para dentro do salão. Todos olham para eles. Enquanto isso, o investigador Renato consegue passar para o lado de dentro. Ele vai se aproximando com cautela da entrada da sede com sua arma em punho. Ele ouve pisadas rápidas, como se muitas pessoas estivessem correndo ao mesmo tempo. Abre a porta principal e começa a descer.

Sacerdotes, sacerdotisas e numerários chegam ao estacionamento e vão embora, com exceção de cinco numerários, que ficaram, armados, a mando de Azevedo.

De volta ao salão principal...
— Diga-nos apenas o código para as cartas não serem enviadas!
— grita seu Jaime. — E tudo ficará bem.
— Não haverá acordo — avisa o reitor.
— Você nos dirá o maldito código! — berra Azevedo apontando uma arma para Stefane. — Senão você e sua filha serão mortos.
— Não diga nada, pai! — pede Stefane.
— Como pôde me renegar? — aponta para o Patriarca Jônatas.
Seu Jaime olha para ele com desprezo e rebate:
— Quem é você para me repreender?
— Eu quero o seu fim agora!
— Como pôde fazer isso, pai?! — declarou com ira Azevedo. — Traiu a mim, ao Miguel e à sociedade que seus antepassados fundaram com os princípios da moral. Você violou esse princípio. Portanto, não pode mais ser seu líder máximo.
Seu Jaime aproxima-se dele:
— Como ousa dizer uma coisa dessas? Com quem pensa que está falando?

As luzes se apagam e quatro disparos são ouvidos. O investigador Renato ouve e corre até o salão. Todos entram em desespero. Alguém acende as luzes novamente. Todos se levantam e veem o dr.

Paulo e o reitor deitados no chão, feridos. Fernando corre até seu pai e pergunta se está tudo bem. Ele olha-o ternamente, pede perdão e morre.

Fernando levanta e procura pelo Patriarca, Miguel e Azevedo, não vê nenhum deles.

— Para onde foram?

— Fugiram — suspeita Pedro.

O investigador entra no salão.

— Investigador Renato? Como veio parar aqui? — pergunta Pedro.

— O que está acontecendo aqui?

Uma voz soa num auto-falante.

— Serão todos mortos.

Stefane fica diante do seu pai, que está muito ferido e pergunta onde está o código. Pergunta em qual agência dos correios estão as correspondências e o dossiê dos líderes.

— Agência Central. O código e a chave estão no meu cofre na sala da reitoria na USP. — E morre.

Stefane olha em volta e sai rapidamente da sala.

O professor Joaquim procura pela mascarada e pela Ângela e não as vê. Fernando está irado com a morte do pai e diz que vai atrás do Patriarca e de seus filhos. O investigador o aconselha a deixar para as autoridades.

Pedro vai correndo ao salão principal. O professor Joaquim vai atrás dele. Dão de cara com o Patriarca segurando a sua irmã com uma arma na mão.

— Como pode descer tanto o nível, Jaime?! — exclama Joaquim.

— Ossos do ofício, meu caro! Ossos do ofício!

Pedro tenta se aproximar. Seu Jaime aponta a arma para ele e manda-o recuar.

— Foi um grande erro ter jogado com você, rapaz. Irei corrigir a tempo. Matarei você, o professor e seu amigo.

Chegam também Jônatas e Azevedo. Seu Jaime olha para eles:

— Não fiquem aí parados! Ajudem-me a sair e pegar o código e a chave. Precisamos descobrir em qual agência dos correios estão o dossiê e as correspondências.

— O código e a chave estão no cofre da reitoria da USP — informa Azevedo. — O dossiê e as correspondências estão na Agência Central dos Correios.

Jônatas aponta uma arma para o Patriarca.

— Não vai a lugar nenhum. A sua liderança chegou ao fim.

Outro tiro é disparado. Jônatas leva a mão ao peito e cai de joelhos. Foi Azevedo quem disparou contra ele, e morre.

Pedro ameaça uma reação.

— Não ouse fazer isso, Pedro! — pede Bianca com voz de choro.

— Eu mereço passar por tudo isso, mas você não.

Pedro olha para a irmã e ela chora. Por alguns instantes, ele não sabe o que fazer.

— Não dê mais nenhum passo! — avisa seu Jaime. — Esta é a fé da sua irmã, rapaz.

— Desistam! A polícia já sabe de tudo! Todos serão presos! — gritou Pedro.

Bianca entra em prantos e não para de chorar. Seu Jaime a manda se calar. Em seguida, sobe ao altar e fica próximo dela com seu punhal na mão:

Bianca implora ao seu irmão que não é para ele interferir.

— Não tente reagir, Pedro! — Segura ele pelo braço o professor Joaquim.

Seu Jaime se retira levando Bianca consigo. O investigador chega.

— Onde está o mascarado?

Seu Jaime chega ao estacionamento e cinco numerários furam os pneus dos carros. "Azevedo!", desconfia seu Jaime. Neste instante, os dois homens que ele contratara chegam. Ele os ordena que procurem seu filho e o levem à USP.

Todos vão para o estacionamento.

— Para onde foram? — Olha para todas as direções o investigador.

— Eles devem ter ido para a USP — desconfia o professor.

— Sem o dossiê não poderão ser acusados de nada — concorda Fernando. — Depois pegarão toda a fortuna dos Templários.

— Os outros membros também fugiram.

— Não irão muito longe — garantiu o investigador pegando seu rádio.

Pedro diz que irá para a USP. Fernando se oferece para ir junto. O investigador diz que nem tentará impedi-los. Pede que peguem o dossiê, ele tem de estar ali para quando o reforço policial chegar. Pegam o carro do professor e seguem para a USP.

* * *

Chegam à Cidade Universitária com os primeiros raios de sol de domingo. Estacionam próximo da entrada principal. Pedro sugere que entrem pelos fundos. Pulam um muro, quebram um vidro e entram. Atravessam às pressas os imensos corredores. Seguem correndo a sala da reitoria. Antes de entrarem no corredor central ouvem passos que vão se aproximando rapidamente. Pedro e Fernando entram numa sala e pelo vidro veem Azevedo e Stefane passarem.

— Stefane e Azevedo são cúmplices! — fica boquiaberto Fernando.

— Eles se merecem.

— Temos de ter muito cuidado — sussurra Fernando. — Seu Jaime também deve estar aqui e armado.

— Temos de chegar antes na sala da reitoria — sugere Pedro.

Fernando diz que sabe como chegar primeiro. Ele chama Pedro e seguem correndo por um corredor à esquerda, saindo de frente para as salas, mas a porta está fechada.

— Como entraremos? — Chuta a porta Fernando.

Pedro empurra-a e ela está aberta. Entram, tiram um quadro e lá está o cofre.

— E agora? Como o abriremos? — pergunta Fernando.

— Não sei, tem de ser rápido — afirmou Pedro. — Vamos olhar dentro das gavetas e ver se tem alguma coisa que nos ajude. — Começam a vasculhar as gavetas da sala.

Após alguns minutos não acham nada. Em seguida, notam que alguém está forçando a porta para dentro. Fernando avisa a Pedro e eles entram num pequeno cômodo cheio de documentos e ficam quietos.

Alguém entra na sala. Pedro e Fernando ouvem as vozes de Stefane e de Azevedo.

— Temos de achar logo o código e irmos aos correios. O seu pai deve estar a caminho — desconfia Stefane impaciente.

— Está tudo revirado. — Olha Azevedo. — Alguém já esteve aqui. Vamos procurar logo o código. Onde estão as chaves e o segredo do cofre?

Stefane enfia a mão no sutiã e retira um maço de chaves. Azevedo sobe numa cadeira e pede as chaves. Stefane também sobe e insere a chave no cofre, manobra o segredo e o abre. Ela retira todos os documentos e joga-os sobre a mesa e começam a procurar pelo código e pelo dossiê.

Stefane finalmente acha dentro de um envelope com o símbolo dos correios. Abre e lá estão as informações dos Templários e seus membros e são apenas cópias.

— São cópias, ora! — esbraveja Azevedo.

— Os originais estão nos correios — afirma Stefane. — Aqui estão o código e a chave para pegarmos.

Azevedo dá um beijo em Stefane:

— Estamos ricos! Trocaremos esses documentos pela fortuna dos Templários. Estamos ricos, meu amor!

Uma voz soa como trovão nas costas dos dois amantes:

— Não tenham tanta certeza disto!

Quando se viram lá está Miguel com uma arma na mão. Ele entra na sala:

— Deviam ter pegado os documentos e saído rapidamente.

Ordena que se afastem da mesa com a arma apontada para eles. Azevedo range os dentes de raiva. Retira a corrente que está no seu pescoço e diz:

— Queriam isto? A fortuna dos Templários? Ela é minha! Após eliminar vocês, como manda a tradição, o número de cem líderes estará completo. Fundarei uma nova sociedade e a culpa cairá sobre os cinco líderes mortos. É um plano perfeito, não é?

— Eu sou seu irmão! — grita Azevedo.

— Eu o renego!

— Traidor!

— Cale a boca! Você me traiu primeiro! — interrompe Miguel, que cita um provérbio dos fundadores dos Templários. — "Não demonstrar piedade a ninguém. Todos são merecedores da redenção e do sacrifício". — Manda alguém entrar na sala. É Ângela, que entra com uma arma em punho.

— Você?! — grita Stefane.

— Você é muito ambiciosa, Stefane. Depois que pegássemos a fortuna dos Templários, mataria a mim, a Bianca e a Matriarca para ficar com tudo. Eu sempre soube do seu envolvimento com Azevedo.

— Cobra venenosa! — Aponta para Ângela Stefane. — Não confie em Miguel. Veja o que ele fez com Pedro e Fernando.

— Cale a boca! — irritou-se Miguel.

Azevedo se debruça sobre a mesa e propõe:

— Nós quatro podemos nos dar bem. Podemos mudar esse dossiê e jogar toda a culpa no reitor e no Patriarca. O que acham?

Miguel não lhe dá atenção e ordena que ele e Stefane se afastem. Passa a arma para Ângela e começa a examinar as cópias do dossiê. Depois, pega o código e a chave que abre o cofre da agência do correio em que estão o dossiê original e as correspondências, e os coloca dentro do envelope. Para a surpresa de todos, Ângela aponta a arma engatilhada para Miguel e manda-o ir ao outro lado da mesa.

— Dê-me o código e a chave agora!
— O que é isto?! — nem acredita Miguel. — Até você, Ângela?! Como ousa?!

Ângela olha para Stefane e faz gesto. Ela se aproxima e lhe dá um selinho na boca.

— Eu sabia que não iria decepcionar! — declarou Stefane. — A Matriarca ficará orgulhosa de nós. Agora temos que livrar a Bianca do Patriarca.

Ângela aponta a arma e pede novamente a chave e o código, dizendo que não está brincando. Miguel coloca o envelope em cima da mesa e se afasta. Ângela pega e manda que se afastem. A seguir, ela acerta um tiro em Miguel, levando-o ao chão. Azevedo ameaça reagir. Ângela aponta a arma e pergunta se ele quer morrer também, mandando-o recuar.

Stefane manda alguém entrar na sala: são dois numerários que a acompanham. Manda-os trancar Azevedo no banheiro. Dentro da salinha, Pedro se agacha e dá uma olhada de baixo para cima. Ele tem uma ideia e sussurra para Fernando:

— Saia pela janela e dê a volta até a porta. Assim que eu pegar o envelope e sair você a tranca. Assim ganharemos tempo para fugir.

Fernando sai pela janela, dá a volta pelo corredor e fica do lado da porta, encostado na parede. Enquanto isso, Azevedo propõe a Ângela e a Stefane que elas podem ser muito ricas e poderão fundar uma sociedade secreta e viverem bem sem ninguém no caminho, e toda a culpa cairá sobre os líderes mortos. Ela diz que não, que saberá se virar sozinha, e tranca-os dentro do banheiro dizendo que alguém tem que estar vivo para ser culpado também.

Pedro dá uma investida rápida e perigosa, pegando o envelope, e sai da sala pela janela. Fernando, em seguida, tranca a porta por fora e os dois saem correndo pelos corredores silenciosos da USP.

Quando Ângela olha para a mesa e não vê o envelope ela tenta abrir a porta da sala, está trancada.

— Alguém trancou a porta! — esbraveja ela.

Stefane olha para a mesa e não vê o envelope.

— Pedro! Fernando! Desgraçados! Vou matar vocês!

Ângela começa a atirar na fechadura da porta até ela se abrir. Ordena aos numerários que vão atrás dos dois intrusos. Eles saem correndo pelos corredores com armas em punho. Pedro e Fernando ouvem disparos abafados, aumentam os passos e a arma que o investigador Renato tinha dado a Fernando escapole e cai. Ameaça voltar para pegá-la. Pedro diz que é para deixar para lá e continuar a correr.

Na sala da reitoria, Ângela começa a caminhar lentamente no corredor de frente à porta da sala, enquanto que Stefane vai sentido contrário. Ouvem disparos e vão em direção ao som. Trinta metros à frente, Ângela ouve o som de uma arma sendo engatilhada. Ao virar-se, lá está Miguel.

— Ora, ora...

Ele mostra um colete à prova de balas que está por baixo das suas vestes:

— Um homem prevenido vale por dois, já dizia minha vó.

— O que fará agora? — retruca Ângela. — Me matará?

— Eu a transformei numa mulher forte e corajosa. Além de lhe ter dado posses — lembra Miguel. — No entanto, você me agradece com traição.

— Após colocar as mãos no dossiê e na fortuna dos Templários, você me mataria, como fez com todos seus aliados — acusa Ângela.

— Sim. A esta altura todos os numerários e sacerdotes estão longe — declara Miguel. — Nenhum jamais viu o meu rosto e o do Patriarca. Nós sairemos limpos e vocês serão todos condenados.

— Está enganado — rebateu Ângela com ódio. — Pedro e Fernando estão com o código e a chave do cofre dos correios. Eles sabem de você e do seu maldito pai.

Miguel dispara contra Ângela, levando-a ao chão, e ela não morre, também usava colete à prova de bala. Ele começa a caçar Pedro e Fernando nos corredores da universidade. Azevedo consegue sair do banheiro da sala da reitoria e também inicia uma caçada aos dois estudantes que estão com as provas que podem incriminar a ele e a seu pai. Ele passa pelo corpo da Ângela e diz que ela teve o que merecia.

Pedro e Fernando chegam à praça de alimentação. Cansado, Fernando para, encosta-se numa mesa dizendo que não aguenta mais correr. Pedro diz que eles têm que ir mais rápido, estão sem tempo para descansar. Ouvem um disparo e, quando olham, lá estão os dois homens que seu Jaime contratou. Um deles grita exigindo o envelope. Eles não dão ouvidos e pegam o corredor à direita rapidamente. Os homens vão atrás deles. Cem metros à frente, Pedro e Fernando veem Miguel passar correndo. Ele volta e eles pegam outro corredor a toda velocidade.

Mais adiante encontram-se com Azevedo e ele exige o envelope. Pedro e Fernando ficam imóveis. Azevedo saca uma arma, aponta para eles e pede o envelope mais uma vez, gritando e prometendo matá-los. Pedro, que segura o envelope, olha à sua direita e há uma porta com uma cortina azul: "Auditório Principal". Numa arrancada brusca ele puxa Fernando pelo braço e entram no auditório. Azevedo dispara duas vezes, mas só consegue acertar a parede. Vai atrás deles. Os dois homens ouvem os disparos e seguem o som pelo corredor.

Pedro e Fernando estão encurralados no altar. Azevedo e Stefane entram por lados opostos. Há fileiras intermináveis de cadeiras. Pedro e Fernando se agacham na fileira de cadeiras do meio do auditório e se movimentam agachados. De repente, mais dois tiros são disparados no corredor central. As portas do auditório se abrem novamente. Desta vez são os dois contratados do Patriarca que entram e começam a vasculhar todas as fileiras.

As portas voltam a se abrir. É Miguel, que começa a caçar Pedro e Fernando. Pedro tem uma ideia: retira a chave do envelope e passa para Fernando, dizendo que têm que se dividir, é a única chance de escaparem. Fernando pega a chave, coloca-a no bolso e vai à fileira seguinte. A esta altura os dois homens já tinham se dividido.

Na sede dos Templários o reforço policial que o investigador Renato tinha pedido chega. Carros da polícia se espalham nas imediações e milhares de policiais cercam por todos os lados. O professor Joaquim recebe os primeiros cuidados médicos numa ambulância do Corpo de Bombeiros. O investigador Renato reúne quarenta policiais e diz a eles que penetrarão pela entrada principal que vai para baixo. Vasculham toda a sede e não acham ninguém, a não ser os corpos do reitor e do dr. Paulo.

* * *

De volta à USP, a caçada a Pedro e Fernando continua intensa no auditório principal. Miguel começa a esbravejar, pedindo que eles apareçam e entreguem o envelope. As palavras ecoam como trovão. Os dois contratados do seu Jaime vão ao lado oposto das fileiras. Fernando dá uma espiada no corredor central, não vê ninguém e passa ao outro lado. Azevedo consegue vê-lo e começa a gritar exigindo o envelope. Ele não desiste e vai correndo atrás de Fernando, que faz um verdadeiro zigue-zague por entre as fileiras e foge da vista dele.

Pedro olha por cima de algumas cadeiras e vê um dos homens indo em sua direção. Quando ele tenta chegar a uma porta nos fundos do auditório, o outro grita para ele ficar de pé. Pedro não hesita e obedece.

— Dê-me o envelope agora! — grita um deles.

Pedro pega o envelope de dentro da camisa e ouve alguém se aproximar. Os dois se viram e é Miguel usando uma máscara para esconder seu rosto dos homens. Ele aponta para Pedro e pede o envelope. Pedro olha para Miguel, para o homem.

— Não precisa mais esconder seu rosto — disse Pedro. — A sua máscara caiu.

Miguel sorri ironicamente para ele, estendendo a mão exigindo o envelope:

— Dê-me o maldito envelope!

Pedro hesita. Miguel diz que ele não precisa ser herói e diz para entregar o envelope. O outro homem se aproxima. Pedro não tem saída e passa o envelope para Miguel.

— Não escaparão! Todos vocês são assassinos! — gritou ele. — Serão todos presos!

— Você se saiu além do que esperávamos! — declarou Miguel rindo para Pedro. —Mas não é tão esperto quanto pensa. Nós o usamos desde o início.

— Não têm o direito de usar as pessoas — desabafa Pedro. — Vocês se escondem atrás de máscaras para impor pessoas a uma falsa redenção e tirarem vantagem sobre elas. Mas não adianta. As máscaras de todos vocês caíram, desgraçados!

— É isso mesmo! — grita alguém.

Quando olham lá está Fernando:

— Todos foram desmascarados. Serão purificados pelo próprio veneno.

— Não banquem o Cristo comigo! — rebate Miguel. — Todos nós devemos seguir nossos destinos e aceitá-los, cada um a seu modo. Eu não preciso de mais dinheiro. Sou rico. O meu destino foi traçado e eu tenho de aceitá-lo.

— Você deve pagar por tudo que já fez! — declara Fernando. — Não tem o direito de enganar as pessoas. Nós acreditamos em você. Fomos seus amigos desde o início.

— Ora! Poupe-me das suas lições de moral. Neste mundo em que vivemos, a lei que manda é a do mais forte. Eu apenas sou um líder de uma sociedade dentro da sociedade. É a ordem atrás da ordem. Nenhum numerário jamais viu o meu rosto. Por isso não poderão me reconhecer ou me acusar de nada.

— Não terá como fugir, Miguel — discorda Fernando. — Há muito tempo essa sociedade vem fazendo mal às pessoas. Chegou a hora de prestar contas.

Na sede dos Templários as autoridades já tinham feito todo o procedimento. O investigador Renato ouve pelo rádio que a USP fora invadida e disparos ecoaram de dentro dela. Ele chama o professor Joaquim e seguem para lá.

No auditório da USP é a vez de Pedro se irritar:

— Desista, Miguel. Sabe que não escapará. Nem você e nem o seu pai.

— Nem sua irmã! — interrompeu Miguel. — Ela é membro dos Templários!

— Eu não esqueci. Ela também responderá pelos seus atos.

— A sua irmã já deve estar morta. Ela foi uma das poucas que viu o meu rosto e o do Patriarca. A ordem é matá-la, assim como Stefane, Jônatas e Azevedo.

— Você irá comigo, querido irmão! — ecoa uma voz dentro do auditório.

Quando olham, é Azevedo.

— O seu plano foi por água abaixo. A esta altura a sua foto, juntamente com documentos que provam a sua participação nos Templários, está num grande jornal.

— Está blefando! — Balança a cabeça Miguel. — Você não faria isso...
— Eu sempre soube dos seus planos e do Patriarca. Por isso estavam sempre mascarados. Você não sairá ileso de tudo isso como imagina.
— Todos têm sua parcela de culpa — interfere Fernando. — Responderão por elas.
— Cale a boca! — perde a cabeça Miguel.
Stefane entra no auditório e se esconde atrás da cortina do palco. Pedro aproveita a discussão entre os dois irmãos, olha para Fernando e faz sinais para saírem assim que mandar. Ele balança a cabeça positivamente. Pedro olha para o palco e vê Stefane através de um espelho. Pedro cutuca Fernando e saem correndo do auditório.
— Estão fugindo! — Ameaça ir atrás deles um dos contratados do seu Jaime.
— Deixe-os ir. Eu tenho o envelope. — Balança-o Miguel.
— Se eu fosse você daria uma olhada antes — aconselha Azevedo.
Miguel fecha o semblante e abre o envelope. Para a surpresa dele só há folhas em branco.
— Desgraçados! — Amassa as folhas, saindo correndo atrás de Pedro e Fernando. Os dois homens vão atrás. Azevedo sai pelo lado oposto e Stefane já tinha se retirado.
Pedro e Fernando chegam ao estacionamento. Entram num carro qualquer que estava aberto e saem cantando pneu. Miguel e os dois homens também chegam.
— Peguem o carro! — ordena Miguel. — Vamos atrás deles!
— Para onde iremos? — Engata a quinta marcha Fernando.
— Só há um lugar para onde seu Jaime levou a Bianca. — Apoia no painel do carro Pedro. — No casarão em que formam os sacerdotes e numerários dos Templários.
— Será?
— Eu tenho certeza.

No casarão, o Patriarca está na sala da purificação. Bianca está amarrada à cruz em forma de moinho que gira no sentido contrário.
Ele sorri olhando para Bianca.
— Não se preocupe. Pedro e Fernando já devem estar a caminho. Tudo se resolverá.

— Não conseguirá escapar! — grita Bianca. — Todos os líderes viram o seu rosto!
— Não poderão me acusar de nada, minha cara — interrompe calmamente o Patriarca. — O reitor e o Paulo estão mortos e eu dei um cheque de valor considerável para os numerários e sacerdotes. As contas pertencem aos líderes, os únicos que sabem que eu sou o Patriarca dos Templários. Nenhum membro inferior conhece a minha identidade ou viram o meu rosto, portanto, não poderão me acusar de nada. Acusarão os líderes, que estão todos mortos. Não é um plano perfeito?
— E o dossiê que o reitor fez sobre você e os Templários? — lembra Bianca. — As correspondências que serão enviadas à imprensa? Você não tem tanto poder assim.
— Miguel está cuidando disso — disse seu Jaime, retirando-se da sala.

Pedro e Fernando chegam. Estacionam o carro em frente ao casarão. Seu Jaime os vê chegar. Entram no casarão pela casa vizinha, como fizeram várias vezes antes. Seu Jaime continua olhando a rua. Ele vê Stefane descer do carro pela porta de trás e seguir Pedro e Fernando. Entram no salão de batismo e não veem ninguém. Passam de sala em sala até chegar à sala de batismo. Está tudo em silêncio. Vão à sala da purificação e veem Bianca amarrada à cruz com a boca amordaçada. Aproximam-se e ela começa a balançar a cabeça tentando dizer-lhes alguma coisa, não conseguem entender e ficam de frente para ela.
— Eu vou desamarrá-la. — Chega bem próximo dela Pedro.
— Não tente fazer isso, rapaz — avisa uma voz.
Quando se viram lá está seu Jaime, usando capuz, a bengala numa mão e uma arma na outra. Ele solta sua risada grave como de costume.
— Chegou a hora da verdade, meninos.
— Qual delas seu Jaime? — disse Fernando com o semblante rígido. — A sua ou a nossa verdade?
— A sua, a minha... Não importa. Todos têm de enfrentar uma verdade algum dia. O de vocês chegou — retoma o Patriarca, que retira o capuz e joga-o no chão. — Vocês se saíram melhor do que o esperado. Era para ser apenas uma disputa para desviar a atenção até eu colocar meu plano em andamento.

— Por que nos usou dessa maneira? — indagou Pedro. — Nós acreditamos em você, seu velho desgraçado!

O velho se aproxima um pouco mais deles.

— Toda boa causa tem seus sacrificados. — Soltou uma risada escarninha o Patriarca. — Ou vocês continuarão com suas vidinhas, ignorando a verdade e os sinais à sua volta? Eu lhes mostrarei a verdade dos Templários!

— A sua verdade é uma mentira! — ousou Pedro. — Como toda mentira veio à tona.

Bianca chora enquanto vê a confrontação entre os três, parecendo estar arrependida.

— Não existe ordem atrás da ordem que possa ser seguida à risca — assegurou seu Jaime, jogando a bengala no chão. — As pessoas são egoístas demais para isso. Todos juram lealdade, mas no final quebram o juramento com um cinismo admirável.

Pedro chega bem próximo da sua irmã, coloca a mão na cruz e olha para o velho.

— A mente humana é muito misteriosa. O enigma da sua percepção não pode ser desvendado. Tudo isso não passa de uma ilusão. Esqueça.

Seu Jaime sorri cinicamente.

— Os homens criam suas leis e depois querem estar acima delas. — Aponta para o velho Fernando. — Você criou suas regras, impôs às pessoas a elas e foi o primeiro a infringi-las. Portanto, a sua ordem não tem moral. A sua máscara caiu! Desista!

Seu Jaime sorri longamente erguendo a cabeça.

— A razão não pode superar o caráter, rapaz. Unidade absoluta é virtude. É preciso ter coragem para realizá-la. Cada um tem sua razão.

Pedro aproveita a descontração do velho e desata o nó da corda que amarra as mãos de Bianca. Seu Jaime aponta a arma para Fernando e exige o código e a chave. Pedro puxa um envelope e joga nos pés do velho. Ele agacha-se, pega-o e o coloca no bolso.

Uma voz soa na sala:

— Dê-me o envelope, velho maldito! E a corrente em seu pescoço! Ou juro que o matarei aqui!

Quando olham, é Stefane, segurando uma arma. Ele tenta levantar a arma. Stefane engatilha a sua e mira em seu peito.

— Eu não estou brincando! Largue a arma.

Ele joga a arma e o envelope no chão, retira a corrente do pescoço e a joga.

— Não irá muito longe — garante o velho apontando para Stefane.

Bianca se solta e chega próximo dela.

— Não faça isso, Bianca... — tenta impedir Pedro.

Ela toma a arma das mãos da Stefane e dispara contra o Patriarca, que cai no chão.

— Não podia ter feito isso! — grita Pedro.

— Esse velho desgraçado teve o que merecia — respondeu ela.

Fernando olha para Stefane e Bianca, que continuam na sala.

— Não tentem fugir. A polícia está a caminho.

Stefane aponta a arma para ele:

— Não tente bancar o herói. Eu estou disposta a correr o risco.

Eles ouvem uma porta se abrir. Quando se viram, lá está Azevedo. Ele olha para o Patriarca, que está deitado no chão, e olha para as mulheres.

— Traidoras! Pagarão caro!

Pedro põe-se na frente dele e diz que tudo acabou. Ele mira a arma para Pedro e grita que é para não se intrometer. O clima fica tenso. Stefane foge.

— Depois eu cuidarei dela — garante Azevedo.

Bianca pega a arma do Patriarca e coloca a mão para trás. Azevedo engatilha a arma:

— Vocês dois deram muito trabalho. Nenhuma testemunha vai sobreviver.

Bianca fica ao lado do irmão, quando Azevedo ameaça disparar ela se joga na frente e recebe dois tiros. Ainda dispara uma vez e Azevedo cai no chão.

Pedro se desespera, abraçando a sua irmã.

— Bianca! Bianca!

Ela abre os olhos.

— Todos devem responder pelos seus atos e pagar por eles.

— Tudo ficará bem. Não se preocupe.

Ela balança a cabeça, sorri e morre. Fernando agacha-se perto do amigo e coloca a mão no seu ombro, dando-lhe apoio. A seguir, ficam de pé.

— Stefane levou o envelope — diz Pedro. — Não temos o código, nem o dossiê.

— Eu tive o cuidado de olhar todos os papéis — informa Fernando. — O dossiê está na agência central dos correios. Stefane terá de ir pegá-lo amanhã.
— A polícia já deve estar a caminho. Ela cuidará de tudo.
Vão a outra sala e sentam para aguardar a chegada da polícia, que chega vinte minutos depois. O investigador Renato entra na sala com o professor Joaquim.
— Como estão?
— Não muito bem — respondem.
— O que houve aqui?
Contam tudo. Minutos depois um policial vem avisar que só há os corpos de Azevedo e Bianca ao invés de três, como haviam informado Pedro e Fernando.
— Impossível! — Levanta-se Pedro.
— Seu Jaime levou dois tiros — confirmou Fernando.
Eles vão até a sala e lá só há os corpos da Bianca e do Azevedo.
— Desgraçado! — Chuta o ar Pedro. — Nos enganou mais uma vez!
— Não se preocupe, Pedro — tenta consolar o professor Joaquim.
— Ele será preso mais cedo ou mais tarde.
— Eu não teria tanta certeza assim! — exclamou Fernando.
— É só uma questão de tempo para prender todos eles — avisou o investigador, que diz a Pedro e Fernando que podem ir embora. Ele ligará no decorrer da semana para marcar o depoimento dos dois. Eles perguntam ao professor Joaquim se ele irá. Ele diz que ficará um pouco mais.

Os dois amigos vão à casa de Pedro, onde seus irmãos e pais os recebem felizes. Os dois contam tudo o que aconteceu desde o início. Os familiares de Pedro ficam desapontados ao saberem que Bianca fez parte de tudo aquilo. D. Lúcia pergunta sobre ela e Pedro conta que está morta. Ficam muito tristes. Fernando informa que seu pai também está morto.

No casarão só estão o investigador Renato e o professor Joaquim.
— É melhor irmos embora — sugere o investigador. — Há muito que fazer ainda.
— Pode ir. Eu ficarei um pouco mais — informa o professor.
— Não entre na sala em que ocorreram as mortes para não comprometer as provas.
— Não se preocupe.

O investigador vai embora.

Joaquim vai ao salão de batismo examinando tudo.

— Nós, humanos, somos complicados mesmo — soa uma voz atrás dele.

Quando se vira lá está a mascarada, futura Matriarca da sociedade feminina.

— No mundo não se pode confiar em ninguém — diz o professor de frente para ela.

— "Maldito o homem que confia em outro" — lembrou-se ela de um antigo ditado. — E olha que não fui eu quem disse isso.

— Quem é você, afinal?

— Que diferença faz?

— Faz toda a diferença. — Senta-se na quina da mesa o professor. — Os segredos de uma sociedade secreta vieram à tona, você ainda pensa em fundar outra...

— Vivemos numa sociedade corrompida e hipócrita — interrompe-o ela, encostando-se no batente da porta de braços cruzados. — A fé é apenas um estado de espírito. Creia-me, eu atingi esse estado.

— O Patriarca dos Templários achava o mesmo. — Observa-a atentamente o professor Joaquim. — Olhe o que lhe aconteceu...

— Ele não está morto — é a vez de ela interrompê-lo. — Nós dois sabemos disso.

O professor baixou a cabeça.

— Ele não terá como escapar. Mais cedo ou mais tarde será preso.

Ela balança a cabeça.

— O Jaime é um homem rico e influente. Não será fácil prendê-lo. Sabe disso. Você pode fazer justiça. Pedro e Fernando já fizeram a parte deles.

— As autoridades cuidarão disso.

A mascarada entra na sala e muda de assunto:

— Na sociedade feminina haverá uma mesa redonda. À direita dela sentarão as encarregadas de fazerem justiça. As que se sentarão à esquerda falarão a verdade e mostrarão o caminho àqueles que estiverem desviados.

— Por que não deixa que as pessoas descubram isso por si só? Cada um sabe daquilo que é bom para si mesmo.

A mascarada fica de frente, quase com o rosto encostado no seu e tira a máscara.

— Você?! — espanta-se o professor. — Eu pensei que tivesse morrido.

— Quando eu descobri que meu marido era membro de uma sociedade secreta fiquei horrorizada — explica ela colocando a máscara de volta. — Planejei um falso suicídio e fui para a Europa. Lá, estudei bastante as sociedades secretas.

O professor cruza os braços:

— A sua indignação se transformou em fascínio. Agora planeja fundar uma?

— Nunca diga não. Nunca diga nunca. A sociedade feminina será diferente de todas.

— É o que todos dizem. Depois, a coisa foge do controle.

— Estou disposta a correr o risco.

— Quanto ao seu filho? Um dia ele saberá que você está viva.

— Eu prefiro assim como está. Quanto ao Patriarca, ele dará o sorriso da liberdade e estará livre para continuar sendo o líder máximo dos Templários. Você é o único que pode detê-lo. Pense nisso.

O professor Joaquim se cala olhando para o vazio. De repente, faz-se silêncio. Ele olha em volta e a mascarada não estava mais lá. Ele olha numa cadeira e lá tem um papel laminado. Ele pega o papel e examina-o.

Após o Fim dos Templários e de todos os seus líderes, o Patriarca dará o sorriso da liberdade e nenhuma culpa cairá sobre ele. Cabe a ti decidir se ele é digno ou não da liberdade. Julgue-o conforme seus atos.

Do outro lado do papel há algo desenhado. Parece ser um mapa e uma frase: "A conspiração da culpa, do silêncio e da justiça foi lançada. Deve-se estar pronto para continuar o julgamento".

O professor Joaquim guarda o papel no bolso e vai embora. À noite, sai em todos os noticiários a existência dos Templários, que pessoas influentes e ricas eram membros. Fotos dos líderes, de alguns numerários e sacerdotes são mostradas. As autoridades garantem que todos serão presos, mas não se fala do Patriarca ou de Miguel.

— Seu Jaime é mesmo um homem influente — comenta Fernando meio indignado. — Não falaram nada dele e nem de Miguel.

— A máscara dele ainda vai cair — afirmou Pedro. — Ele enganou a todos e fugiu.

Fernando mostra a corrente:

— Ele não vai embora sem isto aqui, meu chapa. Pode apostar.

— Seu Jaime é um homem muito rico. — Toma a corrente nas mãos Pedro. — Ele não precisa disto. Jogou a culpa nos líderes dos Templários e estão quase todos mortos. Pegará todo o dinheiro e fundará outra sociedade.

— Acho que nunca mais o veremos. — Balança a cabeça negativamente Fernando.

— Apesar de tudo, eu estou com pena da Stefane — falou respeitosamente Pedro. — Agora ela é uma foragida da Justiça.

Fernando encara-o:

— Ela deve responder por tudo o que fez. Stefane sabia no que estava se metendo.

— Eu acho que ela teve muitas promessas para aceitar uma coisa dessas.

Em seguida, vão dormir.

Na segunda-feira, às sete horas da manhã, Pedro e Fernando seguem para a agência central dos correios e ficam de prontidão. Sabem que a qualquer momento Stefane aparecerá.

Após quase três horas de espera, entra na agência uma mulher parecida com a Stefane, cabelo curto e pintado, usando óculos e chapéu cobrindo todo o rosto.

— É ela... — desconfia Fernando.

Pedro também desconfia de que seja Stefane. Entram e perguntam onde ficam os cofres em que os clientes guardam documentos e joias. Uma funcionária diz que é no terceiro andar. Eles pegam o elevador e sobem.

Fernando informa que o cofre com o dossiê está no corredor cinquenta e sete. Ao chegarem um corredor antes, combinam que devem entrar um pela esquerda e o outro pela direita para surpreender Stefane. Entram no corredor e, para a surpresa dos dois, encontram Stefane deitada no chão, com uma poça de sangue em volta dela. Pedro e Fernando correm e ela ainda está viva. Pedro afasta a mão e ela tinha levado um tiro. Stefane olha para ambos e morre sem dizer uma palavra.

Os dois ficam de pé, desolados e tristes. Pedro olha para o cofre, que já tinha sido aberto, e não tem mais nada dentro dele. De repente, veem um vulto passar no corredor. "Miguel!", pensou Pedro. "Seu Jaime!", desconfia Fernando.

Saem correndo em direção aos elevadores. Não há nenhum desocupado. Descem as escadas correndo. Quando chegam ao térreo começam a perguntar a todas as pessoas se tinham visto um homem de estatura média, com cabelos e barba grisalhos, que andava com o recurso de uma bengala. Respondem-lhes que não tinham visto ninguém com aquelas características. Pedro e Fernando chamam a polícia e vão embora.

— Acho que acabou! — exclama Pedro enquanto abre a porta de um táxi. — O que fará depois de tudo isso?

— Acho que farei uma viagem — responde Fernando. — Para a Europa, talvez. França, Itália... Qualquer lugar!
— Vamos passar na casa do professor Joaquim e ver como ele está.

Quando chegam na casa do professor ele os recebe dizendo que há um batalhão de repórteres atrás deles querendo uma entrevista para esclarecerem tudo sobre os Templários. Os dois dizem que não querem falar sobre o assunto, pois gostariam de esquecer aquilo tudo o mais rápido possível. A revista *Visão* liga para o celular de Pedro querendo uma entrevista exclusiva. Ele promete dar a exclusiva assim que tudo esfriar, que ainda tem que provar que não matou o homem da Catedral da Sé.

Os dois contam ao professor o que aconteceu nos correios. Ele pergunta se tinham lido o dossiê. Eles respondem que não e o abrem. Lá constam todas as informações dos Templários, desde sua fundação; tudo sobre todos os numerários e sacerdotes, seus líderes e Patriarca, mas em nenhum momento é mencionado um líder oculto.

— E o líder oculto dos Templários? — perguntou Fernando.
— Isso foi invenção do Jaime para se livrar. — Olhou para ele o professor. — Vejam que nenhum membro inferior jamais viu o rosto de Miguel.
— Foi bem armado desde o início — comenta Pedro.
— Só uma coisa ainda me intriga... — diz Fernando. — Quem será aquela mascarada que dizia ser a Matriarca da sociedade feminina?
— A casa do Jaime está fechada — informa o professor. — Nenhum empregado sabe do paradeiro dele ou de Miguel. Ainda estão atrás de Jônatas. Ele será preso logo.
— Eu acho que seu Jaime já está fora do Brasil a esta altura — desconfia Fernando.
— Isto daria um belo filme de suspense! — muda de assunto o professor. — O que farão depois que as acusações de assassinato forem retiradas contra vocês?
— Eu farei uma viagem à Europa — responde Fernando.
Pedro diz que ainda não sabe.

Na sexta-feira, o dr. Paulo e Bianca são sepultados. No dia seguinte, Pedro e Fernando prestam depoimentos na polícia e são inocentados da acusação de assassinato. O investigador Renato os leva até a casa de Pedro.

Na sala, Fernando pega a corrente e entrega a ele. O investigador diz que aquilo pertence a eles e que podem fazer o que quiserem com as informações. Pedro pega a corrente e abre o crucifixo. Dentro, uma pequena chave de ouro e um pequeno pedaço de papel laminado:

Banco Nacional do Vaticano.
Ala quinze, corredor vinte e sete.
Cofre 666. Procurar o sr. Giuseppe Lorenzo.
AR, 01, E, 06, AV, 60, ON, 30, AD, 08, 70, M, ET.

— Estes números seguidos de letras devem ser o código para abrir algum cofre — desconfia o investigador após examiná-los.

Ele levanta-se e diz aos dois amigos que é para esquecerem tudo aquilo e seguirem com suas vidas. Despede-se e volta ao trabalho.

Fernando diz que fará mesmo uma viagem à Europa, e insiste para que Pedro vá junto. Ele diz que não está muito disposto a viajar, pelo menos naquele momento.

Sábado, na casa do professor Joaquim, ele se levanta cedo e senta-se no sofá. Após alguns minutos ele olha para o papel que a mascarada lhe dera e olha o mapa mais uma vez. Vem em sua mente uma frase que Pedro havia lhe dito: "A conspiração da culpa e do silêncio foi lançada, mas eu não estou pronto para continuar o julgamento".

Ele continua examinando o mapa. Olha uma frase que tem no papel: "A conspiração da culpa, do silêncio e da justiça foi lançada. Deve-se estar pronto para continuar o julgamento". Troca de roupa, põe um colete à prova de bala que o investigador Renato tinha lhe dado, coloca o mapa no bolso da calça, pega o envelope, um rádio transmissor que recebera também do investigador, entra no carro e sai.

No meio da manhã o professor já tinha andado quase duzentos e cinquenta quilômetros pela rodovia Fernão Dias. Ele examina o mapa enquanto dirige e desconfia já estar próximo do local. Para num posto da Polícia Rodoviária, mostra o mapa a dois policiais, que pegam um grande mapa das redondezas e começam a procurar o local. Minutos depois, finalmente, acham o lugar, que fica a vinte quilômetros de uma entrada à esquerda, a dez quilômetros de onde estão. Um dos policias diz que é uma área particular toda cercada, um luxuoso sítio que pertence a um homem rico de São Paulo. "Eu sabia que era dele!", exclamou o professor em pensamento. Agradece aos policiais.

Meia hora depois chega às imediações do sítio. Ele desce do carro, dá uma espiada nos arredores e não vê ninguém. Esconde o carro entre alguns arbustos. Depois, passa pela cerca e entra no sítio. Cautelosamente, o professor Joaquim vai se aproximando pela parte de trás. O sítio é todo cercado. A distância, ele visualiza a parte de dentro e não vê ninguém. Pula a cerca e vai se aproximando da luxuosa casa-sede. Dá uma espiada na piscina, no belo jardim e também não vê ninguém. Depois, sobe uma pequena escada e entra na casa pela cozinha, na qual também não tem ninguém. Ele ouve o som da Nona Sinfonia de Beethovem vindo das salas da frente. O professor vai passando de sala em sala até chegar à principal, com o som no último volume. Olha ao redor e vê uma decoração de muito bom gosto, com móveis raros e caros. Nas paredes, quadros de Monet, Di Cavalcanti e Donatello, além de esculturas do século dezesseis distribuídas. Uma decoração típica do Jaime. O professor fica pasmo diante de tanta luxúria, mas não vê o Patriarca dos Templários. Aproxima-se de uma antessala com vista para um lago e lá está seu Jaime sentado, com as pernas cruzadas, uma garrafa de vinho sobre uma mesa e um copo na mão. Ele ainda não o tinha visto.

O professor baixa o som e se manifesta:

— Sempre apreciando as boas coisas da vida, meu caro?

Seu Jaime vira-se não muito surpreso ao vê-lo:

— Ora, ora! Veja só quem veio me visitar! É preciso ter bom gosto para apreciar as coisas boas que a vida nos oferece, sobretudo, poder usufruí-las.

O professor se senta de frente para ele e inicia uma conversa franca:

— Bela casa! Bela decoração e belos quadros! Sempre admiro bom gosto. Parabéns!

— Como estão os rapazes? — pergunta seu Jaime enquanto enche o copo. — Eu soube que as acusações de assassinato foram retiradas contra eles. Fiquei feliz.

— É! Como diz o ditado, "A justiça tarda, mas não falha".

O Patriarca dos Templários olha nos olhos do professor:

— Não me venha com essa vã filosofia. Nós somos de um comportamento infinitamente superior ao dessa sociedade hipócrita e mentirosa que só sabe nos cobrar ética e moral, mas no final não tem nenhuma ética e corrompe sua moral. Seus filhos degenerados estão prontos a se venderem por algumas migalhas. A sociedade é impiedosa. Aqueles que ditam suas regras são os primeiros a infringi-las.

— Não podia ter enganado todas aquelas pessoas — contradiz o professor. — Não temos o direito de impor fé ou purificação aos outros. Além do mais, não vivemos na Europa medieval.

— Deus pode ser um estado de espírito, uma sensação de ignorância suprema dentro de nós — filosofa o velho com palavras secas. — Isso depende da fé de cada um.

— Não! — discorda o professor Joaquim. — Deus é a fonte de tudo. A fé do homem deve se resumir em luz, liberdade e Deus. O que disser, além disso, é mentira.

— Nós somos filhos do pecado — afirma seu Jaime com palavras incisas. — Só a redenção e a purificação lavarão os nossos pecados. Obedecer, calar-se, sacrificar e fazer! Estes eram os verbos dos Templários do Novo Tempo. Isto é tudo.

— Era tudo um jogo de cartas marcadas! — indigna-se o professor Joaquim. — Desde o início. A disputa entre Pedro e Stefane e o meu afastamento da USP. Era tudo planejado. Mas você se esqueceu de uma coisa... Esqueceu-se da honestidade e da perseverança daqueles dois rapazes. Este foi seu grande erro.

— Os Templários do Novo Tempo continuarão! — promete o Patriarca.

— O seu filho está morto. Milhares de pessoas serão presas. Não sairá impune. Não após tudo o que fez ao longo desses anos. Acabou!

Seu Jaime olha para outra mesa a dois metros e fica de pé. O professor permanece sentado e diz:

— Mas me diga... Quem mandou todas as provas da existência dos Templários a Pedro e Fernando?

— Eu! — responde uma voz vinda de trás do professor.

Quando se vira lá está Miguel, com uma arma apontada para ele.

— Você não deveria ter vindo aqui! Agora teremos de matá-lo!

Seu Jaime solta uma longa, grave e irônica risada bem ao seu estilo:

— Não é tão esperto como imagina, professor! Você acha que eu teria um filho mentiroso como Azevedo? Ele recebeu muito dinheiro para se passar por meu filho.
— E Jônatas? Ele é seu filho. Não pode renegá-lo também — lembra o professor.
— Eu não tenho culpa se ele foi gerado de um relacionamento fútil — ironiza o velho. — Ele não está morto. Eu o acharei e o mandarei para os Estados Unidos.
— Existem documentos! — o professor fica transtornado ao saber dos planos maquiavélicos do seu Jaime e seu filho. — Por mais espertos que sejam não podem negar a existência das pessoas.
— Nós vivemos no Brasil, esqueceu, professor? — ironiza Miguel. — Terra onde o impossível se torna possível. Basta ter dinheiro. Além do mais, Azevedo não tinha pai nem mãe. Aí ficou fácil colocá-lo como filho do meu pai.
— Quanto a Pedro e Fernando? — pergunta o professor. — Por que os envolveram nesta história suja?
— Precisávamos de um motivo para levar a existência dos Templários à tona e desmascarar os líderes, jogando a culpa sobre eles, que já estariam mortos, uma vez que o número cem de líderes se completasse — termina de explicar o plano seu Jaime. — Como eles eram amigos, inteligentes e estudavam na USP, resolvemos usá-los para o nosso plano perfeito, como pode ver. Nenhum membro inferior jamais viu o nosso rosto. Não poderemos ser acusados de sermos membros dos Templários.
— E agora fundaremos outra sociedade secreta — informa Miguel.
— E quanto à Matriarca que pensa em fundar a sociedade feminina? — pergunta o professor. — Ela atrapalhará os planos de vocês.
Seu Jaime solta uma demorada risada.
— A mulher do Paulo? Ela não é tão inteligente como pensa, quando forjou o próprio suicídio e se mudou para a Europa. Eu já tenho um dossiê completo dela.
— A matéria sairá na revista *Visão* na semana que vem — completa Miguel. — A mãe do Fernando estará acabada.
— Se eu fosse vocês não teria tanta certeza disto! — soa uma voz quase gritando vinda da porta.

Quando olham lá está Maria Antônia, sem capuz, com as mãos para trás. Todos ficam surpresos ao vê-la. Seu Jaime aproxima-se dela.

— Você vive jogando as líderes mulheres dos Templários contra mim.

— No fundo, todos os líderes sabiam que você faria isso, mais cedo ou mais tarde — defendeu-se ela. — As mulheres dos Templários, eu as defenderia...

— O Paulo planejou mal a sua morte. — Fica de frente para ela o Patriarca. — Você morrerá pela segunda vez, e agora será em definitivo.

Miguel também chega próximo dela.

— O seu plano de roubar a fortuna dos Templários não funcionou. Stefane e Bianca estão mortas.

— Ainda resta a mim... — soa outra voz, desta vez vinda da porta da varanda.

Quando olham lá está também Ângela, com uma arma na mão. Ela termina de entrar sob o olhar furioso do seu Jaime e Miguel.

— Eu sabia de todos os planos de vocês dois. Sabia que Miguel era seu filho e que vocês eram donos da revista *Visão* — diz Ângela.

— Nós ajudamos a fazer o dossiê de vocês dois porque sabíamos de todos os seus planos.

— Quanto à fortuna dos Templários, ela pode não ser da sociedade feminina, mas também não será de nenhum de vocês — garante Maria Antônia.

Seu Jaime aponta para ela:

— Jamais conseguirá fundar essa tal sociedade feminina. Não tem estrutura para isso.

— Isso é o que você pensa... — Sorri ironicamente Maria Antônia.

— Toda a estrutura para fundar a sociedade feminina está montada.

— Um dossiê sobre você está pronto — informa Miguel. — Ele sairá na *Visão*...

— A revista que eu fundei e vocês roubaram de mim não me incriminará — interrompeu ela. — Até a semana que vem ela será minha novamente. Os meus advogados estão cuidando disso. Ela será do meu filho.

— Não tenha tanta certeza... — irrita-se o seu Jaime. — Você e seu marido me venderam a *Visão* antes de forjar seu suicídio.

— Foi um contrato de locação de dez anos para depois ela ser sua. Apenas o Paulo assinou. Eu estava oficialmente morta. Agora que eu não estou mais, tenho quarenta e cinco por cento dela, com mais seis por cento do Paulo, que serão do Fernando, seu herdeiro natural, ele terá cinquenta e um por cento da revista.

Miguel aponta a arma para ela.

— Eu planejei tudo desde o início. Agora a matarei e não serei acusado de assassinato, você já está morta mesmo.

Seu Jaime olha para o professor e para Maria Antônia:

— Isso é tudo! Ninguém saberia deste plano, além de mim e meu filho, se não tivesse vindo até aqui. Agora teremos de matá-los.

E, de repente, o professor Joaquim começa a soltar fortes risadas, mesmo com pai e filho apontando armas para ele. Os dois não entendem nada.

— Sorria para a morte — diz um deles esboçando uma risada. — Ela não deve ser tão medonha quanto dizem!

O professor Joaquim tira o rádio transmissor do bolso e o joga na mesa.

— O que é isto? — pergunta seu Jaime, muito preocupado.

— Isto é um rádio da polícia — afirma o professor. — E tudo o que foi dito nesta sala está sendo gravado no distrito policial!

— Não pode ser! — não acredita Miguel. — Está blefando!

Seu Jaime pega o rádio, liga-o e ouvem uma voz:

— Não existe crime perfeito, meus caros. Acabou!

Ele joga o rádio no chão e volta a apontar a arma para o professor:

— Desgraçado! — E atira duas vezes, levando-o ao chão.

— Temos que fugir daqui o mais rápido possível! — entra em desespero Miguel. — A polícia já deve estar a caminho.

Maria Antônia se aproxima do professor Joaquim e tenta reanimá-lo. Ângela aproveita e foge às pressas. Seu Jaime aumenta o som no último volume ao som de Beethoven e começa a girar sua bengala, balançando-se.

— Você o matou! Você o matou! — grita a mãe de Fernando.

Seu Jaime não lhe dá ouvidos e continua sintonizado na música. Ele é surpreendido pelo professor Joaquim, que se levanta e fica de frente para ele. Seu Jaime para. Maria Antônia fica ao lado dele, apontando uma arma para o Patriarca. Ela engatilha e dispara duas vezes. O professor tenta tomar a arma da mão dela, mas não dá tempo.

Seu Jaime leva as mãos ao peito e cambaleia, debatendo-se nos seus caros móveis.

— Esta é a justiça da qual jamais os líderes dos Templários escapariam, sobretudo seu Patriarca — declarou ela. — Esta regra ninguém infringirá!

O Patriarca dos Templários do Novo Tempo, ao som da Nona Sinfonia de Beethoven, segura-se numa escultura, derrubando-a. Ele tenta segurar-se num quadro de Rembrandt, também jogando-o ao chão. Leva as mãos ao ferimento. Logo a seguir, o professor se agacha próximo dele. Já em seu leito de morte, ele tira a luva de sua mão direita, molha-a com o sangue do Patriarca e passa em todo o rosto dele.

— Um fim trágico para uma vida de mentiras — exclamou o professor.

O Patriarca dos Templários ainda sorri para ele e tenta dizer alguma coisa murmurando. O professor não consegue entender e encosta o ouvido na boca dele.

— Acreditar é preciso. Executar também, meu caro professor — disse sua última frase o Patriarca dos Templários, que morre logo depois.

O professor fica de pé e o olha por alguns segundos. Depois, sobe ao quarto de Miguel, mas não o acha. Volta para a sala e a mãe de Fernando também não estava mais lá. A polícia chega, sob o comando de Renato toma todas as providências. Dão Miguel como foragido e diz ao professor que ele não será incriminado, pois agiu em legítima defesa.

No dia seguinte, o professor passa na casa de Pedro e conta tudo o que aconteceu. Conta a Fernando sobre sua mãe. Ambos ficam chocados. Fernando diz que não quer saber dela depois de tudo o que ela havia feito. Pedro e o professor o aconselham a ouvi-la e a perdoá-la.

Na quarta-feira seguinte, Fernando já havia comprado a passagem com destino a Roma. Ele pergunta a Pedro se ele não quer mesmo ir. Ele diz que não. Pouco antes da viagem ele se despede de seu grande amigo, de seus familiares, com exceção de Renata e J. A., que o levarão ao aeroporto. Às dez e meia da manhã eles entram no carro e seguem para lá. O voo está marcado para as onze e cinquenta.

Já no aeroporto, J. A. se despede do amigo e diz que aguardará a irmã no carro. Renata acompanha Fernando e diz que já volta. Na porta do saguão que antecede a sala de embarque, Fernando olha para Renata sem saber o que dizer.

— É isso aí...
— Só queria dizer uma coisa — interrompe a moça. — Eu te amo. Sempre te amei.
— Eu também... — E os dois se beijam. O alto-falante faz a última chamada do voo. Fernando diz que em breve voltará. Renata promete que estará esperando por ele.

Na casa de Pedro ele vai à varanda. Sua mãe chega e pergunta se está tudo bem. Ele a encara por um instante. Ela solta um sereno sorriso e pergunta por que a está encarando daquela forma. Pedro lhe dá um forte abraço e diz que a ama.

— Eu também te amo, filho.
— Perdoe-me, mãe. Perdoe-me por eu ter duvidado disso um dia.
— As mães estão sempre prontas para perdoar seus filhos. Não importa o que eles façam — diz ela com ternura, beijando-o e o deixa sozinho.

Ele deita-se na rede e com seu balançar começa a refletir sobre tudo o que aconteceu. Uma frase que ele leu na sede dos Templários vem à sua mente, num pensamento furioso e devastador. "Buscai decifrar o Enigma da Percepção!". Pedro, então, indaga-se em pensamento: "Seria possível decifrá-lo? Não sei... Pode-se crer na poesia de um esfomeado e libertar a piedade da existência! Isso é possível, pois sou uma obra-prima de Deus, feito à sua imagem e semelhança". Em seguida, seu irmão Thiago chega e troca umas ideias com ele.

— Sabe, cara... — comenta Thiago encostando-se à quina da mesa.
— Nós, humanos, podemos ser anjos, demônios, verdadeiros, mentirosos, falsos e cínicos. E tudo isso com muita facilidade. Não é incrível?
— É verdade — concorda Pedro sentado na rede. — Somos uma espécie muito complexa. Por que será que queremos tão mal ao próximo? Eu acho que, no fundo, não passamos de uma legião de criaturas degeneradas amarradas ao chão, lamentando aquilo que não podemos ser e o que não podemos conquistar.

Thiago chega próximo dele, põe a mão em seu ombro e diz:
— Nós vivemos esculpindo as nossas mortes de forma lenta e impiedosa. Estamos sempre andando na sucursal do inferno com o nosso egoísmo. Não conseguimos deixá-la. Ainda há esperança para a nossa pátria e tudo o mais. Ainda há esperança...

— Eu temo que não, irmão... — apressa-se em dizer, Pedro. — Só os cachorros têm pátria. Nós não somos fiéis àquilo que nos cerca. Os nossos traços estão dilacerados. Ainda há esperança, sim. Mas só os cachorros, esses desgraçados, têm pátria.

Thiago devolve o livro que Pedro tinha-lhe emprestado. Deixa-o em cima da mesa e sai. Pedro pega o livro: *O Caminho da Revolução*. Examina o texto de contracapa. Vai até o som e coloca o CD do The Doors, pega o controle deita-se na rede e, aos primeiros acordes de "The End", começa a ler o primeiro capítulo.

"É isso!". Ele pensou após ler o primeiro capítulo. "Eu sou um revolucionário nato e amante convicto da liberdade. Nosso maior bem."

Saiba mais, dê sua opinião:

Conheça - www.talentosdaliteratura.com.br
Leia - www.novoseculo.com.br/blog

Curta - /TalentosLiteraturaBrasileira

Siga - @talentoslitbr

Assista - /EditoraNovoSeculo

novo século®